Joséphine

HEATHER WEBB

Joséphine

De Fontein

Eerste druk september 2014

Oorspronkelijke titel *Becoming Joséphine*
Oorspronkelijke uitgever Plume, a member of the Penguin Group (USA) LLC,
2014. Published by arrangement with Folio Literary Management, LLC and
Marianne Schönbach Literary Agency.
Copyright © 2014 by Heather Webb
The moral right of Heather Webb to be identified as the author of this work has been
asserted by her in accordance with the Copyright, Designs and Patents Act 1988
Copyright © 2014 voor deze uitgave Uitgeverij De Fontein, Utrecht
Vertaling Erica Feberwee
Omslagontwerp Wil Immink Design
Omslagillustratie © Wil Immink Design / Thinkstock
Opmaak binnenwerk ZetSpiegel, Best
ISBN 9789032514518
ISBN 9789032514525
NUR 302

www.uitgeverijdefontein.nl

Voor Christopher

On ne naît pas femme; on le devient.

– Simone de Beauvoir

Je wordt niet als vrouw geboren, maar tot vrouw gemaakt.

Proloog

Malmaison

Parijs, 1814

Het bericht kwam 's nachts, in de vorm van een officieel schrijven. Ik liep de kamer op en neer, van het bed naar het bureau en terug, maar ten slotte bleef ik staan om de fluwelen gordijnen open te schuiven. De maan wierp een spookachtig schijnsel over de bloeiende kornoeljes en de nog verdorde rozen. Mijn paradijselijke tuinen. Anderen hadden bedoeld me hier gevangen te zetten, maar voor mij was dit een toevluchtsoord, een plek waar ik een hoge prijs voor had betaald. Een veilig thuis na een leven waarin ik me altijd opgejaagd had gevoeld; een leven waarin ik een loodzware kroon had gedragen en waarin ik velen had verloren die me dierbaar waren geweest.

Ik sloeg mijn handen voor mijn gezicht. Mijn weldoener, mijn grote liefde was gearresteerd. Wat zou er van hem worden?

Eens had ik de antwoorden op mijn vragen kunnen afdwingen, maar die tijd was voorbij; de Rose die ik ooit was geweest, was reeds lang begraven, verdreven door de machtige vrouw waarin ik mezelf had herschapen. Maar diep vanbinnen klopte nog altijd mijn creoolse hart, hoopte ik.

Gejaagd liep ik naar mijn kaptafel, ik zocht in de laden en haalde het stoffige witte buideltje met mijn kaarten tevoorschijn. Daarop maakte ik een kring van zwarte kaarsen op de grond. Ik streek een lucifer af, een vlammetje laaide op en in de stille kamer kwamen de kaarsen een voor een tot leven.

Wat hield de toekomst voor me verborgen?

Ik haalde mijn tarotkaarten uit het buideltje en deed een legging. Mijn blik vertroebelde terwijl de boodschap zich ontvouwde. De eeuwenoude afbeeldingen dansten voor mijn ogen. De eerste stelde de Keizerin voor, de voedster van haar volk. Daarna verscheen Bekers Zes – het verlangen naar een ver verleden. En ten slotte het Oordeel, een engel die dolende zielen naar huis riep.

Mijn hart begon sneller te slaan, een vlaag koude lucht trok door de kamer. Om inzicht te krijgen in mijn toekomst zou ik moeten terugkeren naar mijn verleden.

De kaarsen doofden.

Afscheid van het ouderlijk huis

Martinique, 1779

We volgden een donker pad, ver van huis; veel verder dan Papa zou hebben goedgevonden.

'Deze kant uit.' Ik baande me een weg door een wirwar van verstrengelde ranken. 'We zijn er bijna.'

Mijn jongere zusje keek omhoog. 'Als we niet voortmaken krijgen we ervan langs.' Zilverglanzend schemerlicht drong door de dikke baldakijn van het oerwoud, het trillend kwinkeleren van een eenzame vogel waarschuwde ons voorzichtig te zijn.

'Ik kon er niet alleen naartoe. Anders had ik je niet meegenomen. En het was het waard.' Losjes legde ik mijn vingertoppen op mijn lippen. Na drie verloren spelletjes *brelan* had Guillaume me gekust. Bij wijze van betaling, zoals hij het noemde. Ik won altijd van hem met kaarten.

'Papa wordt razend als hij erachter komt.'

'Je gaat het hem toch niet vertellen?' vroeg ik.

Mijn zusje keek me onschuldig aan. 'Dat hangt ervan af.'

'Je mag mijn nieuwe kleurpotloden gebruiken.'

'Nou, ik weet het niet…'

'En je mag mijn oorbellen in, volgende week, als we naar de stad gaan.' Gespannen keek ik haar aan.

'Goed dan.' Een doornachtige tak haakte aan de rok van Cathérines japon. Ze rukte zich los. 'Waarom moet je toch zo nodig telkens met die jongen van de smid afspreken?'

'Waarom niet? Hij is knap. En ik vind hem grappig. Hij maakt me aan het lachen.'

'Pas maar op. Zo krijg je een slechte naam. En dan vind je nooit meer een man.'

'Als ik naar Papa en Maman kijk, hóéf ik ook helemaal geen man!' Een leven zoals dat van mijn moeder lokte me bepaald niet aan. Ik was van plan de vlucht te nemen naar Frankrijk. Ik wilde naar Parijs, naar het grootse, meeslepende leven aan het hof, zoals ik dat kende uit de verhalen van Papa. Verhalen over ruisende gewaden, over amourettes en knappe mannen. En over de grote, onvoorwaardelijke liefde.

'Trouwens, zelfs al zou ik een man willen, misschien is een huwelijk voor mij niet weggelegd.' Ik sloeg naar een gevleugeld insect. 'De vrijers die Papa uitnodigt, komen niet voor mij maar voor jou.' Ik voelde een steek van jaloezie. 'Jij bent altijd al Papa's lievelingetje geweest.'

'Rose! Hoe kom je daar nou bij? Dat is helemaal niet waar.'

Ik schonk haar een weifelende blik. 'Het is wél waar en dat weet je! Papa zei gisteren nog dat ik nooit het hart van een man zal weten te veroveren.'

Een bliksemflits onttrok het kreupelhout aan de duisternis. Even later klonk er een donderslag.

'Kom! We moeten hier weg!' Ik greep Cathérine bij de hand.

De hemel barstte open. De regen viel in stromen neer en doorweekte het stralend groene oerwoud, zodat de grond veranderde in een brij van modder en rottende planten. We sprongen over kuilen vol water, over dikke, wasachtige bladeren, en baanden ons een weg door het struikgewas. Ten slotte doemde de suikermolen voor ons op, waar we sinds de Grote Orkaan in woonden.

Mimi had ons al zien aankomen en gooide de deur open. 'Kom maar gauw binnen. Jullie *maman* is helemaal overstuur,' mopperde mijn dienstmeisje. Ze wikkelde ons in droge dekens. 'Cathérine, je ziet lijkbleek.'

Mijn zus stond nog te hoesten en te rillen toen Maman kwam aanstormen.

'Rose!' Ze pakte me bij de arm en trok me mee naar mijn slaapkamer. 'Je zus zou zoiets nooit doen. Jij hebt haar natuurlijk weer opgestookt! Die ongehoorzaamheid van je wordt nog eens jullie dood. Maar ik waarschuw je! Je houdt je aan de regels, anders ga je voor een week de kelder in. Is dat duidelijk?'

Ze duwde me mijn kamer in en trok hardhandig de deur achter me dicht.

Uiteindelijk werd mijn ongehoorzaamheid slechts één van ons tweeën noodlottig.

Cathérine kreeg koorts. De volgende morgen kon ze haar bed niet uit en nog geen veertien dagen later was ze dood.

Op de middag van haar begrafenis sjokten we na afloop zwijgend terug naar huis. De regen viel met bakken uit de lucht, net als op de dag waarop ik mijn zus de dood in had gejaagd.

Bananenbomen zuchtten onder het gewicht van de dikke druppels die uit de gezwollen regenwolken vielen. Palmtakken zwiepten in de wind, als wuivende armen die smeekten om aandacht. Maman en mijn jongste zus, Manette, haakten aan weerskanten bij me aan. Ik staarde voor me uit, zonder acht te slaan op mijn doorweekte rokken en op de wanhopige greep van Mamans hand. Spijt bonsde in mijn borst.

Ik dacht aan Cathérine die krachteloos in bed lag, aan haar bleke lippen bedekt met bloed dat uit haar mond sijpelde. Mijn maag draaide zich om, ik liep naar de rand van het pad en begon te kokhalzen.

'Als jij weer eens niet ongehoorzaam was geweest, was het nooit gebeurd. Dan was ze niet ziek geworden,' had Papa gezegd toen Cathérines toestand verslechterde. Het was maar al te duidelijk dat hij mij de schuld gaf.

Maar we hadden zo vaak in de regen gespeeld. Het regende op het eiland altijd! Hoe had ik moeten weten dat het die dag zulke verschrikkelijke gevolgen zou hebben?

Het bonzen werd heviger – het hamerde in mijn hoofd, in mijn buik, in mijn hart. Ik was mijn zusje kwijt; het leek alsof ze er nooit was geweest. En het was mijn schuld. Ik smoorde een snik. Maman legde losjes een hand op mijn schouder.

Bij de suikermolen aangekomen, betraden we onze bescheiden salon en gaven we onze druipende mantels aan Mimi. Als verdoofd liep ik naar het raam, om niet te hoeven praten.

Plotseling stopte de regen, net zo plotseling als hij was begonnen, en kwam de zon stralend van achter de wolken tevoorschijn. 'Ik ga theezetten.' Mimi's bruine ogen stonden verdrietig. Ook zij had erg veel van onze Cathérine gehouden. 'Monsieur, er is post. Een brief van uw zuster.'

'Lees voor.' Papa gaf de brief aan Maman en begon zijn doorweekte pruik droog te betten met een doek.

Maman begon te lezen.

Zoals je weet, lieve broer, is het mijn streven om mijn positie bij de markies veilig te stellen.

Ondanks onze duurzaam gebleven liefde weigert zijn vrouw de banden met hem te verbreken.

Maman keek op van de brief. 'Is de markies nu nog niet gescheiden?' Ze deed geen moeite haar minachting te verbergen.

Papa bromde geërgerd. 'Een scheiding zou een smet werpen op de naam Beauharnais. Dat weet je net zo goed als ik. Dus de markies wacht liever de dood van zijn vrouw af voordat hij met Désirée trouwt.'

'Je zuster is me dierbaar, maar ik kan niet goedkeuren dat ze samenleeft met de man van een andere vrouw.' Mamans smalle lippen vormden een rechte lijn, haar neusgaten trilden. 'Het is immoreel.'

Papa was het niet met haar eens. Hij deelde het bed met alle bereidwillige vrouwen in Fort-Royal. En dat niet alleen, hij sliep ook met de knapste slavinnen op onze plantage, bereidwillig of niet. Ik vond het misselijkmakend. En een vernedering voor Maman. Mijn blik ging naar Mimi, die zich over de moddersporen op het kleed ontfermde. Ze was het product van een affaire van Papa met een van onze slavinnen.

'Hou toch op Désirées deugdzaamheid in twijfel te trekken!' Papa gooide zijn handen in de lucht. 'Het gaat bij het huwelijk niet om liefde.'

Ik huiverde. Een huwelijk zoals dat van hem en Maman zou ik niet kunnen verdragen. Sterker nog, dat zou ik weigeren. Als ik ooit trouwde, dan alleen met een man die van me hield.

'Ik ben anders wel uit liefde met jou getrouwd, *con!*' tierde Maman.

'Maar je maakt alles kapot met je gezuip en je veelwijverij! En dan heb ik het nog niet eens over het geld dat je vergokt! Als ik de plantage niet beheerde, zaten wij ook in een hut, net als onze eigen slaven. Trouwens, een suikermolen is niet veel beter. Maar jij laat alles op zijn beloop!'

Manette maakte zich zo klein mogelijk op de verschoten divan. Ik ging naast haar zitten om haar te troosten. We vonden het afschuwelijk als onze ouders ruziemaakten.

'Hoe durf je zo'n toon tegen me aan te slaan! Een vrouw hoort haar plaats te kennen!'

Het bleef geruime tijd stil.

Ten slotte streek Maman de gekreukte brief glad en las verder.

Bovendien wil ik jou de financiële steun bieden die je zo hard nodig hebt. Daarom stel ik voor dat je Cathérine met de eerstvolgende boot naar Parijs stuurt. Dan regel ik een huwelijk tussen haar en Alexandre, de zoon van de markies. Hun verbintenis zal ook een verbintenis betekenen tussen onze families. Alexandres erfenis kan de redding betekenen voor je plantage. Dus haast je. Wij allen hier popelen van ongeduld om dit voorstel te verwezenlijken.

'Cathérine zou de ideale bruid zijn geweest.' Mamans stem klonk gesmoord van verdriet. 'Een aantrekkelijke partij voor zowel Alexandre als Désirée.'

Ik zette grimmig en jaloers mijn tanden op elkaar. Cathérine zou geen betere keus zijn geweest dan ik, maar mijn ouders benadrukten bij mij altijd mijn tekortkomingen, terwijl ze die bij haar niet wilden zien. Een steek van schuldbesef bezorgde me een gevoel van diepe schaamte. *Ach, lief zusje, je was zo ziek en nu lig je in je koude graf. Hoe zou ik jaloers op je kunnen zijn?*

'Manette is te jong.' Papa's gezicht versomberde. 'En Rose is te oud. Bovendien zou ze Alexandre weinig te bieden hebben.'

Zijn woorden troffen me als een klap in mijn gezicht, maar ik herstelde me snel en schoot overeind. '*Parfait*, Papa. Want ik heb geen enkele behoefte om te trouwen met een man die jij voor me uitkiest!' Ik stak mijn kin naar voren. 'Ik trouw uit liefde! En anders niet!'

Papa pakte me bij mijn schouders. 'Je trouwt als ik dat zeg!'

Ik rukte me los en stormde de deur uit, de tuin in. Daar, onder de rode jasmijn en tussen het dichte gebladerte, stroomden de tranen over mijn wangen. Ik was machteloos, ik had niets te vertellen, zelfs niet over mijn eigen leven. Op de vlucht voor mijn gedachten zette ik het op een rennen, in de hoop aan de pijn, het verdriet te ontsnappen. *O, Cathérine! Waarom heb je me alleen gelaten?*

Ik volgde het lange pad omhoog; iets wat Papa ons altijd had verboden, zelfs onder de gunstigste omstandigheden. Het pad voerde naar de meest gevreesde vrouw van het eiland: de voodoopriesteres. De slaven waren bang voor haar, maar ze gingen wel naar haar toe, gretig om haar magische brouwsels te kopen. En ik ging om inzicht te krijgen in mijn toekomst. Ooit was ik samen met Cathérine aan de klim begonnen, maar amper halverwege was ze bang geworden en had ze rechtsomkeert gemaakt. Deze keer zou ik doorzetten.

Want ik weigerde te geloven dat mijn toekomst hier op het eiland lag. Het lot dat me wachtte, moest grootser en meeslepender zijn.

Ik ademde de vochtige lucht in, het bloed suisde in mijn oren. Uit de schaduwen onder de bomen klonk gekrijs. De vertrouwde vormen van het woud raakten grotesk verwrongen in het afnemende licht. Ik begon sneller te lopen. Wanneer de hete dag ten einde liep, kropen de giftige slangen uit hun holen, op zoek naar prooi. Ik had met eigen ogen gezien hoe mannen die waren gebeten, stuiptrekkend tegen de grond sloegen, met het schuim op de lippen en een blauwzwarte zwelling onder de huid. *Niet aan denken!* Ik schudde mijn hoofd om de beelden te verjagen.

Het ging om mijn toekomst. Ik moest weten wat ik van het leven kon verwachten.

Steeds dieper drong ik het woud in, totdat ik bij een open plek kwam. In het midden daarvan stond een huisje; een hut met een rieten dak en een vuurkuil ervoor.

Ik veegde met de rug van mijn hand over mijn gezicht en verliet de beschutting van het oerwoud.

'Ik verwachtte je al.' Uit de deuropening van de hut kwam een vrouw naar buiten. Weerbarstig, zilvergrijs haar omkranste in golven haar gezicht. Om haar hals droeg ze snoeren van houten kralen, tussen haar uitgezakte borsten hing een amulet van een Ibo-god.

'Ik heb geen geld,' begon ik, 'maar –'

'Ga zitten.' Ze gebaarde naar de kring van grillige boomstronken bij het vuur.

Ik koos de stronk die zo ver mogelijk bij haar vandaan lag en voelde me erg ongemakkelijk in mijn zwarte rouwjapon, die glibberig was van het zweet.

De oude vrouw begon te zingen, haar lippen bewogen op de cadans van haar klanken, haar bovenlichaam wiegde heen en weer. Ondertussen gooide ze gedroogde darmen en kruiden op het vuur, waarvan de stank mijn keel dichtsnoerde.

Net zo plotseling als het gezang was begonnen, stopte het weer, en toen de priesteres haar blik op mij richtte had ik het gevoel dat ze dwars door me heen keek. Mijn adem stokte in mijn keel.

'Je zult een verre reis maken en een huwelijk sluiten.' Haar ogen rolden naar achteren in hun kassen.

Mijn hart ging sneller slaan. Zou de reis me naar Frankrijk voeren? Naar het avontuur en de liefde waar ik van droomde?

Laat me de ware liefde ervaren, smeekte ik in een stil gebed.

'Maar wees op je hoede, mijn kind.' De priesteres zweeg even. 'Deze verbintenis zal door geweld tot een einde komen. En dan zal een donkere onbekende, een man zonder fortuin, je echtgenoot worden.' Ze leunde naar voren, haar ogen weerspiegelden het licht van de oplaaiende vlammen. 'En jij zult heel hoog stijgen. Je zult meer worden dan een koningin.'

Ik fronste. 'Maar koningin is het hoogste wat een vrouw kan bereiken.'

De priesteres knipperde met haar ogen, er steeg een gerochel op uit haar keel, toen viel ze stuiptrekkend op de grond.

Ik hield geschokt mijn adem in, knielde en boog me over haar heen.

'Ga nu!' Ze duwde me weg.

Ik sprong overeind en vluchtte, terug door het duistere kreupelhout. Mijn longen brandden, mijn schoenen werden zwaar van de modder. Ik durfde niet achterom te kijken.

De schaduwen van de avond waren me vóór en hadden de suiker-molen al bereikt toen ik thuiskwam. Ik stormde door de zijdeur naar binnen, struikelde over de drempel en viel.

Aan de voeten van Papa.

'Wat zie je eruit!' Hij keek woedend op me neer. 'Ga schone kle-ren aantrekken. En dan kom je naar de salon. Ik heb nieuws voor je.'

Étrangère

Brest, Frankrijk, 1779

De stem van de priesteres trilde na in mijn ziel; haar zwarte magie voelde echt, net zo echt als mijn lichaam. Ik begreep haar boodschap niet en de meeste nachten op zee droomde ik van haar. Of liever gezegd, de nachten waarin ik de slaap kon vatten. Papa had mij in Cathérines plaats gestuurd. Om een huwelijk te sluiten in een ver land, precies zoals de oude vrouw had voorspeld.

Ik probeerde mijn verkilde armen warm te wrijven. De reis was achter de rug, *merci au bon Dieu*.

Ik had eindelijk weer vaste grond onder de voeten. Niet het zilte grijze zand dat ik me bij de kust van Bretagne had voorgesteld, maar de kade van een enorme haven, boordevol schepen in alle soorten en maten. Ze deinden in een welwillende processie op de golfslag, afkomstig van de schepen die binnenliepen, en kraakten in hun voegen wanneer het water tegen hun romp sloeg. Zeelui en soldaten, scheepsknechten en passagiers verspreidden zich naar alle kanten, terwijl klokgelui waarschuwde voor opkomende mist. Brest was in alle opzichten indrukwekkender dan Fort-Royal. Alleen aan de kleuren van Martinique kon het niet tippen. Hier werden de hemel, het land en alles daartussenin gedomineerd door tinten leiblauw, antraciet en doods grijs.

Ik zou mijn vaderland met zijn stralende kleuren missen. Maar goddank kon ik dat vervloekte schip vaarwel zeggen en was het afgelopen met het eindeloze deinen en stampen. Ik tilde mijn smoezelige rokken op en daalde – onvast op mijn zeebenen – de loopplank af. Mijn roze schoenen glansden als parels op de gitzwarte keien van de kade, met daarnaast het donkere water.

Een vertrouwde misselijkheid deed mijn maag in opstand komen en kroop in mijn keel omhoog. Ik sloeg mijn armen om mijn middel. 'Ben je niet lekker?' riep Mimi, die onze koffers achter zich aan sleepte. Pieken kroeshaar waren ontsnapt aan de kleurige doek die ze om haar hoofd had gebonden. 'Nog een beetje zeeziek. Een echt bed zal wonderen doen. *Mon Dieu*, Mimi, ik dacht dat er nooit een einde aan de reis zou komen.' Ik daalde de trap af van de kade naar een pad van aangestampte aarde dat naar diverse boothuizen en een taveerne met beslagen ramen leidde. De rij gebouwen daarachter keek uit op de haven; binnen brandde licht, de deuren stonden uitnodigend open. Vrouwen in een vermiljoenrood korset met netkousen hingen in de deuropeningen en wenkten; hun lange nagels waren gelakt, rouge kleurde hun lachende gezicht.

Een herinnering aan Papa kwam bij me op, met zijn gezicht tussen de borsten van een half ontklede mulattin. Ik was op een avond met Guillaume het hek van de school uit geglipt en we hadden ons verstopt achter de lege kratten bij de deur van het bordeel – gedurfd, maar ook dwaas. Toen zag ik Papa. En de vrouw die hij betastte, was niet mijn moeder!

Ik wendde me af van de hoeren, vastbesloten om vooruit te kijken, naar de toekomst; niet achterom, naar het verleden.

Gretig en vol verwachting liet ik mijn blik over de rij fiakers en andere rijtuigen gaan. We hadden onze bestemming eindelijk bereikt!

'Een heer heeft vervoer en kamers voor ons besproken. Kun jij eens poolshoogte gaan nemen? De kapitein zei dat ik hier op een koerier moest wachten.' Ik streek de brief die ik had geschreven glad. Tante Désirée en Alexandre verwachtten dat ik direct na aankomst van me liet horen.

'Ik ga naar hem op zoek.' Mimi veegde met een zakdoek over haar gezicht.

Ik keerde me weer naar het fregat dat de afgelopen weken mijn gevangenis was geweest. De gezichten van de passagiers waren me vertrouwd geworden, maar de reizigers hadden zich intussen naar alle richtingen verspreid. Angst snoerde mijn keel dicht. Over het vinden van vriendinnen maakte ik me geen zorgen. Dat zou wel lukken.

Maar bij de gedachte aan Alexandre slaakte ik een diepe zucht. Ik hoopte vurig dat hij een man zou zijn van wie ik kon houden.

De koerier kwam naar me toe met zijn zak vol brieven. Ik gaf hem de mijne en terwijl ik hem betaalde, voelde ik een hand onder mijn elleboog.

Het was Mimi. 'Onze koets wacht om de bocht.' Ze wees naar een weg die bij een grijs boothuis de hoek om ging.

We reisden naar een herberg aan de buitenrand van Brest. Glooiende weilanden vol schapen en weldoorvoede melkkoeien strekten zich uit tot aan de horizon. Het gewoel van de reizigers en de leiblauwe zee hadden we achter ons gelaten, maar de lege hemel was nog altijd net zo kleurloos als aan de kust. Ik had een gevoel alsof al dat grijs door mijn huid sijpelde en de leegte in mijn borst vulde.

Het was ondenkbaar dat Papa had gehouden van een wereld die zo dof en glansloos was. Dus ik rekende erop dat Parijs aantrekkelijker zou zijn. Ik stelde me het koninklijk hof voor, met aantrekkelijke mannen in gesteven jassen, die hun dames met flonkerende juwelen over glimmend gewreven vloeren wervelden. Er verscheen een glimlach om mijn mond. Spoedig zou ook ik mijn opwachting maken aan het hof, aan de arm van Alexandre.

Drie dagen lang liep ik rusteloos onze kamer in de sjofele herberg op en neer, in afwachting van bericht van Désirée. Hoelang zou ze nodig hebben om te antwoorden? Om de tijd te doden wandelden Mimi en ik door de tuin vol verwelkte bloemen en planten. Toen we op een middag de oprijlaan aan de voorkant van de herberg af liepen, kwam ons een elegant rijtuig tegemoet. Mijn handen werden klam in het enige paar handschoenen dat ik bezat.

'Daar heb je ze!' Met een schrille lach omklemde ik Mimi's arm. 'Ik had niet gedacht dat ik zo nerveus zou zijn.'

'Ach, kindje, maak je geen zorgen. Ik weet zeker dat hij verrukt van je is.' Ze drukte troostend een kus op mijn wang.

Toen het rijtuig stilhield, stapte er een elegante blonde vrouw uit. Tante Désirée! Ze was gekleed in een lichtblauwe japon, volmaakt geplooid en geborduurd met zilveren bloemen die glansden in het waterige zonnetje. Haar enorme rokken stonden zo wijd uit dat het leek alsof ze kussens op haar heupen droeg. Haar buitengewoon slanke taille werd erdoor geaccentueerd. Een lijfje met baleinen duwde haar met kant omkranste boezem omhoog. In haar oren droeg ze druppelvormige hangers, op haar hoofd een flatteuze hoed versierd met linten.

Ik streek gegeneerd mijn weinig elegante japon glad, die tot overmaat van ramp werd ontsierd door vochtkringen.

'Dag, Rose.' Désirée omhelsde me vluchtig. Haar hartelijkheid leek geveinsd. Was ze in me teleurgesteld?

'Dag, tante Désirée.' Ik kuste haar op beide wangen.

'De laatste keer dat ik je zag, was je nog een klein meisje.' Désirée was tien jaar eerder uit Martinique vertrokken, maar ze was nog net zo mooi als in mijn herinnering.

Toen ze een stap naar achteren deed om me keurend op te nemen viel er een ongemakkelijke stilte.

'*Chérie*, je lippen zijn helemaal blauw!' verklaarde ze ten slotte verschrikt. Ze nam mijn handen in de hare. 'Ik heb warme kleren meegenomen. Want ik kan me míjn eerste weken in Frankrijk nog goed herinneren. De kou is in het begin maar moeilijk te verdragen.'

'Dank je wel. Ik heb het sinds onze aankomst nog geen moment warm gehad.'

Ze klopte me bemoedigend op mijn schouder. 'Je went eraan.'

Ik keerde me naar opzij. 'Dit is Mimi, mijn dienstmeisje.'

Désirée knikte haar toe. 'En je reis...' zei ze toen. 'Hoe ging het?'

'Ik ben nog nooit zo misselijk geweest en mijn maag is nog steeds van streek.' Ik keek naar het rijtuig. 'Waar is Alexandre? Is hij niet met je meegekomen?'

'Natuurlijk wel, kindje. Hij is in slaap gevallen.' Ze legde een geschoeide hand langs haar mond. 'Alexandre? Alexandre!'

'Ik zal hem wakker maken, madame,' zei de koetsier.

Désirée keerde zich naar de armoedige herberg, waarvan het bord boven de deur scheef hing aan een roestig scharnier. 'Lieve hemel, kindje.' Ze tuitte haar lippen alsof ze een vieze smaak in haar mond kreeg. 'Heb je hier gelogeerd? We gaan onmiddellijk op zoek naar iets wat geschikter is. Mimi… als jij de spullen van Rose eens ging halen.'

'Natuurlijk, madame.' Mimi maakte een reverence en haastte zich naar binnen.

'Tante Désirée, ik –'

Ze wuifde nonchalant. 'Ik betaal de rekening. Dat spreekt vanzelf.'

Ik verplaatste mijn gewicht nerveus van mijn ene naar mijn andere voet.

Toen klonk het gepiep van een deur die dringend geolied moest worden. Mijn adem stokte in mijn keel toen mijn toekomstige echtgenoot strompelend het rijtuig uit kwam. Nadat hij zich had uitgerekt, keek hij verveeld om zich heen.

Onze blikken kruisten elkaar.

Alexandre trok een volmaakt gevormde, donkere wenkbrauw op.

Bij het zien van zijn fijngetekende gelaatstrekken hield ik opnieuw mijn adem in. Hij had een rechte neus, hoge jukbeenderen, volle lippen en lichte ogen. In zijn witte officiersjas met zilveren knopen en fraaie revers en zijn blauwe *culottes* zag hij eruit als een prins. Zijn gepoederde haar was onberispelijk gekapt. Zelfs zijn laarzen glommen.

Ik wierp een steelse blik op mijn versleten schoenen en ouderwetse japon. Toen ik die ochtend voor de spiegel stond, had ik gezien dat mijn haar tijdens de lange zeereis door de zon was gebleekt en dat ik sproeten had gekregen. De andere vrouwen aan boord hadden me gewaarschuwd, maar ik had niet willen luisteren. En ze hadden gelijk gekregen. Ik zag eruit als iemand van het gewone volk.

Maar ik rechtte mijn schouders. Ik was aantrekkelijk, met een geheel eigen, unieke charme. Tenminste, dat zei Maman altijd.

Alexandre stond me nog altijd aan te kijken, zonder aanstalten te maken naar me toe te komen. Ik begroette hem met een glimlach. Heel even zag ik zijn ogen oplichten, maar door de afstand kon ik de emotie daarin niet peilen. Het was toch zeker geen minachting?

Ik voelde me klein worden en toen ik me naar Désirée keerde, wendde ze haar blik af.

Zijn afkeuring gold ons onderkomen, hield ik mezelf voor om mijn twijfel geen kans te geven. Opnieuw verplaatste ik mijn gewicht van de ene naar de andere voet. Het moment leek een eeuwigheid te duren en terwijl Alexandre zijn blik nog altijd keurend om zich heen liet gaan, kon ik wel door de grond zinken. Het was bepaald geen veelbelovende plek om je toekomstige vrouw te leren kennen.

Ten slotte kwam hij naar me toe. Ik verstijfde toen hij een lichte buiging voor me maakte.

'Mademoiselle Marie-Josèphe-Rose de Tascher de La Pagerie, het doet me genoegen u te leren kennen.'

'Eindelijk,' fluisterde ik. Hoelang had ik niet naar dit moment uitgekeken?

Er kwam een verraste uitdrukking in zijn ogen. Uit mijn evenwicht gebracht keerde ik me naar mijn tante.

Maar die schoot me niet te hulp. 'Als jullie me willen verontschuldigen, ga ik op zoek naar ander logies,' zei ze.

'Laat mij dat doen,' bood Alexandre aan.

'Dank je, jongen, maar ik red me wel. Ondertussen kunnen jullie nader kennismaken.' Ze schonk me een zuinige glimlach en vertrok.

Ik speelde met de enigszins verfomfaaide strik op mijn mouw. Alexandre schraapte zijn keel en keek nogmaals om zich heen.

Het bleef stil.

'Hoe maakt de markies het?' vroeg ik ten slotte.

'Vader brengt de dagen vooral in bed door,' antwoordde hij ongeïnteresseerd.

'Ach, is hij ziek? Dat spijt me… Daar had ik geen idee van…'

'Hij gaat geleidelijk aan achteruit. Geestelijk is hij nog volledig bij, maar zijn lichaam laat hem in de steek. Toch verwacht ik dat hem nog vele jaren gegeven zijn.'

'O, gelukkig maar!'

Weer zag ik een blik van verrassing op zijn gezicht.

Ik fronste. Wat had ik miszegd?

Hij sloeg zijn armen over elkaar.

Ik deed een nieuwe poging. 'En uw broer, François?'

'Die maakt het heel goed. Dank u. Ik vertrouw erop dat de reis niet al te uitputtend was?' Hij keek over mijn hoofd heen naar een paar vrouwen die de herberg verlieten.

'Het was verschrikkelijk. Het stormde zo dat we bijna zijn verdronken. En ik kreeg amper een hap door mijn keel, zo misselijk werd ik van de deining...' Ik zweeg bij het zien van de ongelovige uitdrukking op zijn gezicht.

'Bent u altijd zo klagerig?' vroeg hij.

Een vurige blos kroop vanuit mijn hals omhoog naar mijn wangen. 'Maar monsieur, u vroeg toch naar mijn reis?'

'Laat maar. We hebben dringender besognes dan uw klagerigheid... en uw accent en...' Hij wierp een neerbuigende blik op mijn japon.

'Pardon?' Onderhuids voelde ik boosheid tintelen. Hoe durfde hij!

Mimi kwam de herberg uit, met onze koffers.

Achter haar verscheen Désirée. Ze hield een papiertje in haar hand. 'Ik heb een andere herberg gevonden. Hier vlakbij.'

Alexandre knikte grimmig. Mijn wangen gloeiden van gêne. Hij had geen gunstige eerste indruk van me gekregen.

Désirée klapte in haar handen en deed alsof ze niets in de gaten had. *'Merveilleux!'*

De volgende dag begonnen we aan de reis naar Parijs, door weiden en heuvels als een golvend groen tapijt, begroeid met struiken, doorsneden door beken en rivieren. Op de meeste dagen ging de hemel schuil achter een dicht wolkendek en drong er een lichte regen door het goudgele en perzikkleurige gebladerte. De geur van kilte en van vochtige aarde doordesemde alles en leek in niets op het rokerige, zoete aroma van mijn eiland, met de geur van brandend suikerriet en wilde bloemen. Ondanks de wollen mantel die Désirée me had gegeven, had ik het gevoel dat de kou tot in mijn botten doorsijpelde.

Een groot deel van de weg werd er niet gesproken. Ik amuseerde me met het observeren van het landschap, van de bomen en de weinige herfstbloemen.

'Wat moet Martinique bruisend en stralend zijn,' zei Alexandre. 'Ik kan me er nauwelijks meer iets van herinneren.' Hij was destijds samen met Désirée vertrokken, naar een leven met meer verfijning in Parijs.

'Daar ben ik me tot dusverre eigenlijk nooit zo van bewust geweest,' zei ik. 'Op Martinique is alles zo echt, zo bruisend... Trois-Îlets heeft een kloppend hart. Maar hier is het ook prachtig,' voegde ik er haastig aan toe, want ik wilde hem niet kwetsen.

Alexandre grinnikte, er dansten lichtjes in zijn blauwe ogen. 'Parijs is misschien wel bruisender dan een boerse deerne als u aankan.' Hij pakte mijn hand en streelde hem alsof het een jong katje was. 'U zult er verrukt van zijn. Dat weet ik zeker.'

Zijn vingertoppen lieten een vurig spoor achter op mijn huid. Ik bloosde, gegeneerd door mijn eigen reactie. Dus hij vond me toch aardig. We moesten elkaar gewoon nog leren kennen.

'Daar twijfel ik niet aan.' Ik glimlachte.

Na een lange reisdag hielden we stil bij een herberg.

'Ik heb een geschenk voor u,' zei Alexandre toen hij zich voor een aperitief bij Désirée en mij in de gelagkamer voegde.

Ik fleurde onmiddellijk op.

'*Over de geest van de wetten*.' Hij gaf me een boek met een versleten omslag en maakte het zich gemakkelijk met een glas cognac. 'Montesquieu is een van onze grote filosofen. Zijn werk is in Frankrijk niet altijd gunstig ontvangen, maar er is een nieuwe tijd aangebroken. U zult genieten van zijn geïnspireerde theorieën over het onrecht waaraan de mensheid zich bezondigt.' Zijn ogen straalden van gedrevenheid.

'Wat heerlijk.' Ik glimlachte ondanks mijn twijfel. Van een boek over muziek, of kunst, of over tuinaanleg zou ik meer hebben genoten. Maar zijn enthousiasme vond ik verrukkelijk. 'Ik begin vanavond direct met lezen.'

Toen ik de volgende morgen in het rijtuig stapte, verheugde ik me op weer een nieuwe dag in zijn gezelschap.

Alexandre glimlachte. 'En? Hoe vond u het boek? De Amerikanen hebben zijn ideeën over de scheiding der machten overgenomen.'

Ik ging wat ongemakkelijk verzitten. Verder dan de eerste tien bladzijden was ik niet gekomen. Toen was ik in slaap gevallen. 'Uw opvattingen zijn ongetwijfeld beter gefundeerd dan de mijne. Zou u ze met me willen delen?'

'Ik vind zijn ideeën over persoonlijke vrijheden...'

Mijn gedachten dwaalden af terwijl hij de ene na de andere theorie toelichtte. Zijn mond, zijn stralende ogen en de frons op zijn volmaakte gezicht waren boeiend om naar te kijken. Wanneer hij er af en toe het zwijgen toe deed, kon ik niet verhullen dat hij diepe indruk op me maakte. En ik kon het ook niet laten voorzichtig naar hem te lonken.

'Erg boeiend, Alexandre.' Ik legde mijn hand op zijn arm. 'Je bent zo erudiet!'

Hij straalde onder mijn bewonderende blikken. Ik glimlachte. Misschien zou ons huwelijk toch beter uitpakken dan ik had gevreesd.

Op de laatste dag van onze reis gingen we al vroeg op pad, vol ongeduld om bij het vallen van de avond onze bestemming te bereiken. De rit voltrok zich in een roes van zonneschijn en voorbijschietende bomen. Toen de schemering begon te vallen, kwam Parijs in zicht. Terwijl we de poort van de stad binnenreden, gloeide de ondergaande zon in een dromerige werveling van roze en oranje, als de binnenkant van een papaja. Zo ver als ik kon kijken verhieven zich huizen en gebouwen. Ik had er nog nooit zo veel bij elkaar gezien.

Mijn mond viel open. 'Maar dat is... dat is...'

Alexandre schaterde het uit. 'Geen stad ter wereld kan zich meten met Parijs,' zei hij met een stralende glimlach.

'Het is ongelooflijk!' Ik klapte van verrukking in mijn handen.

Alleen al de mensenmassa was iets om stil van te worden. In drommen haastten de Parijzenaars zich door de straten, beladen met vracht, met hun kinderen, of gearmd met anderen. Een veelvoud van geuren drong in mijn neus; het rijke aroma van koffie uit de cafés, de lucht van bezwete paarden en de stank van dierlijke uitwerpselen, maar ook de verleidelijke geuren van warm brood en van parfum dat naar bloemen rook. Venters, jonglerende straatartiesten en het onafgebroken geklepper van paardenhoeven vormden een wervelende symfonie van geluiden.

'*Mon Dieu,* wat een rijtuigen!'

Vergulde koetsen en zich voortspoedende fiakers weken uit voor voetgangers, waarbij de modder naar alle kanten opspatte. Ik keek

met open mond naar de weelderige stenen huizen en indrukwekkende overheidsgebouwen, bewaakt door soldaten van het koninklijke leger. De stad gonsde als een zwerm bijen op een verzameling
begonia's.

Alexandre genoot van mijn bewondering en ontzag; hij wees me
het Palais-Royal, het Palais du Luxembourg, en vertelde hun geschiedenis. Ik probeerde te luisteren, maar mijn aandacht dwaalde
steeds weer af naar de drommen mensen.

Na een lange rit pakte Alexandre mijn hand. 'We zijn er. Noisy-le-
Grand, je nieuwe buurt.'

Er drong een scherpe geur in mijn neus. 'Alexandre, wat ruik ik?'
Vol afschuw trok ik mijn neus op.

'Modder en uitwerpselen. Daar wen je wel aan. Ik ruik het al niet
meer.'

Ik keek hem verrast aan. Natuurlijk zou ik er niet aan wennen! Ik
drukte mijn zakdoek tegen mijn neus om de gruwelijke stank niet te
ruiken.

Ons rijtuig hield stil voor een huis van twee verdiepingen, opgetrokken uit steen.

'Welkom thuis,' zei Alexandre.

Désirée gaf me een kus op mijn wang. 'Welkom.'

'Dank je wel.' Ik smoorde de zoveelste kreet van verrukking, want
ik wilde geen al te kinderlijk indruk maken.

Toen ik uit het rijtuig was gestapt, keek ik om me heen. Deftige,
grote panden werden afgewisseld door armoedige, vervallen huisjes.
Het geheel bood een merkwaardige aanblik. In Fort-Royal zonder-
den de rijken zich af in hun eigen wijken; zo niet in Parijs, blijkbaar.
De buurt ademde een sfeer van vergane glorie, terwijl ik me bij een
vicomte toch wat meer elegantie had voorgesteld.

De deur werd opengedaan door een bediende en we betraden een
indrukwekkende hoge vestibule.

'*Bonjour,* mademoiselle,' zei een andere bediende. Haar stem werd
weerkaatst door de muren. 'Kan ik u iets aanbieden?' vroeg ze na een
reverence.

'*Non,* merci.' Ik liep naar de trap die de hal domineerde en legde
mijn hand op de enigszins verveloze leuning.

'Rose, de markies verwacht je,' zei Désirée.

'Natuurlijk.' Terwijl ik haar volgde, keek ik naar binnen bij de vertrekken die we passeerden, nieuwsgierig naar de inrichting.

Ondanks het goudgele schijnsel van kaarsen en olielampen was het huis net zo donker en kil als de steen waaruit het was opgetrokken. Behalve deprimerend was het ook niet zo rijk en weelderig als ik had verwacht – en niet te vergelijken met de lichte, houten villa's van de *grands blancs* in Fort-Royal, omringd door palmen en wilde bloemen. In plaats van de tuleachtige gordijnen die ik gewend was en die opbolden in de bries uit zee, hingen hier zware draperieën. Tocht die onder de deuren door over de ijzige marmeren vloeren blies, vermengde zich met de verschaalde lucht.

Het meubilair was ook weinig indrukwekkend, op een schitterende, gepolijste tafel na van diverse lagen kostbaar hout. De goudbronzen lak glansde in het licht van het haardvuur. Ik streek met mijn vingers over de gladde fineer, die aangenaam warm was door de hitte van de vlammen. De tafel was de perfecte plek voor een spelletje kaarten of voor een tarotlegging.

'Ga zitten, kindje. Ze komen eraan,' zei Désirée.

Ik nam tegenover haar plaats in een met blauwe zijde beklede fauteuil. Waar was Alexandre? Bij zijn vader, veronderstelde ik, en ik deed mijn best om stil te zitten en niet nerveus te lijken.

Even later kwam de markies de kamer binnen, steunend op de arm van een bediende. Hij werd gevolgd door een heer van wie ik veronderstelde dat het François was, de broer van Alexandre. Ze leken allemaal op elkaar; alle drie hadden ze de trotse kin en de grote blauwe ogen die de familieband verrieden. Ik stond haastig op.

'Dus jij bent Rose.' De markies kwam naar me toe en nam mijn hand in de zijne. 'Welkom. We zijn blij dat je er bent.' Hij had een vriendelijke glimlach en rimpeltjes rond zijn ooghoeken.

'Dank u wel, monsieur. Ik vind het erg opwindend om hier te zijn.' Ik beantwoordde zijn glimlach.

'En dit' – hij gebaarde naast zich – 'is mijn andere zoon, François, je toekomstige broer.'

François maakte een buiging en kreukte zijn stijve jas, geborduurd met gouddraad. '*Enchanté*, mademoiselle. Wees zo goed me te verontschuldigen. Ik heb een afspraak en ik ben al laat.' Hij boog zijn hoofd. 'Vergeeft u mij.'

'Natuurlijk.' Ik knikte, waarop hij haastig de kamer verliet.

'Doe alsof je thuis bent, Rose,' zei de markies. 'We zijn tenslotte familie.'

'Dank u wel. Dat is erg aardig van u.' Ik voelde een overweldigende opluchting. Désirée en de markies waren allervriendelijkst.

Eenmaal in mijn kamer, om me te verkleden voor het souper, juichte ik in stilte. Eindelijk een moment voor mezelf! Ik trok de deken van het voeteneind van het bed en installeerde me bij het vuur, genietend van de warmte als een leguaan die zich koesterde in de tropenzon. De gedachte aan de zon die op zijn hoogste punt stond verwarmde mijn bloed.

Désirée vervulde de rol van gastvrouw, had ik tot mijn verbazing geconstateerd. Maar blijkbaar had Alexandre grote waardering en bewondering voor haar, ook al was ze slechts een soort stiefmoeder voor hem.

Na een uur te hebben gerust ging ik weer naar beneden. Daar was de tafel schitterend gedekt, met een ivoorwit kleed en een prachtig servies. Ik ging zitten.

'Tijd voor het diner.' De elegante Désirée nam plaats op een stoel tegenover de markies. Ze had haar reiskleding verruild voor een japon van blauwe zijde, haar haar was opgestoken in een perfecte *chignon*, versierd met parels. Zodra ze de porseleinen tafelbel had geluid, verschenen de bedienden. Een van hen vulde onze wijnglazen, een ander serveerde pastinaaksoep, die zou worden gevolgd door wildbraad en bietensalade.

Alexandre voegde zich pas op het laatste moment bij ons. 'Neem me niet kwalijk.'

Désirée schonk hem een verwijtende blik.

Hij pakte een stuk brood, doopte de korst in zijn soep en nam een grote hap. Toen bette hij zijn mond met zijn servet en keerde zich naar mij. 'Ik hoop dat je je thuis voelt.'

'Nog niet helemaal.' Bij het zien van de grimmige trek om zijn mond verbeterde ik mezelf haastig: 'Maar dat zal vast niet lang duren.' Een al te grote directheid werd blijkbaar niet op prijs gesteld.

Zijn gezicht ontspande. 'Mooi zo.'

Ik sloeg hem gade terwijl hij het eten naar binnen werkte. Niet echt ongemanierd, maar wel gehaast.

'Alexandre, die hertenbiefstuk loopt echt niet weg,' zei Désirée.

Ik glimlachte achter mijn glas.

Hij legde zijn bestek neer. 'Ik ben nogal gepresseerd, vrees ik. Vanwege een afspraak met een vriend.'

'O? Mag ik mee?' Ik voelde opwinding tintelen in mijn maag. Mijn eerste avond in Parijs, met Alexandre!

Hij at zijn mond leeg voordat hij antwoord gaf. 'Dat zal helaas niet gaan. Ik heb belangrijke zaken af te handelen, dus ik zou niet in de gelegenheid zijn je aan iedereen voor te stellen.' Hij gebaarde naar mijn japon. 'Bovendien heb je niets om aan te trekken.'

'Zoals je wilt.' Ik probeerde niet teleurgesteld te klinken. 'Misschien een andere keer?'

'Natuurlijk.' Hij schoof gejaagd zijn stoel naar achteren. 'Vader, Désirée, willen jullie me verontschuldigen? Rose, ik zie je morgenochtend aan het ontbijt.'

'Daar rekenen we op,' zei Désirée. Het klonk bijna dreigend.

De rest van de maaltijd verliep zo goed als in stilte. Na een digestief bij de haard trokken we ons terug in onze eigen vertrekken. Ik lag uren te woelen. Een paar nieuwe japonnen, wat lessen in muziek en geschiedenis, en Alexandre zou er trots op zijn dat ik zijn vrouw werd. Ik wilde hem de volgende ochtend dolgraag vertellen dat ik onmiddellijk wilde afspreken met een privéleraar.

Maar Alexandre verscheen niet aan het ontbijt. Het duurde twee dagen voordat ik hem weer zag.

Op mijn derde ochtend in Parijs zat ik ongeduldig te wachten totdat Désirée was uitgegeten. Ik stond te trappelen om de stad te verkennen.

'Je huisleraar komt om tien uur. En om twee uur krijg je afwisselend les in muziek en dans.' Ze zweeg even om een hap brood te nemen. 'Om vijf uur wordt er theegedronken in de salon. Het souper is om negen uur. Wees alsjeblieft stipt op tijd, kindje. Je hebt inmiddels een paar dagen de tijd gehad om aan je nieuwe omgeving te wennen.'

'Ja, Désirée.' Ik ging voor de zoveelste keer verzitten. Wanneer was ze nou eindelijk klaar?

'Wat fijn dat je je zo verheugt op ons uitstapje.'

'Ik popel van ongeduld om een nieuwe japon uit te zoeken!' En om me meer een echte *Parisienne* te gaan voelen.

Ze nam haar laatste slok koffie. 'Op naar de rue Saint-Honoré dan maar!'

We reden door smalle stegen en over indrukwekkende boulevards. Het loodgrijze water van de Seine gutste en klotste, boten zwoegden tegen de stroom in. Op de meeste pleinen deden marktkooplieden goede zaken. Koks bekeken keurend de koopwaar – malse groenten, sappig fruit, zilverkleurige vissen uitgestald op ijs en tonnen met roestbruine, groene en paarse kruiden. De geur van rijpe kazen hing in de lucht. Désirée staarde afwezig uit het raampje van het rijtuig.

Chique boulevards werden afgewisseld met krottenwijken. Overweldigd door schuldgevoel durfde ik de vrouwen en kinderen die om brood bedelden niet aan te kijken. Ik wilde dat ik ze kon helpen. Er was echter niets wat ik kon doen en dus deed ik maar alsof ik hen niet zag.

De rue Saint-Honoré voldeed aan al mijn verwachtingen. De chique *boutiques* boden een verbijsterende keuze aan sieraden, schoenen en stoffen. Ik bevoelde zijden handschoenen en uitgelezen kant, ik hield broches naar het licht om het te zien weerkaatsten in hun fraai geslepen vlakken.

'En wat een hoeden, Désirée! Het zijn er misschien wel duizend!' Strohoeden met linten *à la bergère*; baretten; breedgerande vilten hoeden met veren, edelstenen of een voile in elke denkbare kleur kant. O, wat zou ik er niet voor geven om zo'n hoed te bezitten!

Met open mond keek ik naar de winkelende dames in hun volumineuze, ritselende japonnen, met hun krullen hoog opgestoken en bleekblauw gepoederd. Ik wist niet hoe snel ik mijn verschoten jurk uit moest trekken.

'Eerst het korset en de onderrokken.' De assistente van de kleermaker hees me kordaat in nieuwe onderkleding.

'Mijn ribben worden in elkaar gedrukt!' riep ik uit toen ze de laatste baleinen straktrok. Ik gaf een ruk aan de stof.

'Niet aankomen!' zei ze streng. 'Het moet strak zitten, om het decolleté omhoog te duwen en de taille zo veel mogelijk in te nemen.'

'Hoe moet ik zo'n afschuwelijk ding in 's hemelsnaam dragen?'

De assistente klakte afkeurend met haar tong en hielp me in een hoepelrok te stappen. Mijn ogen puilden uit hun kassen bij het zien van de omvang. Op Martinique zou een mens bezwijken in zo'n japon.

'We moeten uw maten hebben.' Ze ging haastig aan de slag en krabbelde een reeks cijfers op een stukje papier. 'Zo, en dan nu de japonnen.' Madame wenkte twee jonge pasdames, die me de verschillende ontwerpen toonden – in brokaat en fluweel, zijde en kant, wol en katoen, stuk voor stuk in diverse kleuren. Ik paste een aantal van de beschikbare modellen. In de duurste *boutiques* was dat ondenkbaar, maar daar waren we niet eens naar binnen gegaan.

Ik draaide voor de tweede keer in het rond in een japon van geel brokaat. Wie was die elegante onbekende in de spiegel? Ze had blozende wangen en een sierlijk figuur. Blijdschap toverde een glimlach op mijn gezicht.

'Wat vind je hiervan, Désirée?' vroeg ik.

'Hij is prachtig. We zullen er een voor je laten maken. Deze zit niet helemaal goed. En wat vind je van de groene?'

'Die is erg duur. Dat heb ik al aan madame gevraagd.'

'Ik weet wat hij kost. Maar trek hem eens aan. Hij lijkt me wel ongeveer jouw maat,' zei Désirée.

Madame hielp me in de voorname zijden japon.

'O.' Ik sloeg een hand voor mijn mond toen ik in de spiegel keek. '*C'est magnifique.*' De glanzende rokken ruisten terwijl ik langzaam in het rond draaide en over de zwartkanten manchetten streek. Ach, kon Maman me maar zien! Als een echte dame!

'Hij zit je als gegoten.'

'Ik heb nog nooit zoiets moois aangehad.'

'Eens moet de eerste keer zijn, kindje.' Désirée keerde zich naar madame. 'Deze nemen we ook.'

'O, Désirée! Meen je dat echt?' Ik viel haar om de hals, maar stootte in mijn haast tegen een tafeltje. De porseleinen figuurtjes die erop stonden, leken rinkelend tot leven te komen. Ik wist ze nog net op tijd te redden en smoorde een lach.

'*Attention.*' Désirée schonk me een afkeurende blik. 'Denk erom dat je je te allen tijde bewust bent van je positie.'

Beschaamd boog ik mijn hoofd.

'Natuurlijk meen ik het,' zei ze toen, en haar toon werd zachter. 'Zo, en dan hebben we ook nog een japon nodig die je meteen aan kunt. Want we willen niet dat je ook nog maar één dag langer in die groezelige kleren loopt. Dat ben je toch met me eens?'

Met een kreet van blijdschap kuste ik haar op haar wang. 'Dank je wel! Dank je wel!'

Tegen het eind van de dag begon mijn Parijse garderobe serieus vorm te krijgen. Ik kreeg een jurk van brokaat, doorweven met gouddraad en bestikt met glinsterende kralen, drie dagjaponnen en een jurk van marineblauwe wol. En daarbij hoeden, schoenen, zijden kousen, een avondtas en handschoenen. Ik had nog nooit zo veel moois bezeten.

Ondertussen verbaasde ik me over de financiële situatie van de familie De Beauharnais. Het huis noch het meubilair wees op grote rijkdom en ik had met eigen ogen gezien dat Désirée somber de rekeningen bekeek. Hoe dan ook, dat was niet iets waar ík me zorgen over hoefde te maken. Dus ik zette de gedachte van me af. Alexandres mond zou openvallen wanneer hij me zag.

De volgende morgen stond ik al vroeg op om mijn toilet te maken. Alleen al met het schikken van mijn krullen tot een perfecte *chignon*, net als die van Désirée, was ik een uur bezig. Vervolgens bracht ik zorgvuldig mijn nieuwe gezichtspoeders op en deed ik rouge op mijn wangen. Nadat ik me ten slotte met parfum had besproeid, riep ik Mimi om me te helpen met aankleden.

'Eerst de kousen, Yeyette.' Ze noemde me nog altijd bij het koosnaampje dat ze me als kind had gegeven.

Ik trok de dunne kousen die glansden als zijde over mijn kuiten en mijn knieën en zette ze vast met een kousenband, versierd met ruches.

Mimi reeg de veters van mijn korset dicht, maar dat deed ze gelukkig minder strak dan de kleermaker. 'Kun je nog ademhalen?'

'Amper.' Ik schoot in de lach.

Daarna hielp ze me in mijn onderrokken en mijn hoepelrok, en ten slotte in een roomwitte creatie met geborduurde kersen. Het was de enige japon die ik na wat kleine aanpassingen direct kon dragen, en toevallig ook een van mijn favorieten.

Glimlachend bekeek ik mezelf in de spiegel. Van top tot teen een Parijse dame; een verleidelijke verschijning die geen man onberoerd zou laten.

Toen ik de trap af kwam, boog Alexandre zich net over de tafel om een stuk brood uit de mand te pakken.

'Had je een genoeglijke avond?' Ik schikte luchtig een krul die over mijn voorhoofd hing.

'Jazeker. Ik ben net thuis.' Hij smeerde een dikke laag abrikozengelei op zijn brood en werkte het in een paar happen naar binnen, zonder te gaan zitten.

'Ik hoop dat ik je gauw een avond mag vergezellen.' Ik liet mijn rokken ruisen terwijl ik naar hem toe liep. 'We zijn bij de kleermaker geweest. Hoe vind je het?'

Hij nam me zwijgend op. 'Heel aardig,' zei hij toen.

Heel aardig? Ik sloeg mijn ogen neer om mijn teleurstelling te verbergen.

Hij deed een stap in mijn richting. 'Ik wil het graag van dichterbij bekijken.'

Zijn stem klonk zacht als fluweel en mijn maag maakte een salto toen hij zich tegen me aan drukte en zijn gezicht in mijn hals begroef. Zijn warme adem rook naar drank en tabak.

'Alexandre!' zei ik geschokt.

Hij kuste het gevoelige plekje achter mijn oor. 'Je ruikt goddelijk. Wat is het? Lavendel?'

Ik knikte terwijl zijn vingers luchtig over de welving van mijn borst streken. Een aangename warmte verspreidde zich door mijn lichaam.

'Maar ik kan niet... We kunnen toch niet...' Ik zocht houvast tegen de muur.

'Sst.' Hij trok me dwingend tegen zich aan en duwde zijn tong tussen mijn lippen. Ondertussen gleed zijn hand vliegensvlug naar beneden en voordat ik er erg in had tilde hij mijn rokken op.

Zijn kus werd dwingender en ik gaf me over aan zijn lippen. Met ervaren bewegingen duwde hij mijn onderrokken opzij en ik voelde zijn hand op mijn blote huid.

'Alexandre.' Ik probeerde me van hem los te maken. 'Alexandre!' Ik zette een hand tegen zijn borst en duwde. Er klonk een scheurend geluid.

'Wat is er? Wijs je me af?' Hij liet zijn hand over mijn blote dij glijden. 'Ik heb toch gezien hoe je naar me kijkt.'

Ik hijgde. 'Ik eh… Niet nu…'

'Ik weet dat je minnaars hebt gehad op Martinique. Creolen staan bekend om hun zinnelijkheid.' Met zijn vingertoppen beschreef hij cirkels op mijn dij. Het was alsof mijn huid in brand stond en ik bloosde. 'Je bent prachtig in deze jurk. Onweerstaanbaar!' Hij plantte een spoor van kussen op mijn sleutelbeen, zijn hand schoof langs mijn dij omhoog.

Het duizelde me, ik werd slap in zijn armen en toen zijn warme vingers plotseling mijn geheimste opening binnendrongen, slaakte ik een kreet.

Er klonken voetstappen in de aangrenzende kamer.

'Rose? Ben jij daar?' riep een stem. Het was de vader van Alexandre.

De stok van de markies tikte op de vloer van de studeerkamer. Dankzij het feit dat de oude heer moeilijk liep, wist ik nog net op tijd mijn kleren te fatsoeneren. Alexandre veegde zijn mond af met een zakdoek. Toen zijn vader de deur opendeed, leek alles weer normaal. Althans, dat dacht ik.

'Is alles in orde, Rose?' De ogen van de markies werden groot toen hij me zag.

Ik slikte moeizaam en rechtte mijn schouders. 'Alles is in orde, monsieur. Merci.'

Na een vermoeide blik op Alexandre slofte de markies terug naar zijn studeerkamer. Alexandre stormde zonder nog een woord te zeggen de trap op.

Ik keek in de ronde spiegel aan de muur. Er brandden rode vlekken op mijn wangen, mijn ogen stonden koortsig, mijn sjerp was gescheurd en hing van mijn middel naar beneden. Er gleed een traan over mijn wang.

Op een kille ochtend in de week daarop staarde ik naar de geraniums in de bloembakken voor het raam, waarvan de met rijp bedekte bladeren glinsterden in het zonlicht. Ik dacht aan Alexandres plotselinge gepassioneerdheid. Aan zijn kus. Zijn handen! Hij had me als een hoer behandeld en vervolgens was hij er met geen woord op teruggekomen. Ik wist niet hoe ik zijn gedrag moest duiden, want inmiddels was hij weer een en al charme en welwillendheid. Ik legde mijn hoofd tegen de ruit. Het kon niet anders of hij was die ochtend dronken geweest. Dat was alles. Tenminste, dat hoopte ik.

Er ontsnapte me een zucht. Wat miste ik Maman en Manette! En zelfs Papa. Maar ook mijn vriendinnen. En wat verlangde ik ernaar om nieuwe vriendschappen te sluiten.

'Mademoiselle, u leert geen geschiedenis door uit het raam te staren,' mopperde mijn huisleraar.

Monsieur Ennui, zoals ik hem in gedachten noemde. Zijn lessen waren dodelijk saai.

'En uw houding is ook affreus.' Hij rukte mijn schouders naar achteren en tilde mijn kin op. 'Dat is al beter.'

'*Oui,* monsieur.' Ik keek in zijn kille ogen. Zijn bleke lippen gaven nog enigszins kleur aan zijn witgepoederde gezicht. Spijtig wenste ik dat Désirée een sympathiekere leraar voor me had uitgekozen. Gelukkig zaten de lessen er voor die dag bijna op.

Vanuit de hal klonk een onbekende stem. Visite? In mijn gretigheid verloor ik alle beleefdheid uit het oog en ik haastte me naar de vestibule.

Désirée schonk me een geërgerde blik. 'Gedraag je als een dame, Rose.'

Ze bedoelde het goed, maar ik begon genoeg te krijgen van haar voortdurende vermaningen. 'Ja, Désirée.' Ik vertraagde mijn tred, maar bij het zien van de kleurige verschijning naast haar bleef ik met een ruk staan.

'Madame de Beauharnais...' begon een bediende formeel.

Met haar volle heupen en enorme rokken duwde de bezoekster

hem opzij. De bediende kneep verbeten zijn lippen op elkaar en ik moest giechelen.

'Ik ben Fanny de Beauharnais, de vrouw van François, Alexandres broer. Maar je hebt mijn echtgenoot waarschijnlijk al ontmoet. Zeg maar Fanny.' Ze schonk me een stralende glimlach en kuste me op beide wangen. 'Welkom in Parijs. Ik popelde van nieuwsgierigheid om je te leren kennen.'

Hoewel Fanny zich kleedde volgens de laatste mode, bood ze een enigszins verfomfaaide aanblik. Bovendien oogden de tinten rood en paars die ze droeg wat opzichtig. De modieuze pasteltinten zouden haar echter niet staan en ze was te bruisend om zich te laten insnoeren in een korset. Haar weelderige krullen waren versierd met veren en dansten om haar gezicht; de rouge op haar lippen en haar wangen was net iets te overdadig. Met haar fleurige verschijning deed ze me denken aan de exotische vogels in de bomen rond mijn ouderlijk huis in de tropen.

Er gleed een glimlach over mijn gezicht. 'Het is me een groot genoegen u te ontmoeten, Madame d–'

'Fanny, kindje. Er is niemand die me Madame de Beauharnais noemt.' Haar blik ging van mijn gezicht naar mijn japon. 'Je bent aanbiddelijk. En hoe is het met Alexandre? Heeft hij je de stad al laten zien?'

'Nee, ik heb hem helaas nog nauwelijks gesproken –'

Désirée viel me in de rede. 'Hij is bij zijn garnizoen en wanneer hij daartoe in de gelegenheid is, verblijft hij bij de familie Rochefoucauld. Je weet hoe hij is, Fanny. Je kent zijn toewijding aan zijn plichten en zijn vrienden.'

'Onder andere.' Fanny schonk Désirée een veelbetekenende blik. Mijn hart sloeg een slag over. Wat bedoelde ze daarmee?

Voordat ik het kon vragen, begon Fanny over iets anders. 'Je moet eens een avond naar mijn *salon* komen. Samen met Alexandre, natuurlijk. Mijn soirees zijn vermaard.' Ze somde een hele lijst namen op, van wie me er niet één bekend voorkwam, maar ik twijfelde er niet aan of het ging om belangrijke figuren. Ik schoot in de lach toen ze, ademloos van het snelle praten, even moest pauzeren.

'Het klinkt allemaal verrukkelijk!' zei ik. 'De kou dwingt me binnen te blijven en dat maakt me rusteloos. Wil je misschien een kop warme chocolademelk?'

'*Chocolat chaud* lijkt me hemels. Kom. Vertel! Ik wil alles van je weten.' Ze pakte mijn hand.

'Wil je mij alsjeblieft verontschuldigen, Fanny? Ik moet met de dokter praten,' zei Désirée. 'Hij is boven bij de markies.'

Ik glimlachte besmuikt achter mijn hand. De dokter was er nog helemaal niet. Désirée zocht gewoon een excuus. Blijkbaar was ze niet bijster op Fanny's gezelschap gesteld.

'Natuurlijk, Désirée. Doe hem de groeten.'

'En wil je tegen mijn huisleraar zeggen dat hij kan gaan?' vroeg ik.

'Althans, voor vandaag.' Désirée verliet waardig de kamer.

Ik voelde me direct bij Fanny op mijn gemak. Haar joviale lach en haar openhartigheid waren een verademing.

'Vertel me over je ouderlijk huis,' zei ze. 'En over je familie. Je vrienden. En ik hoorde dat in het oerwoud van Martinique de wonderlijkste schepsels wonen.'

Ze vuurde de ene na de andere vraag op me af en ik beantwoordde ze zonder enige terughoudendheid. Maar haar grootste belangstelling gold de plantage en de Afrikanen.

'En de slaven? Hoe ziet hun leven eruit?'

Het gerinkel van bestek ontging haar. Toen ik over mijn schouder keek, zag ik Mimi een mes oprapen dat ze tijdens het zilverpoetsen op de grond had laten vallen. Onze blikken kruisten elkaar. Vervolgens concentreerde ze zich weer op haar werk en poetste alsof haar leven ervan afhing.

'De slaven wonen in hutten, tenzij ze deel uitmaken van het huishouden. De meest gewaardeerde en de hardste werkers eten en slapen in het grote huis.'

Mimi keek niet naar ons, maar haar zwijgen hing bijna tastbaar in de lucht. Ze wist hoezeer ik haar altijd had gewaardeerd. Sterker nog, ze was mijn vriendin.

'Dus ze werken van zonsopgang tot zonsondergang? Wat eten ze? En wat is de straf voor een slaaf die zich misdraagt? Ik heb de gruwelijkste verhalen gehoord,' drong Fanny aan.

Ik vond het merkwaardig dat het onderwerp haar zo boeide. Slaven waren anders dan wij en niet onze gelijken. Dus waarom was ze zo in ze geïnteresseerd?

'Alle mensen horen dezelfde rechten te hebben. Mannen en vrouwen. Ongeacht hun positie of hun afkomst, *doucette*,' zei Fanny met grote stelligheid. 'En ongeacht hun huidskleur.'

Mimi zette grote ogen op.

Ik schraapte mijn keel. 'Mimi, zijn er nog koekjes? Zou je even willen gaan kijken?' vroeg ik, waarop ze haar poetsdoek op het bureau legde en zich naar de keuken haastte.

Wat een bijzondere gedachte! Ik had nooit bij de vrijheid van de slaven stilgestaan, en al helemaal niet bij de 'rechten' van vrouwen. Tot op dat moment had ik onze rol altijd als vanzelfsprekend beschouwd: de slaven werkten op het land, de *grands blancs* waren boven hen gesteld en beheerden de plantages. Zonder de Afrikanen zou ons suikerriet verrotten en kwam er van onze plantages niets terecht. En hoe moest het dan met ons? Toch had Fanny me stof tot nadenken gegeven.

Alexandre en ik trouwden in Noisy-le-Grand. Het interieur van het kleine kerkje baadde in gefilterd zonlicht dat door de glas-in-lood-ramen naar binnen viel en een kleurig mozaïek op de koude, stenen vloer schilderde. De banken waren gevuld met Alexandres vrienden en familie. Fanny, die voor mij het enige vertrouwde gezicht was, knipoogde geruststellend toen ik vanuit de kamer van de priester de kerk betrad. Ik glimlachte, ondanks de twijfel die bezit van me had genomen. Hield ik wel van Alexandre?

In gedachten hoorde ik opnieuw de woorden van Papa. '*Het gaat bij het huwelijk niet om liefde. Het gaat om bezit. De huwelijkse liefde is een dwaze jonge-meisjesfantasie.*'

De schallende klanken van het orgel gaven aan dat de plechtigheid was begonnen. Alle aanwezigen keerden zich naar mij. Ik slikte en zette de eerste schreden in de richting van het altaar.

Ach, Maman, kon je er maar bij zijn! Ik stelde me voor hoe haar blauwe ogen vochtig zouden glanzen, hoe trots ze zou zijn op haar mooie dochter. Ze zou mijn haar hebben gekruld en Manette zou me in mijn japon hebben geholpen.

Een doffe pijn bonsde in mijn borst terwijl ik door het gangpad schreed, mijn toekomst tegemoet.

Alexandre stond bij het altaar, even knap als altijd in zijn uniform. Hij keek streng, zijn gezicht leek een ondoorgrondelijk masker. Had hij spijt?

Het huwelijk werd die avond gevierd met een chic diner aan huis voor vrienden en familie, compleet met ingehuurde muzikanten. Toen Fanny arriveerde, ontsnapte me een zucht van verlichting.

'Gefeliciteerd.' Ze sloeg haar armen om me heen.

'Wat ben ik blij dat je er bent!' Ik glimlachte voor het eerst die avond.

'Na het souper maken we een babbeltje.'

'Daar verheug ik me nu al op.'

Ik baande me een weg door de gasten, die in groepjes stonden te praten en me allemaal aanstaarden. Er was bijna niemand die me aansprak. Ik was een buitenstaander in mijn eigen huis. Ondanks het feit dat ik me niet op mijn gemak voelde, liep ik met opgeheven hoofd. Tijdens het diner lepelde ik zwijgend mijn soep, ik at de *tarte aux champignons* en liet me de champagne goed smaken. De belletjes tintelden op mijn tong en ik begon eindelijk te ontspannen.

Alexandre zat aan mijn rechterhand en betoverde onze gasten met zijn conversatie. Wat kon ik aan het gesprek bijdragen? Ik kende geen theaterroddels, ik wist niets van de manier waarop de koninklijke familie haar privileges misbruikte. Het gevoel van zwarte aarde tussen mijn tenen, de geur van regen op de bloemen van de hibiscus, de magie van de tarot – daar wist ik alles van. Ik glimlachte stralend of ik knikte wanneer me dat gepast leek, ervan overtuigd dat mijn ogen glazig stonden.

Mijn flûte was alweer leeg, dus toen er bediende langskwam pakte ik twee glazen van het blad. Het duurde niet lang of een aangename bedwelming nam bezit van me en ik vergat mijn gevoel van eenzaamheid.

Toen de muziek begon te spelen, nam Alexandre mijn arm. 'Lieve echtgenote.' Hij kuste me op mijn voorhoofd. 'Zullen we dansen?'

Echtgenote. Ik ben een echtgenote. Ik glimlachte bij het zien van de warme blik in zijn ogen. 'Ja!' Ik wilde dansen. Wat had ik dat gemist!

Het gezelschap ging in twee rijen tegenover elkaar staan voor een quadrille, een dans die ik gelukkig beheerste. Alexandre keek me aan en knikte. We ontmoetten elkaar halverwege, legden onze handen tegen elkaar en wervelden op de maat van de muziek in het rond.

Ik hield mijn adem in terwijl onze blikken elkaar kruisten en onze handen elkaar vonden. De warmte van zijn huid maakte dat mijn wangen begonnen te gloeien.

'U bloost, Madame de Beauharnais. En het staat u goed. U bent een schoonheid.'

De gedachte aan de huwelijksnacht kwam bij me op. Mijn maag verkrampte van opwinding en nervositeit; mijn hals brandde. Misschien had ik te veel champagne gedronken.

Terwijl ik mijn plaats in de rij weer innam, kreeg ik de hik. Ik begon te giechelen en miste een pas, met als gevolg dat ik moest lachen om mijn eigen dwaasheid.

Alexandre keek me streng aan. 'Rose,' fluisterde hij boos toen onze schouders elkaar raakten, 'gedraag je niet zo ondamesachtig. Je krijgt geen champagne meer.'

'Maar we moeten vrolijk zijn! Waar is een bruiloft anders voor?' Ik hikte weer. 'En ik ben de bruid.'

'Je maakt je belachelijk met je gestotter en gestruikel. Bij de volgende dans blijf je aan de kant zitten.'

'Waarom? Ik ben niet moe,' zei ik met een dubbele tong.

Hij verstijfde en toen de muziek zweeg, bracht hij me naar een ongemakkelijke stoel.

'Ik ben nog niet... uitgedanst.' Het kostte me moeite de woorden over mijn lippen te krijgen.

Hij richtte zich op en trok zijn jas recht. 'Hou op! Je bent dronken. Ik schaam me voor je.'

'Ach, doe niet zo dwaas.' Ik wuifde nonchalant. 'Wees niet zo gekwetst. Ik ben de eregast. Dus ik mag doen wat ik wil. Trouwens, niemand kent me hier.' Het drong niet tot me door hoe belachelijk het was wat ik zei.

Hij beende weg.

Had hij het serieus gemeend? Ik keek hem ongelovig na toen hij zich bij een groepje mannen voegde.

Terwijl de uren verstreken daalde er een deken van melancholie over me neer. Alexandre negeerde me. Hij was een uitgelezen danser en gleed soepel en elegant over de vloer. De andere mannen sloegen hem jaloers gade. De vrouwen keken vol bewondering toe, met een blik van adoratie en begeerte in hun ogen. Mijn slapen bonsden, jaloezie maakte me misselijk. Maar ík was Madame de Beauharnais. Geen andere vrouw kon hem de hare noemen.

Toch vroeg Alexandre me de hele avond niet meer ten dans.

Dat is je eigen schuld, mopperde ik in gedachten.

Toen ik zijn onverschilligheid niet langer kon verdragen, verontschuldigde ik me. In mijn kamer lag de witte nachtjapon al klaar op het bed. Ik streek over de gladde stof. Ik zou zeggen dat het me speet, hij zou me vergeven en dan zou ik op mijn beurt hém vergeven.

'Mimi?' riep ik door de dichte deur. 'Kun je me helpen, alsjeblieft?'

Ze kwam haastig toesnellen en hielp me met uitkleden. Toen liet ze een wolk van satijn over mijn hoofd glijden; weelderige plooien golfden als een waterval van een met linten en kant versierde bustier. Daarboven welfden mijn borsten zich als vlezige heuvels.

'Lieve god, je zult hem tot waanzin drijven, Yeyette!' Mimi strikte de laatste linten.

Ik pakte haar handen en drukte ze tegen mijn borst. 'Ik ben bang.'

'Dat is heel begrijpelijk,' zei ze. 'Maar het komt allemaal goed. Als hij een beetje teder is, vind je het misschien zelfs prettig.'

Ik kuste haar op de wang. Opwinding tintelde in mijn buik. Nog even, dan was ik geen maagd meer. Als Guillaume destijds zijn zin had gekregen, zou ik mijn maagdelijkheid al lang geleden hebben verloren, op een zwoele avond in Fort-Royal. Nu was ik blij dat ik de verleiding had weerstaan.

Op de rand van mijn bed gezeten wachtte ik op wat komen ging. Ik begon op mijn nagels te bijten. Een afschuwelijke gewoonte, zei Maman altijd. Dus ik ging op mijn handen zitten. Maar toen kon ik mijn voeten niet stilhouden.

Ik schoot overeind en begon te ijsberen. Waar bleef hij zo lang?

Toen er een uur was verstreken kroop ik moe en rozig van de champagne tussen de bordeauxrode lakens. Mijn oogleden werden zwaar. Terwijl ik wachtte kon ik alvast een beetje uitrusten.

Straks zou hij me in zijn armen nemen. En dan was alles weer goed.

Maar Alexandre kwam niet. Die nacht niet, de nacht daarna niet en ook niet de nacht dáárna.

Getrouwd

Noisy-le-Grand, 1780 – 1782

Ik zag Alexandre pas een week later weer, net voor het aanbreken van de dageraad. Hij klom onbeholpen in bed, zijn wangen zagen rood van de dure cognac waar hij zo dol op was.

'Waar was je?' Ik wreef de slaap uit mijn ogen.

'Ik had het druk met het garnizoen, liefste. We hebben de laatste tijd erg veel oefeningen gehad. Maar nu ben ik er.'

Ik zou mijn frustratie willen uitschreeuwen. Hoe durfde hij me alleen te laten in mijn huwelijksnacht! Ik had sindsdien elke avond mijn mooie nachtjapon aangetrokken, maar hij was niet gekomen. Met mijn lippen stijf op elkaar gedrukt keerde ik hem de rug toe.

Hij legde een hand op mijn schouder en liet hem over mijn arm naar beneden glijden, naar de welving van mijn heup. Ondanks mijn woede begon mijn huid verrukkelijk te tintelen onder zijn vingertoppen.

'Ik heb je lieve gezicht zo gemist,' fluisterde hij teder in mijn oor. Van zijn slepende spraak was niets meer te horen.

'Je hebt wel een vreemde manier om dat te laten merken.'

'Sst.' Hij legde een vinger op mijn lippen. 'Volgende week neem ik je mee naar een van de meest vermaarde *salons* in Parijs.' Met zijn fluweelzachte stem had hij een serpent kunnen betoveren.

Mijn vastberadenheid begon te wankelen. 'Echt waar?' Ik keerde me naar hem toe.

Hij suste me met een hartstochtelijke kus. Zijn hand gleed over de soepele, gladde stof van mijn nachtjapon tot hij een opening vond. Zijn strelingen maakten dat ik begon te hijgen, onder zijn handen was het alsof mijn lichaam in vuur en vlam kwam te staan.

Zich bewust van mijn veranderende gevoelens gooide Alexandre het dek van ons af. 'Ik wil je zien.' Hij trok het nachthemd over mijn hoofd.

Ik bloosde om mijn naaktheid en durfde me niet te bewegen.

Alexandre begon zacht mijn schouders, mijn borsten en mijn buik te strelen, en ten slotte het driehoekje van donker haar.

Een kreun ontsnapte aan mijn lippen. Ik bloosde opnieuw, door de manier waarop mijn lichaam op hem reageerde.

'Ik hou van de geur van je huid.' Hij ademde diep in en nam een tepel in zijn mond.

Bezwijkend voor zijn hartstocht strengelde ik me om hem heen.

Even later dommelde ik in slaap, warm en geborgen in zijn armen.

Alexandre kwam gewoonlijk pas vlak voor de dageraad bij me in bed, dan sliep hij tot in de middaguren en tegen de avond glipte hij het huis uit, zonder te zeggen waar hij heen ging. En sommige nachten kwam hij helemaal niet thuis. Als hij er wel was fluisterde hij dat hij van me hield en suste hij mijn wrok over zijn langdurige afwezigheid met cadeautjes. Ik koesterde de snuisterijen en toonde me enthousiast over de boeken die hij me te lezen gaf. En ik probeerde hem te vergeven dat hij me soms dagen achtereen alleen liet.

Op een middag ging ik achter het kersenhouten bureau in de studeerkamer zitten. Na een lange, eenzame week waarin ik elke dag uren les had gehad, voelde ik me somber. Zuchtend bladerde ik in een saaie roman. In gedachten zag ik Cathérine voor me, als een stralend visioen: mijn zus aan het bureau in onze gemeenschappelijke slaapkamer, gebogen over boeken die vertelden over een ver verleden, terwijl haar kaars tot een stompje opbrandde.

Op een avond had Papa op onze deur geklopt.

'Binnen!' Ik verschoof op het bed. Manette had moeite met stilzitten terwijl ik haar haar vlocht.

'Jongedames, het is tijd om jullie kaars uit te blazen.'

'Maar Papa, ik ben net bij het mooiste stuk!' protesteerde Cathérine.

Hij drukte een kus op haar hoofd. 'Kleine boekenwurm van me. Je vader is trots op je. Heb jij je leeswerk voor vandaag al gedaan, Rose?'

Ik bond een reep stof om Manettes vlecht. 'Nou, eh...'

Hij schonk me een strenge blik. 'Cathérine is jonger dan jij, maar ze is al veel verder met haar studie. Als je in dit tempo doorgaat, vind je nooit een man.'

Ik boog mijn hoofd. Hij mopperde zo vaak op me dat ik eraan gewend had moeten zijn. Maar dat was ik niet. Het liefst zou ik het boek van mijn zus in de haard hebben gesmeten.

Terugkijkend op het verleden voelde ik een knagend schuldbesef. Ik verafschuwde mezelf om mijn jaloezie, om de lelijke gedachten die bij me opkwamen. Ik keek weer naar mijn boek, maar de letters vervaagden. Cathérine zou een betere vrouw voor Alexandre zijn geweest. Maar daar wilde ik niet aan denken.

Cathérine kon niemands vrouw meer zijn.

Ik klapte het boek dicht en streek met mijn vingers langs de rug. *Julie, of de nieuwe heldin Héloïse.* Ik worstelde al een week met de complexe verwikkelingen. Nijdig smeet ik het afschuwelijke boek in de kast. Zo belangrijk kon Rousseau niet zijn.

'Niet zo onzorgvuldig met Rousseau! Heb je het uit?' De stem van Alexandre deed me schrikken.

Ik draaide me met een ruk om in mijn stoel. 'Ja,' loog ik. 'En ik begrijp niet wat er zo geweldig aan is.' Mijn stem droop van het sarcasme. Ik wist dat hij geen kritiek kon velen op zijn lievelingsschrijver en -filosoof, dus daar maakte ik gretig gebruik van. Want ik had genoeg van zijn belerende hooghartigheid, om nog maar te zwijgen van het feit dat hij er nooit was.

'Hoe durf je het te zeggen! En hoe kun je zo volkomen blind zijn voor zijn genialiteit? Zijn ideeën over –'

'Kunnen we het alsjeblieft over iets anders hebben? Ik heb me net twee uur in zijn werk verdiept.' Ik was niet in de stemming voor de zoveelste monoloog.

'Goed, zoals je wilt.' Er trok een spier in zijn kaak. 'Zeg het maar. Waar wil je het over hebben?'

'Over het hof.' Ik ging op de bank zitten en schoof een eindje door om plaats voor hem te maken. 'Over Koningin Marie Antoinette en haar hofdames en de luisterrijke ontvangsten. Wat zullen de bals aan het hof schitterend zijn! En we zijn toch van adel?' Ik pakte zijn hand toen hij naast me kwam zitten. 'Als klein meisje droomde ik al van het hof. Dus zou je... Kunnen we vragen om uitgenodigd te worden? Ik heb een gepaste japon. En ik heb met mijn huisleraar de etiquette bestudeerd. Bovendien ben ik een voortreffelijk danser, net als jij. Dus we zouden een uitstekende indruk maken aan het hof.'

'Je wilt dat ik je meeneem naar Versailles?' Zijn ogen puilden bijna uit hun kassen, als de ogen van een kikker in de hand van een kleine jongen. 'Denk je nu werkelijk dat je welkom bent aan het hof?' Hij begon bulderend te lachen.

Mijn ergernis laaide weer op. 'Wat bedoel je?'

'Uitgenodigd worden aan het hof is niet iets wat je zomaar even regelt.' Hij knipte met zijn vingers. 'Bovendien zou je in zulk hoog gezelschap een modderfiguur slaan.'

Als door een wesp gestoken liet ik zijn hand los. 'Waarom doe je zo onaardig?'

'Omdat je geen idee hebt wat erbij komt kijken om je de verfijning eigen te maken die aan het hof vereist is.'

Ik sloeg mijn ogen neer. Misschien had ik inderdaad geen idee, maar als het hof zijn eigen etiquette had, dan kon ik die toch leren?

De uitdrukking op zijn gezicht werd zachter. 'Weet je wat? Kleed je vanavond mooi aan, dan gaan we naar de *salon* die ik je had beloofd. We vertrekken om acht uur.' Hij gaf me een kus op mijn wang en beende de kamer uit.

Terwijl ik naar het zijden tapijt staarde, deed ik mezelf een plechtige belofte. Ik zou naar het hof gaan. Ik zou me toegang weten te verschaffen tot de adellijke kringen. Desnoods zonder Alexandre. Maar eerst moest ik een eigen vriendenkring opbouwen en daar zou ik die avond mee beginnen.

Ik deed extra mijn best om er die avond mooi uit te zien. Het lijfje van mijn japon was bedekt met ragdunne voile versierd met bleekroze en gele bloemen. Ook mijn haar versierde ik met bloemen en ik stak het op tot een waterval van krullen. Mijn blik ging naar de klok. Vijf voor acht. Ik was keurig op tijd. Met ruisende rokken en in een wolk van parfum verliet ik de kamer.

'Alexandre?' Ik klopte op zijn kamerdeur.

Geen antwoord.

Haastig daalde ik de trap af, zo snel als mijn rokken me toestonden. 'Alexandre? Ik ben zover.'

Doodse stilte.

Waar was iedereen? Ik liep naar de zitkamer. Die lag er verlaten bij, net als de studeerkamer en de hal. Dus ging ik weer naar boven, naar de kamer van Désirée. Misschien wist zij waar hij was.

'Ze is de stad in, om te dineren met vrienden,' vertelde haar kamenierster.

'Hebt u Alexandre gezien?'

'Die is vertrokken terwijl u in bad zat, Madame de Beauharnais. Hij zei iets over bloemen.'

Ik glimlachte. Blijkbaar had hij spijt gekregen van ons gekibbel.

Een uur lang keek ik naar de rijtuigen die over de keien in onze smalle straat ratelden. Toen werd ik boos, daarna ongerust, en ten slotte weer boos.

Er verstreek nog een uur.

Mijn hoop viel in duigen. Uiteindelijk rende ik naar boven, ik smeet de deur achter me dicht en schopte mijn schoenen door de kamer. Ik had me voor niets mooi gemaakt! De bloemen waren helemaal niet voor mij geweest.

Alexandre strafte me door me aan mijn lot over te laten en me te veroordelen tot een geïsoleerd bestaan zonder vrienden, zonder sociaal leven. Ik vulde mijn dagen met brieven schrijven aan Maman, met winkelen en met wandelen in de parken van Parijs. Op regenachtige dagen bleef ik binnen; dan liet Monsieur Ennui me voorlezen, ik tokkelde op mijn harp of ik speelde kaart met Mimi, hoewel Désirée me daar later streng over onderhield.

'Het is ongepast om bedienden als gelijken te behandelen.'

'Maar Désirée, je begrijpt het niet! Mimi is meer dan een bediende,' protesteerde ik. Mimi was mijn vertrouwelinge, mijn schakel met vroeger, met thuis.

Désirée schonk me een vermoeide blik. 'En blijf van je haar af. Anders moet je het weer helemaal opnieuw friseren. Een dame houdt haar handen stil.'

Toen ze me de rug toekeerde en de kamer verliet, slaakte ik een geërgerde zucht. Mimi smoorde een lach.

'Ach, lieve vriendin, je bent veel meer dan een slaaf.' Ik kuste haar sterke bruine hand.

Mimi's ogen straalden van liefde. 'Dat weet ik. Al sinds we kinderen waren.'

'Goddank dat ik jou heb.' Zonder haar zou het leven ondraaglijk zijn geweest.

Terwijl ik op een koude winteravond in bed kroop, dacht ik aan Papa's verhalen over Parijs. Wat zou ik er niet voor hebben gegeven om te worden bewonderd en een invloedrijke positie te bekleden aan het hof waarover hij had verteld. Om te genieten van het leven, het échte leven, in de stad. Maar hoe anders was mijn Parijs dan de stad uit de verhalen van mijn vader... en hoe anders was mijn man dan de liefde waarvan ik had gedroomd... Mijn satijnen kussen raakte doorweekt van mijn tranen. Ik had zo vurig gebeden om Martinique te kunnen verlaten, om avonturen te beleven en om de liefde te vinden, maar daar lag ik nu, huilend om een leven dat ondraaglijk zwaar was gebleken. Waarom liet mijn echtgenoot me alleen? Iedere man wilde toch 's nachts in de armen van zijn geliefde liggen? Alexandre had talloze malen gezegd dat hij van me hield.

Een klop op de deur deed me schrikken. Ik schoot overeind.

'Rose?' Er werd opnieuw geklopt. 'Mag ik binnenkomen?'

Voordat ik antwoord kon geven, kwam Fanny binnenstormen. Een stralende wolk van goudkleurige tafzijde, als altijd met een brede glimlach en een overdaad aan rouge.

'Fanny.' Ik veegde snotterend met de rug van mijn hand over mijn ogen. 'Wat doe jij hier?'

'We gaan uit, *chérie*. Een vriendin van me, Madame de Condorcet, geeft een *salon*. Kom, we moeten zorgen dat je er op je mooist uitziet.'

'Maar –'

'Vooruit, we hebben geen ogenblik te verspillen. Je bed uit!'

Mimi had de commotie gehoord en kwam aansnellen. Ze deed de deur van mijn kast open en inspecteerde mijn japonnen. 'Het is tijd om zelf het heft in handen te nemen, Yeyette.'

Inderdaad, de hoogste tijd. Alexandre kon me wat!

Ik sprong uit bed en viel Fanny om de hals. 'Dank je wel!'

'Zo, en nu geen tranen meer, kindje.' Ze klopte me op de rug. 'Die waardeloze echtgenoot van je zorgt blijkbaar niet goed voor je. De arrogante sukkel! Nou, we hebben de mannen niet nodig. Ik heb de mijne al lang geleden zijn congé gegeven.'

Mijn mond viel open. 'O? Ik wist niet dat François en jij –'

'Ik ben niet gediend van de opvattingen van mijn echtgenoot.'

Ik schonk haar een bewonderende blik. Wat was ze dapper!

Fanny liep de kamer uit. 'Ik wacht op de gang.' Ze trok de deur achter zich dicht.

Mimi hielp me in de stralend groene japon die ik nog niet had gedragen. Nadat ze haastig mijn haar had opgestoken met de parelmoeren kammen van Maman was ik klaar om de stad in te gaan.

Bij aankomst op onze bestemming loodste een bediende ons over een pad tussen fraai gesnoeide en met linten versierde struiken naar de voordeur. Het huis van Madame de Condorcet imponeerde niet door zijn grootte. Het was zelfs vrij bescheiden, maar het bezat charme, net als Sophie zelf. Ik was onder de indruk van haar intelligentie en haar talenten. Niet dat ik haar verlangen deelde om te schrijven en gepubliceerd te worden, of om erudiete toespraken te geven over het belastingstelsel van de koning, maar ik zou me gelukkig prijzen als ik ook zo getalenteerd zou zijn.

Fanny stelde me voor aan de gasten, die in groepjes met elkaar stonden te praten. Door opvattingen te herhalen die ik had gehoord over de populaire *Encyclopédie* of over de nieuwste hoed van de koningin, nam ik zo goed en zo kwaad als het ging deel aan de conversatie. Maar ik gaf vooral mijn ogen goed de kost. De vrouwen van Parijs waren boeiend om naar te kijken, met hun theatrale gebaren en hun op hoge toon gevoerde gesprekken. Een licht hellen van het hoofd, een fonkeling in de ogen, en de heren werden als het ware naar hen toe getrokken. Ik nam me voor me te oefenen in hun blikken, hun gezichtsuitdrukkingen.

Na een aperitief gaf Sophie de Condorcet het teken dat er een toneelstuk zou worden opgevoerd. Ik koos een plekje naast een groepje vrouwen met hoog opgestoken, gepoederde krullen. Wel sneu voor degenen die achter hen zaten. Want die zouden door de enorme pruiken zo goed als niets kunnen zien.

Terwijl de aanwezigen een zitplaats zochten, werd de lucht bezwangerd door een symfonie van geuren. De parfums en pommades van seringen, rozen en sinaasappelbloesem kriebelden in mijn neus en ik niesde. De vrouw die rechts naast me zat zei niets, maar de weerzin op haar gezicht was onmiskenbaar. Ik haalde een zakdoek tevoorschijn en wendde mijn blik af. Alsof zij nooit niesde!

Enig gedrang aan de voorkant van het geïmproviseerde theater trok mijn aandacht. Een aantal laatkomers haastte zich naar binnen en zocht lachend een nog vrije stoel. Mijn blik viel op een paar brede schouders met daarboven een volmaakt gekapte pruik.

De adem stokte in mijn keel. Het was Alexandre!

Hij liet zijn blik door de stampvolle ruimte gaan, langs de gordijnen en over de divans bekleed met een dessin van palmbladeren, toen nam hij schuin voor me plaats, op één rij van de mijne.

Mijn hart ging wild tekeer. Hij had me niet gezien.

Ik kon me niet concentreren op de klucht over de koning en zijn onderdrukte onderdanen. In plaats daarvan werd mijn blik voortdurend naar Alexandre getrokken.

Moest ik hem aanspreken? Hij was tenslotte mijn man. Of moest ik doen alsof ik hem niet had gezien en hem bewijzen dat ik me ook uitstekend alleen wist te redden?

Toen het stuk afgelopen was, sprong ik van mijn stoel en sloot me aan bij een groepje dat in een geanimeerd gesprek gewikkeld was. Twee dames namen me wantrouwend op, zonder een woord van welkom. Een heer vertelde een verhaal waarmee hij de lachers op zijn hand had.

Terwijl ik met de anderen meelachte, voelde ik plotseling een hand op mijn schouder.

'Rose?'

Ik draaide me om. 'Alexandre, wat doe jij hier?' vroeg ik, een octaaf te hoog. We kusten elkaar op de wang.

Zijn gezicht verried verbazing. 'Dat zou ik ook aan jou kunnen vragen.' Hij keek naar mijn japon. 'Je ziet er prachtig uit! Oogverblindend!'

Mijn hart sloeg een slag over. 'Ach, ik wilde een goede indruk maken op mijn vrienden.'

'Je vrienden? Kijk eens aan, ik ben blij dat je wat contacten hebt gelegd.'

Niet dankzij jou. Ik glimlachte poeslief.

'Zullen we straks samen naar huis rijden?' vroeg hij.

'Dat lijkt me een uitstekend idee. Tenminste, als ik kan wegkomen.'

'Tot dan.' Met een grijns verdween hij weer tussen de gasten.

Hij had oprecht blij verrast geleken me te zien. Ik voelde me op slag gelukkiger en zei stilzwijgend een dankgebed.

Mijn geluksgevoel verdween toen ik zag hoe Alexandre zich tussen de gasten bewoog. Hij kuste alle aanwezige knappe dames de hand en zwierde als een prins over de dansvloer. De vrouwen leken zich er niets van aan te trekken dat zijn echtgenote toekeek.

Mijn maag kwam in opstand. Ik zette mijn glas op het blad van een livreiknecht en ging op zoek naar een badkamer. Misselijkheid overweldigde me toen ik een blik achterom wierp en zag dat Alexandre een knappe brunette iets in haar oor fluisterde. Eenmaal in de badkamer trok ik de deur achter me dicht. Zweet parelde op mijn voorhoofd. Een bleek gezicht keek me aan vanuit de vergulde spiegel. Blijkbaar was de vis die ik had gegeten bedorven geweest. Ik bette mijn gezicht met koud water uit de kan en legde mijn hoofd tegen de spiegel. Blanketsel liep in melkachtige stroompjes over mijn wangen.

Toen mijn maag tot rust was gekomen, poederde ik mijn gezicht opnieuw en ging terug naar het gezelschap, waar ik me door een zee van gezichten worstelde, op zoek naar Fanny. Ik zou het niet kunnen verdragen opnieuw vernederd te worden. Fanny zou het begrijpen. Dat wist ik zeker. Ze stond bij het buffet. Terwijl ik naar haar toe liep werd ik plotseling onaangenaam getroffen door een sterke geur van alcohol.

O god! Ik bleef met een ruk staan en sloeg een hand voor mijn mond.

'Is alles goed met je?' Fanny kwam haastig naar me toe.

'Ik denk dat ik iets verkeerds heb gegeten.'

Ze sloeg een arm om me heen. 'Kom, dan breng ik je naar huis.'

'Onze mantels liggen in de studeerkamer. Deze kant uit.' We baanden ons een weg door de drukte en liepen door de hal naar de achterkant van het huis, weg van het gelach en geroezemoes.

'Hier is het.' Fanny deed een deur open. Daarachter ontdekte ik drie paren die zich in de schemerig verlichte ruimte hadden teruggetrokken, volledig opgaand in hun omhelzing.

We doorzochten de stapels mantels. Toen ik de mijne eindelijk gevonden had, maakte een van de paren zich van elkaar los en kwam naar de deur. De heer maakte oogcontact met me en bleef staan.

Het was Alexandre.

'Wat doe jij hier?' fluisterde ik verbijsterd. En... en wie was die vrouw?

'Ga je al weg? Nou, tot ziens dan maar.' Hij liep langs me heen en escorteerde zijn metgezel – een prachtige vrouw met donker haar – terug naar het gezelschap.

'Alexandre!'

Zonder zich om te draaien trok hij de deur achter zich dicht.

'Ik moet hier weg,' bracht ik gesmoord uit en ik zocht steun bij Fanny. '*Tout de suite.*'

Hij had me in zijn armen gehouden, hij had gezegd dat hij van me hield. Pijn raasde door me heen, gevolgd door woede. Waarom had hij zelfs maar de moeite genomen mijn sympathie te winnen? Een smaak van vet steeg op in mijn keel, een nieuwe golf van misselijkheid overspoelde me. 'Ik moet overgeven,' zei ik met mijn armen om mijn middel.

Fanny duwde me de voordeur uit, de tuin in. Daar leunde ik hijgend tegen een stenen zuil.

'Ach, kindje. Wat afschuwelijk voor je.' Met haar zakdoek bette ze mijn voorhoofd.

'Hij zei dat zijn garnizoen hem nodig had.' Ik kreunde. 'Maar ik had het kunnen weten. Papa...'

'Alexandre is... Nou ja, zo is hij nu eenmaal. Hij heeft altijd minnaressen gehad. Ik dacht dat je dat wist.'

Spijt dreigde me te vermorzelen. Ik was ziende blind geweest; onwetend, onvolwassen, precies zoals Alexandre had gezegd.

'Laat je leven niet door je echtgenoot bepalen. En zorg dat je geluk niet van hem afhangt.' Fanny keek me recht aan. 'Je moet je leven zelf inhoud geven. En je moet zelf voor je geluk zorgen.'

Ik had het gevoel dat mijn hoofd zou barsten. Woede en wanhoop streden om voorrang. Mijn leven draaide om mijn huwelijk, maar dat beantwoordde in niets aan wat ik ervan had verwacht en gehoopt.

Toen mijn maag opnieuw gekalmeerd was, richtte ik me op. 'Dat zal ik doen.' Ik schonk Fanny een trieste, enigszins schampere glimlach. 'Ik zal me kwijten van mijn plichten als echtgenote, maar van nu af aan bepaal ik zelf mijn leven en zorg ik zelf voor mijn geluk.'

Alexandre gaf me niet de kans hem ter verantwoording te roepen. Er verstreek een maand zonder dat hij zich liet zien. Ten slotte sprak ik Désirée erover aan terwijl we in de tuin wandelden.

'Ik heb hem in geen weken gezien.' Om niet te laten merken hoe van streek ik was, bukte ik me naar de krokussen die hun kopje door de doorweekte grond staken. 'En ik weet van zijn *liaisons*.'

Ze bestudeerde de knoppen aan een laaghangende tak. 'Het voorjaar is in het land.' Toen ze de tak losliet, deinde hij nog even op en neer alsof hij uitgelaten was door haar aankondiging. 'Ik weet niet hoe ik het moet zeggen, Rose. En ik ben geschokt dat hij het je niet zelf heeft verteld.'

Ik richtte me abrupt op. Witte vlekken dansten voor mijn ogen. Ik legde een hand op mijn voorhoofd om mijn evenwicht te hervinden. 'Wat is er gebeurd?'

'Alexandre is naar Italië vertrokken. Op een plezierreis van enkele maanden.'

Hij stuurde me de ene brief naar de andere, maar ik schreef nooit terug, weigerachtig om te voldoen aan zijn verwachtingen. Ik verlangde naar Maman in haar wijde katoenen rokken, naar haar sterke armen om me heen. Ze had haar vertrouwen in de mannen verloren. Papa had haar met zijn affaires te vaak verdriet gedaan. En over Alexandre zou haar oordeel ook niet mals zijn. Ach, kon ik maar bij haar zijn!

Ik overwoog om de reis naar huis te maken, maar Désirée praatte het me uit mijn hoofd.

'Je plaats is bij je echtgenoot. Alexandre trekt wel weer bij en je moet hier je leven opbouwen.'

'Maar hij is er niet. Dus wat heb ik hier te zoeken?'

'Je moet hem de tijd geven.'

Ik werd ziek, ik was voortdurend moe en ik lag uren op bed. Bezorgd door mijn gebrek aan eetlust waarschuwde Désirée de dokter. Nog geen uur later kwam hij met zijn zware bruinleren tas de kamer binnen.

'Ze heeft geen koorts, geen koude rillingen, ze lijdt niet aan uitdrogingsverschijnselen.'

'Maar ze eet bijna niets en als ze iets eet, komt het er weer uit,' zei Désirée ongerust.

'Tja, toch heb ik goed nieuws voor u, Madame de Beauharnais.' De dokter glimlachte. 'U bent in verwachting.'

Mijn ogen werden groot van ongeloof. In gedachten telde ik terug... Mijn laatste bloeding was inmiddels weken geleden. *'Mon Dieu!* Dus ik ben zwanger?' Mijn maandstonden waren wel het laatste waarover ik me druk had gemaakt. In mijn woede en mijn aanvallen van misselijkheid had ik er geen moment aan gedacht.

'Rose is zwanger?' Désirée glimlachte, zichtbaar opgetogen.

'Mijn gelukwensen, madame. U wordt moeder.'

Ik liet me weer in de kussens vallen. Ik werd moeder! Maar ik voelde me nog een kind. En nu was ik voor altijd aan Alexandre gebonden. Nu was ik voorgoed afhankelijk van hem, als de vader van mijn kind. Kreunend sloeg ik mijn handen voor mijn gezicht.

Maar toen kwam er een gedachte bij me op die me weer een sprankje hoop gaf. Ik verafschuwde mezelf, maar gevoelens lieten zich niet dwingen. Misschien zou het nieuws van mijn zwangerschap Alexandre doen besluiten weer thuis te komen, dacht ik verlangend.

Naarmate de weken verstreken werd de misselijkheid minder en begon ik te wennen aan het idee dat ik zwanger was. Toen het nieuws Alexandre had bereikt, schreef hij nog vaker.

12 april, 1781

Ma très chère,

Ik ontving het bericht dat je zwanger bent. Maar waarom moet ik dat heuglijke nieuws van Désirée horen en niet van mijn lieve vrouw? Ik kijk elke dag uit naar de post, maar er is nooit een brief van jou bij. Ik wil alles weten over de kinderkamer en over de geschenken die hij al heeft gekregen. Ik zeg 'hij' want ik weet zeker dat we een zoon krijgen, en ik ben door het dolle heen van blijdschap!

Ga vooral door met je lessen. Je leraar brengt me wekelijks verslag uit van je vorderingen. Volgens hem ben je geen snelle leerling. Bedenk dat je wordt omringd door mijn vrienden en familie. In hun kringen zou het ongepast zijn je onwetendheid te tonen.

Ik kom in de herfst weer naar huis, mon amour. Op tijd voor de geboorte. Zorg goed voor jezelf. Want niets is belangrijker voor me dan mijn lieve, volmaakte echtgenote.

Je t'embrasse,
Alexandre

Niets is belangrijker voor me. Het mocht wat! Zijn fraaie formuleringen betekenden niets voor me. Mijn leraar drong erop aan dat ik me bediende van dezelfde bloemrijke, onoprechte verklaringen van genegenheid.

'Geef blijk van je bekwaamheid in het converseren, Rose. We proberen het nog eens! Maar nu met brille. En als dat niet lukt, dan gebruik je je charmes,' mopperde Monsieur Ennui.

Ik las de brief nogmaals. Hij zou zorgen dat hij thuis was voor de geboorte. Dat was tenminste iets. *Merci à Dieu!* Ik wilde ons kind niet alleen grootbrengen – dat kon ik niet. Bovendien moest een kind zijn vader kennen.

Désirée en de markies verheugden zich op de komst van Alexandres eerstgeborene. Désirée had zelf geen kinderen, alleen twee stiefzoons. Ze vond het heerlijk om rammelaars en lakentjes voor de kleine te kopen.

Ik verbaasde me over de veranderingen in mijn uitdijende lichaam.

Wanneer ik mijn hand op mijn buik legde, schopte het kindje ernaar.

'Ik voel je, mijn kleine lieveling. En wie je ook bent, je *maman*
houdt nu al innig veel van je.'

Maman. Ik kon maar niet wennen aan mijn nieuwe titel. Aan dit
nieuwe aspect van mijn vrouw-zijn.

Uitgeput als ik was door mijn zwangerschap, sliep ik erg diep. Als
in trance. Vaak droomde ik van thuis – van mijn zussen en van
Maman in de tuin, van mijn vingers die kleverig waren van het gua-
vesap, van de zilte zeelucht. Menige ochtend werd ik verdwaasd
wakker.

De bevalling begon op een drukkende dag in september. Mijn
kamer veranderde in een slagveld van bezwete lakens, bloederig water
en besmeurde doeken. De weeën duurden de hele dag en waren moor-
dend, net als de hitte. De pijn was zo gruwelijk dat ik elke menselijke
waardigheid verloor.

Een kreet ontsnapte aan mijn lippen. 'Haal het eruit!' Ik omklemde
de hand van de vroedvrouw. 'Help me dan toch! Ik kan het niet alleen!'

'Mimi, zet het raam open,' zei de vroedvrouw met een kalmte die
me verbijsterde.

Mimi schoof de gordijnen opzij en maakte de klink los. Een zachte
bries tilde het haar van mijn bezwete voorhoofd.

Opnieuw joeg er een brandende, martelende pijn door mijn lichaam.

'Maman!' Tranen van wanhoop stroomden over mijn wangen. 'Ik
wil naar mijn moeder.'

Désirée bette mijn voorhoofd, mijn gezicht en mijn hals met een
natte lap. 'Ik ben bij je, Rose.'

'Nog even flink zijn, kindje,' zei de vroedvrouw. 'We kunnen het
hoofdje al zien. Toe maar! Je kunt het!'

Ik hijgde toen de volgende wee zich aandiende.

'Diep inademen!' commandeerde de vroedvrouw.

'Ooohhhh!' Ik perste uit alle macht, toen kon ik niet meer en begon
te hoesten.

'Zo doe je het goed! Nog één keer!' moedigde de vroedvrouw me
aan en ze duwde mijn schouders naar voren.

Ik werkte me overeind, met mijn laatste krachten greep ik de bedstijl.

'Goed zo, Rose. Ja, toe maar!'

Ik kreeg opnieuw last van ademnood, toen voelde ik de verlossing van een klein warm lijfje dat mijn lichaam verliet. En terwijl ik dankbaar terugzakte in de kussens, hoorde ik de doordringende kreet van een zuigeling.

'Het is een jongen!'

'Een jongen,' fluisterde ik, zo uitgeput dat ik mijn hoofd amper rechtop kon houden.

De vroedvrouw wikkelde zijn glibberige lijfje in een doek en bracht hem haastig naar een teil met schoon water.

'O, Rose, hij is prachtig,' zei Désirée.

Van de andere kant van de kamer klonk opnieuw een kreet. Krachteloos reikte ik naar mijn kind. Mijn zoon. 'Ik wil hem vasthouden.'

'Eerst moet ik je hechten. Je bent een beetje ingescheurd,' zei de vroedvrouw.

'Ik zal een schoon nachthemd voor je pakken.' Désirée vertrouwde mijn kindje aan de zorgen van Mimi toe.

De vroedvrouw en haar verpleeghulp behandelden mijn verwondingen en depten mijn koortsige lichaam met koud water. Toen mijn engelachtige zoon eindelijk in mijn armen lag, leidde ik zijn mondje naar mijn borst.

Désirée protesteerde. 'Ik heb een min ingehuurd, Rose. Voor een vrouw in jouw positie is het niet gepast je kindje zelf te voeden.'

'Ik voed mijn zoon zelf, Désirée. En of dat gepast is of niet, dat kan me niet schelen. Ik ken genoeg vrouwen die het ook hebben gedaan.'

Ze tuitte afkeurend haar lippen terwijl ik me met mijn kleine lieveling tussen de dekens nestelde. Ik had hem gemaakt. Dit perfecte kleine schepseltje. Mijn oogleden werden zwaar en vielen dicht.

Ik noemde mijn zoon Eugène. En ik kon urenlang, in pure aanbidding naar zijn volmaakte gezichtje kijken, naar zijn kleine vingertjes, zijn minuscule teentjes.

Niet lang na de geboorte kwam Alexandre thuis.

'Waar is mijn zoon? Ik wil hem in mijn armen houden!' Hij streelde zijn gezichtje en ontlokte het kind een glimlach.

Hij kon er geen genoeg van krijgen en verloor de kleine Eugène bijna geen moment uit het oog. Toen ik zag hoe hij onze zoon met liefde overlaadde vergaf ik hem alles. We begonnen opnieuw, alsof er nooit harde woorden waren gevallen en alsof er nooit een vrouw tussen ons was gekomen.

Het vaderschap had een heilzame invloed op mijn onvoorspelbare echtgenoot. Alexandre zorgde voor ons, voor moeder en zoon. Hij hield van me en hij hield van onze zoon. Overdag waren we een gezin. 's Avonds nam hij me in zijn armen.

Maar uiteindelijk begon hij zich te vervelen en kwam er een eind aan onze gelukkige maanden samen. Hij stak lange tirades af over politiek, over eer en plicht. En ik kreeg al snel genoeg van zijn militaire schimpredes.

'Ik ben een eerzaam soldaat op zoek naar zingeving! Naar gerechtigheid! Ik moet Frankrijk verdedigen tegen haar vijanden! Waarom ben ik niet in West-Indië gestationeerd, bij mijn kameraden? Ik, de voorvechter van de Franse zaak!' tierde hij, voordat hij zich op de bank liet vallen en dronken begon te snurken.

Hij weigerde me te escorteren wanneer ik de stad in wilde.

'Ik wil zo graag me je mee vanavond. Om nieuwe vriendinnen te ontmoeten.' Ik legde mijn boek neer over bloemen en planten.

'Dat zal vanavond niet gaan. Ik heb een afspraak.'

Jaloezie deed mijn huid onaangenaam tintelen. 'Heb je soms weer een nieuwe minnares?'

'Maak toch geen scène, Rose.' Hij gooide het koekje waarop hij zat te knabbelen in het vuur. Het begon witheet te gloeien en verteerde tot een brok zwartgeblakerd deeg. 'Minnaressen horen erbij. Als je niet zo wereldvreemd was, zo onopgevoed, zou je dat weten.'

'Hoe durf je het te zeggen!' Ik schoot overeind en sloeg mijn armen over elkaar. Want ik wist maar al te goed wat er in de wereld te koop was, maar ondanks dat had ik in de ware liefde geloofd.

'Rose, ik heb mijn best gedaan,' verzuchtte Alexandre. 'En ik weet zeker dat geen man ter wereld meer van je zou kunnen houden.' Hij stond op.

Ik keek hem met open mond na toen hij met grote stappen de kamer uit liep.

De dagen daarop ontweek ik hem en ging ik veel naar buiten met Eugène. Na een van onze ochtendwandelingen bracht ik hem naar boven voor zijn middagdutje.

'Slaap lekker, mijn engeltje.' Ik kuste zijn mollige wangetje en legde hem in zijn mandenwieg. Terwijl ik op mijn tenen naar de gang liep, hoorde ik stemmen in de kamer van Désirée. Met gespitste oren bleef ik staan.

'Ze is zo eenzaam. En ze snakt naar zijn aandacht,' hoorde ik Désirée zeggen.

'*La pauvre.*' Dat was de stem van de markies. 'Ze zal haar eigen weg moeten zien te vinden.'

'Ik voel me schuldig omdat ik het huwelijk heb geregeld. Het is zo'n allerliefst meisje.'

Ze dempte haar stem. Ik liep iets dichter naar de deur van haar kamer en luisterde gespannen. 'Alexandre heeft te veel minnaressen. Hij gedraagt zich als een kwajongen. Ik heb hem langdurig onderhouden over zijn reputatie.'

Ik verstijfde, pijnlijk getroffen, maar niet verrast.

'En hoe moet het nu verder met Laure de Longpré?' vroeg de markies. 'Ik krijg de indruk dat Alexandre smoorverliefd op haar is. En hij onderhoudt hun bastaard zonder morren. Die vrouw gebruikt hem! Hij is jong en gefortuneerd. Dat heb ik ook tegen hem gezegd, maar naar mij wil hij niet luisteren.'

'En nu neemt hij haar mee naar Martinique,' zei Désirée. 'Ze zijn vandaag naar de haven vertrokken.'

Met een gevoel alsof de lucht uit mijn longen werd geslagen zakte ik in elkaar.

Verlaten

Parijs, 1782 – 1784

'Rose! Is alles goed met je?' Désirée schoot haastig te hulp en legde een arm onder mijn hoofd. 'Ik hoorde een bons –'

Ik was niet flauwgevallen, maar door de schok in elkaar gezakt. 'Een kind bij een andere vrouw?' bracht ik hijgend uit. 'En hij neemt haar mee op reis, die trouweloze *con*!'

Désirée keek me aan met een blik vol medelijden. 'Probeer je niet zo van streek te maken.' Ze wreef me troostend over mijn schouders.

'Hoezo moet ik me niet van streek maken?' Ik keek haar woedend aan. 'Het is niet míjn schuld wat er is gebeurd!' Mijn stem zwol aan tot een gekrijs. 'Alexandre heeft een kind bij een andere vrouw! Hij heeft me verlaten! Voor haar! En hij neemt haar mee naar mijn huis!'

De hitte die oplaaide in mijn borst, dreigde me te verteren. Hij had de ene belediging op de andere gestapeld! En alsof dat nog niet erg genoeg was, had hij me in de steek gelaten en misgunde hij me de kans mijn familie te bezoeken.

Désirée deinsde verrast achteruit. 'Hoe durf je zo'n toon aan te slaan! Hij heeft je niet verlaten. Hij is door het leger op Martinique gestationeerd.'

Uit de kinderkamer klonken de kreten van Eugène.

'*Merveilleux!*' schreeuwde ik. Laure de Longpré had zijn hart gestolen, een kind van hem gekregen, en nu zou ze zich trots met míjn man aan mijn familie en mijn vrienden presenteren. Ik knarsetandde van woede. Hoe durfde ze!

Er naderden voetstappen door de gang. Het was Mimi. 'Wat is er aan de hand?'

'Kun jij even op Eugène letten? Ik heb frisse lucht nodig.'

Mimi kon me lezen als een open boek. 'Rustig blijven, Yeyette. Denk erom dat je geen domme dingen doet.'

'Dat heb ik al gedaan!' Ik stormde de gang uit.

Ik kookte. Het was alsof mijn keel in brand stond. Het liefst zou ik zijn fraaie uniformen in de haard hebben gegooid, een lucifer bij zijn pruik hebben gehouden en genietend hebben toegekeken hoe zijn gepoederde krullen werden verteerd door de vlammen. Ik rukte de voordeur open, stormde de straat op en werd bijna onder gespetterd door de modder die een langsrijdend rijtuig opwierp.

Merde! Ik bleef staan en keek de smalle straat uit. Ik kon niet alleen naar buiten. Althans, niet te voet. Bijna stikkend van frustratie ging ik weer naar binnen.

'Breng het rijtuig in gereedheid! Nu meteen!' schreeuwde ik tegen niemand in het bijzonder.

'Je kunt niet zonder escorte de deur uit!' Désirée haastte zich de trap af.

'Nou en of ik dat kan!'

Ze sloot abrupt haar mond, terwijl de bedienden zich uit de voeten maakten. Enkele ogenblikken later stond het rijtuig voor en reed ik in volle vaart de straat uit.

De eenzame vlam die ik nog altijd brandende had gehouden – de hoop dat Alexandre alle andere vrouwen zou vergeten en dat onze liefde sterker zou worden dankzij onze zoon – doofde alsof er een puts ijskoud water overheen was gegooid.

Niets ziend reed ik door de stad, tot we bij de Seine kwamen. De wervelende rivier, die rusteloos zijn bochtige loop volgde zonder ooit stil te vallen, kalmeerde me. Ik verafschuwde mezelf om elke traan die ik om mijn man had gelaten. Alexandre hield van niemand, alleen van zichzelf.

Door de winter, die me als een donkere, sombere tunnel leek aan te gapen, voelde ik me nog ongelukkiger. Een overweldigend verlangen hield me in zijn greep. Wat zou ik er niet voor hebben gegeven om weer thuis te zijn, om Eugène te kunnen grootbrengen bij mijn ouders, omringd door mijn familie en mijn vrienden. Mijn zoon groeide als kool, zijn armpjes en beentjes werden steeds molliger en het duurde niet lang of hij waggelde door het huis. Nog even en hij was geen zuigeling meer maar een peuter, zonder dat ook maar iemand van mijn familie er getuige van had kunnen zijn.

'Het konijntje gaat je pakken.' Ik liet het diertje voor zijn gezichtje op en neer dansen. Eugène giechelde op die betoverende manier van de allerkleinsten. 'Daar komt het konijntje!' Ik kroop op mijn hurken over de koude vloer en joeg hem met het karamelbruine beestje achterna tot mijn knieën begonnen te protesteren.

Wanneer ik de stad in ging, verdreef ik de eenzaamheid met de aanschaf van nieuwe hoeden, schoenen met glimmende gespen, speelgoed voor Eugène en zoete lekkernijen voor Désirée. Alle winkeliers kenden mijn naam.

'*Bonjour,* Madame de Beauharnais. Kan deze japon u bekoren? Het ontwerp is geïnspireerd op de laatste collectie van Rose Bertin. De koningin heeft er minstens tien van in de kast hangen,' zei Monsieur Caulin.

We konden ons de originele ontwerpen van Mademoiselle Bertin niet veroorloven en moesten het met kopieën doen. 'Misschien in het blauw,' zei ik dan.

De *boutique* als toevluchtsoord hielp me – al was het maar even – de holle leegte in mijn hart te vergeten. Ik besteedde elke *livre* die ik van Alexandre kreeg of ik kocht op de pof, waarbij ik de rekening op zijn naam liet zetten. Ondanks een knagend schuldgevoel kon ik het winkelen niet laten.

Maar toen ik me bewust werd van een gevoel van uitputting dat leek door te sijpelen tot in mijn botten, toen mijn maag zich omdraaide bij de aardse geur van koffie en de schroeilucht van verkoold vlees, kwam er een vermoeden bij me op. En na twee weken braken wist ik het zeker. Ik was weer in verwachting.

'We zullen het geboorteritueel opnieuw moeten doen,' zei ik tegen Mimi terwijl ze mijn bed opmaakte. Bij mijn vorige zwangerschap had ze mijn armen dik ingesmeerd met een pasta van aarde en in het vuur gewijde eieren om te zorgen dat Eugène gezond ter wereld zou komen.

'Vanavond?' Ik schoof de gordijnen open, waardoor de kamer

baadde in een gouden gloed. Stofdeeltjes die tot op dat moment onzichtbaar waren geweest, wervelden in de schacht van zonlicht boven Mimi's hoofd.

'*Oui*. Heb je het al aan je man geschreven?'

'Nee.' Ik deed een oorbel in die de vorm had van een madeliefje. 'Waarom zou ik? Dan had hij maar thuis moeten zijn.'

'Hij houdt van Eugène.'

'Ik heb het in mijn laatste brief aan Maman verteld. Dus hij hoort het wel van haar.' Hem buitensluiten was nog mijn enige troef.

De neerbuigende toon van zijn brieven sterkte me in mijn vastberadenheid om niet te schrijven.

'Neemt u me niet kwalijk dat ik stoor, Vicomtesse de Beauharnais. De post is er.'

Ik knikte de bediende toe en pakte de brief van hem aan. 'Van je papa,' zei ik tegen Eugène. Ik klopte hem op zijn hoofdje. Hij gorgelde tevreden terwijl ik de envelop openmaakte en het gekreukte vel papier zuchtend omdraaide. 'Nou, dan zullen we maar eens kijken wat hij te vertellen heeft.'

25 februari, 1783

Ma chère Rose,

Mijn bevelvoerend officier geeft me geen toestemming me aan te sluiten bij onze vloot die de Britse aanvallen afslaat. Gefrustreerd doordat ik niet in actie kan komen, breng ik de dagen door bij je ouders. Ik was de verstikkende hitte van Martinique vergeten, om nog maar te zwijgen over het gebrek aan comfort. Het is me een raadsel hoe jij de insecten en de indolentie hebt kunnen verdragen. De vooruitgang gaat volledig aan het eiland voorbij. Ik begrijp nu waarom je bij onze eerste ontmoeting in zo'n bedroevende staat verkeerde.

Het vervult me met smart dat ik geen post van je krijg. Geef je zo weinig om je man? Ik wentel me in onbehagen op dit van God verlaten eiland en ik smacht naar een bericht van mijn dierbare echtgenote. Naar haar troostrijke woorden. Is er in je verdorde hart dan nergens ook maar een greintje welwillendheid jegens je echtgenoot?

Je Alexandre

Ik verscheurde de brief en gooide de snippers omhoog. Eugène sloeg ernaar terwijl ze als sneeuwvlokken omlaagdwarrelden. Maman zou geschokt zijn als ze wist dat hij de goede naam van haar huis besmeurde. Hoe kon hij zo ondankbaar, zo wreed zijn! Ik nam wraak door middel van de brieven die ik haar stuurde. Want ik wist dat Maman ze hardop zou lezen.

Haar antwoord verraste me niet. Maman geloofde dat een vrouw haar echtgenoot gehoorzaamheid en verantwoording verschuldigd was, ongeacht zijn tekortkomingen.

10 maart, 1783

Ma chère Rose,

Wat heerlijk dat je weer in verwachting bent! Ik had geen idee dat je Alexandre nog niet over je tweede zwangerschap had geschreven. Toen ik je brief voorlas, kreeg hij een driftaanval. Hij is boos en van streek omdat je niets van je laat horen. En hij is je man, lieverd. Je hebt je aan hem verplicht dus je bent hem hoffelijkheid verschuldigd, ondanks zijn tekortkomingen.

Alexandre heeft het hier niet bijster naar zijn zin. Hij is inmiddels bij je oom Tascher ingetrokken. Om je de waarheid te zeggen zijn Papa en ik blij dat hij weg is, want we kregen schoon genoeg van zijn geklaag. We hoorden van Désirée wat er tussen jullie is voorgevallen. Ik weet hoe gevoelig je bent, dus ik hoop van harte dat je er niet te zeer onder hebt geleden.

De slaven vragen naar je, net als je zus. Manette mist je heel erg, vooral sinds ze ziek is geweest. Het arme kind is voorgoed getekend en ze blijft erg zwak. Haar schoonheid is ze kwijt en ik ben bang dat een huwelijk voor haar misschien niet meer is weggelegd. De tijd zal het leren.

Hoe is het met onze lieve Eugène? Ik vertrouw erop dat hij het
goed maakt. Volgens de berichten die ik heb gehoord heeft hij de
ogen van zijn vader en jouw nobele inborst.

Ik betreur het dat we je maar zo weinig geld kunnen sturen. We
hebben het erg zwaar met het aflossen van onze schulden. Je papa
werkt soms zelfs mee op het veld. Dus ik hoop dat je dankzij
Alexandres financiële ondersteuning toch in al je noden kunt
voorzien.

We missen je. Veel liefs van ons allemaal,
Maman

Alexandres financiële ondersteuning? Ik begon bijna te lachen. Hij
had me amper geld gestuurd en ons in alle opzichten in de steek gelaten – als minnaar, als vader en als broodwinner. Ik bond de brief
dicht met een touwtje en deed hem in een la. Mijn rekeningen werden al maanden door Désirée betaald, maar dat kon ze zich niet veel
langer veroorloven. Ik legde mijn hoofd op het glimmend gewreven
blad van mijn bureau. Wat moest ik doen?

Op een middag in de lente wandelde ik met Eugène door een park
vlak bij ons huis. Ik keek naar mijn zoon terwijl hij op onvaste beentjes voor me uit waggelde en af en toe struikelde over een pol gras.
Door mijn dikke buik kon ik geen *cache-cache* met hem spelen in de
struiken. Toen hij in het gras ging zitten om naar een torrenfamilie
te kijken, stak ik mijn hand in de zak van mijn wollen mantel. Mijn
vingers vonden de gekreukte brief die ik daarin had gestopt. Hoewel
ik volhardde in mijn zwijgen, gaf Alexandre niet op en bleef schrijven. Met een zucht vouwde ik de brief open.

10 september, 1783

Rose,

Hoe kon je het heuglijke nieuws voor me verzwijgen, tenzij het kind
dat je verwacht van een andere man is? Je gedraagt je tijdens mijn
afwezigheid als een hoer, terwijl ik mijn plicht doe aan het front

door je familie en je dierbare vaderland te verdedigen. Heb je soms
geen geweten? Hoe durf je jezelf nog een plichtsgetrouwe echtgenote
te noemen? Spijt ken je niet, tot berouw ben je niet in staat. Je ge-
drag is stuitend. Je bent een kille, kwaadaardige vrouw en je denkt
alleen aan jezelf!

Staak je affaires onmiddellijk. Je plicht ligt bij Eugène, bij mijn
vader en Désirée, en boven alles bij mij, je echtgenoot! Wanneer ik
deze zomer thuiskom, verwacht ik daar geen sporen van een andere
man aan te treffen.

Je Alexandre

Zijn hypocriete klaagzang was absurd. Alleen al het idee dat ik met
een andere man het bed zou hebben gedeeld! Ik kende nauwelijks
mannen en ik bezocht maar zelden een *salon*. Vervuld van weerzin
stopte ik de brief weer in mijn zak.

'Papa houdt van je, Eugène,' zei ik. *En mij veracht hij*, dacht ik erachteraan terwijl ik het hoedje van mijn zoon wat steviger op zijn
hoofdje zette.

In april – een week eerder dan verwacht – schonk ik het leven aan
een klein meisje, met de viooltjesblauwe ogen die ik al in mijn dromen had gezien. Twee kinderen in nog geen twee jaar, maar het voelde
als een mensenleven.

Mijn kleine Hortense bleek geen gemakkelijk kind en bovendien
was ze zo tenger dat het Désirée en mij zorgen baarde.

'U moet een min in dienst nemen,' adviseerde de dokter. 'Tot de
kleine wat sterker en wat zwaarder is.'

Vanaf dat moment ging het geleidelijk aan beter, ook al werd ze
nooit zo'n gemakkelijk kind als haar broer. Het leek wel alsof haar
buikje altijd van streek was en met haar gehuil hield ze me maar al
te vaak uit mijn slaap.

De lente maakte plaats voor de zomer. Op een stralende middag,
toen de kinderen en ik ons net hadden teruggetrokken voor een dutje,
kwam de post. Ik sprong uit bed en haastte me de trap af. Een brief
van Maman.

1 juni, 1784

Lieve Rose,

Ik hoop dat de mooie Hortense het goed maakt, net als mijn lieve Eugène. Wat zou ik het heerlijk vinden om hen te leren kennen nu ze nog zo klein zijn. Beloof me dat je ons spoedig komt bezoeken.

Wat je nijvere echtgenoot betreft heb ik slecht nieuws. Ik vind het moeilijk om je dit te schrijven, maar Alexandre is ondanks zijn vele minnaressen een officiële relatie aangegaan met Laure de Longpré. Je echtgenoot kent geen enkele schaamte! Iedereen heeft het erover.

En daar blijft het helaas niet bij, het nieuws wordt nog slechter: je oom Tascher heeft Laure horen beweren dat de kleine Hortense niet Alexandres kind is, maar een bastaard. Je oom was zo verontwaardigd dat hij hun beiden heeft gesommeerd zijn huis te verlaten.

Maar Laure blijft je naam door het slijk halen. Ze zoekt bewijzen dat je je vroeger, toen je nog thuis woonde, indiscreet met mannen hebt opgehouden, om op die manier je 'onverkwikkelijke verleden' bevestigd te krijgen. Ongetwijfeld in de hoop dat Alexandre zich van je laat scheiden, zonder dat hij verplicht wordt je financieel te blijven steunen. Ik ben razend, maar ook opgelucht te horen dat iedereen die je kent, weigert haar lasterpraat te bevestigen.

Hoewel ik het hem had verboden, is Alexandre opnieuw bij ons langs geweest, zij het maar kort. Je vader kwam erachter dat hij probeerde de slaven om te kopen om je naam te besmeuren. De dwaas beseft niet dat de slaven van je houden en je eer nooit zouden bezoedelen. Je begrijpt dat Papa je echtgenoot voorgoed de deur heeft gewezen.

Ik ben voor het eerst dankbaar dat je zo ver weg zit.

Alexandre vertrekt over twee maanden weer naar Frankrijk. Althans, dat zei hij. Ik bid dat hij je bij zijn terugkeer met respect bejegent. Mocht je besluiten hem te verlaten, weet dan dat je hier altijd welkom bent en dat je familie je liefdevol in haar armen zal sluiten.

Alle liefs voor mijn kleinkinderen.

En voor jou.

Maman

Schandalig! Ik voelde me zo vernederd dat mijn gezicht begon te gloeien. Hoe durfde hij me te kleineren en de spot te drijven met de naam van onze familie? Een bittere lach ontsnapte me. En hoe kon hij twijfelen aan zijn vaderschap van ons kind? Ik kende helemaal geen andere mannen!

Later die avond, terwijl de regen tegen de ramen sloeg, herlas ik de afschuwelijke brief bij het licht van het haardvuur. Een kille vastberadenheid nam bezit van me. Hij mocht Laure hebben! Sterker nog, ze verdienden elkaar. Maar hoe zag de toekomst er voor mij uit? Ik pakte mijn tarotkaarten. Het was lang geleden dat ik ze voor het laatst had geraadpleegd.

Nadat ik de kaarten had geschud, verdeelde ik het spel in drieën. Het stapeltje in het midden wenkte. Ik pakte het op en legde de kaarten in een vertrouwd patroon op de grond. Toen draaide ik ze een voor een om.

De Dwaas – een spirituele kaart. De zoektocht naar zingeving, zonder de belemmering van vooroordelen. En dan Staven Twee – een reis, een nieuw begin. De derde kaart toonde de Strijdwagen, die stond voor moed.

Sintels smeulden in het vuur. Nog even en ik zou in duisternis worden gedompeld.

Het was afgelopen. Ik zou me geen dag – geen uur – langer door Alexandre laten gebruiken.

Herboren

Penthémont, Parijs, 1784 – 1785

'Ik kan niet bij jullie blijven wonen, Désirée.' Ik bekeek de japonnen bij een *boutique* in de buurt van Les Halles. 'Alexandre haat me, ook al heb ik hem niets misdaan. Maar ik laat me niet langer vernederen en beledigen.'

'O, Rose!' Ze trok me hartstochtelijk tegen zich aan, zonder acht te slaan op haar gesteven kraag van uitgelezen kant. Een wolk van oranjebloesem omhulde me. 'Je hebt geen keus. Je zult zijn tekortkomingen moeten verduren. Het leven is te zwaar voor een vrouw alleen. En we zouden jou en de kinderen zo missen.'

'Hij heeft me keer op keer vernederd en mijn naam door het slijk gehaald!' Ik maakte me van haar los. 'Hij heeft me verlaten. Ik leid een geïsoleerd bestaan, gedompeld in verdriet.' Al mijn dromen waren in duigen gevallen. Ik wilde haar echter niet nog meer van streek maken, dus dat zei ik er maar niet bij.

'Vrouwen die van overspel worden beschuldigd hoeven niet op bescherming van de wet te rekenen. Ongeacht of de beschuldiging vals of terecht is,' vervolgde ze. 'Alexandre kan bij de magistraat een verzoek indienen om je financieel niet langer te hoeven ondersteunen. Wees toch voorzichtig, kindje.'

'Ik weet alleen niet waar ik heen moet.' Ik probeerde niet in paniek te raken. Het geld van mijn ouders zou niet genoeg zijn voor ons levensonderhoud. Moedeloos ging ik bij de kleedkamer zitten.

'Maar je hoeft toch niet weg? Waarom blijf je niet gewoon bij ons wonen?' Ze drukte mijn handen.

'Nee, dat kan niet. We komen wel op bezoek. Ook al weet ik nog niet waar –' Mijn stem brak.

'In jouw situatie zoeken veel vrouwen hun toevlucht in een klooster. Tijdelijk, totdat hun omstandigheden verbeteren. De nonnen verhuren kamers tegen een gereduceerd tarief.'

Ik stelde me voor hoe het zou zijn om tussen vrouwen te wonen die allemaal aan een nieuw leven begonnen. En ik dacht aan hun vriendschap, aan de troost die een klooster zou bieden.

Ik stond op. 'Daar ga ik heen.'

Ik was zelf verbaasd door de opluchting waarmee ik mijn spullen pakte. Het besef dat ik eindelijk het heft in handen had genomen, beurde me op. Ik zou me nooit meer helemaal aan een man geven, want ik kon niet riskeren dat mijn hart, mijn trouw opnieuw werd misbruikt.

Zodra ze het nieuws hoorde kwam Fanny me te hulp.

'Alsjeblieft.' Ze drukte me een envelop in de hand en vouwde haar vingers rond de mijne. 'Om je te helpen een nieuw bestaan op te bouwen.'

'Wat is het?' Ik maakte de envelop open. Er zat geld in; honderden *livres*. 'Maar Fanny! Dat hoeft toch niet!'

'Je zult het hard nodig hebben en ik heb genoeg. Tenslotte verdien ik mijn eigen geld met mijn boeken. Dus ik ben blij dat ik het je kan geven.' Ze omhelsde me. 'En mijn deur staat altijd voor je open.'

'Dank je wel.' Ik kuste mijn enige vriendin. 'Ooit betaal ik het je terug. Met rente!' Ik drukte de envelop tegen mijn borst.

Het afscheid van Désirée en de markies ging gepaard met veel tranen. Dankzij de kleinkinderen was er weer leven in huis gekomen. Ik beloofde hen vaak te bezoeken.

Nog geen twee weken later stonden Mimi en ik met de kinderen voor een van onze ramen op de derde verdieping van Penthémont, een klooster aan de rue de Grenelle.

In de berijpte tuin op de vierkante binnenplaats stonden her en der bankjes, om te bidden of om een praatje te maken. In de hoek tegenover onze vleugel hief de Heilige Maagd haar stenen handen, als om zaad te strooien voor de duiven die rond haar sokkel liepen te pikken.

Mimi drukte geruststellend mijn hand. 'We redden het wel.'

Ik knikte. Daar zou ik voor zorgen.

Het klooster werd bewoond door vrouwen van alle rangen, standen en leeftijden – religieus, van adel en burgerlijk. Ik had niet verwacht dat er zovelen waren die troost zochten na een mislukt huwelijk, na onenigheid in de familie of omdat ze om andere redenen het dak boven hun hoofd waren kwijtgeraakt. Tegen het eind van onze eerste week begon ik me wat meer op mijn gemak te voelen en zocht ik het gezelschap van de andere vrouwen. Op een avond liet ik de kinderen achter onder de hoede van Mimi om deel te nemen aan de gemeenschappelijke avondmaaltijd.

Ik ging dicht bij een groepje zitten dat in geanimeerd gesprek gewikkeld was.

'Hij aanbidt je. Dat is duidelijk. Dus geef hem een kans! Waarom zou je niet eens een avond met hem uitgaan?' vroeg een brunette met een zacht rond gezichtje. Haar grijze jurk en kap flatteerden haar niet, maar alles aan haar straalde levenslust uit. Ik vond haar meteen aardig.

Een aantrekkelijke vrouw in roestbruine zijde wuifde zichzelf koelte toe met een lamsleren waaier; op het tere oppervlak waren dansers afgebeeld in een stralend groen landschap met daarboven een rode heteluchtballon, een zogenaamde *montgolfière*. 'Hij is niet kapitaalkrachtig genoeg,' zei ze. 'Dus hij zou bankroet gaan aan de vele schoenen die ik koop.'

Ze begonnen allemaal te lachen.

Een bediende luidde een bel om de eerste gang aan te kondigen. Andere bedienden vulden onze kommen met een heldere bouillon die naar uien rook. Ik keek naar een vrouw die met 'Marie-Josèphe' was aangesproken en observeerde hoe ze met een sierlijk gebaar haar servet op haar schoot legde en gracieus van haar lepel nipte. Dezelfde bewegingen zag ik bij de andere vrouwen. Ik pakte mijn bestek en keek hoe zij het vasthielden. Want ik moest me als een dame gedragen – in gedachten hoorde ik de stem van mijn echtgenoot. En reken maar dat ik een echte dame zou worden!

De vrouw die naast me zat, keerde zich naar me toe. 'Je bent nieuw hier. Welkom,' zei ze met een hartelijke glimlach. 'Ik ben Anne en dit is Marie-Josèphe, Duchesse de Beaune.'

De daaropvolgende drie avonden nodigde Anne me uit om bij hen te komen zitten. Ik had eindelijk vriendinnen, hoe verschillend ze ook allebei waren.

Op een bitterkoude winterdag zat ik met een kop thee aan de keukentafel, omhuld door de geuren van suiker en kaneel, terwijl Anne taarten aan het bakken was.

'Maak je ze met pruimen of rozijnen? Ik zou wel een hele taart op kunnen.'

'Sommige met pruimen, andere met peren.' Ze stak de houten schieter in de oven en haalde de taarten een voor een tevoorschijn. '*Parfait.*'

'Heb jij nog familie?' Ik deed een klodder honing in mijn thee.

'Alleen nog een neef.' Ze schoof de geurige taarten op het houten aanrechtblad om af te koelen.

Annes vader was een jaar eerder gestorven aan de tering. Zijn goedlopende bakkerij had hij nagelaten aan zijn enige nog levende mannelijke familielid. Terwijl ze het vertelde, verried haar stem dat ze de klap nog altijd niet te boven was.

'Maar is er dan geen manier om voor jezelf te beginnen?'

'Heb je ooit gehoord van een vrouw met een eigen bakkerij?' Ze deed haar schort af. 'Nou, iemand moet de eerste zijn! En dat ben ik!' Anne naaide, waste en verkocht haar verrukkelijke gebak. Ze spaarde elke sou die ze verdiende en hield zorgvuldig contact met potentiële klanten. Ze had zelfs haar eigen zegel ontworpen. Haar vastberadenheid verbaasde me. 'Heb je zin om mee te gaan? Brood uitdelen aan de armen?'

Ik aarzelde. De aanblik van armoede – de ongewassen gezichten, de ziekelijke kinderen – stortte me in een diepe wanhoop.

'Ik weet niet of ik er klaar voor ben. Ze haten ons om onze mooie kleren. Ik –'

'Natuurlijk haten ze ons niet. Ze zijn ons alleen maar dankbaar voor onze hulp,' zei Anne opgewekt. 'Heus. Je zult het zien.'

Een uur later zat ik in een fiaker, samen met Anne en zakken vol etensresten. De hemel kleurde zilverviolet terwijl de zon naar de horizon zakte. Een sjofele man in het zwart liep van lantaarn naar lantaarn, deed de kleine ruitjes open en vulde olie bij. Dan een snelle beweging van zijn pols, en het oranje vlammetje van een lucifer laaide op in het verblekende licht. Bij de nadering van de Pont Neuf ging onze koetsier langzamer rijden.

'Hier stappen we uit,' zei Anne.

'Onder de brug?'

We sjouwden de zakken oud brood over het pad langs de Seine. Onmiddellijk kwam ons een horde bedelaars tegemoet.

'God zegene je, Anne,' riep een vrouw. Voordat ze een arm om haar weldoenster heen sloeg veegde ze haar handen af aan haar groezelige jas.

Ik deinsde achteruit door de rottingsgeur die om haar heen hing. Ze rook naar bederf en afval. Andere bedelaars volgden en het duurde niet lang of ze stonden in een kring om ons heen en gristen het brood uit onze handen, alsof ze bang waren dat we van gedachten zouden veranderen.

Wat waren het er veel! Hadden we maar meer om te geven – schoenen en dekens, zeep en haardhout. Ik viel ten prooi aan een overweldigende machteloosheid.

'Dat is alles. Meer hebben we niet,' riep Anne. 'Maar ik kom volgende week weer. Om dezelfde tijd.'

'God zegene je! Je bent een engel!' riep een vrouw.

'Zullen we gaan?' Toen Anne mijn gezicht zag, schoot ze in de lach en ze sloeg een arm om me heen. 'We doen wat we kunnen. Daar gaat het om.'

'Maar het zijn er zo veel! Ik had geen idee!' Overstelpt door schuldgevoel besefte ik hoeveel ik had om dankbaar voor te zijn. Vergeleken bij de noden van deze mensen leken mijn problemen ineens onbeduidend. Blozend om mijn eigen lichtzinnigheid nam ik me voor om elke week met Anne mee te gaan en me over mijn onbehagen heen te zetten.

'Stel je voor als we Penthémon niet hadden,' zei Anne. 'Dan zaten wij ook onder een brug.'

Ik huiverde. Désirée kon me niet financieel blijven steunen. Ik moest ervoor zorgen dat ik zelf een bron van inkomsten creëerde. En vlug ook.

Het duizelde me tijdens de rit terug naar het klooster. Ik moest mijn eigen geld verdienen. En er was maar één ding dat ik kon en dat in de kringen waarin ik verkeerde misschien geld waard zou zijn. Er brak een glimlach door op mijn gezicht.

Die donderdag, tijdens Fanny's *salon*, vertelde ik haar wat ik van plan was.

'Tarotkaarten? Nee maar, jij kleine creoolse tovenares! Ik vind het een geweldig idee.'

'Ik begrijp niet dat ik er niet eerder aan heb gedacht.'

En dus installeerde ik me in een rustig hoekje, achter een gordijn van goudkleurige zijde, in afwachting van hen die worstelden met liefdesverdriet of ander leed, en van de fortuinjagers en gelukszoekers.

'Zal ik de liefde ooit nog vinden?' vroeg Claire, een jonge vrouw, smachtend.

Ik verborg mijn verrassing. Want hoe kón ze het vragen? Ze was beeldschoon en straalde een en al zinnelijkheid uit. Haar smaragdgroene ogen flonkerden ondeugend, haar zilverblonde haar danste als een engelenkrans om haar gezicht. Ik zou geschokt zijn als niet alle mannen in Parijs haar adoreerden.

'Een schoonheid zoals jij wordt al bemind. Dat kan niet anders,' zei ik met een glimlach. 'Maar we zullen de kaarten raadplegen.'

Ik trok de Duivel, de Geliefden en de Hogepriester.

'Je zult de liefde overvloedig vieren. Maar wees voorzichtig,' waarschuwde ik. 'Je lust kan je te gronde richten.'

'Ik wist het!' gilde Claire. 'Jean houdt van me.'

Ik schoot in de lach. Ze had alleen gehoord wat ze wilde horen. 'Daar twijfel ik niet aan.'

Ze legde het geld op tafel. '*Merci beaucoup*. Ik kom volgende week weer!'

Toen ik later op de avond aanstalten maakte om te vertrekken, kruisten onze wegen elkaar nogmaals.

'Rose, ben je een creool? Je accent verraadt je.'

'Ik kom uit Martinique.' Een bediende hielp me in mijn mantel.

'En ik uit Guadeloupe.'

'Dat zou ik nooit gedacht hebben. Je hebt zo'n blanke huid,' zei ik.

'We zijn al op mijn negende naar Parijs verhuisd, vanwege mijn opleiding en om dicht bij het hof te zijn.'

'Het hof! O, daar zou ik zo graag eens naartoe gaan!'

'Helaas. Ik heb niet zo veel invloed dat ik je een uitnodiging kan bezorgen. Maar ik ga volgende week naar een soiree van een bevriende hertogin. Vind je het leuk om mee te gaan?'

'Ik zou het als een eer beschouwen!'

Er kwam een glimlach om mijn mond. Het werd tijd dat ik aansluiting zocht bij de adel.

Claire en ik werden vriendinnen en ik vergezelde haar op menige avond naar geliefde *salons*. Meer dan eens trof ik haar achter een gesloten deur, in een hartstochtelijke omhelzing met een geliefde wiens hand in haar decolleté was verdwenen. Ik plaagde haar met haar grilligheid in de liefde, maar tegelijkertijd bewonderde ik haar om haar passie. Ach, kon ik mijn verbittering maar loslaten! Maar ik had geen haast. Voorlopig schrok ik nog terug voor het gevaar opnieuw te worden bedrogen en bespot.

Dankzij Claire en Marie-Josèphe werd de kring van mijn vriendinnen steeds groter, raakten mijn avonden steeds gevulder en nam mijn zelfvertrouwen toe. Mannen begonnen me het hof te maken, waarop ik reageerde met de speelse nonchalance die ik van Claire had afgekeken.

'Kan ik iets te drinken voor u halen, madame?' vroeg een heer op een bal.

'*Merci*. Maar dat doet Monsieur Tautou al. Misschien later.' Ik glimlachte en liep door.

'Ik ga morgenavond naar de opera,' zei een andere monsieur. 'En ik zou me vereerd voelen als u me wilt vergezellen.'

'Dank u. Ik laat het u weten als ik in de gelegenheid ben,' zei ik koket, vastbesloten om hem tot het allerlaatste moment in onzekerheid te laten; om zelf de teugels in handen te houden.

Op een avond ging ik met Marie-Josèphe naar een toneelvoorstelling. Ze had kaarten weten te bemachtigen dankzij haar minnaar van dat moment, Monsieur Cotillion, een van de begunstigers van het theater.

'Voor mijn gevoel maakt deze japon mijn schouders wel erg breed en hoekig,' klaagde Marie-Josèphe.

'Welnee, dat verbeeld je je maar.' Ik trok mijn mantel uit. 'Hij staat je prachtig.'

We waren naar de laatste mode gekleed, in de mousselinen japonnen die de Engelse stijl weerspiegelden en die ik ook op Martinique had gedragen – de stijl waarmee Alexandre tijdens mijn eerste jaar in Parijs de spot had gedreven. Het rijk geplooide model met kapmouwtjes en een verhoogde taille deed mijn borsten en slanke armen volledig tot hun recht komen. Vrouwen werden niet langer ingesnoerd door een korset van stijf brokaat en waren verlost van de hoepelrok. Een portret van Koningin Marie Antoinette waarop ze een informele, soepel vallende japon droeg met op haar hoofd een strohoed had geleid tot een ware revolutie in de mode.

Schuldbesef knaagde aan me, want ik had voor de aanschaf van mijn laatste japon geld moeten lenen van Désirée. Mijn waarzeggerij had niet zo veel opgeleverd als ik had gehoopt. Bovendien slaagde ik er nog steeds niet in mijn uitgaven terug te dringen.

Marie-Josèphe uitte geen woord van kritiek op de manier waarop ik geld uitgaf. 'Als we Penthémont uiteindelijk achter ons willen laten, zijn de kringen waarin we ons begeven van cruciaal belang,' zei ze. 'Om status te verwerven en om ons te verzekeren van een gefortuneerde minnaar moeten we mooi zijn en goed gekleed. Haar uiterlijk is nu eenmaal het krachtigste wapen van een vrouw.'

Maar dat wapen was duur. Het berouw kwam naarmate de rekeningen zich opstapelden in de bovenste la van mijn bureau.

In het theater zochten we onze plaatsen op, vanwaar we een onbelemmerd zicht hadden op het toneel.

'Wil je een kijker?' Marie-Josèphe hield me een paar brillenglazen voor aan een lange, slanke steel van zilver, ingelegd met parelmoer.

Ik bekeek hem bewonderend. 'Hij is prachtig, maar wil je hem niet liever zelf gebruiken?'

'Ik heb er nog een.' Uit haar kralentas kwam een tweede kijker, die net zo mooi was. 'Ik wil de uitdrukking op het gezicht van de spelers kunnen zien. Dus ik ga nooit zonder toneelkijker naar het theater.'

Toen ik door de glazen keek hield ik verrast mijn adem in. 'Ik kan zelfs de bloemenranken op de plafondschildering zien! En de juwelen van de dames op de voorste rijen. Kijk daar eens! Zie je die vrouw met robijnen op de spelden in haar haar? O, wat verrukkelijk is dit!'

Marie-Josèphe schoot in de lach. 'Nu wil jij ook nooit meer zonder toneelkijker naar een voorstelling.'

Ik bestudeerde het publiek terwijl we wachtten tot de voorstelling zou beginnen. Geliefden bogen zich naar elkaar toe. Vriendinnen zaten te roddelen, hun donkere en blonde hoofden bewogen mee met hun gebaren. Goddank was het geen mode meer om het haar wit te poederen.

'Er zijn nog maar heel weinig mannen die een pruik dragen. Is je dat opgevallen?' vroeg ik.

'Toch heeft een pruik nog altijd mijn voorkeur.'

'De mijne niet. Ik zie liever de natuurlijke haarkleur van een man. En ik ben dolgelukkig dat wij ons haar niet meer hoeven te poederen.'

'De koningin doet het nog wel, begreep ik.' Marie-Josèphe boog zich naar me toe zodat de buren ons niet hoorden. 'Er is grote kritiek op haar vanwege de weelde waarmee ze zich omringt.'

'Maar is dat niet de taak van een koningin? Om de adel te ontvangen in haar mooiste kleren?' Ik begreep niets van de haat jegens een evenwichtige, elegante vrouw als Koningin Marie Antoinette. Ze had slechts voldaan aan de verwachtingen die aan haar positie waren verbonden. 'Ze moet wel heel erg eenzaam zijn.'

'Hoe kom je daar nu bij?' vroeg Marie-Josèphe verrast. 'Ze wordt omringd door hofdames en kameniersters.'

'In een land dat het hare niet is. Ver weg van haar familie en haar vrienden. Zonder de mensen die weten wat haar beweegt.'

Marie-Josèph begon te lachen. 'Ach, lieve Rose, wat hou jij er romantische ideeën op na.'

Ik was niet romantisch, maar gewoon een vrouw die zich gedwongen zag een nieuw leven op te bouwen nadat ze alles achter zich had moeten laten. Ik had medelijden met Hare Majesteit en ik had gehoord dat ze als ze maar even haar kans schoon zag, uit het paleis ontsnapte.

Ik vermoedde dat het leven van een koningin niet zo groots en meeslepend was als het leek.

Toen de *comédie* was afgelopen, baanden Marie-Josèphe en ik ons een weg door de drukke foyer. Ze stelde me voor aan diverse kennissen, van wie een aantal ons uitnodigde voor het souper. Toen zag ik hem, met een knappe dame aan zijn arm. Ik pakte Marie-Josèphe bij haar pols.

'Wat is er? Je knijpt mijn bloedsomloop af.'

'Mijn man! Ik wil niet dat hij me ziet.'

Als op commando draaide Alexandre zich om. Met bonzend hart zag ik hoe hij zijn blik in het rond liet gaan, alsof hij iemand zocht.

'Welke is het?' vroeg Marie-Josèphe. 'Die zwarte jas of die blauwe?'

'De blauwe.' Ik slikte. Wat zou ik tegen hem zeggen?

Zijn ogen bleven op me rusten. Ik zag een blik van herkenning op zijn gezicht, gevolgd door gêne en schuldbesef. Hij deed me denken aan een stoute schooljongen.

Ik keerde me naar een mannelijke kennis die naast me stond. Toen ik hem mijn hand voorhield, drukte hij er glimlachend een kus op. Ik hoopte dat Alexandre zou zien hoezeer ik was veranderd. Dankzij mijn voorname vriendinnen was ik niet langer onverzorgd en onzeker. Ik had hen aandachtig geobserveerd en hun gebaren en manieren overgenomen.

Het was alsof ik de blik van Alexandre op mijn gezicht voelde branden.

Ik keerde me opnieuw naar hem toe.

Zijn ogen stonden weemoedig. Dus hij was niet gelukkig. Mooi zo. Hij had het aan zichzelf te wijten dat hij vervreemd was geraakt van zijn gezin, zijn familie. Het liefst zou ik woedend tegen hem uitvaren en hem toeschreeuwen dat hij mijn hart in duizend stukken had gebroken, dat hij mijn onschuld had verkracht en me had vernederd! Mijn woede steeg. Ik wendde me af en toen ik even later opnieuw omkeek was hij verdwenen.

De confrontatie met Alexandre had me uit mijn evenwicht gebracht. Ondanks mezelf zocht ik vanaf dat moment bij elk uitstapje zijn gezicht. Hij was me een spijtbetuiging verschuldigd, en zijn kinderen een bezoek. Tegelijkertijd verafschuwde ik mezelf, want hij was het niet waard dat ik zelfs nog maar één gedachte aan hem verspilde.

Op een koude lentedag genoot ik van een kop warme chocolademelk terwijl Eugène met zijn soldaatjes speelde en Hortense haar middagdutje deed. Een klop op de deur verstoorde de vredige rust.

Voordat Mimi bij de deur was, vloog deze al open.

Ik morste van schrik chocolademelk. 'Wat zullen we nu krijgen?' Ik zette mijn kop neer en sprong overeind.

Mijn krankzinnige echtgenoot stormde in een walm van cognac op Eugène af.

'Wat heeft dit te betekenen?' vroeg ik streng, maar ook diep geschokt. 'Je bent hier niet welkom. Ga weg!'

'Ik neem mijn zoon mee naar huis! Daar hoort hij!' Alexandre tilde Eugène van de grond en rende met hem naar de deur.

'Alexandre! Je bent dronken! Zet hem onmiddellijk neer!'

'Maman, Maman!' Eugène strekte jammerend zijn armpjes uit.

Alexandre stoof de trap af. 'Hij heeft zijn vader nodig!'

'Je maakt hem bang! Hij kent je niet!' Ik haastte me achter hem aan, de binnenplaats over, de straat op. 'Je kunt een kind niet zomaar bij zijn moeder weghalen!'

Bij het huurrijtuig gekomen dat aan het begin van de oprijlaan stond te wachten, duwde hij Eugène erin.

Paniek snoerde mijn keel dicht.

'Wat bezielt je?' Ik greep hem bij zijn arm en probeerde uit alle macht hem tegen te houden. 'Hij is pas drie! Alsjeblieft, Alexandre, doe het niet!'

'Ik ben zijn vader. Ik heb het volste recht om hem mee te nemen naar een evenwichtige omgeving. Thuis heeft hij het beter dan hier!' Hij gebaarde met zijn vrije hand. 'In dit erbarmelijke oord. Laat me los!' Hij duwde me zo hard van zich af dat ik tegen de grond sloeg.

Ik landde op mijn achterwerk in een plas modder. Mijn rokken waren doorweekt. 'Ik haat je!' Tranen brandden in mijn ogen.

'Maman!' klonk het stemmetje van Eugène.

Alexandre sloeg de deur dicht. Het rijtuig zette zich in beweging en mengde zich in de logge verkeersstroom.

Ik rende erachteraan, maar mijn dunne zolen glibberden weg op de deels bevroren keien en het duurde niet lang of ze waren uit het zicht verdwenen. 'Mijn kind! Hij heeft mijn zoon meegenomen! Ik haat je!' riep ik, verstikt door tranen van woede. 'Hij heeft mijn zoon meegenomen!'

Ik stond huiverend midden op straat, voetgangers liepen aan weerskanten langs me heen. Wat was er in hem gevaren? En hoe moest ik Eugène ooit terugkrijgen?

Zuster Lucille, die van het gruwelijke tafereel getuige was geweest, haastte zich naar me toe. Ik klampte me aan haar vast.

'Kindje,' zei zuster Lucille, 'als je niet oppast krijg je nog longontsteking. Kom, dan gaan we op zoek naar droge kleren.' Ze bette mijn gezicht met haar zakdoek en nam me mee naar binnen.

Bij het zien van Mimi's verslagen gezicht kreeg ik opnieuw een woede-uitbarsting. 'Die stomme, zelfzuchtige –'

'Probeer je te beheersen, Yeyette. We moeten een manier bedenken om onze Eugène terug te krijgen.'

'Als hij hem niet voor het vallen van de avond terugbrengt, dan –'

Ik greep een Italiaanse vaas die ik ooit van hem had gekregen en smeet hem in gruzelementen. Hortense begon van schrik te huilen.

Alexandre bracht Eugène niet terug. Het gemis van mijn zoon vrat aan me. Waar had Alexandre hem mee naartoe genomen? Hij hield van Eugène. Mijn zoon was veilig bij zijn vader, stelde ik mezelf gerust.

Ik ging meteen de volgende dag bij Désirée langs, in de hoop dat zij me raad kon geven.

Ze klapte het boek dicht dat ze zat te lezen. 'Wat voor de duivel is er in hem gevaren! Je moet onmiddellijk naar de rechter!'

'Denk je dat ik een kans maak om hem terug te krijgen?'

Ze liep naar haar bureau en rommelde in de laden. 'Ik zal een aanbeveling voor je schrijven.'

'Désirée?' Ik speelde met de knopen op mijn handschoenen.

'Hm-m?' Ze trok een stoel naar achteren en ging aan haar bureau zitten.

'Ik besef dat je het niet wilt horen... Het is ongebruikelijk wat ik ga doen en ik begrijp dat ik weinig kans maak...'

Ze keek op van haar aanbeveling.

'Ik ga niet alleen eisen dat hij Eugène teruggeeft. Ik ga ook een verzoek indienen voor een scheiding van tafel en bed.'

'Je staat sterk nu Alexandre zijn eigen zoon heeft ontvoerd, maar je moet wel zorgen dat je je zaak overtuigend presenteert. Vraag Fanny en iedereen die je verder nog kent om ook een aanbeveling voor je te schrijven. Het gebeurt niet vaak dat de rechter in het voordeel van de vrouw beslist.'

'Ben je niet teleurgesteld?'

Ze legde haar ganzenveer neer. 'Alexandre is mijn stiefzoon. Ik hou van hem, maar hij heeft zich misdragen als een verwend kind. Je hebt mijn volledige steun.'

Ik pakte haar handen. 'Dank je wel. Het betekent veel voor me dat jij achter me staat.'

Ik zou Alexandre met zijn eigen middelen verslaan.

Claire gebruikte haar connecties om te zorgen dat de rechter me op korte termijn wilde ontvangen. Binnen een week zat ik in de wachtkamer van het hof van justitie, nerveus heen en weer schuivend en mijn papieren ordenend. Het kon niet anders of de rechter zou in mijn voordeel beslissen. Ik had bewijzen dat Alexandre mij en zijn kinderen had verwaarloosd en ik bad vurig dat ik de rechter daarmee kon overtuigen.

Eindelijk werd mijn naam afgeroepen door een klerk. 'Madame de Beauharnais?'

'Ja.' Ik stond op.

'Deze kant uit, alstublieft.'

'*Courage.*' Claire blies me een kus toe.

De klerk leidde me door een reeks gangen naar het kantoor van de rechter. Voordat ik naar binnen ging, haalde ik diep adem. Ik moest een krachtige indruk maken.

'*Bonjour,* madame,' groette de rechter. 'Gaat u zitten.'

Ik gaf een gedetailleerd verslag van ons huwelijk – de ontrouw van mijn echtgenoot, zijn beschuldigingen, de schaarse tijd die hij thuis doorbracht en het gebrek aan financiële ondersteuning. Tot slot vertelde ik over de ontvoering van Eugène. De rechter las de brieven die ik had meegebracht en maakte aantekeningen op zijn deftige papier.

'Madame de Beauharnais, ik krijg de indruk dat u erg hebt geleden onder uw huwelijk, maar een fatsoenlijke rechtsgang vereist dat ik beide partijen aan het woord laat.' Met zijn lichte ogen keek hij me welwillend aan. 'Ik zal uw echtgenoot verzoeken over twee weken zijn kant van de zaak toe te lichten. Uw belang is ermee gediend wanneer u daarbij aanwezig bent.' Hij schoof zijn papieren op een stapel en legde zijn gerimpelde handen erop.

'Merci, monsieur. Het gedrag van Alexandre heeft me diep gekrenkt.'

'Het is me een genoegen een onschuldige jonge vrouw bij te staan.' Onder zijn borstelige snor plooiden zijn lippen zich in een glimlach.

Ik had de indruk dat hij me aardig vond. Terwijl Claire en ik in het wachtende rijtuig stapten, voelde ik diep vanbinnen een sprankje hoop. Het werd tijd dat het geluk me eens toelachte.

De dagen tot de terechtzitting sleepten zich voort. Ik werd gekweld door visioenen van het doodsbange gezichtje van Eugène en snakte naar het moment waarop ik hem weer bij me had. Op een ijzige ochtend in maart begaf ik me opnieuw naar de rechtbank.

Alexandre arriveerde op het moment dat onze namen werden afgeroepen. Zodra ik hem zag, laaide mijn woede weer in volle hevigheid op.

'Ik ben erg blij dat je aanwezig kon zijn,' zei ik beheerst, maar de haat in mijn stem was onmiskenbaar.

'Inderdaad. Laten we deze kwestie eens en voor altijd afhandelen. Ik zal blij zijn wanneer ik van je verlost ben.'

In mijn groene wollen mof balde ik mijn handen tot vuisten. Ik zou niet laten merken hoezeer ik van streek was. Die bevrediging gunde ik hem niet. Inmiddels had ik geleerd mijn gevoelens te beheersen en me onder alle omstandigheden als een dame te gedragen.

'Deze kant uit.' Toen we bij een deur kwamen die openstond gebaarde de klerk ons naar binnen te gaan.

De rechter begroette ons zonder op te kijken van zijn papieren. '*Bonjour*, Madame de Beauharnais. *Bonjour*, monsieur. Neemt u plaats.' Hij gebaarde naar de stoelen voor zijn imposante eikenhouten bureau.

Alexandre ging zo ver mogelijk bij me vandaan zitten.

De rechter keek hem doordringend aan. 'Ik zal onmiddellijk ter zake komen. Met Madame de Beauharnais heb ik al bij een eerdere gelegenheid kennisgemaakt. Ik heb de aanbevelingsbrieven van uw familie en uw vrienden bekeken. Ondanks uw beweringen dat uw vrouw u ontrouw zou zijn geweest, verklaren familie en vrienden dat ze onschuldig is. Met zo veel getuigen die u tegenspreken, kan ik haar niet aanklagen wegens overspel. Hebt u bewijzen die uw beschuldiging staven? Zo ja, dan wil ik die nu van u hebben.'

Mijn welbespraakte echtgenoot boog zijn hoofd. 'Monsieur le Jouron, ik verzeker u plechtig dat mijn echtgenote mij niet de toewijding heeft betoond die de wet vereist. Tijdens mijn verblijf in het buitenland, waar ik mijn garnizoen en mijn land diende, bereikten mij vele geruchten. Zoals u zich kunt voorstellen, was ik ontzet en ontstemd door dergelijke afschuwelijke berichten.' Het lukte hem zelfs tranen in zijn ogen te krijgen.

Ik staarde hem ongelovig aan, verbijsterd door zijn onoprechte vertoon van emotie.

'Als een ordinaire hoer sloop ze het huis uit om haar minnaars te ontmoeten.' Hij bette zijn ogen met zijn geschoeide hand. 'De benadeelde partij in deze scheiding ben ik. Ze is nooit een eerzame echtgenote geweest –'

'Monsieur de Beauharnais, dit is niet de plaats voor beledigingen en geruchten. Hier draait het uitsluitend om feiten,' zei de rechter. 'In een periode van vijf jaar bent u minder dan een jaar met uw vrouw samen geweest. Ik vind het absurd dat u veronderstelde affaires aanvoert terwijl u amper thuis bent geweest. Wie zijn uw bronnen?'

'Ik vertrouwde op de wijsheid van mijn tante Désirée en mijn vader, de Markies de Beauharnais. Andere bronnen kan ik niet prijsgeven. U moet toch begrip hebben voor de gevoeligheid van mijn positie.'

'Onzin,' zei de rechter. 'Uw stiefmoeder en uw vader hebben zwart op wit steun betuigd aan de zaak van Madame de Beauharnais. Ik stel voor dat u uw leugens verder voor u houdt, monsieur, anders loopt u het risico te worden beschuldigd van minachting van de rechtbank. Was dat alles wat u tegen uw echtgenote kunt aanvoeren?'

Er verscheen een verbeten trek op Alexandres gezicht, maar hij zei niets.

Er was hem het zwijgen opgelegd. Een wonder, kon ik niet nalaten te denken. Ik keek aandachtig naar het gezicht van de rechter, mijn hart bonsde in afwachting van het vonnis. 'Als u geen verdere documentatie kunt overhandigen, verklaar ik alle aanklachten tegen Madame de Beauharnais vals en ongegrond. Madame, uw naam is gezuiverd, uw eer hersteld. Ik verleen u de scheiding waar u om heeft verzocht en daarnaast verplicht ik uw echtgenoot tot het verlenen van de financiële ondersteuning waarop u recht heeft.'

Een diepe zucht ontsnapte me. Er spoelde een golf van opluchting over me heen. Ik glimlachte, dankbaar voor het vertrouwen dat de rechter me had geschonken.

'*Insupportable!*' riep Alexandre verontwaardigd. 'Ze krijgt niets van me! Geen sou!' Hij sprong op en stormde de kamer uit.

Mijn mond viel open toen hij de deur met een klap achter zich dichtsmeet.

En avant

Fontainebleau, 1785 – 1788

De rechter schoot verontwaardigd overeind. 'Wat heeft dat te betekenen! Niemand verlaat mijn rechtszaal zonder mijn toestemming!' Een aantal wachten kwam haastig toesnellen. 'Hou die man in officiersuniform tegen!'

Enkele ogenblikken later duwden de wachten Alexandre weer naar binnen en versperden de deur.

'Ik had nog niet gezegd dat u kon gaan!' De rechter keek Alexandre dreigend aan. 'Ik geef u een boete als u volhardt in uw belachelijke gedrag. Is dat duidelijk?'

'*Oui,* monsieur.' Plotseling timide boog Alexandre zijn hoofd.

'Gaat u zitten.'

Zonder een woord van protest deed hij wat hem werd gezegd.

'Omdat u geen bewijzen hebt ingebracht om uw beschuldigingen aan het adres van uw echtgenote te staven, verklaar ik haar naam hierbij gezuiverd,' verklaarde de rechter. 'En ik draag u op haar de maandelijkse financiële ondersteuning te bieden waar ze recht op heeft.'

Alexandre kromp ineen. 'Dat spreekt vanzelf. Neemt u me niet kwalijk. Ik was zo verrast door –'

De rechter hief zijn hand. 'Ik heb genoeg gehoord.'

Ik bracht een hand naar mijn mond om mijn glimlach te verbergen. Alexandre had aanleg voor het theatrale, maar de rechter was er niet van onder de indruk.

'Mag ik de aanbevelingsbrieven van Désirée en mijn vader zien?' vroeg hij. De rechter gaf hem de papieren.

Er viel een ongemakkelijke stilte terwijl Alexandre ze las.

Ik wilde het over Eugène hebben en wiebelde ongeduldig met mijn voet, terwijl ik het schilderij van een edelman bestudeerde dat aan de muur hing. Zijn kromme neus en kille, harde ogen bezorgden me koude rillingen. Wat een afschuwelijk portret!

Alexandre legde de brieven weer op een stapeltje. 'Het heeft er alle schijn van dat ik het mis heb.' Hij keerde zich naar mij. 'Rose, ik ben je een excuus verschuldigd en dat bied ik je volmondig aan,' zei hij op de fluweelzachte toon waarmee hij in de slaapkamer zo veel succes had.

Ik verbeet een lach, want niemand doorzag zijn onoprechte vleierij beter dan ik.

Zich bewust van mijn terughoudendheid knielde hij naast mijn stoel. 'Mijn beschuldigingen waren verachtelijk en onverdiend. Ik schaam me voor mijn gedrag.' De man op wie ik verliefd was geworden, werd weer zichtbaar, zij het slechts even. 'Vergeef me alsjeblieft.'

De herinnering aan het gezichtje van Eugène deed me verstijven van boosheid. 'Ik kan je je laster alleen vergeven wanneer je me mijn zoon teruggeeft, beste echtgenoot.'

'Ik deed het voor zijn eigen bestwil. Ik –'

De rechter onderbrak hem. 'Dat is het volgende punt waar we het over moeten hebben. Door uw zoon mee te nemen hebt u de wet overtreden. Uw zoon staat tot zijn vijfde onder voogdij van zijn moeder. Zodra hij vijf jaar oud is, komt hij onder uw toezicht te staan en gaat hij naar school. De zomers brengt hij vanaf die leeftijd bij zijn moeder door. Dus ik eis dat u het kind onmiddellijk naar haar terugbrengt. Bij een volgende poging tot ontvoering wordt u gearresteerd.'

'Ik heb het begrepen.'

Mijn hart juichte. Goddank! Mijn lieve kleine jongen kwam weer thuis.

De rechter nam Alexandre doordringend op. 'U hervat uw financiële steun om Madame de Beauharnais bij te staan in haar kosten van levensonderhoud, inclusief een bijdrage voor haar bedienden en voor de opleiding van uw zoon. Bovendien ontvangt uw vrouw de bruidsschat van haar familie terug. Die mag niet worden aangewend voor het bekostigen van uw behoeften. Is dat duidelijk?'

De rechter keerde zich naar mij. 'Madame, is er verder nog iets wat u wenst te bespreken?'

'Nee, monsieur.'

De rechter knikte om duidelijk te maken dat we konden gaan. Ik volgde Alexandre naar de deur, in het besef dat ik in alle opzichten had gewonnen: er was officieel een scheiding van tafel en bed uitgesproken, ik kreeg een maandelijkse toelage en mijn zoon kwam bij me terug! Ik zou niet kunnen hertrouwen, maar ik kon wel verder met mijn leven en als ik dat wilde, kon ik zelfs een minnaar nemen. Haastig liep ik naar de deur. Ik rende bijna. Met de financiële steun van Alexandre zou ik me een eigen appartement kunnen veroorloven. Dan kon ik het klooster – en Alexandre – vaarwel zeggen.

Bij de uitgang van het gebouw gekomen, hield hij me staande. 'In het belang van onze kinderen hoop ik dat we vrienden kunnen zijn. Onze onenigheid heeft geleid tot een scheuring in mijn familie.'

'Dat is uitsluitend en alleen aan jou te wijten,' beet ik hem toe. 'Als je de vader en de echtgenoot was geweest die je had beloofd te zijn, was het nooit zover gekomen.'

Zijn oren werden rood. 'Als jij een begeerlijke echtgenote was geweest, waren we niet in deze afschuwelijke situatie beland.'

Ik haalde diep adem, vastbesloten me niet meer te laten kleineren. 'Alsof jij daar zelfs maar oog voor zou hebben. Voor jou draait alles altijd alleen maar om jezelf.'

Hij negeerde de belediging. 'Ik ben een goede vader geweest voor Eugène. Misschien wil hij niet meer bij me weg.'

'Dat zullen we nog wel eens zien. Ik wil dat je hem vanavond thuisbrengt.'

'Alleen als ik mijn dochter mag zien.'

Ik staarde hem sprakeloos aan.

'Kijk maar niet zo geschokt. Ik hou van mijn kinderen. Van mijn zoon én mijn dochter.'

'Mag ik je eraan herinneren dat je Hortense tot bastaard hebt verklaard?'

Hij boog zijn hoofd. 'Daar heb ik oprecht spijt van.' Het klonk alsof hij het meende.

'Ik vind het belangrijk dat ze haar vader kent,' zei ik met een wantrouwende blik. 'Maar alleen als je me fatsoenlijk bejegent en als je mijn dochter niet tegen mijn zin meeneemt.'

Zijn ogen vernauwden zich tot spleetjes. 'Dat zou wel eens moeilijk kunnen worden. Jou fatsoenlijk bejegenen.'

Verontwaardigd balde ik mijn handen tot vuisten en ik liep driftig naar een fiaker.

Later die avond kwam Alexandre naar het klooster, net toen ik me ongerust begon te maken dat hij Eugène misschien niet zou terugbrengen.

'*Bonsoir*,' zei hij kortaf en hij liet Eugènes hand los.

'Maman!' Eugène rende de salon door, sloeg zijn armpjes om mijn hals en liet zich de stortvloed van mijn kussen genietend welgevallen.

'O, lieveling! Ik heb je zo gemist!' Ik trok hem tegen me aan en streelde zijn haar. Over zijn hoofdje heen keek ik naar Alexandre, die nog enigszins schaapachtig in de deuropening stond. Hij wekte de indruk spijt te hebben van zijn onbezonnen handelwijze. 'Wat heb je bij Papa allemaal gedaan, *chéri*?'

'We hebben paardgereden en brood gegeven aan de vogeltjes, en Papa heeft me voorgelezen. En ik heb een heleboel marmelade gegeten!' besloot hij stralend.

'Wat fijn dat je zo van je logeerpartijtje hebt genoten.' Ik wierp Alexandre een harde, onbewogen blik toe.

'Wat had je dan verwacht? Dacht je soms dat ik niet goed zou zijn voor mijn zoon? Geef Papa maar een kus.' Eugène maakte zich los uit mijn omhelzing en viel zijn vader om de hals.

Alexandre was inderdaad goed voor hem geweest. Hij hield van zijn zoon, dat was duidelijk. Zijn verachting gold alleen mij.

'Hortense slaapt. Als je haar wilt zien, moeten we een andere keer afspreken.'

'Ik kom overmorgen weer langs, om twaalf uur 's middags.' Hij zette Eugène neer. 'Schikt dat?'

'Nee, dan heb ik een afspraak. Je kunt donderdagmiddag komen, om twee uur.'

Ik zou nooit echt van hem verlost zijn, maar als hij wilde langskomen, dan alleen op mijn voorwaarden.

Alexandre kwam regelmatig langs en bedolf zijn kinderen onder zijn liefde. Geleidelijk aan begon ik hem de ontvoering van Eugène te vergeven.

Ondertussen maakte ik haast met de opbouw van mijn nieuwe leven en ik deed een beroep op mijn vriendinnen om me te helpen woonruimte te vinden. Nadat ik een stuk of tien, twaalf sjofele appartementen had bekeken, besefte ik dat ik het me niet zou kunnen veroorloven om in Parijs te blijven. Mijn toelage van Alexandre was niet zo royaal als ik had gehoopt. We zouden elders moeten gaan wonen.

Op een ochtend in de zomer stapte ik met de kinderen in een huurrijtuig.

'Waar gaan we naartoe, Maman?' vroeg Eugène toen we wegreden van Penthémont.

'Naar ons nieuwe huis in Fontainebleau. Tante Fanny en Désirée wonen er al.' Door financiële nood gedreven hadden ook zij de stad moeten verlaten en waren ze enkele maanden eerder naar Fontainebleau verhuisd. Ik tikte mijn zoon op het puntje van zijn neus. 'Maak je maar geen zorgen. Het is niet ver van Parijs, dus je papa kan gewoon blijven langskomen.'

Toen we de oprijlaan naar ons nieuwe huis insloegen, keek ik bewonderend naar de kleine moestuin en de bloembakken met petunia's.

Eugène sprong overeind. 'Mag ik in de tuin spelen?'

'Hè ja, laten we eerst de tuin in gaan!'

Ons nieuwe appartement was bescheiden gemeubileerd, maar 's ochtends bij het wakker worden hoorden we de vogels zingen en de boomkikkers kwaken. Toch konden het idyllische bos, de frisse lucht en de vredige rust van Fontainebleau niet voorkomen dat ik verveeld raakte. Uiteindelijk kreeg ik genoeg van het wandelen door de weilanden. Ik miste de bedrijvigheid van de stad.

Op een middag, nadat Hortense in de tuin had gespeeld, strikte ik haar linten opnieuw.

'Je hebt je haar helemaal in de war gemaakt bij het stoeien.' Ik kietelde haar. 'En zo hoort het ook, *doucette*. Toen ik klein was, ravotte ik ook altijd in de tuin.'

Ze klom op mijn schoot. 'Ik wil bij Maman zitten.'

Wat was ze snel gegroeid, dacht ik terwijl ik een kus op haar hoofdje drukte. Ik kon bijna niet geloven dat ze al drie was. Eugène zat inmiddels op kostschool. Er kwam een brok in mijn keel. Ik popelde van verlangen hem op te zoeken, maar ik had geen idee waar ik het geld voor de reis vandaan moest halen. Mijn karige inkomen baarde me zorgen. Het bleek moeilijker dan verwacht om onafhankelijk te zijn. Ik keek op toen Fanny zwierig de salon binnenkwam.

'Hoe is het met mijn allerliefste meisjes?' Ze bukte zich om Hortense te kussen en liet een afdruk van rouge achter op haar gezichtje. 'O!' Ze schoot in de lach. 'Kom, dan zal ik je wang schoonmaken.' Ze poetste de vlek weg met haar zakdoek.

'Met ons gaat het goed,' zei ik.

'De koninklijke familie is in de stad!' vertelde Fanny stralend. 'Besef je wel wat dat betekent? In hun kielzog komen de pluimstrijkers en jaknikkers, de volgelingen en de vijanden. Het jachtseizoen is weer geopend. Net als mijn salon, lieverd!'

Ik slaakte een juichkreet.

Fanny's ontvangsten maakten net zo veel indruk als ze dat in Parijs hadden gedaan en werden bezocht door de meest briljante, creatieve geesten uit de hoogste kringen buiten het hof. Zelfs Claire kwam voor een langdurig verblijf naar Fontainebleau.

Op een herfstavond wervelde ze in een nieuwe japon in het rond. 'Wat vind je? Hoe zie ik eruit?' Iriserende lovertjes flonkerden in het kaarslicht.

Ik keek vol bewondering naar het roze satijn en haar roomblanke huid. 'Als een blozende perzik.'

'Rijp om geplukt te worden.' We schoten in de lach.

Ik trok een paar ivoorkleurige handschoenen aan. 'Bedankt voor de japon. Hij is beeldig.'

Claire had me een rechte japon van mintgroene mousseline cadeau gedaan waar ze na twee keer dragen genoeg van had. Zelf had ik geen sou om aan mijn garderobe te besteden. Sterker nog, ik wist niet eens waar ik het geld voor de huur vandaan moest halen, of voor de huisleraar van Hortense. Van Alexandre kreeg ik slechts sporadisch een bedrag.

Eenmaal bij Fanny gingen we ieder onze eigen weg om ons tussen de gasten te mengen. Terwijl ik door de vertrekken liep, ving ik een gesprek op dat me schokte. Het ging over de koningin en het was weinig lovend.

'*L'Autri-chienne!*' zei een gezette man, bulderend van de lach.

'Inderdaad, een vrouwtjeshond! De koningin draaft als een loopse teef haar harem af!' voegde een magere man met een goudkleurige bril eraan toe. Het hele groepje schaterde het uit.

'De dauphin is. een ziekelijk kind. Arme donder. Hij betaalt de prijs voor de hoerigheid van zijn moeder.'

Wat een overmoed, om de koningin in het openbaar zo te noemen! De idioten! Wanneer iemand van de aanwezigen dat naar buiten bracht, liepen ze het risico in de gevangenis te belanden. Of erger.

Ik haastte me naar Claire, die koket in gesprek was met een man die ik niet kende.

'Rose, lieverd!' Ze wenkte me met een gastvrij gebaar. 'Monsieur Jacques, mag ik u voorstellen? Rose de Beauharnais.'

'Ik wilde net op zoek gaan naar een sigaar,' antwoordde hij. 'Mademoiselle Pellier, het was me een genoegen.'

Claire schonk hem een volmaakt hoffelijke glimlach, maar haar ogen glinsterden in stille uitdaging.

Wat wist ze de mannen perfect te bespelen!

'*À plus tard,*' koerde ze.

'Dus je hebt je man al gevonden?' zei ik plagend.

'Natuurlijk.' De kuiltjes in haar wangen kwamen tevoorschijn. 'En over mannen gesproken, de heer in het marineblauw staat naar je te kijken.'

Ik vouwde mijn waaier open en deed alsof ik langs de man met het donkere haar heen keek. Hij zocht oogcontact en kwam naar me toe.

Claire gaf me een por in mijn ribben. 'Misschien wordt het tijd om het niet bij koketteren te laten, *mon amie*. Misschien moet je nu eens bereid zijn verder te gaan.'

Ik keek naar de gebeeldhouwde kin, de haviksneus. 'Hij is niet echt knap, maar ook niet onaantrekkelijk. Een man die weet wat hij wil.'

'Reken maar. Hij is rijk en hij heeft de vrouwen voor het uitkiezen.'

'Wie is het?'

'De Duc de Bordeaux. En hij is niet getrouwd.'

'Misschien is hij niet in vrouwen geïnteresseerd.'

'Dat waag ik te betwijfelen!'

'*Bonsoir*, dames.' De hertog maakte een buiging. 'De mooiste vrouwen in het gezelschap konden me natuurlijk niet ontgaan.'

'U vleit ons, monsieur.' Ik bewoog mijn waaier.

'Ik zou u willen uitnodigen *à la chasse* met aansluitend een diner. Volgende week. In het chateau dat ik hier in de stad heb gehuurd.'

'Wie weet.' Ik schonk hem een uitdagende blik.

'Uitstekend.' Hij grijnsde. 'Als u me nu wilt verontschuldigen, ik heb elders verplichtingen. Nog een prettige avond.'

'Ik heb in geen eeuwen gejaagd!'

'En ik begrijp niet wat me bezielde.' Ik reikte naar een flûte met champagne. 'Ik zou het niet kunnen! Een dier doodmaken!'

'Maak je geen zorgen. De prooi krijgen we helemaal niet te zien. Wij rijden achter het gezelschap aan.' Claire pakte ook een glas. 'Het is enig. En de hertog is er.' Er dansten pretlichtjes in haar ogen.

'Stel je er maar niets van voor. Ik ben niet van plan met de hertog tussen de lakens te kruipen.'

Op mijn eerste jacht verscheen ik in een korenbloemenblauw jachtgewaad met epauletten en een strakke rok. Maar vooral mijn hoed was aanbiddelijk! Een sierlijke, elegante creatie van glanzend blauw satijn met een parmantige hemelsblauwe veer die wuifde in de bries.

'Is het niet verrukkelijk?' Claire genoot van mijn opwinding. 'Met die korte laarsjes en je geitenleren handschoenen zie je eruit alsof je nooit iets anders hebt gedaan. *Regarde.*' Ze wees naar een man met een reusachtige gekrulde hoorn. 'Het gaat beginnen.'

Geholpen door een stalknecht klommen we in ons dameszadel. Er stond een frisse herfstbries, om ons heen klonk een vrolijke symfonie van stemmen en paardengehinnik. De jagers straalden spanning en daadkracht uit. Iedereen wachtte tot de hoorn het signaal zou geven dat de jacht was begonnen. Niets van wat ik op Martinique had meegemaakt was hiermee zelfs maar te vergelijken! De pracht van de paarden en hun vorstelijke berijders. Mijn hart bonsde van de opwinding.

Ik liet mijn blik over het gezelschap gaan. De hertog was nergens te bekennen.

Stilte daalde neer.

Ik hield mijn adem in. Sable, mijn paard, begon rusteloos te dansen.

Toen klonk de hoorn en er barstte een gejuich los, gevolgd door het donderende geraas waarmee de paarden in de richting van het woud stormden, begeleid door het geblaf van de meute. Ook Sable stoof ervandoor. Ik boog me over zijn hals, met mijn blik op het pad. We joegen door bosjes eiken, ahorns en walnotenbomen, waarvan de bladeren zich laaiend oranje, citroengeel en dieprood hadden gekleurd. De wind speelde met mijn rokken.

'*Va, Sable! Va!*' riep ik. Kluiten aarde vlogen onder haar voortjagende hoeven alle kanten uit. De geur van gepoetst leer in combinatie met het ritme van zwoegende spieren en pezen was bedwelmend.

Iets voor me kwam een riviertje in zicht, wild kolkend na de regen van de afgelopen dagen. Een angstige twijfel bekroop me. Moest ik mijn paard inhouden? Sable denderde zonder aarzeling voorwaarts. Toen we de oever van de stroom bereikten, deed ik mijn ogen dicht.

Mijn maag maakte een duikeling en ik had het gevoel dat ik gewichtloos werd terwijl Sable met een soepele sprong over het riviertje joeg.

Een schaterlach welde op in mijn keel. '*Magnifique!*' Ik spoorde mijn paard aan tot nog grotere snelheid om alles achter me te laten. 'Vooruit!'

Die avond droeg ik roze fluweel met borduursels van gouddraad en linten van roomwit satijn. De japon had een fortuin gekost, maar Claire had erop gestaan financieel bij te springen. We liepen de trap af en wachtten beneden op Fanny's rijtuig. Ze zou die avond met ons meegaan. Zodra het rijtuig voor het huis stilhield, vloog de deur open.

'Stap in! Anders komen we te laat,' riep Fanny.

In mijn haast stootte ik mijn hoofd aan de deurlijst. 'Au!' Ik voelde aan mijn voorhoofd, voorzichtig om mijn kapsel niet in de war te maken. Ik was er meer dan een uur mee bezig geweest. Mijn krullen werden in bedwang gehouden door een speld met roze bloemen, het perfecte accessoire bij mijn elegante japon.

'Maak je geen zorgen, liever d. Je bent beeldschoon,' zei Claire. Zelf zag ze er ook betoverend uit, in gele zijde met diamanten.

'Waarom hebben we zo veel haast?' vroeg ik.

'Ik heb met vrienden afgesproken om het over de hervormingen te hebben.' Fanny vouwde haar handen in haar schoot.

'Wat voor hervormingen?' vroeg Claire. Haar hoofd wiegde heen en weer op de maat van het rijtuig.

'De koninklijke schatkist is leeg. We kunnen op korte termijn de zoveelste belastingverhoging verwachten.'

'Ik heb gehoord dat de koning na dit seizoen niet meer met het hof naar Fontainebleau komt. Wat zal het hier dan saai worden,' klaagde Claire.

'Belastingverhoging?' herhaalde ik ongerust. 'Ik heb nu al geld moeten lenen om rond te komen.'

'Het zijn onzekere tijden. We willen niet met de verkeerde partij in verband worden gebracht. Dus pas op wat je zegt,' waarschuwde Fanny. 'Er wordt gevreesd voor een revolutie.'

We knikten zwijgend. Bij de gedachte aan een revolutie keerde mijn maag zich om.

Fanny's waarschuwing om discreet te zijn bleek overbodig. Iedereen had het over de hervormingen.

'De aanhang van de koning slinkt,' zei een heer. 'Hij zou zijn minister van Financiën moeten ontslaan.'

'Koning Lodewijk is een arrogante dwaas. Hij heeft het te druk met jagen en ondertussen laat hij de koningin ons belastinggeld uitgeven aan praal en prullen,' zei een ander.

Ik was van nature geneigd me op de vlakte te houden. Er viel voor het standpunt van beide partijen wat te zeggen en ik wilde niet dat mijn vriendenkring in twee kampen uiteenviel. In mijn ogen was het belachelijk vriendschappen op het spel te zetten vanwege opvattingen over de koning, want dankzij de erfopvolging zou het koningschap ons allemaal overleven.

Tijdens het diner bleef ik uitkijken naar de hertog, maar die was in de zee van gezichten nergens te bekennen. Terwijl de wijn rijkelijk vloeide, werd de discussie aan tafel gepassioneerder en de stemming dreigender. Ik voelde hoofdpijn opkomen en verontschuldigde me om een frisse neus te halen.

Na enig dwalen door de uitgestrekte gangen ontdekte ik een deur die toegang gaf tot de tuinen. De kou deed mijn neus en mijn oren tintelen. Sterren flonkerden aan een zwartfluwelen hemel. Fakkels verlichtten rijen wintervaste bloeiende planten, die ondanks de nachtvorst gedijden. Ik daalde een paar treden af naar een terras met fonteinen en tot figuren gesnoeide bomen en struiken.

'Madame, hebt u het koud?' klonk een stem. 'U huivert.'

Geschrokken zag ik een gedaante opdoemen vanuit de duisternis. 'Wie is daar?'

'Neemt u mijn jas. Ik heb het warm genoeg.' De gedaante betrad de lichtkring van een fakkel en ik zag een gebeeldhouwd gezicht dat ik herkende. De hertog.

'Dank u wel, monsieur,' zei ik glimlachend. 'Dat is erg vriendelijk van u.'

Hij deed zijn jas uit en legde die om mijn schouders. 'U bent vanavond beeldschoon, madame.' Hij bukte zich, pakte mijn geschoeide hand en streek er met zijn lippen langs. Een tinteling verspreidde zich door mijn arm naar boven. 'Het is een heerlijke avond, maar wel een beetje fris. Het verrast me een dame als u buiten aan te treffen.'

'Ik werd somber van alle zware gesprekken.' Ik glimlachte weer. 'En zo te zien heb ik er goed aan gedaan om naar buiten te gaan.'

'Staat u mij toe?'

'Heel graag.' Ik legde mijn hand op zijn gespierde arm, waarop hij me over een van de wandelpaden door de tuin begeleidde.

'Er zit verandering in de lucht,' zei hij. 'We voelen het allemaal. Maar op een volmaakte avond als deze zouden we niet zulke ernstige gesprekken moeten voeren.'

'Merci. Ik heb voorlopig genoeg gehoord over de dreigende spanningen.'

'Hoe vond u het vanmiddag? Hebt u genoten van de jacht?'

'Buitengewoon. Het rijden gaf me zo'n gevoel van vrijheid, van avontuur. Het was alsof ik vloog,' fluisterde ik.

Zijn blik ging naar mijn zwoegende boezem.

'Ik geniet er ook altijd van. Maar ik geniet nog meer van het gezelschap van een mooie vrouw.' Verlangen smeulde in zijn ogen. Hartstocht laaide op in verborgen diepten.

'Misschien wilt u me het genoegen doen morgenmiddag met me te gaan rijden… als het weer goed blijft?'

In gedachten hoorde ik de waarschuwende woorden van Marie-Josèphe: 'Nooit te gretig lijken. Je verovert hem niet door te snel te zwichten.'

'Ik heb morgen al een afspraak,' zei ik.

'En de dag daarna? We zouden naar een van mijn lievelingsplekjes kunnen rijden.'

Ik aarzelde even. Maar ik had genoten van het rijden en ik vond hem sympathiek. Een rijke minnaar zou hemels zijn, zelfs al was het maar voor even.

'Dat klinkt verrukkelijk,' zei ik na een blik achterom, op het imposante chateau.

'Ik zal een rijtuig sturen. Zullen we ons dan nu weer bij het gezelschap voegen? Het concert kan elk moment beginnen.'

Ik grijnsde in het donker.

Nog geen veertien dagen later belandde ik met de hertog tussen de lakens – op wat onschuldig gekoketteer na was hij mijn eerste man sinds Alexandre. Dankzij de bewondering die ik zo lang had gemist, bruiste ik weer van leven. Charles bezat een aanbiddelijke perfectie, maar door de vele bereidwillige dames die hem omringden, als bloemen die erom schreeuwden te worden geplukt, verslapte zijn aandacht al snel. Ik volgde zijn voorbeeld en richtte me op de volgende interessante heer, en na hem kwam er weer een man die me wist te boeien. Te worden begeerd, al was het maar kortstondig, maakte dat ik me sterker voelde. En ook de dure *ca-*

deaux van mijn minnaars droegen bij aan mijn hernieuwde zelf-vertrouwen.

Mijn financiële problemen werden nijpender naarmate de prijs van meel, suiker en olie steeg. Om de kosten terug te dringen trok ik opnieuw bij Désirée en de markies in. Ze vonden het verrukkelijk ons weer bij zich te hebben, want ze hadden onze bezoekjes en die van Alexandre gemist.

Op een zomermiddag kwam Alexandre langs met cadeautjes voor de kinderen.

'Het is allemaal beeldig wat je voor ze hebt meegebracht, maar hoe staat het met mijn maandgeld?' vroeg ik.

Eugène zat op de vloer, omringd door speelgoedsoldaatjes. Hortense hield haar nieuwe pop tegen zich aan gedrukt en keek op naar haar papa.

'Dat krijg je volgende week met de post,' antwoordde Alexandre.

'Als je geen geld stuurt, hebben we niets te eten.'

'Je hoeft niet zo dramatisch te doen. Ik heb toch gezegd dat ik het zal sturen?'

'Net als altijd?' Mijn stem droop van het sarcasme.

Hij schonk me een woedende blik, nam Hortense op de arm en liep met haar de tuin in.

Alexandre hield zich niet aan zijn belofte. Er kwam geen geld. Ik overwoog naar de rechter te stappen. Misschien kon hij mijn echt-genoot dwingen om te betalen.

Hortense trok aan mijn hand terwijl ze naast me over het tuinpad huppelde. 'Ik wou dat Eugène er was,' zei ze. 'Waarom moet hij naar school?'

'Om te leren en om een man te worden.'

'Ga ik ook naar school?'

'Ja. Naar een school voor kleine meisjes,' antwoordde ik, ook al kon ik me niet voorstellen waar ik dat van moest betalen. 'Kijk! Een konijntje! Daar, in de struiken.' Ik dempte mijn stem tot een fluistering. 'Zullen we ernaartoe sluipen?'

'Dan ben ik ook een konijntje.' Hortense hupte achter het diertje aan, waardoor het schrok.

Bij het geluid van het grind dat knerpte onder de wielen van een rijtuig draaiden we ons om.

'Ga jij Mimi maar vragen om thee te zetten, lieverd.'

Hortense huppelde naar binnen terwijl er een gezette, voornaam geklede man uit het rijtuig stapte.

'U bent Madame de Beauharnais?'

'Inderdaad. Met wie heb ik het genoegen?'

'Boucher is de naam.' Hij klonk kortademig. 'Ik kom een schuld van uw man incasseren. Is hij thuis?' Zijn halsdoek klemde als een tourniquet om zijn dikke nek.

'Mijn man?' vroeg ik, in verwarring gebracht. 'Die woont hier niet. We zijn gescheiden van tafel en bed. Al geruime tijd.'

Monsieur Boucher hoestte onder gruwelijk gerochel in zijn zakdoek.

Misschien moest ik hem een stoel aanbieden.

Hij kwam waggelend naar me toe. 'Hij heeft dit adres als zijn verblijfplaats opgegeven.'

Mijn ogen werden groot. 'Ik kan u verzekeren dat hij hier niet meer woont, monsieur.' Het kostte me moeite mijn stijgende woede te beheersen. 'Waarschijnlijk kunt u hem in Parijs vinden, ook al zou ik niet weten op welk adres.'

De man hoestte nogmaals. Speeksel reutelde in zijn keel. 'Mocht u hem zien, wilt u dan zeggen dat ik langs ben geweest? Hier hebt u mijn naam en adres.' Hij gaf me zijn visitekaartje.

'Dat zal ik doen. Goedendag.'

Hij knikte, hees zijn logge gestalte op het trapje en werkte zich het rijtuig in.

Ik kon Alexandre wel wurgen! Hoe durfde hij zijn schuldeisers bij ons langs te sturen? Driftig liep ik naar binnen om hem een vernietigende brief te sturen.

Vanaf dat moment arriveerden de schuldeisers in drommen. Alexandre had het grootste deel van zijn erfenis vergokt. Na enig speurwerk kwam ik erachter dat zijn dwaasheid er de oorzaak van was geweest dat Désirée en de markies zich genoodzaakt hadden gezien naar Fontainebleau te verhuizen. Zijn egoïstische gedrag maakte me woedend. Doordat ze ook nog voor ons moest zorgen, kon Désirée de eindjes maar amper aan elkaar knopen. Ik verkocht mijn harp en mijn sieraden, maar er moest iets veranderen, besefte ik. Toen er op een middag in de lente een brief uit Martinique kwam, wist ik wat me te doen stond.

13 maart, 1788

Chère Rose,

Ik heb verontrustend nieuws. Manette en je vader zijn ernstig ziek en er komt al dagen geen verbetering in hun toestand. Ik ben bang dat ze misschien niet lang meer te leven hebben. Daarom hoop ik dat je wilt overwegen hierheen te komen. Ik kan je geen geld sturen voor de reis, maar misschien is er iemand in je vriendenkring die begrijpt hoe dringend de situatie is en die bereid is je te helpen.
Ik hoop dat mijn kleinkinderen het goed maken.

Je t'aime,
Maman

Ik moest naar Martinique, ongeacht de kosten. Sinds Maman de brief had geschreven, waren er zes weken verstreken. *Dieu*, ik hoopte dat ik niet te laat kwam. En dus deed ik een beroep op de enige die me zou helpen zonder vragen te stellen en zonder verwachtingen aan haar hulp te koppelen: Fanny.

Amper drie weken later zaten Hortense, Mimi en ik op zee. Ik ging eindelijk terug naar huis.

Terugkeer naar het eiland

Martinique, 1788 – 1790

Het was voor het eerst in negen jaar dat ik voet op mijn geboorte-
grond zette. Ik was als kind vertrokken en ik keerde terug als moeder.
Een bruisend geluksgevoel doorstroomde me.

'Hortense, we zijn er!' Ik omhelsde en kuste haar.

In verwarring keek ze me aan. 'Maar het is een groot bos, Maman.'

'Ja,' zei ik lachend. 'Ja, dat is het.' Ik keek naar Mimi en zag dat
er tranen in haar ogen blonken. 'We zijn weer thuis,' zei ik zacht.

Ze pakte mijn hand en drukte er een kus op. 'Ik weet niet of ik
moet huilen of lachen.'

Mimi zou naar haar familie en haar vrienden gaan, maar de harde
werkelijkheid van de plantage zou misschien een schok voor haar
betekenen. Want ze was inmiddels gewend geraakt aan de gemak-
ken van het leven in Frankrijk. Ik had begrip voor haar gemengde
gevoelens.

Trois-Îlets zag er nog net zo uit als ik het me herinnerde, alsof de
tijd er had stilgestaan. Tegelijkertijd voelde ik me een vreemde, afkomstig uit een andere wereld. De wildernis was overal en dreigde
de beschaving te overwoekeren. Het woud vormde een collage van
tinten jade, limoen en olijfgroen. En dan de geuren! Warme aarde
gebakken in de tropenzon, wilde bloemen en weelderig gebladerte.
Ik ademde gretig het verrukkelijke aroma in. Er was in heel Frankrijk geen parfum dat zelfs maar in de buurt kwam.

Vol weemoed gaf ik me over aan herinneringen die van heel diep
weer naar boven kwamen: Cathérine op zoek naar beschutting
onder het druipende loof tijdens een regenbui; de stengels suikerriet die ik stal om het zoete sap eruit te zuigen; Caroline en ik die

ons verstopten in verborgen grotten. *Dieu*, wat had ik het allemaal gemist.

De betovering van mijn herinneringen werd naar de achtergrond gedrongen toen mijn ouderlijk huis in zicht kwam. Wat bood de suikermolen een sjofele aanblik. De gevel was bedekt met mos, kreupelhout drong vanuit het oerwoud de tuin binnen.

Ik was nog lang niet bij de voordeur of Maman stormde al naar buiten. 'Rose!' Ze viel me hartstochtelijk om de hals.

Mijn hart liep over van emotie. Ik voelde me overweldigd door alles wat ik in de jaren sinds ons afscheid had moeten doorstaan. Het verdriet, de eenzaamheid, de worsteling om me thuis te gaan voelen in dat verre land. Maar ook de geboorte van mijn kinderen. Alle momenten waarop ik niet in de armen van Maman had kunnen vluchten. De tranen stroomden over mijn wangen.

'Stil maar. Stil maar.' Ze streelde mijn haar terwijl ik het uitsnikte. 'Je bent weer thuis.'

'H-het s-spijt me zo,' bracht ik snotterend uit. 'Ik maak je jurk helemaal vies.'

'Welnee, *doucette*.' Ze wierp een blik op de mouw van haar degelijke katoenen jurk.

Hortense trok aan mijn rokken, haar fijne gezichtje was vertrokken van angst. 'Maman, wat is er?'

Ik haalde mijn neus op en bukte me om haar een kus op haar hoofdje te geven. 'Niets, lieverd. Ik heb *grand-mère* gemist. Dat is alles.'

Met een pop in haar hand liet Maman zich voor Hortense op haar hurken zakken. 'Dag, Hortense. Ik ben zo blij dat ik je nu eindelijk leer kennen, lieverd. Je moeder heeft me zo veel over je geschreven.'

Hortense glimlachte schuchter. 'Dag, *grand-mère*.'

'Ik heb een cadeautje voor je.'

Hortense fleurde op. 'Een cadeautje?'

Maman liet de lappenpop op en neer dansen. 'Alsjeblieft.'

Hortense pakte de pop gretig uit haar handen. 'Dank je wel, *grand-mère*.'

'Alsjeblieft.' Maman straalde, haar ogen schitterden van geluk. 'Je bent al vijf, hè? Wat een grote meid. En waar is je broer?'

'Op school,' antwoordde Hortense. 'Hij mocht niet mee van Papa.'
'Alexandre vond het beter om zijn opleiding niet te onderbreken. Ik was het er niet mee eens, maar daar heb ik helaas niets over te zeggen.' Ik had het afschuwelijk gevonden om mijn zoon achter te laten, helemaal aan de andere kant van de oceaan. Bij het afscheid was Eugènes engelachtige gezichtje vertrokken geweest van verdriet. Ik haalde beverig adem, want ik wilde niet opnieuw gaan huilen. Maar ik miste hem nu al.

Maman knikte. 'Natuurlijk. Zijn vader beslist wat het beste voor hem is.' De teleurstelling in haar stem was onmiskenbaar.

'Ik hoop dat je ooit bij ons op bezoek komt in Parijs.' Op de uitnodigingen in mijn brieven was ze nooit ingegaan, terwijl ik had verwacht dat de kennismaking met haar kleinkinderen voldoende reden zou zijn geweest om op de boot te stappen. Ik slikte mijn wrok in.

'Maar hoe zou ik al dit moois kunnen opgeven?' Ze lachte.

'*Bonjour,* Madame Tascher.' Mimi maakte een reverence.

'Mimi!' Maman knikte haar toe. 'Wat fijn dat je er bent. Janette kan wel wat hulp gebruiken. Vooral sinds we weer in het huis op de plantage wonen. We hebben het eindelijk herbouwd!' Ze gebaarde door de bomen naar de open plek op de heuvel. 'Zo, en nu willen jullie vast wel in bad. En daarna een kop koffie. En dan moet je me alles vertellen. Vanaf het begin.'

Ze ging ons voor naar binnen.

Zoals ik had verwacht, waren Papa en Manette aan bed gekluisterd. Ik las Manette voor en vermaakte haar met verhalen over Parijs. Wanneer ze zich goed genoeg voelde, hielp ik haar in bad.

De hereniging met Papa liep anders dan ik me die had voorgesteld.

'*Bonjour,* Papa.' Ik zette het blad met theespullen op een tafel en kwam naar zijn bed. Wat was hij mager geworden. Ik streek het vochtige haar van zijn voorhoofd. 'Wat fijn om je weer te zien.'

Hij draaide zijn hoofd om en keek me aan. 'Cathérine? Mijn lieve, kleine meisje.' Zijn stem klonk zwak. Hij moest moeite doen om zelfs maar te fluisteren.

Ik voelde een steek in mijn hart, drukte zijn hand en boog me dieper over hem heen. 'Papa, ik ben het, Rose. Uit Frankrijk.'

Er verscheen een blik van verwarring in zijn blauwe ogen. 'Frankrijk? We zijn niet in Frankrijk. Waar is Cathérine? Wat heb je met haar gedaan?'

Ik kreeg tranen in mijn ogen. Altijd weer Cathérine. Mij was hij blijkbaar vergeten. Hij had me uit zijn herinnering gewist alsof ik nooit had bestaan. De tranen stroomden over mijn gezicht terwijl ik hem op zijn wang kuste. 'Ik zal tegen Maman zeggen dat je klaar bent voor je bad.'

'Nee.' Hij probeerde zich overeind te werken. Zijn asgrauwe gezicht vertrok van pijn.

'Niet opstaan, Papa.'

Toen ik mijn hand onder zijn benige elleboog legde, rukte hij zich los. 'Niet je moeder. Janette moet me helpen.'

Janette, zijn zwarte maîtresse. De slaven waren belangrijker voor hem dan zijn familie.

'Goed, Papa. Zoals je wilt.' Ik liep naar de deur. Net op dat moment kwam Janette binnen.

'*Bonjour,* madame.' Haar stralend witte tanden glansden in haar koffiebruine gezicht.

Ik dwong mezelf tot een zuinige glimlach en haastte me de kamer uit, de tuin in. Daar ging ik op mijn lievelingsbankje zitten, aan de rand van het oerwoud. Zolang ik me kon heugen, had Papa maîtresses gehad. Maman had hen veracht en ik had het afschuwelijk gevonden haar te zien lijden.

Maar nu was het anders. Ik sloeg mijn handen voor mijn gezicht. Nu had ik het aan den lijve ervaren en herleefde ik mijn eigen lijdensweg.

Het duurde langer dan ik had verwacht om me weer aan het leven op de plantage aan te passen. Ik was vergeten hoe drukkend de zomers waren. Insecten zo groot als schoteltjes zoemden door de open ramen naar binnen, op zoek naar gemorste suiker, en de eerste paar weken ergerde ik me aan de roep van de vogels lang voor zonsopgang. Ik was echt een vrouw van de stad geworden.

Hortense vond het heerlijk om op verkenning uit te gaan. Het vocht dat opsteeg uit de grond kroop over de huid en doorweekte onze kleren wanneer we over de plantage wandelden. In de verte hingen dreigende donderwolken aan de lucht.

Toen we op een dag door de tuin liepen, zag Hortense een kikker die heuvelafwaarts sprong in de richting van het dal.

'Mag ik hem aanraken?' vroeg ze.

'Als je hem te pakken kunt krijgen.' Ik waaierde mezelf loom koelte toe en sloeg een zwarte tor met stralend blauwe poten van mijn arm. Mijn nagel tikte op zijn ronde schaal.

Juichend zette Hortense de achtervolging van de kikker in. Haar blonde krullen dansten op haar rug. Ik slenterde achter haar aan, maar ten slotte liet ik me op de stam van een gevallen boom ploffen. Hortense holde de heuvel af, telkens net op tijd om de vluchtende kikker aan te raken voordat hij weer wegsprong. Ik slaakte een zucht. Wat zou Eugène het hier ook heerlijk vinden!

Toen Hortense al een tijdje uit het gezicht was verdwenen, stond ik op om haar weg te houden bij de slavenhutten en bij de velden in de vallei waar werd geoogst. Ze mocht de opzichter niet voor de voeten lopen.

Naarmate ik dichter bij de velden kwam, drong het geluid van rijke Afrikaanse stemmen tot me door. De prachtige liederen die de slaven zongen hadden me als kind al geïntrigeerd en nog steeds werd ik geraakt door de weemoed in hun stemmen. Hun door de zon geteisterde ruggen, zwart als ebbenhout, kwamen in zicht.

Waar was Hortense? Ik vervolgde mijn weg de heuvel af. Ze was nog altijd nergens te bekennen.

Ik begon sneller te lopen. Toen ik de eerste slavenhutten bereikte, zwegen de stemmen plotseling.

Er klonk een doordringende kreet.

Mijn hart verkrampte. Hortense! Ik rende naar de open plek in het midden van de hutten. Het was niet haar stem geweest, hield ik mezelf voor. Er was geen enkele reden om me ongerust te maken.

Ik maakte nog meer vaart. Mijn bezwete voeten glibberden in mijn schoenen. Ik keek tussen de hutten.

Nog altijd geen spoor van mijn dochter.

Dieu, Hortense, waar zit je?

De opzichter kwam tussen de hutten tevoorschijn en sleurde een slaaf achter zich aan. Hij trok de armen van de man met geweld naar elkaar toe en bond een touw om zijn polsen.

'Dat zal je leren om een grote bek te hebben!' sneerde hij. Hij duwde *le noir* tegen de grond. Hoewel ik wist wat er ging gebeuren, kon ik mijn ogen niet van het tafereel af houden.

'We zijn mensen! Geen beesten!' Het gezicht van de slaaf was vertrokken van woede. 'We hebben ook rechten, net als in Amerika! Kom in opstand! Verzet je, mannen! Ze kunnen ons niet blijven knechten! Verzet je! Kom in opstand!' schreeuwde hij naar zijn medeslaven die zich om hen heen verzamelden.

'Hou je bek!' De opzichter schopte de slaaf met zijn leren laars in zijn gezicht, tegen zijn ribben en in zijn buik. Bloed stroomde als een gruwelijke kleine rivier uit zijn neus en zijn lippen.

Ik werd misselijk, mijn maag draaide zich om, mijn ademhaling werd snel en oppervlakkig. Waar was Hortense? Niemand zou haar iets doen, stelde ik mezelf gerust. Er waren te veel blanken in de buurt.

Met bonzend hart liep ik tussen de volgende rij sjofele hutten door. Vuil bedekte de gammele muurbeplating, een deur ontbrak in de meeste gevallen en in sommige van de rieten daken zaten gaten.

Er klonk opnieuw een kreet, ergens op de velden.

Angst verspreidde zich als gif door me heen en toverde gruwelijke beelden voor mijn geestesoog. Ik begon te rennen.

'We zullen nooit vrij zijn als we niet in opstand komen!' Hoewel het bloed over zijn gezicht stroomde, weigerde de slaaf zijn verzet te staken. 'Laat ze me maar opknopen! Maar ze kunnen ons niet tegenhouden als we allemaal in verzet komen!'

'Heb je nog niet genoeg gehad?' De opzichter trok hem overeind en sleurde hem naar de geselpaal, waar hij zijn armen boven zijn hoofd bond. De rest van de slaven werd in een kring rond de paal bij elkaar gedreven.

'*Als je de slaven in het gareel wilt houden, moet je soms een afschrikwekkend voorbeeld stellen,*' zei Papa altijd. En dat was precies wat er zou gaan gebeuren.

Nadat de opzichter de man had vastgebonden, liet hij zijn zweep knallen en binnen enkele ogenblikken stroomde het bloed over de naakte rug van de slaaf terwijl diens vlees in repen werd gescheurd. Hij gilde het uit van pijn.

Ik sloeg een hand voor mijn mond en probeerde uit alle macht niet te braken.

'Hortense!' riep ik. 'Hortense!'

Een aantal slaven draaide zich om, op zoek naar de bron van het geroep. Op hun gezicht las ik behalve nieuwsgierigheid ook haat.

'Hortense!' riep ik opnieuw.

Daar zat ze, achter een hut, als aan de grond genageld door wat zich voor haar ogen afspeelde. Opluchting en ongerustheid streden om voorrang. Mijn kleine meisje zag hoe een slaaf werd afgeranseld. Haar zoete onschuld was vermoord.

Een onmenselijke kreet sneed door de lucht terwijl de zweep telkens opnieuw neerdaalde op de rug van de slaaf.

'Hortense!' Ik rende naar haar toe, zo snel als ik kon op mijn geruïneerde schoenen.

Toen ze haar naam hoorde draaide ze met een ruk haar hoofd om. 'Maman!' Zodra ze me zag begon ze te huilen. Ze klampte zich aan me vast.

Ik bedekte haar gezicht met kussen. 'Je liet me schrikken!' Ik trok haar uit alle macht tegen me aan. 'Denk erom dat je nooit meer zo ver wegloopt!'

'H-het spijt me, Maman,' zei ze snikkend. 'Ik wilde de kikker pakken en toen hoorde ik zingen. Ik ging kijken… Waarom doet hij hem pijn?' Ze wees naar de bebloede Afrikaan die bewusteloos aan de paal hing.

'Kom. We moeten hier weg.' Ik nam haar klamme handje nog steviger in de mijne. Zo liepen we tussen de hutten door naar de heuvel, naar huis.

'Hij bloedde, Maman. Waarom zijn al die mensen bruin?'

'Het zijn slaven. Ze werken op onze velden en daardoor kunnen wij de oogst binnenhalen. Zonder de slaven zouden wij geen huis hebben.'

'Maar waarom dan? En wat is een slaaf?' Er was nog zo veel wat ze niet wist, wat ze niet begreep.

Ik gaf geen antwoord maar trok haar met me mee.

Toen we de voet van de heuvel hadden bereikt, klonk er een stem. 'Hé! Jullie daar! Staan blijven!'

'Wat doet een witte duivel hier?' vroeg een andere stem.

Ik kreeg niet eens de kans om verontwaardigd te reageren. Vijf slaven versperden ons de weg. Vier mannen en een vrouw.

'Mijn dochter was verdwaald.' Hortense verstopte zich achter mijn rokken. 'We gaan al weg.' Hoewel ik beefde klonk mijn stem beheerst. Ik keek omhoog naar de top van de heuvel. Aan de andere kant waren we veilig.

'Wat vind je?' vroeg een van de mannen aan een andere. 'Moeten we ze laten gaan?'

De aangesprokene spuugde op de grond.

'Het is hun schuld dat Leon met de zweep krijgt. Misschien moeten we ze een lesje leren.'

'De dochter van een *grand blanc*! We worden helden!'

Het bloed stolde in mijn aderen.

'En het kind?'

'Daar zorg ik wel voor,' antwoordde de derde man.

Hortense sloeg haar armen om mijn benen, de tranen stroomden over haar wangen. Mijn oren suisden. *Niet bang zijn.* Ik mocht geen angst tonen. Aandachtig keek ik naar de vijf gezichten. Die vrouw… Ze kwam me bekend voor… Ja, ze heette….

'De dochter van een *grand blanc*? Mademoiselle Rose. Bent u dat?' vroeg de vrouw op dat moment. 'Bent u weer terug?'

'Ja, ik ben het… Millie?' Mijn lippen begonnen te trillen.

'Is dat uw kleine meid?'

De grootste van de vier mannen sloeg geërgerd zijn armen over elkaar.

'Ja, dit is Hortense. Hortense, zeg eens dag tegen Millie.'

Hortense wuifde met een betraand gezichtje.

'Nee maar, wat ben jij een mooi meisje! Jongens, mademoiselle Rose was altijd een lief kind. Mimi was dol op haar.'

'Dank je wel, Millie.' Ik begon haastig over iets anders. 'Je jurk begint te rafelen. Ik zal zorgen dat je een andere krijgt.' Ik dwong mezelf te glimlachen.

'Dank u wel, mademoiselle.' Ze lachte haar rotte tanden bloot.

Hortense begon te jammeren.

'Nou, dan moesten we maar weer eens verder. Ze zullen zich wel afvragen waar we blijven. Ik had al een uur geleden voor mijn zuster moeten zorgen,' loog ik.

De grootste van de mannen verroerde zich niet, maar de drie andere gingen net genoeg opzij om ons door te laten.

Mijn knieën knikten zo dat ik struikelde toen we de heuvel begonnen te beklimmen. Hortense begon steeds harder te snikken.

'Stil maar, *chérie*.' Ik hervond mijn evenwicht. 'Kom maar, we zijn er bijna.' Ik trok haar met me mee.

Beneden ons ruzieden de mannen met Millie. 'Het kan me niet schelen wie ze is!'

'We moeten ze een lesje leren…'

'Kom. We moeten voortmaken,' fluisterde ik tegen Hortense.

Eenmaal op de top van de heuvel begonnen we te rennen. Ik was nooit bang geweest tussen de slaven. Integendeel, ik had van ze gehouden en die liefde was wederzijds geweest. Maar er was iets veranderd. Er hing dreiging in de lucht. De vredige ongedwongenheid die ik me van vroeger herinnerde, bestond niet meer.

Ondanks de hitte hing er die zomer een waas van dreiging en kwaadwilligheid in de lucht. Blanken keken over hun schouder en barricadeerden hun deuren wanneer de zon onderging. Slaven vernielden oogsten, brandden huizen plat en zagen hoe de oranje vlammen als duivelstongen naar de hemel reikten. Woningen van plantage-eigenaars stortten in, begeleid door een koor van schreeuwende stemmen, en wanneer de Afrikanen een *grand blanc* te pakken kregen, lieten ze hem boeten voor zijn zonden, waarbij de dood tergend lang op zich liet wachten.

De plantage-eigenaars sloegen de handen ineen om wraak te nemen. Het aantal slaven die werden gegeseld en opgehangen steeg. Maman weigerde over de slavenopstand te praten, in de overtuiging dat ze daardoor Ekwensu zou oproepen, de god van de oorlog.

Ondanks haar katholieke opvoeding geloofde ze in het bovennatuurlijke, in de alomtegenwoordige geesten van land en hemel.

Hortense sliep wekenlang onrustig en werd elke nacht gillend wakker. Dan nam ik haar in mijn armen, ik streelde haar haar, dat nat was van het zweet, en ik zong haar weer in slaap. Maar het vrat aan me om te zien hoe ze werd verteerd door angst. Toen oom Tascher, die in Fort-Royal woonde, voorstelde dat we hem kwamen bezoeken nam ik zijn uitnodiging onmiddellijk aan. Verandering van lucht zou de demonen verdrijven en ik hoopte vurig dat de stemming daar minder dreigend zou zijn.

De stad had een heilzame uitwerking, net als de magische amulet die ik boven Hortense' bed had gehangen. Al snel na onze aankomst hielden de nachtmerries op en keerde de rust terug. We speelden uren in zee, in golven die glansden als edelstenen, we joegen achter vogels aan en prikten met een stok naar de krabben op het strand.

Op een stralende middag ging ik met tante Tascher naar de markt.

Ik kneep in de uitgestalde mango's. 'Deze zien er goed uit.' Nadat ik enkele van de gladde vruchten had uitgekozen, betaalde ik de *vendeur*. 'Ik zou zo graag iets leuks willen kopen voor Eugène.' Mijn stem haperde bij het noemen van zijn naam. Ik miste hem zo. In zijn brieven deed hij gedetailleerd verslag van de tijd die hij met Alexandre doorbracht, hij schreef over de schietlessen en over zijn beste vrienden op school. Ik boog mijn hoofd achterover en keek omhoog, om te voorkomen dat de tranen die in mijn ogen brandden over mijn wangen biggelden. Langgerekte, ijle wolken dreven langs de hemel, als de pluizen van de *dent-de-lion* die boven de weilanden in Fontainebleau zweefden. Eugène had er altijd plezier aan beleefd om ze op zomerse dagen na te jagen met zijn zus.

'Kijk, dat is precies wat ik zocht.' De stem van tante Tascher deed me opschrikken uit mijn gedachten. 'Ik ga een nieuwe jurk maken voor de pop van Hortense.' Ze hield een roze lap omhoog, versierd met ruches.

'O, je verwent haar nog!' mopperde ik welwillend. 'Je hebt haar al zo veel gegeven.'

'Ach, het is zo'n lief kind. Ik kan het gewoon niet laten.'

We slenterden arm in arm naar de hoedenwinkel aan de andere kant van het marktplein. Er kwam net een knappe donkerharige dame in een japon van bleekgroen brokaat naar buiten. Ik deed een stap opzij om haar te laten passeren, maar ze bleef in de deuropening staan.

'Goedemiddag, Madame Tascher,' begroette ze mijn tante. 'Rose! Ben je het echt?'

Ik stond oog in oog met mijn beste vriendin uit mijn schooltijd. 'Juliette Despins!'

'Je bent het echt!' riep ze uit terwijl we elkaar om de hals vielen. 'Ik had gehoord dat je uit Frankrijk over was, maar ik wist niet dat je weer in de stad verbleef. Vertel! Hoe is het om in Frankrijk te wonen? En je hebt twee kinderen? Zijn die ook meegekomen?'

'Eén vraag tegelijk,' zei ik lachend. 'Wat heerlijk om je te zien!'

'Kom een kopje koffie drinken,' stelde tante Tascher voor. 'Ik heb de kok gevraagd een ananastaart te bakken.'

'Dolgraag!'

Gedrieën keerden we terug naar het grote witte huis in het hart van de stad. Juliette was als een zusje voor me geweest. We haalden op de kloosterschool samen kattenkwaad uit, we slopen 's avonds laat het terrein af voor een afspraakje met de jongens van de school aan de andere kant van de stad, we deden zout in de warme chocolademelk van de akelige zuster Paulette en we troggelden de nonnen in de keuken extra vruchtentaartjes af.

Het werd een gezellige middag van roddelen en bijpraten, totdat Juliette zich verontschuldigde omdat ze naar huis moest.

'Ik geef volgende week een diner. En ik zou het enig vinden als je ook kwam. Ik heb de halve stad uitgenodigd.'

'Afgesproken. Tot dan.' Ik kuste haar op beide wangen.

Juliette had een goede partij getrouwd. Ze woonde in een schitterend huis, omringd door mimosa en rode jasmijn. Vanuit de hal leidde een trap van glanzend wit marmer naar boven. Overal stonden vazen met weelderige boeketten en de bedienden maakten een onberispelijke indruk in hun uniform, compleet met witte handschoenen. Mijn maag knorde door de geur van pittige krabsoep en zoete aardappels die me tegemoetkwam. Vanwege mijn strakke japon had ik die hele dag nog nauwelijks iets gegeten.

Onder de gasten bevonden zich veel nieuwe gezichten, maar ik kwam ook heel wat oude bekenden tegen. Toch voelde ik me merkwaardig misplaatst. Mijn blauwzijden japon paste niet bij de formele dracht die in Fort-Royal nog altijd mode was. In Parijs was de stijl al drie jaar eerder afgeschaft, dus ik had een gevoel alsof ik in de tijd was teruggegaan. De blikken van de vrouwen waren onverholen vijandig. Het was duidelijk dat ze me niet langer als een van de hunnen beschouwden. Ik was een *étrangère* geworden in mijn eigen geboorteland.

Toen het dansen begon werden de onbeleefde blikken nog opvallender. Mijn kaart was al snel gevuld en anders dan veel van mijn vroegere vriendinnen zat ik telkens maar heel kort langs de kant. Nadat ik geruime tijd onafgebroken op de dansvloer had gestaan, liet ik me in een stoel vallen om op adem te komen. Terwijl ik mezelf koelte toewaaierde, besefte ik dat ik aan een nadrukkelijke inspectie werd onderworpen.

'Waar vínd je een dergelijke japon, Rose? Is dat de laatste mode in Frankrijk? Hij lijkt me nogal… gewaagd. En zie ik het goed, draag je geen onderkleding?' vroeg Annette met een vileine glimlach. 'En dan die hals! *Risqué.*'

'Inderdaad, buitengewoon *risqué*… En je haar… *au naturel*,' vervolgde Diane, die in een gebaar van saamhorigheid de arm van Annette omklemde.

'De mode is in Parijs aanzienlijk eenvoudiger geworden,' antwoordde ik met een blik op hun blauw gepoederde haar en formele, veelgelaagde dracht. 'Meer zoals de japonnen die hier vroeger werden gedragen. Dus misschien lopen ze achter in Parijs.' Ik glimlachte. 'Hoe dan ook, voor mij betekent de nieuwe mode een opluchting. Ik ben niet zo lieftallig als jullie in zware, weelderige japonnen. Maar ik heb er nog wel een paar en ik heb opdracht gegeven ze na te sturen. Dus ik hoop dat ze er snel zijn. Niemand maakt tenslotte graag een misplaatste indruk.'

'De mannen lijken je weinig verhullende japon anders wel te kunnen waarderen,' zei Annette. De afkeuring droop van haar stem.

Ik wuifde nog sneller met mijn waaier. *Jaloers kreng.*

Ik boog me naar hen toe. 'Ach, mannen hebben geen smaak,' fluisterde ik samenzweerderig. 'Ik wantrouw hun oordeel. Daarom ben ik ook zo blij dat ik jullie heb om me te adviseren.'

Dat was natuurlijk klinkklare onzin. Ik wist drommels goed hoe ik de aandacht van de mannen moest vangen en daar genoot ik van. Trouwens, welke vrouw zou daar niet van genieten?

Diane en Anne deden er het zwijgen toe, maar keken elkaar veelbetekenend aan.

'En hoe is het met je man?' vroeg Diane. 'Alexandre heeft diepe indruk gemaakt in ons kleine stadje. Wat een hoffelijkheid en wat een elegantie.'

'En wat een uitgelezen danser,' verzuchtte Annette.

'Ik heb een scheiding van tafel en bed aangevraagd. En de rechter heeft daarin bewilligd. Alexandre en ik leiden ieder ons eigen leven.'

'*Vraiment?* Nee maar! Heb je ooit zoiets gehoord? Parijs is blijkbaar wel erg progressief,' zei Diane.

'Of een morele gruwel!' verklaarde Annette met een frons van verontwaardiging.

Ik kreeg geen kans om te reageren voordat Diane de volgende klap uitdeelde. 'Over morele gruwelen gesproken, Alexandre heeft niet alleen intieme omgang gehad met Georgette, in het marineblauw, maar ook met Pauline – ze staat daar, met dat blonde haar – en met Elodie, in die violetblauwe japon.' Diane gebaarde met haar hoofd in hun richting. 'Hij paradeerde ze als lichtekooien door de stad. En zij leken zich er volstrekt niet aan te storen dat hij getrouwd was en bovendien ook al een officiële maîtresse had.'

Mijn wangen begonnen te gloeien. Ik werd liever niet aan de tekortkomingen van mijn echtgenoot herinnerd. Noch aan de manier waarop hij me had vernederd.

'En dan al het gruwelijks dat hij over jou debiteerde, Rose! Hij –'

'Zoals ik al zei, we zijn gescheiden van tafel en bed. Dus ik zie geen noodzaak het verleden op te halen.' *Hoe durven ze! Wat een kwaadaardigheid!* Ik stond op van mijn stoel. 'Als jullie me nu willen verontschuldigen –'

'*Mesdames et messieurs,*' riep een van de muzikanten, 'de laatste dans van de avond.'

Jean-Luc, die ik ook nog van school kende, kwam naar me toe. 'Rose, mag ik deze dans van je?'

'Heel graag.' Ik keerde me over mijn schouder naar de vrouwen die niet waren gevraagd. 'Geniet van deze laatste dans.' Het was het hatelijkste wat ik kon bedenken zonder ronduit onbeleefd te worden. Vanwaar die onbeschoftheid? Blijkbaar betekende het plezier dat we vroeger hadden beleefd niets meer voor ze. Wat deed ik hier eigenlijk nog? Ik miste mijn zoon, op de plantage was het niet meer veilig en mijn vroegere vriendinnen waren jaloers en gemeen.

Ik hoorde hier niet langer thuis.

Het bleek onmogelijk om het geld voor de overtocht bij elkaar te krijgen. Ten einde raad, want het zou een maand duren voordat ik antwoord kon verwachten, schreef ik Claire, in de hoop dat zij me het geld zou willen lenen. Want het gemis van mijn zoon werd onverdraaglijk.

Gelukkig hielp de wekelijkse soiree van tante Tascher de tijd door te komen. De gouverneur vereerde de Taschers regelmatig met zijn aanwezigheid, in gezelschap van de koninklijke militie die uit Frankrijk was gearriveerd. Op een milde avond ontvingen we hen voor het diner.

'Goedenavond, heren.' Oom Tascher loodste hen de kamer binnen.

De weinige aanwezige dames keken verlangend naar de knappe *équipage* terwijl de mannen hun hoofddeksel afzetten. Niets zo romantisch als een soldaat.

'Mag ik u iets te drinken aanbieden?' Mimi ging rond met een blad en de heren maakten hun keuze.

Oom Tascher legde zijn hand op mijn rug. 'Mag ik u voorstellen aan mijn nicht, Rose de Beauharnais.'

'Hoe gaat het in Parijs?' vroeg ik. 'Is er nog nieuws?'

'Ja, maar dat is helaas verre van aangenaam,' antwoordde een vlezige man met een snor.

De anderen knikten.

'Gaat u verder. U kunt ons niet in spanning laten.'

'Rose is altijd dol op roddels geweest,' zei oom Tascher plagend.

'Het gaat om meer dan roddels, monsieur.' De man met de snor nam gretig een slok wijn. 'Door de gruwelijk strenge winter is het grootste deel van de tarwe doodgevroren, met als gevolg dat meel schaars is. Er zijn rellen uitgebroken, waarbij de bakkerijen werden bestormd, en de Seine is bevroren! Stelt u zich dat eens voor! Die razend stromende rivier volledig bevroren! Daardoor was het onmogelijk over water goederen aan te voeren. De honger heeft honderden slachtoffers gemaakt, de straten lagen bezaaid met lijken. En zelfs de rijken hebben gebrek geleden.'

Ik deed in gedachten een dankgebed omdat het Eugène op school aan niets had ontbroken.

'Grote god!' riep oom Tascher uit. 'En wat had de koning daarop te zeggen?'

'De koning zwijgt,' zei een soldaat.

'En verhoogt de belastingen om zijn oorlogen te financieren,' vervolgde een ander. 'Er wordt gesproken over een nieuwe regering.'

'Met een grondwet en een nationale vergadering. Net als bij de Amerikanen en de Engelsen.'

Het werd stil in de kamer.

Ten slotte stelde de gouverneur de vraag die ons allen bezighield. 'En wat gebeurt er dan met de koning?'

'De koning zou aanblijven, maar zijn bevoegdheden zouden worden beperkt,' antwoordde de vlezige man. 'Dat is althans een van de theorieën. Er zijn er ook die de monarchie volledig willen afschaffen.'

Het bleef weer geruime tijd stil.

'Verandering is onvermijdelijk,' zei een van de soldaten. 'Het land is verdeeld. Je bent royalist of republikein.'

Politiek interesseerde me niet, maar zelfs ik kon niet om het onderwerp heen. Dergelijke ingrijpende veranderingen zouden het hele maatschappelijke leven beïnvloeden.

Het gerinkel van een bel onderbrak het gesprek. 'U kunt aan tafel,' kondigde een bediende aan.

Ik kwam te zitten tussen mijn oom en Kapitein Scipion du Roure, het aantrekkelijkste lid van de militie. Onwillekeurig wierp ik een waarderende blik op zijn karamelbruine ogen en goudblonde haar.

'Wat verrukkelijk is dit!' zei de kapitein over de in wijn gestoofde vis.

'Hemels.' Ik glimlachte terwijl ik me voorstelde dat ik hem op zijn hoge jukbeenderen kuste.

'Kapitein du Roure, hoe denkt u over dit idee van een constitutionele monarchie?' vroeg oom Tascher.

'Ik dien God, de koning en mijn land. In die volgorde.' Er kwam een gedreven blik in zijn ogen. 'Als Koning Lodewijk kiest voor het invoeren van een grondwet, dan sta ik daarachter. Maar ik voorspel dat een burgeroorlog niet lang op zich zal laten wachten.'

'Die is er al,' zei de vlezige man.

'Althans, het begin van een burgeroorlog,' stemde de kapitein met hem in.

Ik hield op met kauwen. Een burgeroorlog? Ik kon me geen voorstelling maken van een verscheurd Parijs.

'Is er op Franse bodem gevochten?' vroeg oom Tascher.

'De bijzonderheden zijn weinig aangenaam, monsieur. Dus het lijkt me niet gepast ze te bespreken in aanwezigheid van de dames,' antwoordde Kapitein du Roure.

'We kunnen wel tegen een stootje, monsieur,' zei ik.

'Gaat u door, alstublieft,' drong tante Tascher aan.

'Zoals u wilt. De koninklijke gevangenis is platgebrand, de Zwitserse garde onthoofd, en de uitzinnige menigte heeft talloze onschuldigen op straat afgeslacht.'

Er viel een geschokte stilte.

'Kort voor ons vertrek' – de kapitein gebaarde met zijn mes nog in de hand – 'trok een meute vrouwen naar Versailles om bij de koning aandacht te vragen voor hun eisen. Zijne Majesteit en de koningin zijn gedwongen zich in de Tuilerieën te vestigen.'

De kapitein zweeg toen alle aanwezigen geschokt de adem inhielden.

Rellen? Onschuldigen afgeslacht? Waar was Eugène? Had Alexandre hem in veiligheid gebracht? Ik twijfelde er niet aan of hij zou het me hebben laten weten als onze zoon gevaar liep. Ik legde mijn hand op de arm van de kapitein. 'Gaan de gewelddadigheden nog altijd door? Mijn zoon zit in Parijs op school.'

'Het geweld is schaars geworden. Probeert u zich niet ongerust te maken, madame. De stad wordt zwaar bewaakt. De meute is uit op wapens en voedsel. Kinderen zijn wel het laatste waarin de massa geïnteresseerd is. Dus uw zoon is volmaakt veilig.' Hij legde zijn hand op de mijne. 'Echt, u hebt niets te vrezen.'

Zijn stelligheid kalmeerde me een beetje, maar ik kon geen hap meer door mijn keel krijgen.

De verhitte discussie werd voortgezet totdat de mannen zich terugtrokken in de studeerkamer om een sigaar te roken. In de hoop helderheid te scheppen in mijn hoofd liep ik met een glas champagne de tuin in. Van deze afstand kon ik Eugène niet beschermen. Ik moest naar huis! Maar hoe? Ik had iedereen die ik kende al om geld gevraagd.

Achter me ging een deur open.

'Blijkbaar hadden we allebei behoefte aan frisse lucht.' Kapitein du Roure leunde tegen een muur bedekt met klimop.

'Ja, daar lijkt het wel op.' Mijn blik viel op een ruwe verdikking van de huid in zijn hals, van de kraag van zijn uniformjas tot net onder zijn kaak.

'Het ziet er gruwelijk uit, hè?'

'Ik wil niet weten hoe u daaraan komt,' zei ik.

'En ik zou willen dat ik het ook niet wist.' Hij lachte. 'Ik heb het liever over de schitterende japon die u draagt.'

'Een cadeau van mijn oom.' Ik keek langs de witsatijnen creatie naar beneden. 'Kapitein...' Ik probeerde niet geëmotioneerd te klinken. 'Ik maak me zorgen om mijn zoon. Ik kan aan niets anders meer denken.'

Hij kwam bij me zitten op een bank onder een fijnmazig insectennet. 'De koning heeft ettelijke honderden dragonders naar de stad gestuurd, zowel Zwitsers als Fransen. En zoals ik al zei, de rebellen zijn niet in de scholen geïnteresseerd. Als er iets was gebeurd, zou u dat van uw man en zijn familie hebben gehoord.'

Om het zekere voor het onzekere te nemen zou ik de volgende ochtend onmiddellijk bericht sturen.

'Dank voor uw geruststellende woorden. Een moeder maakt zich altijd zorgen.'

'Natuurlijk. Dat begrijp ik. Hoelang bent u hier al?'

We maakten een praatje en voegden ons daarna weer bij de anderen voor een spelletje triktrak.

Toen de gasten afscheid namen, keerde de kapitein zich naar mij.

'Kan ik u interesseren in een wandeling langs het strand?'

'Dat klinkt verrukkelijk.'

We slenterden naar een geheime kreek, verborgen tussen palmen en mangroves. In de beschutting van de bomen nam de kapitein me in zijn armen. 'Het is zo lang geleden dat ik voor het laatst een vrouw heb omhelsd.' Hij plantte een reeks kussen langs de welving van mijn kaak.

'En ik een man.' Ik loodste zijn hand naar mijn borst.

We kusten elkaar totdat we werden overweldigd door passie en bedreven de liefde op het zand.

Vanaf die dag ontmoette ik de kapitein regelmatig, tussen mijn kortstondige bezoekjes aan de plantage door. Ik genoot van de tijd die ik met hem doorbracht, maar maakte me geen illusies over de liefde. Aan kameraadschap had ik voorlopig genoeg. Het zou niet verstandig zijn opnieuw te zwichten voor een soldaat.

Naarmate de berichten over de revolutie talrijker werden, voelde ik me hoe langer hoe ongemakkelijker op het eiland. De geruchten over de strijd om gelijke rechten waren aanleiding tot opstand onder de slaven. De *grands blancs* sloegen keihard terug om hen in het gareel te houden. Op het grote plein in de stad rotten afgehouwen hoofden en bungelende lijken. Ik durfde zonder gewapend escorte de deur niet meer uit en was ten einde raad; door de hoop meer stabiliteit te vinden in Parijs en door het gemis van Eugène verlangde ik steeds vuriger naar mijn vertrek. Op mijn aandringen regelde oom Tascher een gesprek met de gouverneur. Misschien zou hij me het geld voor de overtocht kunnen lenen.

Op de bewuste dag wandelden Hortense, Mimi en ik naar zijn kantoor in de stad. Ik hield de weg voor ons nauwlettend in de gaten, alert op lijken en de dreiging van gevaar. Mijn gewapende escorte vergezelde tante Tascher naar de markt, maar ondanks mijn angst wilde ik mijn kans om een beroep te doen op de gouverneur niet mislopen. Hij was mijn laatste hoop.

We hadden onze bestemming bijna bereikt toen een eindje verderop het onmiskenbare geratel van geweerschoten klonk.

Ik verstijfde.

'Maman, wat is er?' Hortense trok aan mijn rokken.

Mimi's ogen zochten de mijne. 'Geweerschoten.'

'We moeten voortmaken,' zei ik.

Opnieuw klonken er schoten, nu dichterbij, gevolgd door stemmen. Boze stemmen.

'Ze komen deze kant uit!' Ik omklemde de hand van Hortense. 'We moeten terug.' We maakten rechtsomkeert, terug naar huis.

Een kanonschot deed de grond trillen.

'Rennen, Hortense!' riep ik boven het lawaai uit. De stemmen werden luider terwijl we naar het huis van oom Tascher renden.

Toen we de hoek om kwamen, stuitten we op een confrontatie tussen slaven en blanken. Beide partijen zwaaiden met fakkels en provisorische wapens.

Binnen enkele ogenblikken stond het stadhuis in lichterlaaie.

Een slaaf sleepte een blanke vrouw aan haar haren een steeg in; haar smeekbeden werden overstemd door het oorverdovende gebrul van stemmen.

Mimi hijgde, Hortense begon te huilen.

'Rennen, lieverd.' Ik trok haar mee. We hoefden alleen de markt en het plein nog over te steken, dan waren we veilig.

Maar toen we bijna bij de kapper waren, bleef ik abrupt staan en ik trok Hortense achter me.

Monsieur Bernard, de stadsbarbier, werd de straat op geschopt, zijn hoofd was kaalgeschoren met een kapmes. De slaaf die achter hem aan kwam, hield het gekromde werktuig geheven, druipend van het bloed en de lappen huid.

Mijn knieën dreigden het te begeven. Hortense krijste.

'Niet kijken.' Ik legde mijn handen voor haar ogen, maar zelf kon ik me niet losmaken van het gruwelijke tafereel.

De slaaf zag ons niet; hij had slechts oog voor een groepje mannen dat al rennend de straat overstak en zette de achtervolging in.

Ik nam Hortense op de arm en sloeg haar benen om mijn middel.

Naast me zette Mimi het ook op een rennen.

'Vlug, Maman! Vlug!' bracht Hortense snikkend uit. 'Ze komen eraan.'

Mijn armen brandden onder haar gewicht, mijn longen schreeuwden om lucht. Mimi ging voor me lopen om Hortense van alle kanten af te schermen. Doodsangst dreef ons voort.

De bewoners van de stad stoven uiteen op zoek naar beschutting.

Ik werkte me door de menigte, met Hortense nog altijd in mijn armen. Aan de andere kant van het plein wenkte de groene voordeur van oom Tascher. Met inspanning van mijn laatste krachten sleepte ik me erheen. Maar toen we er bijna waren, werd het huis bestormd door een handvol slaven die met knuppels en messen de deur forceerden.

'O god, nee! Mijn familie!' Ik bleef met een ruk staan en keek koortsachtig om me heen. *Dieu*, waar moesten we naartoe? Zweet stroomde over mijn gezicht. Ik hapte hijgend naar lucht.

Mimi liet haar blik verwilderd over de menigte gaan. 'Naar de haven! We kunnen ons verstoppen in een van de boten!'

'Ze komen eraan!' krijste Hortense.

Ik draaide me om. Achter ons rukte een meute vechtende mannen op. Ik keek weer naar het huis. De vlammen sloegen uit de ramen, glasscherven spatten alle kanten uit.

Wanhopig keerde ik me weer naar de haven, maar ik botste met volle kracht tegen iemand op en sloeg tegen de grond.

'Maman!' gilde Hortense in doodsangst toen ze uit mijn armen viel.

Verdwaasd schoot ik overeind, wanhopig om haar naar me toe te trekken. Maar ze was een eindje bij me vandaan gerold.

Daar lag ze, mijn kleine meisje, aan de voeten van een slaaf die dreigend zijn hooivork hief.

Revolutie

Fort-Royal en Parijs, 1790 – 1792

De slaaf torende hoog boven haar uit, zijn spieren spanden zich, zijn gezicht was vertrokken van moordlustige woede. De tijd stond stil. De wereld hield op te bestaan.

Alles viel weg, behalve het geschokte gezicht van Hortense.

'Waag het niet!' schreeuwde een mannenstem die me deed opschrikken uit mijn verdwazing. Een militair ging beschermend voor me staan en richtte zijn geweer op de slaaf. Het was Kapitein du Roure.

Onder het slaken van een strijdkreet hief de slaaf zijn hooivork nog hoger.

'Hortense! Ga daar weg!' schreeuwde ik, verstikt door tranen.

De slaaf liet zijn hooivork neerdalen.

Maar hij was niet snel genoeg.

Een kogel trof hem in de borst. Bloed en weefsel spatten alle kanten uit. De hooivork viel kletterend op de grond. De slaaf zakte in elkaar en viel als een bloedrode hoop uiteengereten vlees op mijn kleine meisje.

'Maman!' gilde ze.

De kapitein rolde het dode lichaam van haar af en hielp haar overeind.

Ik nam haar in mijn armen, door de schok met stomheid geslagen, en veegde het bloed van haar gezicht. Het had niet veel gescheeld of ik was haar kwijt geweest. Haar kreten werden steeds luider, steeds uitzinniger. Ik trok haar hartstochtelijk tegen me aan.

Mimi stond er roerloos bij en staarde als versteend naar wat er van de slaaf over was.

'Rose, we moeten hier weg! Ik ben op weg naar het fregat!' De kapitein wees naar de masten in de haven. 'Als je wilt kun je mee. Ruimte genoeg, maar ik vertrek nu meteen! Naar Frankrijk!'

Het leek te mooi om waar te zijn. *O God, dank U!*

'Ik heb geen geld... Ik –' Het gekrijs in de straten overstemde mijn woorden.

'Kom mee!' Zonder acht te slaan op haar protesten rukte hij Hortense uit mijn armen en begon te rennen. Zigzaggend tussen sloophout en geplunderde bezittingen baanden we ons een weg door de opgejaagde menigte.

Met Mimi's hand in de mijne stormde ik achter hem aan. Ik probeerde wanhopig me staande te houden, verstikt door neerdwarrelende as, door de stank van lijken en brandend hout. Ik wierp een blik over mijn schouder.

Mon Dieu! De hele stad en de omringende velden stonden in lichterlaaie. Huizen stortten in en veranderden in zwartgeblakerde puinhopen. Mijn familie! Mijn keel werd dichtgesnoerd.

Nog een paar stappen, toen waren we op de kade en stoven we de loopplank op. Kapitein du Roure hielp een handjevol anderen aan boord. Binnen enkele minuten waren de zeilen gehesen. We duwden af en even later waren we de haven uit.

Ik stond op de achtersteven en terwijl ik toekeek hoe mijn thuis tot as verging, nam ik Hortense op de arm en wreef haar geruststellend over haar rug. Oom en tante Tascher hadden zich in veiligheid weten te brengen, probeerde ik mezelf te overtuigen. Starend naar de chaos besefte ik dat niets meer hetzelfde was. Dat het thuis van mijn jeugd, mijn veilige toevluchtsoord, niet meer bestond.

'Wat doen ze?' Hortense wees naar een stel slaven die een kanon langs de kustlijn duwden.

Ze richtten het wapen rechtstreeks op het schip.

'O, god!'

'Naar beneden!' bulderde de kapitein.

We renden naar de ladder, naar de hutten benedendeks. Andere passagiers haastten zich gillend en duwend in paniek achter ons aan. Mimi, Hortense en ik schoten een kleine hut in, om aan het gedrang te ontkomen.

Net op tijd.

Een oorverdovende klap deed het schip sidderen. Er steeg een koor van angstige kreten op. Maar verwoesting bleef uit. Er werden geen lichamen, geen versplinterde balken de lucht in geslingerd.

'Ze hebben misgeschoten!' riep iemand.

Er barstte een gejuich los. Een vrouw liet zich jammerend tegen de schouder van haar echtgenoot zakken.

Vijf minuten lang gebeurde er niets. Tien minuten. Twintig minuten.

Het duizelde me terwijl ik Hortense in mijn armen wiegde. Het was griezelig stil in de hut, ofschoon we met minstens twintig man als pieren in een potje zaten. Maar wat viel er te zeggen?

Een geroffel van laarzen op de trap doorbrak de geladen stilte.

Het was Kapitein du Roure. 'We zijn de haven uit. Jullie kunnen allemaal naar je eigen hut.' Opnieuw klonk er gejuich en vervolgens werkte iedereen zich langs hem heen de ladder op. 'Rose, is alles goed met je?' Hij sloeg zijn armen om ons heen.

Ik kon geen woord uitbrengen. De man die het leven van mijn dochter had gered – en het mijne – hield me tegen zich aan. Toen dat besef in volle omvang doordrong, was het gedaan met mijn kalmte. Ook Hortense begon weer te huilen.

'Sst… het komt allemaal goed.' Hij klopte haar op het hoofdje. 'Er kan niks meer gebeuren.' Toen ik wat gekalmeerd was kuste hij me op mijn wang. 'Ik kom straks weer even kijken.' Hij verliet de hut en beklom de trap naar het dek.

Mimi zat doodstil, met stomheid geslagen. Tranen stroomden over haar chocoladebruine wangen. Ik kon slechts gissen naar wat er in haar omging.

'Wat gebeurt er nou met *grand-mère* en *grand-père*?' Hortense keek me onderzoekend aan.

'Je moet proberen je geen zorgen te maken, *doucette*,' zei ik, maar mijn stem beefde. 'Het komt allemaal goed met *grand-mère* en *grand-père*. Bij ons op de plantage is het veilig.'

Ik legde mijn hoofd op Mimi's schouder, sloot mijn ogen en begon te bidden.

Het werd een gevaarlijke reis, we werden bedreigd door oceaanstormen en Britse oorlogsschepen, maar iedereen aan boord bracht het er levend af en zeven weken later voeren we de haven van Toulon binnen, in het zuiden van Frankrijk. Van daar stuurde ik een brief aan Maman om te laten weten dat alles goed met ons was en om te informeren naar de situatie thuis. Na twee dagen op adem te zijn gekomen escorteerde de kapitein ons van Toulon naar Fontainebleau.

Tijdens de rit, die een week duurde, keek de kapitein voortdurend waakzaam om zich heen en hield hij zijn pistool geladen.

'Is dat echt nodig?' Ik gebaarde naar Hortense. 'Je maakt haar bang.'

'Ik neem het zekere voor het onzekere.' Hij legde een hand op zijn pistool. 'In het hele land hebben rondtrekkende raddraaiers chateaus bestormd en dorpen geplunderd.' Hij wees naar de restanten van een standbeeld van de koning. De vorst was van zijn sokkel getrokken en onthoofd. 'Voortekenen van de revolutie.'

In de deuropeningen hing overal de driekleurige vlag. Winkels hadden gerafelde banieren tegen hun pui gespijkerd met teksten als DE BURGER LEEFT VOOR DE NATIE en VRIJHEID, GELIJKHEID, BROEDERSCHAP.

'Pas op wat je zegt, Rose. Hou je mening voor je,' vervolgde de kapitein. 'Er zijn grote veranderingen op komst.'

'Ik zal voorzichtig zijn.' Mijn blik waarschuwde hem er niet verder op door te gaan. Hortense had al te veel gezien en gehoord.

Naarmate we dichter bij Parijs kwamen, werden de vernielingen talrijker, de veranderingen ingrijpender.

Laat het bloedvergieten voorbij zijn, bad ik. Om van het ene oorlogsgebied in het andere terecht te komen was meer dan ik kon verdragen. Ik hield mijn onbehagen voor me. Aan het spervuur van vragen die Hortense op me afvuurde viel echter niet te ontkomen. Ik beantwoordde ze zoals iedere moeder dat zou doen die haar kind in bescherming probeert te nemen: door een gesuikerde versie van de waarheid op te dienen.

De dag na onze aankomst in Fontainebleau reisde de kapitein door naar Parijs om zich te melden bij zijn garnizoen.

'Ik schrijf je.' Hij kuste me op het voorhoofd en sprong weer in het rijtuig.

Er was tussen ons geen liefde opgebloeid. Ik verwonderde me over zijn gebrek aan gevoelens voor me. Alexandre had ook niet van me gehouden en hetzelfde gold voor Charles en de anderen. Met een gevoel van spijt keek ik zijn rijtuig na terwijl het achter de bomen langs de oprijlaan uit het zicht verdween.

Désirée kwam ons al bij de deur tegemoet. 'Rose! Mijn kleine Hortense!' begroette ze ons dolgelukkig.

Ik schrok toen ik zag hoe oud ze was geworden. Het leek erop dat de afbrokkelende monarchie haar tol had geëist. Haar ingevallen gezicht bezat nog slechts een schim van zijn vroegere schoonheid, haar honingblonde haar was grijs geworden.

'Wat heerlijk dat jullie weer thuis zijn!' Ze kuste me. 'Je kleren zijn je veel te wijd geworden, lieverd. Hadden jullie niet genoeg te eten aan boord?'

'Ik had niet veel trek. Maar hoe is het met jou?' vroeg ik bezorgd. 'Je bent toch niet ziek?'

'Nee, ik ben weer aan de beterende hand. Hortense, laat me je eens bekijken!' Hortense glimlachte schuw en liet zich door Désirée omhelzen. 'Ik moet met je moeder praten, lieverd. Als je dat wilt kunnen we straks een spelletje doen.'

'*Oui.*' Hortense rende naar haar kamer.

Ik volgde Désirée door een zijdeur de tuin in. 'Zullen we gaan zitten?' Ze liet zich in een stoel vallen.

'De overtocht is snel gegaan.' Een bediende schonk thee in kopjes met gouden oortjes van sèvres. Mijn blik ging naar de gesnoeide hagen, de roodborstjes die het struweel in en uit vlogen, het veelkleurige gebladerte dat glansde in de herfstzon. De geur van loof en vochtige aarde was hier zo anders dan op het eiland. Ik zuchtte. Wat een opluchting om weer terug te zijn!

'Hoe was het met je familie?' vroeg Désirée.

Ik gaf antwoord op haar vragen, verzekerde haar dat mijn familie het goed maakte en deed verslag van de gewelddadige slavenopstand.

'*Dieu!* Die arme Hortense! Wat moet ze bang zijn geweest!'

Ik smeerde marmelade op een stukje brood. 'Ik popel van verlangen om Eugène te zien.' Het gemis deed mijn hart bonzen. Mijn kleine jongen. Om niet in tranen uit te barsten begon ik haastig over iets anders. 'En nu jij. Wat is er hier allemaal gebeurd? Wat heb ik gemist?'

'Heb je het al gehoord? Van Alexandres nieuwe positie?' Désirée pakte een stuk brood uit het mandje.

'We hebben weinig contact gehad. Hoe is het met hem?'

'Heel goed, neem ik aan. Hij is tot voorzitter van de Nationale Vergadering gekozen.'

Ik legde mijn mes neer. Hoe had hij dat in 's hemelsnaam voor elkaar gekregen? 'Voorzitter? Wat moet ik me daarbij voorstellen?'

'Voor zover ik heb begrepen, kiest de Vergadering elke maand een nieuwe voorzitter. Althans, zo is de situatie op dit moment. Maar de wetten veranderen zo snel. Het is nauwelijks bij te houden.' Ze besmeerde haar brood royaal met rabarberjam. 'Alexandre is erg radicaal geworden. Om niet te zeggen roekeloos. Zijn vader schaamt zich voor hem. En zelfs François heeft zich tegen hem uitgesproken.'

'François heeft zich in het openbaar tegen zijn eigen broer gekeerd, de voorzitter van de Nationale Vergadering?' vroeg ik ongelovig. Zo te horen was hij de meest roekeloze van de twee.

'Als kind waren ze al totaal verschillend. François zal door dik en dun achter de koning blijven staan. En dat geldt ook voor de markies en mij.'

'Maar Alexandre is een constitutionalist?'

'Een verrader, dat is hij! Ze noemen zich patriotten, republikeinen, girondijnen, Broeders van de Vrijheid. Maar wanneer het stof eenmaal is neergedaald, zullen ze boeten voor hun wandaden jegens de koning.'

Het brood bleef steken in mijn keel. Voor mensen met opvattingen zoals die van Alexandre stond er veel op het spel. Hij kon maar beter voorzichtig zijn. Ik nipte van mijn thee.

'Verblijft de koninklijke familie nog steeds in het Palais des Tuileries?' vroeg ik ten slotte.

'Voorlopig wel, ja.'

'En is het weer veilig in Parijs?' Bij de gedachte aan Eugène werd ik opnieuw overmand door verlangen. En door angst.

'Er is een eind gekomen aan het geweld, maar wees alsjeblieft voorzichtig, Rose. Want óf je steunt de wetten van God en het bewind van Koning Lodewijk, óf je verklaart je tot vijand van de koning. Lodewijk heeft zijn bondgenoten om steun gevraagd – de Oostenrijkers en de Pruisen, en misschien komen ook de Engelsen hem te hulp. Er wordt al gesproken over een burgeroorlog.'

Het duizelde me. 'Dus we kunnen maar beter niet hardop zeggen wat we denken,' zei ik peinzend.

Ik zou heel voorzichtig moeten zijn.

Ik ging terug naar Parijs, naar de rue Saint-Dominique nummer 43. Het was een bescheiden huis dat ik huurde, opgetrokken uit steen. Daar zat ik dicht bij mijn zoon en mijn vrienden, Hortense kon er naar school en ik kon de draad van mijn leven weer oppakken. Aan weerskanten van de blauwgeschilderde voordeur bloeiden paarse en witte petunia's, op de tweede en derde verdieping waren de ramen voorzien van een balkonnetje. Marie-Françoise Hosten, een creoolse uit Saint Lucia, trok samen met haar dochter bij ons in zodat we de huur konden delen. De meisjes waren uitgelaten door de nieuwe situatie.

'Désirée!' jubelde Hortense tegen haar nieuwe vriendinnetje. 'Laten we een theepartijtje houden.'

'Alleen als ik nu de blauwe hoed en de handschoenen aan mag.' Désirée zette de hoed vastberaden op haar hoofd.

De laatste uitbreiding van het gezin was Fortuné, een mopshond met een zwarte snuit en een zandkleurige vacht. Hij likte onze handen en hapte naar onze hielen. Ik was meteen verliefd op hem.

Vanaf de allereerste avond zorgde ik dat mijn afsprakenboek gevuld was. Wat heerlijk om weer in Parijs te zijn! Wat had ik ze gemist, Claire en Fanny en al mijn andere vriendinnen, maar ook de drukte en de bedrijvigheid van de stad. De stemming was echter veranderd. Het leven bruiste van de dynamiek, op elke straathoek, in alle tavernes en koffiehuizen. Overal werd gedebatteerd. Wie moest het land besturen? Wat moest er met de koning gebeuren? Moest er een wet komen die scheiden voor iedereen mogelijk maakte? Moest slavernij worden verboden? Er waren zo veel beslissingen die moesten worden genomen en niemand kende de antwoorden.

Ik was al een hele maand in Parijs voordat ik Eugène te zien kreeg. De directeur van zijn school vond het niet goed dat hij voor het reces een bezoek aan thuis bracht, ondanks het feit dat mijn zoon zijn moeder zo lang niet had gezien. Ik nodigde Alexandre uit zich aan te sluiten. Hij miste Hortense en zag er ook naar uit mij te zien. Althans, dat schreef hij. Ongetwijfeld om te pronken met zijn nieuwe positie.

Op de ochtend dat we bij de school arriveerden omhelsde ik Eugène onstuimig.

'O, lieverd, je hebt geen idee hoe verschrikkelijk ik je heb gemist!' Wat was hij in die twee jaar gegroeid! Zijn mollige wangen waren verdwenen en hij was lang en slank geworden.

'Ik heb jou ook gemist.' Zijn stem klonk gesmoord doordat ik hem nog altijd tegen me aan trok.

'Je wordt groot, *mon amour*.' Hij droeg een pet, een grijze jas met daaronder *culottes*, en hij stond als een soldaat in de houding.

'Ja, Maman.' Hij grijnsde.

Zijn glimlach was nog altijd even jongensachtig, de glimlach van een engel. 'Hoe is het mogelijk dat je al negen bent?' Ik pakte zijn handen en kuste ze.

Eugène keek langs me heen en trok snel zijn handen terug. Ik volgde zijn blik. Aan de andere kant van de binnenplaats liep een groepje klasgenoten.

Ik bracht hem in verlegenheid. Mijn zoon wilde niet met zijn moeder knuffelen waar zijn vrienden bij waren. Ik voelde een steek van spijt. Maar het was onvermijdelijk. Het zou vroeg of laat gebeuren. Ik dwong mezelf te glimlachen.

Hortense maakte van het moment gebruik om haar broer om de hals te vallen.

'Hortense!' Hij omhelsde haar. 'Je bent gegroeid.'

'Ik ben bijna net zo groot als jij!'

'Niet waar! Ik ben al bijna een man. Ik word soldaat en dan ga ik vechten tegen de verraders van de Revolutie, net als Papa.'

Zelfs Eugène was met de revolutionaire koorts besmet. Ongetwijfeld door zijn vader.

Bij het korte, droge geluid van laarzen draaiden we ons om. Alexandre kwam over de binnenplaats naar ons toe lopen, met opgeheven hoofd, de borst vooruit; knapper dan ik me hem herinnerde. Hij lachte, er dansten lichtjes in zijn ogen, zijn hele houding straalde vorstelijkheid uit.

'Dag, zoon.' Hij maakte Eugènes haar in de war. 'Hortense, omhels je vader.' Hij spreidde zijn armen.

Langzaam – ze had hem in geen twee jaar gezien – liep Hortense naar hem toe. 'Dag, Papa.'

'Je bent net zo'n schoonheid als je moeder.' Alexandre kuste haar op het voorhoofd. 'Ik heb een verrassing voor je.' Hij haalde een bedelarmband en een pop tevoorschijn.

'Dank je wel, Papa!' Ze omhelsde hem nogmaals, met een blos van opwinding op haar wangen.

'Rose, hoe is het met jou?' Hij streek vluchtig met zijn lippen langs mijn wangen, toen bukte hij zich om Hortense te helpen met de armband.

'Heel goed, dank je. Ik ben blij dat het oproer aan jou voorbij is gegaan.'

'Aan mij voorbijgegaan?' Hij lachte bulderend. 'Wis en waarachtig niet! Of bedoel je dat ik ongedeerd ben? Ja, dat ben ik. Maar ik sta in vuur en vlam dankzij de idealen van burgerlijke vrijheid, een grondwet en een volksvertegenwoordiging! De tijden zijn ten goede veranderd, Rose. Heb je het al gehoord? Ik ben voorzitter van de Nationale Vergadering. Je bent getrouwd met een beroemdheid, een van de grote geesten van deze tijd.'

Ik meesmuilde om zijn hoogmoed. Er was niemand die zijn arrogantie met zo veel verve droeg als mijn echtgenoot. 'Ja, dat heb ik gehoord.' Toch was ik oprecht blij voor hem. Ik drukte hem de hand. 'Gefeliciteerd. Wat fijn dat je zo gelukkig bent.' Er stak opnieuw een groepje jongens de binnenplaats over, hun lach werd weerkaatst door de muren. 'Maar je beseft ongetwijfeld dat je vader en tante Désirée je opvattingen niet delen.'

'Vader heeft niet de moed om een nieuwe weg in te slaan. Een dwaze oude man, dat is hij. Frankrijk is veranderd! We bevinden ons in het tijdperk van de grote verlichting. Ach, als Rousseau dat nog had kunnen meemaken!' Hij sloeg een arm om mijn schouders. 'Je zou eens een bijeenkomst van de Nationale Vergadering moeten bijwonen. Het valt niet mee om zitplaatsen te krijgen, maar als vrouw van een gedistingeerd lid ben je altijd welkom. Het zou je begrip van de verschuivende idealen vergroten. We zijn bezig geschiedenis te schrijven.'

Ik aarzelde, denkend aan de waarschuwing van Désirée. Ik wilde geen partij kiezen. Voor mij telde alleen dat de kinderen veilig waren. Anderzijds, vrouw van de voorzitter! Mijn maag maakte een duikeling van opwinding. 'Het klinkt geweldig. Zeg maar wanneer ik kan komen.'

'De tirannie van de Derde Stand –'

'Maman, wil je mijn paard zien?' viel Eugène hem in de rede.

En daar was ik hem dankbaar voor. Hortense luisterde allang niet meer en joeg achter de kraaien aan. Dit was niet het moment voor een politieke oratie. Ik was hier voor mijn zoon.

'Natuurlijk, *chéri*,' antwoordde ik.

Alexandre knikte. 'Wijs ons de weg naar de stallen, zoon.'

Toegangsbewijzen voor de bijeenkomsten van de Nationale Vergadering werden voor vijftig *livres* verkocht en waren moeilijker te krijgen dan kaartjes voor de opera. Ik had me voor mijn bezoek gekleed volgens de laatste mode, hoewel ik vond dat het beperkte kleurenpalet van rood, wit en blauw, gecombineerd met dito linten, snel ging vervelen. De Amerikaanse bonnet *à la Constitution* deed me denken aan een slaapmuts, maar ik droeg hem toch, vastgespeld aan mijn haar. Daarnaast schreef de mode sieraden voor van ijzer en gepolijste steen – symbolisch voor de Bastille, voor de vrijheid. Ik vond ze in alle opzichten lelijk, maar wilde niet *démodée* zijn.

Het was een koude middag in januari toen ik de Nationale Vergadering bezocht, samen met Fanny, die via haar connecties zitplaatsen had weten te bemachtigen.

Om warm te blijven schoof ze in het rijtuig dicht tegen me aan. 'Wie had dat kunnen denken? Dat de naam Beauharnais nog eens tot voordeel zou strekken? Het is die windbuil van een Alexandre toch maar gelukt om beroemd te worden. God zij met hem. Dan is al dat gewauwel nog ergens goed voor geweest.' Ze giechelde. Aangestoken door haar vrolijkheid schoot ik ook in de lach. 'Het is inderdaad amusant, Fanny. Je hebt gelijk.'

Ons rijtuig hield stil bij de koninklijke manege van het Palais des Tuileries, het onderkomen van de Nationale Vergadering. Ondanks de verbouwing, waarbij de ruimte was voorzien van banken bekleed met groen vilt en was verfraaid met standbeelden van belangrijke figuren uit de Romeinse geschiedenis en natuurlijk met de revolutionaire vlag, hing er nog altijd een geur van stro en paardenzweet. Het stoorde de aanwezigen niet. Vanaf het spreekgestoelte werden hartstochtelijke toespraken afgestoken en de parade van japonnen op de publieke tribune trok ieders aandacht. Op de eerste rij zaten de beruchte pokdalige Marat, Philippe Égalité en Madame de Staël, samen met Robespierre en Tallien. Hun namen en idealen waren bij iedereen bekend.

Toen de toespraken begonnen keek ik naar het podium. De leden van de Vergadering waren ingedeeld naar hun politieke sympathieën.

'De jakobijnen zijn het radicaalst,' fluisterde Fanny. 'Zij zitten links boven het spreekgestoelte – op de zogenaamde Berg.' Dat was de groep waartoe Alexandre behoorde.

'En de royalisten?' Ik boog me haar naar toe.

'Dat is niet zo eenvoudig. Er zijn er die een constitutionele monarch willen zoals in Engeland, los van hun verdere sympathieën. Anderen geven de voorkeur aan het Amerikaanse systeem. En sommigen zijn bang dat we uiteindelijk met een militair regime zullen worden opgescheept.'

Een donderend applaus begroette Alexandre toen hij het spreekgestoelte beklom. Met zijn welsprekendheid en zijn charismatische verschijning had hij zich van een grote aanhang verzekerd. Wat leek hij voornaam en machtig op het podium; een belangrijk man, een invloedrijk spreker. Onze geschillen leken onbeduidend wanneer hij sprak – of wanneer ik als zijn vrouw werd uitgenodigd door figuren van aanzien. Een onverwachte trots vervulde me.

'Hij doet het geweldig, hè?' fluisterde ik.

'Nou en of.' Fanny knikte.

Het verbaasde me niet dat de vrouwen hem na afloop van de

bijeenkomst omzwermden. Wat me wel verraste, was de aandacht die mij te beurt viel.

'Madame de Beauharnais, waar hebt u die japon laten maken? Zoiets moet ik ook hebben!' zei een vrouw.

'Merci.' Ik streek over mijn blauw-wit gestreepte rok.

'Met die japon en uw kokarde ziet u eruit als Madame Liberté,' zei een andere vrouw.

Ik schoot in de lach. 'Dat is erg aardig van u. Dank u wel.'

Nog drie vrouwen spraken me aan over mijn japon, mijn sieraden en mijn mantel. Het leek wel alsof ik een publieke figuur was, net als Alexandre. Ik zou in het vervolg nog meer zorg besteden aan mijn toilet.

Fanny bruiste van opwinding. 'Madame de Staël heeft ons uitgenodigd voor haar *salon*,' zei ze druk gebarend, zodat haar stenen Bastille-oorbellen heen en weer zwaaiden. 'Daar komt iedereen. Robespierre en zijn zus, de Prins en de Prinses de Salm, Talleyrand en nog een heleboel anderen.'

Ik pakte haar hand. 'Wij begeven ons tussen de beroemdheden! Dan moet ik een nieuwe japon hebben.'

Alexandre had voor de verandering iets goeds gedaan.

Terwijl ik steeds meer mensen leerde kennen, hield ik mijn loyaliteiten angstvallig in evenwicht en stelde ik me zorgvuldig op de hoogte van de eisen die de afzonderlijke facties aan de overheid stelden, maar ook van hun idealen en toekomstverwachtingen. Plantage-eigenaars uit West-Indië, financiers, leden van de buitenlandse aristocratie, extremisten of royalisten – de *mélange* van opvattingen betekende een verrijking voor de kringen waarin ik me bewoog.

En zou misschien vruchten kunnen afwerpen.

Na enige tijd besloot ik ook zelf een *salon* te organiseren. Mimi poetste de zilveren kandelaars en dekte de tafel met de weinige mooie borden die ik bezat. Marie-Françoise instrueerde onze bediende inzake de plaatskaartjes en de plek waar het strijkje moest komen te zitten.

Toen ik de keuken uit kwam, zelf ook druk met de voorbereidingen, werd er op de deur geklopt. Ik haastte me om open te doen.

'Madame de Beauharnais?' De koerier gaf me een pakketje. Ik herkende het krullerige handschrift van Maman.

Nieuws van thuis! Ik maakte het pakje gejaagd open. Een envelop met *livres*, snuisterijen voor de kinderen en brieven van de familie. Nu kon ik de gouvernante en een van mijn schuldeisers betalen. *Het geld had op geen beter moment kunnen komen, Maman.* Onder in de doos zat een stapeltje brieven, met een touwtje bij elkaar gebonden. Ik installeerde me in een stoel en begon te lezen. De laatste brief bevatte nieuws waar ik niet op had gerekend.

23 maart, 1791

Mijn liefste Rose,

Helaas moet ik je het droevige bericht sturen dat je vader is overleden. Je papa had de laatste dagen voor zijn dood erg veel pijn. Woorden schieten tekort om mijn verdriet te beschrijven. Het leven is kort. Vluchtig als een droom. Koester het!

Op de plantage gaat alles uitstekend. Het oproer dat heerste bij je vertrek is weggeëbd. Ik mis jou en Hortense heel erg. Heel veel liefs voor Eugène.

Je t'embrasse,

Maman

Overweldigd door verdriet sloeg ik mijn handen voor mijn gezicht. Mimi kwam de keuken uit met een soepterrine. 'Wat is er?'

'Papa is overleden.' Verder kwam ik niet. Ik staarde haar aan. Ze wreef over mijn nek. 'Ga even liggen. Ik zorg verder voor alles.' Ze bracht me naar mijn kamer en stopte me in.

Ik huilde in mijn kussen tot mijn ogen dik en rood waren. *O, Papa. Ik had zo graag gewild dat je trots op me had kunnen zijn.*

Toen het tijd werd om me te kleden voor de avond, dwong ik mezelf op te staan, een japon en een linnen *fichu* uit te kiezen. Met een dikke laag poeder camoufleerde ik de sporen van mijn verdriet. Toen ik de trap af kwam, rook ik de geur van de botergele rozen, in vazen verspreid door het hele huis. Het parfum van de bloemen vermengde zich met de geuren uit de keuken – van de groenten en het braadstuk. Ik had kosten noch moeite gespaard voor de maaltijd – wijn uit de Bordeaux, aardbeien en *îles flottantes* met *crème Anglaise* en meringue, kazen uit Bretagne, zelfs het brood was een aanslag op mijn portemonnee geweest vanwege de schaarsheid van graan – maar mijn gasten verwachtten het allerbeste.

Toen de eerste arriveerden, plooide ik mijn gezicht in een glimlach.

Zoals altijd wist Claire me op te vrolijken.

'Wat vind je van hem? Hij is erg knap,' zei ze met een blik op de violist. Hij speelde net zijn laatste akkoord, waarop de gasten zich tot de volgende quadrille verspreidden voor een drankje.

'Hij is arrogant en hij veegt het spuug niet uit zijn mondhoeken. Ik moet er niet aan denken dat ik hem zou moeten kussen,' zei ik.

We giechelden.

'En hij dan?' Claire schikte een speld in haar dikke blonde lokken.

Ik haalde mijn schouders op. 'Ik zoek iets... iemand...' Terwijl mijn blik door de volle kamer ging was ik me bewust van een diepgewortelde melancholie. Een groepje heren stond enthousiast te gebaren, hun wangen zagen rood van het debatteren en van de hitte als gevolg van het grote aantal mensen in de beperkte ruimte.

'Ik weet wat je bedoelt. De zoete kwelling van de liefde. Daar verlangen we allemaal naar.'

'Die heb je. Elke maand,' plaagde ik, maar ik slaagde er niet in de melancholie te verdrijven.

Ondanks de uitgelaten stemming onder de gasten klonk het gelach me hol in de oren en het vrolijke gerinkel van glaswerk als het geratel van een munt in een lege trommel.

'Je komt de ware heus wel tegen en je hoeft niet met hem te trouwen!' Claire glimlachte ondeugend.

Op dat moment hoorde ik boze stemmen die zich boven de andere verhieven. Mannenstemmen.

Ik probeerde reikhalzend de bron van de commotie te ontdekken. Twee heren van de ministeries, zoals bleek. Ik zette mijn glas iets te krachtig neer. Robijnrode wijn klotste over de rand en drong in het linnen tafelkleed.

'Zo te zien moet ik een paar plooien gladstrijken.' Ik haastte me naar de mannen toe.

'Waaraan ontleent hij zijn autoriteit? Hij heeft geen enkel recht op die positie. Zijn broer en zijn vader zijn loyaal aan de koning, en dus verraders van de Republiek,' zei de langste van de twee, Julien Lacroix.

'Doe niet zo absurd,' zei de al wat oudere André Mercier, die ondanks zijn leeftijd nog altijd een opvallende verschijning was. 'Alexandre is een patriot in hart en nieren. Hij staat aan onze kant.'

Ik hield mijn pas in. Werd Alexandres loyaliteit in twijfel getrokken? Ik kende niemand die loyaler was aan de republikeinse idealen.

Ik schoof mijn arm door die van Monsieur Mercier. 'Heren, ik zie dat mijn kok uw bloed heeft verwarmd. Ik wil geamuseerd worden. Kan ik iemand interesseren in een spelletje *piquet*?'

'Alleen als ik naast u mag zitten,' antwoordde Monsieur Lacroix.

Ik sloeg mijn ogen neer. De man won het altijd van de politicus. 'Ik zou niet anders willen,' zei ik met een glimlach.

'Ik zit deze ronde uit.' Monsieur Mercier bestelde nog een cognac en liep met grote stappen, zijn handen gebald tot vuisten, naar de andere kant van de kamer.

Over hem zou ik me later ontfermen.

Na een reeks kaartspelletjes ging ik op zoek naar Fanny, nog altijd niet in staat mijn gevoel van onbehagen af te schudden.

Ze zag meteen dat ik me zorgen maakte. 'Wat is er?' Haar adem rook naar wijn.

'Twee mannen die aan de ministeries zijn verbonden trokken Alexandres loyaliteit in twijfel. Wat denk je? Moet ik me zorgen maken?'

'Alexandre kan wel voor zichzelf zorgen, maar je hebt gelijk dat je voorzichtig bent. De leiders van het land zijn onvoorspelbaar. Je kunt niemand vertrouwen. Zelfs je vriendinnen niet.'

'Denk je dat mijn vriendinnen zich tegen me zouden keren?' vroeg ik geschokt en verbijsterd.

'Dat denk ik, ja. Als de omstandigheden ernaar zijn. Bij veel van de rellen liepen vrouwen voorop. Onderschat hun invloed niet. Bovendien praten vrouwen met hun man.'

'Vrouwen hebben veel macht,' zei ik. Het idee sprak me aan. Ik genoot van mijn eigen invloed, hoe gering ook.

'Soms.' Fanny wierp me een merkwaardige blik toe. 'Als je maar voorzichtig bent. Dit is een oorlog tussen filosofieën. Iedereen kan winnen.'

'Of verliezen.'

'Of verliezen.'

'Maar wij hebben toch veel te veel connecties om ons zorgen te maken?' vroeg ik.

'Je hebt nooit –'

Door het open raam klonk een schelle stem.

'Hoor je dat?'

'Het is een krantenjongen,' zei Fanny.

We liepen naar het raam en probeerden te verstaan wat hij riep.

'Zullen we naar buiten gaan?' Ik gebaarde naar de deur.

De warme zomeravond omhulde ons, de maan knipoogde van achter een dikke wolk. We liepen naar het eind van de oprijlaan en zagen een donkere gedaante voorbijrennen. De krantenjongen. Ik schatte hem op een jaar of twaalf.

'Hé, jij daar! Kom eens hier! Wat heb je voor nieuws?' riep Fanny.

'*Bonsoir, mesdames.*' Het zweet droop over zijn groezelige gezicht, hij hijgde van het rennen. 'Koning Lodewijk en Koningin Marie Antoinette zijn gearresteerd. Ze zijn aangehouden in Varennes toen ze probeerden het land te verlaten, vermomd in bediendenkleren. Op dit moment worden ze gevangengehouden door het Comité du salut public.'

We hielden geschokt onze adem in.

'De koning heeft zijn volk in de steek gelaten,' zei ik geschokt.

Fanny legde een sou in de smoezelige hand van de jongen. 'Je kunt gaan.'

Hij rende de straat uit, de nacht in.

Het nieuws van de desertie van de koning klonk als een kanonschot door de stad. Duisternis daalde neer over Parijs.

'Hij moet worden berecht, net als iedere verrader!' commandeerde Alexandre de Nationale Vergadering. Zijn stem schalde door de enorme ruimte. 'Hij heeft zijn volk in de steek gelaten, als de eerste de beste lafaard. Hij vormt een bedreiging voor onze Revolutie!'

'Weg met de verrader!' juichte de Nationale Vergadering, en diezelfde kreet klonk op straat en in de theaters.

Woedende menigten vernielden symbolen van het *royaume*, vielen leden van de aristocratie aan en vermoordden de wachten bij het Palais des Tuileries. De *tocsin* luidde, het was oorlog. Dag na dag weergalmde de alarmklok in onze borst. Het land werd in opperste staat van paraatheid gebracht. De legers van Pruisen en Oostenrijk vielen onze grenzen aan om het gevangengenomen koningspaar te redden.

Dodelijk ongerust haalde ik Eugène en Hortense van school. In de chaos die was uitgebroken wilde ik hen bij me hebben. Eugène was gelukkig nog te jong om te vechten, *grace à Dieu*.

Maanden verstreken en nog altijd heerste er chaos in mijn geliefde Parijs.

Op een heiige middag in september hingen de kinderen in huis rond en ik wandelde met Fortuné in de tuin. Bij een stukje gras bleef hij staan en begon verwoed te graven.

In de verte klonk een diep weergalmend gebulder.

Ik keek omhoog naar de blauwe hemel. Onweer kon het niet zijn.

Het gebulder in de verte werd luider. De *tocsin* werd geluid.

Er werd opgeroepen de wapens op te nemen. Ik liet de riem vallen. Naar binnen! Ik moest naar binnen. Dus ik bukte me om Fortuné op te pakken, maar hij glipte weg en stoof het tuinpad af.

'Fortuné! Kom hier!' Hij rende de straat op en begon te janken, aangemoedigd door het aanzwellende lawaai.

Waren het... stemmen?

Mijn bloed bevroor. Er kwam een herinnering bij me op. Beelden van aan stukken gereten vlees, van het brandende Fort-Royal.

'Fortuné!' Ik rende gillend achter hem aan. 'Fortuné!'

De boze stemmen kwamen dichterbij en overstemden zijn geblaf. Net op het moment dat de hond opnieuw wilde wegstuiven, zette ik mijn voet op het uiteinde van zijn riem.

Er klonk een barbaars gekrijs en een meute burgers kwam de hoek om, de straat in, gewapend met rieken en hooivorken.

Alle lucht werd uit mijn longen geslagen.

Ik sleurde Fortuné achter me aan. Hij protesteerde, gretig om de vreemdelingen aan te vallen.

'Hou op!' Mijn stem klonk zo schril dat ik hem zelf niet herkende. Ik greep zijn spartelende lijfje en stormde naar de deur. Mijn hart bonsde in mijn oren.

Nog twee stappen!

Achter me klonk een bloedstollend geschreeuw, gevolgd door gejuich.

Mon Dieu! Ik waagde het erop haastig achterom te kijken terwijl ik naar de deurknop reikte.

Een man stormde recht op me af.

'*Le tiers état!*' schreeuwde hij. Zijn jas was besmeurd met bloed; in zijn ogen stond waanzin te lezen. Hij was gewapend met een hooivork.

Op een van de punten was het hoofd van een vrouw gespietst.

La Terreur

Parijs, 1792 – 1794

Ik gooide de deur in het slot en draaide de sleutel om. 'Barricadeer de ramen!' schreeuwde ik. 'Schuif het bureau voor de deur.'

Ze kwamen allemaal aanrennen. Eén blik op mijn gezicht was genoeg om koortsachtig aan de slag te gaan. Samen met Mimi en Marie-Françoise versperde ik de voordeur. Daarna begonnen we aan de ramen.

'Wat is er gebeurd?' vroeg Hortense in paniek.

Van buiten klonk een dreun. Er werd op de deur gebonsd. '*Vive la République!*' scandeerden stemmen in de tuin.

'Naar de kelder! Nu!' schreeuwde ik.

'Vooruit!' Marie-Françoise duwde haar dochter achter Hortense aan.

Er vloog een steen door de ruit, gevolgd door een regen van glasscherven. Marie-Françoise gilde.

'Naar de kelder!' Ik gaf haar een duw.

Mimi rende voor ons uit. Fortuné sprong keffend rond haar enkels; hij dacht dat het een spelletje was.

We stoven het huis door, de trap af naar de inktzwarte, koude kelder. Ik barricadeerde de deur met de zware houten balk, terwijl Mimi en Marie-Françoise toortsen aanstaken. De kinderen en het personeel stonden als verlamd. Hijgend probeerde ik uit alle macht weer een beetje tot mezelf te komen.

Opnieuw een dreun, nu nog dichterbij. Misschien wel binnen, in huis.

'Wie zijn dat?' vroeg Eugène zacht. 'Die mensen die achter ons aan zitten?'

Ik legde trillend een vinger op mijn lippen om hem het zwijgen op te leggen. Goddank had ik de kinderen van school gehaald.

Urenlang zaten we in de donkere kelder, niet wetend of het gevaar was geweken. Uiteindelijk kregen we honger en werden we ongedurig. Niemand had geprobeerd de deur naar de kelder te forceren. Alles leek rustig boven. Ik waagde het erop en sloop haastig de trap op naar de keuken. Buiten klonk nog altijd gegil, maar het leek van ver te komen. Ik liep op mijn tenen door de gangen naar de provisiekast en nam zo veel druiven en droge worst mee als ik kon dragen.

Toen sloop ik naar de hal.

De meute had de voordeur niet ingeslagen, er was niemand binnen geweest. De enige schade waren twee ingegooide ramen. *Merci à Dieu*. Ik keek door een gat in het raam aan de voorkant. Mijn potplanten waren vertrapt, het grasveld lag bezaaid met kranten.

Bij het zien van de slachting die op straat en op het gazon van de buren was aangericht, hield ik geschokt mijn adem in.

Bloed stroomde uit geschonden lichamen, in verwrongen houdingen die alleen de dood mogelijk maakte. Vervuld van afschuw deinsde ik achteruit. Almachtige God, wat was er gebeurd?

Er klonk een doordringende gil.

Toen ik de bron van het gruwelijke geluid probeerde te achterhalen zag ik dat de ramen van het naburige klooster waren besmeurd met bloed. Opnieuw klonk er gekrijs.

Moeder Gods! Ze vermoordden de gewijde vrouwen!

Een golf van misselijkheid overspoelde me. Ik had de geruchten over een samenzwering gehoord. Sommigen vreesden dat de geestelijkheid de kant van de adel zou kiezen, tegen de Revolutie. Klinkklare onzin! Ik had nog nooit een non ontmoet die zich zo betrokken voelde bij de politiek dat ze bereid zou zijn haar leven ervoor op het spel te zetten.

Aan het eind van de boulevard stoof een zwarte gedaante voorbij.

Ik boog me nog dichter naar het gat. Het was een non! Ze rende de straat door; haar gewaad wapperde achter haar aan, als de manen van een opgejaagd paard. Wanhopig bonsde ze op de deur van een naburig huis. Toen ze geen reactie kreeg, haastte ze zich naar het volgende.

Er kwam een man de hoek om, gewapend met een hamer.

Het bloed suisde door mijn oren. 'Ga weg! Ga weg!' fluisterde ik.

Ze rende naar een derde huis en wierp zich tegen de voordeur. Hij bleef gesloten.

De man kwam dichterbij.

Waarmee kon ik hem afweren? Ik liet mijn blik door de kamer gaan? Met een stoel? In plaats daarvan greep ik de bezem en rende naar de voordeur.

Mijn hand bleef zweven boven de knop.

De dikke boer woog meer dan de non en ik samen. Door hem te lijf te gaan bracht ik onze kinderen in gevaar – de mijne en de kleine Désirée, het dochtertje van Marie-Françoise. De bezem gleed uit mijn handen. Dat risico kon ik niet nemen. Verslagen keerde ik me weer naar het raam.

De boer greep het habijt van de non en smeet haar tegen de grond, in een karmozijnrode plas bloed.

'Nee!' Ik greep de stijl van het raam. Er welde een snik op in mijn keel. De non gilde en sloeg wild met haar armen toen de boer het habijt over haar hoofd trok en haar de onderkleren van het lijf scheurde.

'Sla hem! Trap hem!' riep ik schor.

Hij liet zich op haar zakken en toen ze zich verzette gebruikte hij zijn hamer. Bloed sijpelde uit haar schedel.

Mijn maag draaide om. Ik sloeg dubbel om te braken.

Marie-Françoise haastte zich de kamer door en kwam naast me staan. 'Rose! Is alles goed met je?' Ze veegde mijn gezicht af met een servet en legde die vervolgens over mijn braaksel op de grond. 'Ik vroeg me af waar je zo lang bleef.'

Ik wees naar het raam. 'Die non…'

Ze keek naar buiten en kromp ineen. Vervuld van afschuw deinsde ze achteruit. 'Een non!' Ik knikte, met stomheid geslagen. Ze sloeg haar armen om me heen.

Opnieuw werd de stilte verscheurd door een kreet van doodsangst. We keken elkaar aan.

'Het is bij de karmelietessen. De meute vermoordt ze,' zei ik gesmoord. 'Waarschijnlijk zijn we hier veilig, maar ik denk niet dat we moeten riskeren om licht te maken. Dus het is beter als we nog een poosje in de kelder blijven. We kunnen in het donker naar boven gaan om eten te halen. Maar we mogen geen lamp aansteken. Voorlopig zullen we moeten afwachten.'

De daaropvolgende twee dagen waagden we ons alleen de kelder uit als het echt niet anders kon. Op de derde dag was de rust op straat weergekeerd. Ik zat net een brief aan Alexandre te schrijven toen hij ineens op de stoep stond.

'Alexandre!' Ik sprong op van achter mijn bureau.

Hij kuste me op mijn wangen en trok me dicht tegen zich aan. 'Wat een opluchting dat je ongedeerd bent. En hoe is het met de kinderen? Ik ben zo snel mogelijk hierheen gekomen.'

'We maken het allemaal goed, maar we zijn bang. We konden hier niet weg. De nonnen… Ik heb gezien hoe de meute…' Ik struikelde over mijn eigen woorden.

'Gelukkig dat je zo verstandig bent geweest binnen te blijven.' Hij gaf me een krant die klam was van het zweet.

Volgens de datum had de *Moniteur* het vlugschrift gedrukt op de dag voordat het geweld was begonnen. GEVANGENEN ZWEREN SAMEN TEGEN PATRIOTTEN, VAL VAN REPUBLIKEINSE REGERING, KERK HEULT MET BUITENLANDSE LEGERS, schreeuwden de koppen in vette letters.

'Dus die waanzin, die slachtpartij van onschuldigen was het gevolg van geruchten?' Vervuld van woede en afschuw smeet ik de krant op de grond. 'De koning is gearresteerd. De straat is het domein van schurken geworden.' Ik gebaarde naar zijn broek. 'We kleden ons als gewone burgers en durven niet te zeggen wat we denken.'

Door de drukkende hitte parelde er zweet op zijn slapen en zijn bovenlip. 'Alle titels zijn afgeschaft. Van nu af aan wordt iedereen aangesproken met "citoyen" of "citoyenne".'

'Als gewone burgers?' vroeg ik ongelovig. 'Zonder onderscheid? Daar zullen mijn adellijke vrienden het niet mee eens zijn. Met als gevolg nog meer strijd.'

'Titels leiden tot verdeeldheid. Ze beperken onze vrijheid. En of je de nieuwe wetten goedkeurt of niet, je zult je eraan moeten houden. Anders word je als verrader beschouwd.' Hij streek nerveus met een hand door zijn bezwete haar.

'En die waanzin dan? Ik heb gezien hoe een non werd afgeslacht!' Ik sloeg een hand voor mijn ogen, als om de gruwelijke beelden te verdringen.

'Het is voorbij.' Alexandre omhelsde me opnieuw. 'De Kerk had te veel macht en onderdrukte ons. Dus het is goed dat de geestelijkheid aan de nieuwe gezagsverhoudingen wordt herinnerd.'

Ik keek hem verbijsterd aan. Hij was bereid de vertegenwoordigers van de Kerk op te offeren aan de zaak waarvoor hij streed? Ik duwde zijn handen weg. Zijn dierbare Revolutie kon me gestolen worden.

'Ze hadden niet hoeven sterven!'

Zijn ogen begonnen te schitteren. 'Geen oorlog zonder slachtoffers.' Het ontging hem niet dat ik mijn gezicht vertrok. 'Denk je dat ik niet heb geleden? Mijn vader en mijn broer honen me! Mijn vrienden hebben zich tegen me gekeerd. Maar ik ga door, want het is een goede zaak waar ik voor strijd. Het liefst zou ik zien dat er geen Frans bloed werd vergoten, maar in sommige gevallen is de dood onvermijdelijk. De offers die zijn gebracht, markeren de waarde van onze Revolutie. Er moeten voorbeelden worden gesteld.'

'Zou je dat ook zeggen als het ging om het leven van je kinderen? Of om je eigen leven?'

Hij zweeg even. 'Ja. Als het ging om mijn eigen leven.'

Ik slaakte een zucht van ergernis. 'Dus je zou je kinderen hun vader ontnemen!'

'Ach Rose. Doe niet zo dramatisch!'

'Dat moet jij nodig zeggen.'

We keken elkaar zwijgend aan.

'Ik heb groot nieuws,' zei hij ten slotte. 'Ik ben bevorderd tot luitenant-generaal van het Rijnleger. Een eer waar ik mijn hele leven op heb gehoopt. Hierdoor krijg ik de kans mijn manschappen voor te gaan in de strijd tegen onze vijanden.'

'Gefeliciteerd. Ik hoop dat je het onderscheid tussen vriend en vijand nog weet te maken.'

Hij kneep zijn ogen tot spleetjes.

Op dat moment kwamen Eugène en Hortense zachtjes de kamer binnen. Aan het gezicht van Hortense zag ik dat ze hadden staan luisteren.

'Papa, ga je een leger aanvoeren?' De kalmte waarmee Eugène het vroeg was in tegenspraak met zijn opwinding.

'Kinderen! Ik heb jullie zo gemist. Geef je vader eens een kus.'

'Kunnen we weer veilig de straat op, Papa?' vroeg Hortense terwijl ze zich losmaakte uit zijn armen.

'We voelden ons zo opgesloten. Als dieren in een kooi,' zei ik.

Alexandre kneep zijn lippen op elkaar. 'Blijf nog twee dagen binnen. De commotie lijkt voorbij, maar de sporen van het bloedbad zijn nog niet opgeruimd. Ze zijn bezig de lichamen op karren te laden en af te voeren om te worden begraven. Dat zijn dingen die jij niet hoeft te zien, *doucette*.' Hij streek Hortense over haar haar. 'Zo, zullen we een kop koffie drinken en een spelletje doen?'

'We hebben alleen nog wat wijn en kaas,' zei ik.

'Dan drinken we wijn.' Alexandre sloeg een arm om zijn kinderen en loodste hen naar de tafel.

De herfst en de winter verstreken in een wervelwind van veranderingen. Ik vermeed het om in de buurt van de rivier te komen, waar burgers schuiten met graan en kolen plunderden en waar nog altijd oproer werd gekraaid. De armen vroren dood of verhongerden onder de bruggen. De rijen voor de bakkerijen, waar burgers op hun rantsoen wachtten, reikten straten ver.

'Nu zijn het de wasvrouwen die protesteren,' zei Mimi toen ze thuiskwam na een lange dag foerageren. Haar ogen traanden van de kou. 'Omdat ze zich geen zeep meer kunnen veroorloven.' Ze zette haar boodschappentassen neer en wreef haar geschoeide handen. 'We zullen het met azijn moeten doen.'

Ik vouwde de krant dicht. 'We kunnen niet zonder zeep. Ik zal eens informeren in mijn vriendenkring. Hoeveel hout hebben ze je gegeven?'

Mimi haalde twee kleine blokken uit een van haar tassen. 'Dat is met deze kou nog niet eens genoeg voor één avond.'

Ik trok mijn wollen mantel dichter om me heen. Dit was volgens de boeren de koudste winter in honderd jaar en zo voelde het ook. De vorst kreeg zelfs stromend water in zijn greep en deed takken breken, de ijzige wind geselde onze ramen en deuren.

'Er staan nog stoelen op zolder. Daar stoken we er vanavond een van op.'

Ik ruilde en leende om onze provisiekast gevuld te houden. Goddank waren veel van mijn vrienden bereid hun brood met ons te delen. We verafschuwden het regeringsbrood van korrelig kastanjemeel. Eugène en Hortense gaven hun portie aan Fortuné, die er geringschattend aan snoof en het in de tuin begroef.

Soldaten hielden hun paarden achter slot en grendel. Buitenlandse wachten patrouilleerden op de boulevards. Niemand mocht de stad uit. Zonder het geklepper van paardenhoeven en het suizen van rijtuigwielen waren de straten gehuld in een onheilspellende stilte. Lantaarns doofden door gebrek aan olie, waardoor de stad in duisternis werd gedompeld. Het aantal diefstallen nam onrustbarend toe. Ik ging zo min mogelijk de deur uit, hoewel onze gevangenschap me tot wanhoop dreef.

Tegen het eind van de winter werd de koning door de Nationale Vergadering ter dood veroordeeld.

Ik ging niet naar zijn terechtstelling op de place de la Révolution.

'Wat een verspilling.' Claire tuurde in het spiegeltje van haar vergulde poederdoos. Ze maakte zich gereed om naar huis te gaan want ze moest voor de avondklok binnen zijn. 'Die idioten in de Vergadering weten niet wat ze doen.'

'Daar hoort Alexandre ook bij.'

'Precies. Het zijn allemaal idioten.' Claire had een hekel aan Alexandre; haar loyaliteit jegens mij was nog even vurig als altijd.

'Wat verachtelijk, om toe te kijken wanneer iemand ter dood wordt gebracht,' zei ik. 'Voor het oog van een joelende menigte! Wat een angstige dood moet dat zijn. En dan nog wel een koning. Wat zullen de koningin en hun kinderen bang zijn.'

Claire klapte haar poederdoos dicht. 'Gruwelijk. Echt gruwelijk. De mensen schreeuwden obsceniteiten en gooiden met afval. Er was zelfs een man die zijn broek liet zakken! Mijn dierbare *grand-père* zou zich in zijn graf omdraaien.' Ze sloeg haar mantel om haar schouders. 'Maar dezelfde verraders die hem uitjouwden, wisten niet hoe snel ze glibberend en glijdend hun zakdoek in zijn bloed moesten dopen.'

Ik huiverde. 'Waarom?'

'Het bloed van een koning is heilig.' Ze knoopte haar mantel dicht. 'Door zijn executie is niemand van adel zijn leven nog zeker.' Ze sloeg haar ogen neer en keek naar haar handen. 'Ik zal het maar eerlijk zeggen.' Er verscheen een grimmige trek op haar lieftallige gezicht. 'Ik ben bezig mijn reispapieren in orde te maken. Zodra ik ze heb vertrek ik naar Guadeloupe.'

'Ga je weg?' Ik viel haar om de hals. 'Maar dat kun je me toch niet aandoen?'

'Dat weet ik.' Ze omhelsde me. 'Maar het is hier niet veilig, lieve vriendin. Jij zou ook moeten overwegen om te vertrekken. Als je het niet voor jezelf doet, doe het dan voor je kinderen.'

Duizenden verlieten het land en vluchtten naar Italië, naar Engeland, naar de Zwitserse kantons of naar de lage landen in het noorden. Het leek overal veiliger dan in Frankrijk. Zelfs mijn stoutmoedige schoonzuster maakte plannen.

'Het is niet langer veilig in deze van God verlaten republiek,' waarschuwde Fanny. 'Je moet voorzichtig zijn, Rose.' Het haardvuur wierp een oranje gloed op haar gezicht. 'Iedereen weet dat je brieven schrijft aan de Vergadering. Pas op. Je zou niet zo de aandacht op jezelf moeten vestigen.'

Als er maar een zweem van twijfel bestond aan hun loyaliteit jegens de Republiek werden burgers in groten getale gevangengezet – leden van de inmiddels opgeheven aristocratie, maar ook kooplieden, broers, zussen, neven, nichten, zoons, dochters. De beschuldigingen waren klinkklare onzin.

'Alexandre heeft tal van connecties, net als ik. En degenen die ik help, zorgen dat wij te eten hebben. Ik vrees dat we het zonder hun wederdiensten niet zouden redden.' Ik schonk mijn wijnglas nog eens bij. 'Bovendien kan ik mijn vrienden niet in de steek laten, Fanny. Ongeacht de risico's. Ik zou voor jou hetzelfde doen.'

'Natuurlijk,' zei ze zacht. We keken naar de dansende vlammen boven de houtblokken in de haard die steeds zwarter werden. 'Ik vertrek volgende week naar Italië. Waarom gaan jij en de kinderen niet mee? In Italië is het warmer en we hebben alle ruimte.'

Dus ook de onbevreesde Fanny verliet het land? Een voor een vluchtten al mijn vrienden en familieleden naar veiliger oorden. Ik trok de deken dichter om mijn schouders en hulde me in een cocon van warmte. Nog even en er was niemand over. Maar ik verdrong de angst die zich diep binnen in me verschool en die bezit dreigde te nemen van mijn hele wezen.

'Eugène zit op school. Ik kan hem niet in de steek laten. En trouwens, ik heb overal mijn connecties.'

'Weet je het zeker? Weet je zeker dat je niet mee wilt? Eugène kan zijn opleiding later weer oppakken.'

'Hoe zou ik in Italië het hoofd boven water moeten houden? Ik ken daar niemand. En ik kan financieel niet op jou leunen. Maar het is lief dat je het aanbiedt. Dank je wel.' Ik kuste haar op de wang. 'Ik zal je missen!'

'Mocht je je bedenken, stuur me dan een brief met "Ik zoek nog een schilderij voor mijn salon". Dan weet ik dat je meegaat.'

Ik schoot in de lach. 'Het lijkt wel alsof we spionnen zijn.'

'Iedereen houdt je in de gaten, Rose. Je moet voorzichtig zijn, *mon amie*.'

Robespierre kreeg steeds meer invloed, terwijl de positie van Alexandre verzwakte. Op een middag herlas ik een brief van mijn man.

'Hij zegt dat hij op korte termijn naar huis komt.' Ik stond op om de deur dicht te doen. Hortense en Désirée hoefden het niet te horen. 'Het schijnt dat hij ziek is geweest en dat hij zijn commando heeft moeten opgeven.'

'Ik heb gehoord dat hij naar Parijs is teruggeroepen.' Marie-Françoise peuterde aan de draad die ze door haar naald had gestoken. 'Het gerucht gaat dat hij is gedeserteerd.'

'Alexandre kennende zou dat gerucht wel eens waar kunnen zijn.'

Ze meesmuilde. 'Te druk met de vrouwtjes om gehoor te geven aan de orders van de Vergadering?'

'Als hij niet oppast komt hij ernstig in de problemen.' Ik ging op de bank tegenover haar zitten en klapte mijn waaier uit.

Marie-Françoise hield het kussenomtrek omhoog waar ze aan werkte. 'Wat vind je? Zal ik mauve of blauw nemen?'

'Blauw.'

Ze wond een draad af. 'Je hebt je goed aan de nieuwe tijd aangepast, lieve vriendin.'

'Hoe bedoel je?'

'Je hebt je de manier van praten van de *sansculottes* eigen gemaakt en je bent met iedereen bevriend gebleven, ongeacht hun sympathieën. Het gemak waarmee je je titel hebt afgelegd, verbaast me. Ik zal altijd creoolse adel blijven die zich in een lelijke linnen jurk voordoet als een citoyenne.'

'Het doet er weinig toe of ik "vicomtesse" of "citoyenne" word genoemd. In beide gevallen ben ik Rose. En voorlopig ook patriot. Ik krijg het Comité de salut public liever niet aan de deur.' Ik bewoog mijn waaier om de geur van rottend vlees te verdrijven. Stadswachten waren bezig de lijken in open graven en in het riool te gooien. Voor de grote mannen van de Revolutie had een leven geen enkele waarde.

In de verte klonk gehuil. Wolven jankten buiten de stadspoorten, hongerig naar de doden. Fortuné sprong met gespitste oren van de bank. In de stille avond klonk opnieuw een veelstemmig gehuil. En mijn hond huilde mee.

'Fortuné! Hou op!' Hij keek me somber aan, toen hervatte hij zijn gehuil. 'Als de situatie nog erger wordt, zullen we moeten vluchten.'

Mijn besluit stond vast. Door Parijs te ontvluchten bracht ik de kinderen in veiligheid en waren we verlost van de onderdrukking. Ik zag mijn kans schoon toen de voormalige Prins de Salm en zijn zus, Prinses Amélie, ons uitnodigden voor een verblijf in hun buitenhuis op het platteland. Van daar zouden we naar Engeland ontsnappen. In het diepste geheim zorgde ik voor de benodigde documenten en pakte ik onze bezittingen.

Als onze ontsnappingspoging werd ontdekt... Ik schudde mijn

hoofd. We moesten ervoor zorgen dat we niet betrapt werden. Ik deed de kammen en haarspelden van Hortense in haar valies.

'Marie-Françoise?' riep ik. 'Het is zover.'

Ze kwam gejaagd de kamer binnen. 'Denk er alsjeblieft nog eens goed over na, lieve vriendin. Je loopt het risico dat je gearresteerd wordt. En als dat gebeurt…' Ze sloeg haar ogen neer. 'Nou ja, we weten allebei hoe dat afloopt. Is er niemand die iets vermoedt? Weet je dat zeker?'

'Mocht me iets overkomen, dan zeg je dat je van niets wist. Het heeft geen zin om jezelf in gevaar te brengen.' Ik omhelsde haar en liep naar de kamer van Hortense. Mijn dochter wist niet dat we voor onbepaalde tijd vertrokken. Ik wist niet hoe ik dat een kind van tien moest duidelijk maken. 'Het is zover, *chérie*,' zei ik om de hoek van de deur. 'We gaan je broer halen.'

'Ik ben klaar.' Ze pakte haar lievelingspoppen.

Bepakt en bezakt haastten we ons naar de voordeur. Daar wierp ik een blik achterom, naar Mimi. Ze knikte, haar ogen glansden vochtig. Ik zou haar laten nakomen. En tegen de tijd dat we konden terugkeren, zou alles anders zijn.

'Het is een mooie dag voor een rit,' zei de prins toen Hortense en ik bij hem in het rijtuig zaten. Prinses Amélie was al een week eerder vertrokken en wachtte op ons in het buitenhuis.

'Ik weet niet hoe ik u moet bedanken.' Er kwam een brok in mijn keel. Hij bracht mijn kinderen in veiligheid – dat kon ik van hun eigen vader niet zeggen. De prins riskeerde zijn eigen leven om mij en de kinderen de stad uit te krijgen.

'U zou voor mij hetzelfde doen,' zei hij.

'Inderdaad.' Ik drukte zijn hand.

Bruisend van euforie keek ik uit het raampje. Het leek een droom om eindelijk bevrijd te zijn van de angst om iets verkeerds te doen of te zeggen. Om eindelijk weer te kunnen lachen.

We kwamen langs winkels waarvan de etalages waren dichtgetimmerd, langs barricades van afval en kapotte meubels. Het Hôtel de ville herkende ik aanvankelijk niet, doordat het gazon bezaaid lag met vuil. Wanneer we terugkwamen was alles weer normaal.

Ik zuchtte van verlichting bij het zien van Eugènes knappe gezicht.

'Ik verheug me op de reis!' zei hij stralend terwijl hij in het rijtuig sprong.

'Wij allemaal, lieverd,' zei ik. 'Het is heerlijk om de stad achter ons te laten.'

De rit verliep voorspoedig totdat we de stadspoort naderden. Daar sloten we aan bij een lange rij koetsen. Soldaten controleerden reisdocumenten en valiezen op het dak van de rijtuigen. Hun *tricornes* vulden zich met vallende sneeuw. Het was een koude dag en een merkwaardig moment om op vakantie te gaan. In de hoop dat de soldaten dat niet zouden beseffen, keek ik naar de dwarrelende sneeuwvlokken die de smerige boulevard bedekten met een verblindend witte deken. Schoonheid in een grauwe wereld.

De tijd vorderde tergend langzaam.

Sommige rijtuigen mochten doorrijden, de vrijheid tegemoet; andere werden tegengehouden. Geleidelijk aan kwamen we dichter bij de poort. Toen we eindelijk vooraan stonden, sloeg een wacht op ons raampje. Hortense slaakte een gilletje van schrik.

Ik lachte. 'Volgens mij zijn we allemaal een beetje nerveus.'

'Inderdaad,' zei de prins toen de deur opening.

'Reisdocumenten!' blafte een soldaat met een zwaar accent.

Een Duitse wacht die onze papieren controleerde? Ik zette verbeten mijn tanden op elkaar toen hij ze uit onze handen griste.

'Wat is het eerste wat jullie gaan doen als we eenmaal op het land zijn?' Ik dwong mezelf te glimlachen. 'Er zijn paarden en je kunt er wandelen. Het is wel een beetje koud, maar misschien zwemmen er nog eendjes in de vijver.'

'Ik wil paardrijden!' verklaarde Eugène uitbundig.

'Dan zal ik je met plezier alle paden wijzen, kerel,' beloofde de prins.

Nadat de wacht onze gezichten aandachtig had bekeken, gooide hij de deur dicht en liep naar de andere soldaten.

'Wat doet hij met onze papieren?' Eugène fluisterde, alsof hij bang was dat de wacht hem zou horen.

'Ik weet het niet,' zei ik.

Hortense schoof haar hand in de mijne. Ik moest me flink houden voor hen, maar vanbinnen huiverde ik.

'Hij laat ze aan een andere wacht zien.' De prins keek onopvallend door het raampje. 'Ze komen terug.'

Het deurtje vloog weer open.

'Citoyenne de Beauharnais?'

'Ja?'

'Uw man, Citoyen Alexandre de Beauharnais, wil dat u onmiddellijk naar huis terugkeert. Hij heeft ons opdracht gegeven u niet door te laten, vakantie of geen vakantie.'

'Pardon?' vroeg ik afgemeten. 'Mijn man heeft niets over me te zeggen. We zijn al jaren gescheiden van tafel en bed. En ik heb de vereiste reisdocumenten.'

'Uw man heeft wel degelijk iets over u te zeggen, citoyenne. Hij maakt deel uit van de Nationale Vergadering. Als zodanig heeft hij zeggenschap over wie de stad in en uit gaat. Althans, binnen zijn familie. Het spijt me, maar u kunt de stad niet verlaten.'

'En de prins dan? Hij is toch wel vrij om te gaan?'

'Ik breng je naar huis, Rose. Dan stel ik mijn vertrek gewoon een paar dagen uit.'

Onze blikken kruisten elkaar. Het was niet eenvoudig om reispapieren te krijgen.

'Dat hoeft niet. Ik –'

'Ik breng je naar huis,' zei hij op een toon die geen tegenspraak duldde. 'Dank u wel. We gaan terug.'

De soldaat deed de deur dicht, gaf een roffel op het dak, en het rijtuig zette zich met een ruk weer in beweging.

'Waarom deed u dat?' vroeg ik.

'Ze hebben mijn bewijs van staatsburgerschap achtergehouden.' Er verscheen een frons op zijn voorhoofd. 'Ik zag dat de andere wacht het in zijn zak stopte. Zonder dat is reizen onmogelijk. Dan wordt me overal de toegang geweigerd, ook op... onze bestemming.' Hij wilde de kinderen niet alert maken op onze voorgenomen ontsnapping naar Engeland.

'Waarom hebt u er niet naar gevraagd?' vroeg Eugène.

'Dan zouden ze me de stad uit hebben gevolgd. Ik zal een nieuw aanvragen.'

Toen het rijtuig rechtsomkeert had gemaakt en terugreed over de boulevard, barstte ik in snikken uit. 'Hoe durft hij!' tierde ik. 'Hoe kan hij dit zijn kinderen aandoen?'

Hortense sloeg haar armen om me heen. 'Papa heeft vast een goede reden. Anders zou hij onze vakantie toch niet hebben bedorven?'

'Je vader heeft altijd een goede reden.' Ik klonk verbitterd.

Het liefst had ik mijn vuist midden in zijn gezicht geplant. Hij had onze enige kans om te ontsnappen geruïneerd.

Alexandre meldde zich de volgende dag.

'Hoe kon je dat nou doen?' tierde hij. 'Ik had ondervraagd kunnen worden en voor het gerecht gesleept. We zouden als overlopers te boek zijn gesteld! "Het gezin van een lid van de Nationale Vergadering verlaat onder valse voorwendselen de Republiek!" Wil je soms dat ik de verradersdood sterf?' Zijn gezicht was rood aangelopen van woede.

'Die hele Republiek van je kan me gestolen worden!' tierde ik op mijn beurt. 'Het gaat om de veiligheid van mijn kinderen! Wat bezielt je om ze in gevaar te brengen?'

'Ze lopen geen gevaar zolang ik mijn plicht doe.'

'Je plicht ligt bij je gezin. Bij je eigen vlees en bloed!' Ik gooide mijn servet op tafel en begon driftig door de kamer te ijsberen. Mijn hakken tikten op de houten vloer. Alexandre sloeg zijn armen over elkaar en ging in de houding staan, als een bewaker. Er kwam een idee bij me op. 'Waarom ga je niet met ons mee op vakantie? Een tijdje rust zou je goeddoen.'

Zijn blauwe ogen werden groot van ongeloof. 'Ik weet dat je van plan bent het land te verlaten. Je bent zó doorzichtig. En dan verwacht je dat ik met je meega? Ik zal Frankrijk nooit in de steek laten. Nog liever sterf ik de dood *à la guillotine!*'

Verbeten stonden we tegenover elkaar. Uiteindelijk was het Alexandre die het zwijgen verbrak.

'Begrijp je het dan niet?' vroeg hij iets welwillender. 'Je zou nooit meer op Franse grond kunnen terugkeren. Hortense en Eugène zouden hun erfenis en hun eer verliezen. Dat kun je ze toch niet aandoen? Ik garandeer hun veiligheid. Begrijp het toch, alsjeblieft.'

Hij was omgeslagen als een blad aan een boom. Toch zou ik hem nog altijd kunnen wurgen.

'Het komt allemaal weer goed,' zei hij. 'We moeten gewoon geduld hebben.'

Met zijn redelijkheid ondermijnde hij mijn weerstand. 'Alexandre...'

'Je krijgt er geen spijt van.' Hij legde zijn handen op mijn schouders. 'Dat beloof ik.'

Ik zuchtte. 'Voorlopig blijf ik. Maar als de situatie nog bedreigender wordt, eis ik dat je ons laat gaan.'

'Akkoord.'

Hij schraapte zijn keel. 'Ik moet je wat vertellen.' Hij schopte een onzichtbaar steentje weg. 'Sinds ik mijn militaire positie heb opgegeven sta ik ook onder verdenking.'

Mijn mond viel open van schrik.

'Ik ben de laatste weken heel omzichtig te werk gegaan. Je doet er goed aan te stoppen met het sturen van verzoekschriften. Want daarmee vestig je de aandacht op jezelf. En op mij.'

Ik kauwde op mijn duimnagel terwijl ik nadacht over mijn antwoord. Fanny had me ook al gewaarschuwd.

'Het gaat om mensen die onschuldig zijn. Om mensen die niemand kwaad hebben gedaan. Ik zou het mezelf nooit vergeven als ik niet alles deed wat in mijn vermogen lag. Dankzij mijn verzoekschriften zijn er al velen vrijgelaten.'

Hij slaakte een diepe zucht. 'Wees alsjeblieft voorzichtig.' Hij boog zich naar me toe en kuste me op de lippen.

Ik deed verrast een stap naar achteren. 'Wat heeft dat te betekenen?'

'Beschouw het als een vriendschapskus. Dank je wel voor je begrip. Geef de kinderen mijn liefs. Ik kom snel weer langs. '

Koningin Marie Antoinette kwam op dezelfde manier aan haar einde als de anderen – door de valbijl. Een onschuldige vrouw die haar leven had gewijd aan haar echtgenoot en aan Frankrijk, en die de dwaasheid van haar man met de dood moest bekopen. Ik kon er weken niet van slapen en werd achtervolgd door het beeld van haar afgehakte hoofd. Zelfs de koningin was niet veilig geweest voor haar vijanden. Het was blijkbaar niet genoeg om machtige vrienden te hebben, om mooi en charmant te zijn.

Een mens moest slim zijn om te overleven. En moedig.

Velen treurden om de dode koningin, tot woede van Robespierre. Bij wijze van vergeldingsmaatregel liet hij honderden burgers gevangennemen.

Op een middag kwam er een brief van Fanny die me diep schokte.

Chère Citoyenne Rose,

Ik ben in allerijl naar Parijs teruggekeerd, want Marie wordt beschuldigd van verraad jegens de Republiek. Ze is gevangengenomen! Wat kunnen ze in 's hemelsnaam aan te merken hebben op mijn patriottische dochter? Haar reputatie is onberispelijk, het bloed dat door haar aderen stroomt, heeft de kleuren van onze tricolore.

Was haar vader maar niet zo'n royalistische paljas.

Jij beschikt over zulke waardevolle connecties, dus ik smeek je, stuur alsjeblieft een verzoekschrift aan het Comité de salut public om haar vrij te laten. Ik ben ten einde raad.

Citoyenne Fanny

Het duizelde me. Marie was een Beauharnais – een nicht van Alexandre – maar die naam had haar blijkbaar niet kunnen helpen. Ik slikte moeizaam. Als ik er niet in slaagde haar naam te zuiveren, zouden we misschien allemaal…

De volgende dag bezocht ik minister Azay in zijn kantoor, gewapend met een pakketje brieven van Fanny en Marie. De minister gold als uiterst mild. Ik wenste vurig dat de geruchten over zijn reputatie juist waren.

'Wat kan ik voor u doen?' Hij gebaarde me te gaan zitten.

'Ik ben bang dat er sprake is van een gruwelijke vergissing, citoyen. Mijn nicht is een vurige republikein. Toch is ze zonder ook maar enig bewijs gevangengezet wegens verraad.'

'En ik neem aan dat u documenten in uw bezit heeft die haar onschuld bewijzen?' Hij zette zijn bril af.

'Dit zijn brieven van haar. Daaruit blijkt duidelijk dat ze een oppassende, wetsgetrouwe burger is.'

Zijn uilenogen gingen van mijn handen naar mijn gezicht en weer terug. 'Ik zal ze bestuderen, maar ik kan u niet garanderen dat ze wordt vrijgelaten.'

'Ik twijfel er niet aan of u zult alles in het werk stellen om te zorgen dat het recht zijn loop heeft. Het zou toch afschuwelijk zijn als een jong meisje onschuldig en zonder enige reden ter dood werd gebracht.' Ik liet een stilte vallen om meer indruk te maken. 'Het is erg vriendelijk van u me te willen ontvangen. In een tijd als deze zult u het wel heel erg druk hebben. Ik heb een fles wijn voor u meegebracht, voor de moeite. Ik hoop dat hij zal smaken.' Met die woorden zette ik de fles op zijn bureau.

Hij glimlachte aarzelend. 'Dank u wel. Het zal niet eenvoudig zijn geweest om daaraan te komen.'

'Dat klopt, maar voor het leven van een jonge vrouw is geen moeite te veel.'

Hij verschoof ongemakkelijk in zijn stoel. 'Citoyenne de Beauharnais, ik moet u waarschuwen. U draagt dezelfde naam als de gevangene voor wie u komt pleiten. Pas op dat ik niet op enig moment bezoek krijg van iemand die een goed woord voor ú komt doen.'

Ik dwong mezelf te glimlachen. 'Als mijn daden ook maar enige ruimte gaven voor twijfel, zou ik me zorgen maken. Maar dat is niet het geval.'

Er kwam een sombere blik in zijn ogen. 'Wees op uw hoede, citoyenne. U bent gewaarschuwd.'

Mijn herhaalde verzoek om de vrijlating van Marie de Beauharnais bleef onbeantwoord. Ik was de wanhoop nabij door Fanny's verdriet en door Maries beproeving. Toen ik op een avond in bed naar het plafond lag te staren, werd er luid op de voordeur gebonsd. Geschrokken reikte ik naar de kaars op mijn nachtkastje. Met bevende vingers streek ik een lucifer af.

Mimi was als eerste bij de deur. 'Wie is daar?' Ze wikkelde haar kamerjas om zich heen.

Er stond een jonge man met verwarde haren op de stoep. Zijn witte halsdoek had blijkbaar in geen weken zeep gezien, zijn broek rafelde langs de boorden.

'Citoyenne de Beauharnais, het spijt me dat ik u op dit late uur nog stoor.'

Mijn hart sloeg op hol. 'Wat is er aan de hand, citoyen?'

'Uw man is gearresteerd.'

In gevangenschap

Les Carmes, 1794

Nu zouden ze mij ook komen halen. O god, ze kwamen me halen! Angst sijpelde door mijn lichaam. Alexandre was gevangengenomen! Hoe was het mogelijk dat ze hem verdachten? Zijn loyaliteit jegens de Republiek was algemeen bekend. Kwam het doordat zijn vader royalist was? Of doordat hij altijd achter de vrouwen aan had gejaagd? Dat leek toch allemaal niet voldoende reden om zo'n vurig patriot te verdenken.

Ik lag te woelen in bed. De vader van mijn kinderen liep grote kans ter dood te worden veroordeeld en door zijn gevangenneming was ik nu de echtgenote van een man die was aangeklaagd wegens verraad. Arrestatie en gevangenschap, dat betekende de dood *à Madame Guillotine*. Het was zo bizar dat ik het niet kon bevatten. Hoe moest ik het de kinderen vertellen? Ik trok het dek over mijn hoofd.

De volgende ochtend aan de ontbijttafel, toen Hortense en Eugène waren uitgegeten, raapte ik al mijn moed bij elkaar.

'Ik moet jullie wat vertellen.' Ik schoof mijn bord opzij. Het eten was onaangeroerd. Eugène keek op van zijn boek.

'Is er iets, Maman?' vroeg Hortense. 'Je ziet er moe uit… alsof je van streek bent.'

Met mijn vinger volgde ik het bloempatroon van het linnen tafelkleed. 'Ik weet niet hoe ik het moet zeggen.' Met hun lieve gezicht naar me opgeheven keken ze me vol verwachting aan. 'Denk erom dat jullie nooit vergeten hoeveel Papa van jullie houdt.'

Eugène klapte zijn boek dicht. 'Wat is er aan de hand?'

Ik haalde diep adem om niet in snikken uit te barsten. Voor mijn kinderen moest ik sterk zijn.

'Maman,' drong Hortense aan.

Ik legde mijn handen op die van hen. 'Jullie vader' – ik ademde nogmaals diep in – 'is gearresteerd. Hij zit in de gevangenis, in afwachting van zijn proces.'

'Nee!' Eugène sprong op, woede en wanhoop streden om voorrang op zijn gezicht. 'Mijn vader is geen verrader! Wat hebben ze voor bewijs tegen hem? Hij is lid van de Nationale Vergadering! Hij is een patriot!' Zijn onderlip begon te trillen. 'Ik begrijp het niet.'

'Het is ook niet te begrijpen, lieverd. Ik zal doen wat ik kan om hem te helpen. Er moet een manier zijn om hem weer vrij te krijgen.'

Hortense barstte in snikken uit. Ik schoot overeind en nam haar in mijn armen.

Mijn dappere zoon liet zijn hoofd op mijn schouder vallen en begon ook te huilen. 'En als ze hem nou naar de guillotine sturen?' vroeg hij snikkend. 'Als ze hem doodmaken?'

'Ze mogen mijn papa niet doodmaken,' jammerde Hortense.

Ik streek haar over haar blonde haar. 'Dat doen ze ook niet, *chérie*. Ik zal wel een manier weten te vinden om hem weer vrij te krijgen.'

Ik wilde dat ik het zelf kon geloven!

Ik voerde een wanhopige strijd voor Alexandre. In de hoop op een wonder benaderde ik al mijn connecties, ook al werden dat er steeds minder. Maar het Comité de salut public weigerde me te ontvangen. Ik werd gekweld door nachtmerries. In mijn slaap zag ik de hoofden van de veroordeelden en werd ik bezocht door de moordlustige leiders van het land. Ik zwierf over de keien op de place de la Révolution, waar het schavot droop van het bloed, en door de tuinen van het Palais des Tuileries. Als door toverij verscheen er elke nacht opnieuw een verborgen pad dat zich door een groene tunnel slingerde van trompetbloemen en bougainville in vurige tinten oranje, fuchsia en geel. De kleuren waren zo stralend dat ik wel op Martinique moest zijn. Niet langer in Frankrijk, maar thuis, waar het riet brandde in de late zomerzon en waar het oerwoud me opslokte.

Onder de verborgen baldakijn zat een rimpelige oude vrouw op een boomstronk. Ze wierp kippenbotten op de grond en zong een bezwering in een vreemde taal. In mijn droom zweefde ik door een sluier van nevelen naar haar toe.

Ze keek op. Op de plek van haar ogen zaten zwarte gaten, zo diep dat elk sprankje licht erin verdween. Ik wilde schreeuwen, maar mijn longen vulden zich met zeewater.

'Kindje,' zei de priesteres zangerig. 'Ken je me niet meer?' Ze streek over een handvol veren, bedekt met geronnen bloed. 'Het einde is gewelddadig.'

'Nee!' Opnieuw probeerde ik te schreeuwen, maar er kwamen slechts luchtbellen uit mijn mond.

Wanneer ik wakker schrok – het was altijd dezelfde droom – kleefde mijn haar aan mijn bezwete hoofd en was de achterkant van mijn nachthemd doorweekt.

Een gewelddadig einde.

Het galmde in mijn borst als de waarschuwing van een *tocsin*. Gold dat voor mij? Was het mijn lot? Of dat van Alexandre?

Uiteindelijk kwam de nacht waarop ik uit bed sprong en over de koude vloer naar mijn kaptafel liep. Ik trok de la open. Op de fluwelen bekleding van mijn sieradenkistje lag het witzijden buideltje. Ik haalde de tarotkaarten tevoorschijn en stak een kaars aan. Nadat ik de kaarten had geschud deed ik een legging in de schemerige gloed.

De Toren – verwoesting, een gewelddadige verandering. Het Rad van Fortuin – een voorspoedige wending van het lot. De Hogepriesteres – een machtige, liefdevolle vrouw, grootmoedig en moederlijk.

Koortsachtig deed ik een tweede legging, voor Alexandre. Verwoesting, gewelddadige veranderingen. Nogmaals legde ik de kaarten. En toen nog een keer. Het resultaat was telkens hetzelfde.

Een gewelddadig einde.

'Nee!' Ik veegde de kaarten in een rommelig bergje op de grond, sloeg mijn handen voor mijn gezicht en snikte het uit.

De natuur liet zich door onze revolutie niet beknotten, maar marcheerde onstuitbaar voorwaarts. Het werd lente, alles stond in bloei. Het warme weer kon de kou echter niet uit mijn ziel verdrijven.

Toen ik voor de zoveelste keer lag te woelen, stapte ik uit bed en ging naar Marie-Françoise in de studeerkamer. Ze speelde kaart bij het licht van het haardvuur. Ons maandelijkse kaarsenrantsoen was al op.

'Maman heeft geld gestuurd.' Ik ging op de bank tegenover haar zitten. 'Dus ik zal Citoyenne de Krény vragen of ze ons nog wat kaarsen kan bezorgen.'

Op dat moment klonk er geroffel op de deur.

Marie-Françoise liet haar kaarten vallen, haar ogen werden groot van schrik. Angst ontrolde zich als een slang in mijn borst. De vorige keer dat er zo laat nog iemand aan de deur was gekomen…

'Het is vast niets,' fluisterde ik bijna onhoorbaar. Ik stond op en dwong mezelf kalm te blijven.

'Rose…' Marie-Françoise pakte mijn hand. 'Wie het ook is… we steunen elkaar.'

Het bonzen werd luider. 'Citoyenne de Beauharnais!' riep een stem. 'Doe open! Onmiddellijk!'

Mijn hart klopte in mijn keel. *Genadige God.*

Mimi kwam strompelend haar kamer uit, haar zwarte haar zat in de war. 'Wat bezielt ze om zo laat nog aan te kloppen?' Ze draaide grommend de sleutel om. De klik waarmee het slot opensprong weergalmde door de hal. Toen de deur openzwaaide, duwde een grote hand hem tegen de muur. Een diepe dreun verstoorde de stilte.

'Waar is dat voor nodig?' vroeg Mimi nijdig.

'We komen voor Citoyennes de Beauharnais en Hosten, in opdracht van het Comité de salut public.' Er stonden drie soldaten op de stoep; patriotten in sjofele uniformen en op versleten laarzen. Ze zagen er ondervoed uit. Hun ogen lagen in holle kassen boven vooruitstekende jukbeenderen.

Ik gebaarde uitnodigend. 'Kom binnen, citoyens. Kan ik u misschien een kop thee aanbieden? Een verse pot is zo gezet.'

'U wordt beiden verdacht van verraad jegens de Republiek,' antwoordde de leider van het drietal. Het lint van zijn kokarde wapperde op zijn adem.

'Ik ben onschuldig! U hebt geen enkel bewijs!' Marie-Françoise barstte in snikken uit. Mimi liep naar haar toe om haar te troosten.

'Ik verzeker u dat er in dit hele huis niets oneerbaars te vinden is,' zei ik. 'Ik ben patriot en *Américaine*. En ook Citoyenne Hosten draagt met trots de driekleur van de Republiek. U kunt alles doorzoeken als u dat wilt.' Ik weigerde te laten merken hoe diep geschokt ik was.

Fortuné schoot de keuken uit en probeerde de grootste van de drie mannen in zijn benen te bijten.

'Het lijkt me beter als u hem vasthoudt.' De soldaat wees met de hiel van zijn laars naar mijn hond.

'Fortuné, hou op!' Ik pakte hem bij zijn nekvel en stopte hem in de keuken. Achter de dichte deur bleef hij grommen.

De soldaten trokken laden open, doorzochten kasten, keken onder kussens en schoven de jurken in mijn kleerkast opzij. Goddank werden de kinderen er niet wakker van. Marie-Françoise huilde op Mimi's schouder, haar gesnik werd met de minuut hysterischer. Mimi klopte haar op de rug en ontmoette mijn blik. *Wat nu,* las ik in haar ogen.

Ik ging op de rand van de bank zitten. Van angst stolde het bloed in mijn aderen.

De koperen klok op de schoorsteenmantel begon te slaan. Ik concentreerde me op de draaiende tandraderen. Hoe zouden Hortense en Eugène morgenochtend reageren wanneer ze ontdekten dat ik was meegenomen?

'Hoe kun je zo kalm blijven?' Marie-Françoise bette haar neus.

Doordat ik het van meet af aan had geweten. Ik had geweten dat ze me zouden komen halen. Maar dat kon ik niet zeggen en dus staarde ik haar uitdrukkingsloos aan.

De soldaten verschenen weer in de salon, hun gezicht verried wroeging.

'Dames, u staat onder arrest,' zei de leider.

Het was alsof mijn hart in een rotsblok veranderde.

Marie-Françoise verruilde haar jammerkreten voor smeekbeden. 'Ik ben moeder! Begrijpt u dat toch alstublieft! Wat moet er van mijn dochter terechtkomen? U kunt me niet zomaar bij haar weghalen! Alstublieft!' Ze liet zich op haar knieën vallen, met haar japon als een vijver van stof om haar heen.

'Wat voor bewijzen hebt u tegen ons?' vroeg ik. 'Mag ik ze zien?'

Een van de mannen zwaaide met een stapel brieven. Hoe had hij mijn brievenkist open weten te krijgen? Ik had de sleutel goed verstopt. Ik voelde me overgeleverd, misbruikt.

'Dit zijn brieven van Alexandre de Beauharnais, een verrader van de Republiek. Citoyenne Hosten heeft zich schuldig gemaakt aan het verlenen van onderdak aan de vrouw van een verrader. Tenzij ze haar onschuld kan bewijzen, zullen we ook haar gevangen moeten nemen.'

'Maar uit de brieven van Alexandre blijkt hoezeer hij het land is toegewijd,' zei ik. 'Hoe –'

'Het spijt me,' onderbrak een van de mannen me. Zijn stem klonk zacht. 'Het Comité heeft opdracht gegeven tot uw arrestatie.'

'Met of zonder bewijs?' Er was geen bewijs, maar dat deed er niet toe. Het Comité had al over ons lot beslist.

De soldaat knikte. In zijn ogen las ik spijt.

Marie-François viel me om de hals. 'Hoe moet het met de kinderen –'

'U mag een paar spullen pakken,' kapte de leider van de soldaten haar af. 'Wij wachten hier.'

We sleepten ons de trap op. Boven deed ik de haarkammen van Maman, een brief van Hortense en Eugène en mijn kostbare tarotkaarten in een tas. Bij wijze van aandenken.

Op de overloop bleef ik staan en ik slaakte een diepe zucht. Eugène, Hortense... Ik kon het niet verdragen hun slaperige gezichtjes te zien. Dan zou ik me niet goed kunnen houden. Ik verdrong mijn paniek en daalde de trap af.

'Mimi,' fluisterde ik, schor van emotie. 'De kinderen...'

Ze omhelsde me en trok me tegen haar weelderige boezem. Hoe slaagde ze er toch in om zo ver van huis toch altijd naar kokos en zonneschijn te ruiken? Ik genoot nog één keer van die vertrouwde geuren.

'Maak je geen zorgen, Yeyette. Ze zijn me dierbaar als mijn eigen kinderen. We vinden wel een manier om je te schrijven. En om je weer vrij te krijgen. Ik zal hun leraar vragen een verzoekschrift in te dienen.'

Ik kuste haar vochtige wangen. We hadden ons op dit moment voorbereid.

'Zeg dat ze Maman moeten schrijven om te vragen of ze geld stuurt. En zorg dat ze ons niet vergeten... En dat ze...' De wanhoop dreigde me te veel te worden. Ik pakte haar armen. 'Ze mogen niet vergeten dat ik van ze hou! Ze zijn me dierbaarder dan mijn eigen leven! En ik hou ook van jou, lieve Mimi.'

Ze trok me nogmaals tegen zich aan. 'Je blijft niet lang weg. Weet je nog wat de priesteres heeft gezegd?' Ze drukte een kus op mijn voorhoofd.

Ja, dat wist ik nog. Verwoesting en een gewelddadig einde.

Marie-Françoise kwam nog altijd snikkend, met schokkende schouders de trap af strompelen.

'Citoyennes, het is zover. Tijd om te gaan,' blafte de leider.

We gaven elkaar een arm en zo volgden we de soldaten naar het wachtende rijtuig. Het was op dit uur van de nacht griezelig stil op straat. Wolkenveren dreven spookachtig langs de hemel, de maan verborg haar bleke gezicht. Seringen bezwangerden de lucht met hun zoete geur, terwijl hun tere gebladerte ritselde in de bries.

De laatste voorjaarsgeuren die ik voorlopig inademde.

Als in een droom stapte ik in het rijtuig. Marie-Françoise klampte zich aan me vast tijdens de korte rit naar de gevangenis. Tot mijn afschuw hoefden we niet ver en reden we naar Les Carmes, één straat verderop aan de rue de Vaugirard; het klooster waar de gewijde vrouwen waren afgeslacht.

En inmiddels de beruchtste gevangenis van Parijs.

Toch wees aan de buitenkant niets op de gruwelen die zich achter de muren afspeelden. Alleen de tralies voor de ramen verrieden dat het om een gevangenis ging.

Toen de koets stilhield rukte een bewaker de deur open.

'Meekomen!' Hij trok mijn vriendin uit het rijtuig.

'Ik krijg ons hier weer uit! Dat beloof ik!' riep ik haar na.

'Vaarwel, vriendin. Ik hou van je!' wist ze gesmoord door tranen uit te brengen. 'Denk aan me!'

Mijn bravoure verdween toen de gevangenbewaarder haar mee naar binnen nam. Het leek allemaal zo onwerkelijk. Ik was toch geen misdadiger? Wat ging er met me gebeuren? En met mijn kinderen? Mijn knieën begaven het en ik zakte in elkaar.

'Opstaan!' Een tweede gevangenbewaarder trok me als een lappen-pop overeind. 'Deze kant uit.' Hij loodste me de deur binnen.

We kwamen langs de administratie en naarmate we dieper in het gebouw doordrongen trof me een kwaadaardige geur. Een walm van rotting en uitwerpselen omhulde me als een klamme wolk. Walging deed me hoesten. Mijn ogen prikten. De tranen stroomden over mijn wangen om de bijna tastbare smerigheid weg te spoelen. Vloeren en muren waren bedekt met groezelige vlekken. Herinneringen kwamen bij me op, aan de dagen vlak na de massaslachting. Het had op straat wekenlang naar azijn geroken, maar blijkbaar was het niet gelukt deze muren schoon te krijgen. Misschien hadden ze te dik onder het bloed gezeten. Mijn maag keerde zich om.

Terwijl we tussen de dichtbevolkte cellen door liepen tilde ik mijn rokken op om te voorkomen dat ze met de laag smurrie op de grond in aanraking kwamen. In veel cellen waren wel tien gevangenen ondergebracht. Ze sliepen op stromatten. Grote god, ze lagen als beesten in hun eigen vuil!

Er waren geen tralies of deuren die zorgden dat de bewoners in hun eigen cel bleven. Sommige liepen vrij rond, andere sliepen. Alleen aan het eind van de gangen bevonden zich deuren die op slot gingen. Blijkbaar hadden de bewakers niets te vrezen van de gevangenen, die behalve onschuldig ook ongewapend waren.

Ik had mijn cel nog niet bereikt of ik hoorde mijn naam roepen.

'Rose! Ben jij dat? *Mon Dieu.* Deze waanzin kent werkelijk geen grenzen!'

Mijn hart sprong op. Wie was dat die me riep?

'De vrouw van de voorzitter! Als ze die al gevangenzetten is er voor ons ook geen hoop meer,' klonk een andere stem.

Ik tuurde de duisternis in, maar geen van de gezichten die ik kon onderscheiden kwam me bekend voor. De gevangenbewaarder duwde me ongeduldig voor zich uit en sloot de deur naar de gang achter ons. Er volgden nog drie gangen, toen bleven we eindelijk staan.

'Uw suite,' gromde de bewaker.

Dertien vrouwen namen me medelijdend op. Ik begroette hen met een aarzelend opsteken van mijn hand. Dus dit waren mijn nieuwe *camarades*, met wie ik deze nachtmerrie zou delen.

De gevangenbewaarder beende weg en gooide de deur dreunend achter zich dicht. Met stomheid geslagen keek ik om me heen. Dunne dekens, een paar matrassen en wat bergen stro fungeerden als bedden; in een hoek lag een stapel rafelige kleren; net buiten de deur stond een emmer met uitwerpselen.

Mijn tas gleed uit mijn krachteloze hand en belandde met een plof op de grond. De tranen liepen over mijn gezicht.

Ik negeerde het vuil zo goed en zo kwaad als het ging, ook al werd het met de dag erger. Maar wat maakte het uit? Mijn hart huilde om mijn kinderen. Wanneer ik me voorstelde hoe van streek ze moesten zijn, zonk de smerigheid – hoe verschrikkelijk ook – daarbij vergeleken in het niet. Huilde Hortense zich elke avond in slaap? En Eugène? In gedachten zag ik hem rusteloos door het huis lopen, zich afvragend of hij zijn *papa* of *maman* ooit nog terug zou zien. Het beeld van hun geschokte gezichtjes liet me geen moment met rust.

Bij het eten duwde ik mijn bord met dikke watergruwel doorgaans weg. Van de zure wijn dronk ik amper. Mijn japon slobberde om mijn verzwakte, vermagerde lichaam. Mijn haar werd dunner. Mijn botten staken door de huid, zodat ik er net zo uitzag als de rest – als een skelet, een schim van wie ik vroeger was geweest.

Zonder de paar uur per dag waarin de bewakers de gangen opendeden zodat we vrijuit konden rondlopen en gevangenen uit andere cellen konden ontmoeten, zou ik gek zijn geworden. Ik praatte, ik huilde en ik bad met oude vrienden en bekenden; met sommigen had ik menige vrolijke avond doorgebracht, al dansend en roddelend; voor anderen had ik een verzoek tot vrijlating ingediend. Maar ik leerde ook nieuwe gezichten kennen – mensen uit alle lagen van de bevolking.

Op een dag boog ik me over een koortsige oudere vrouw die omringd door vuil op de grond lag. Ze stonk naar urine en naar ziekte. Ik twijfelde er niet aan of ze was ten dode opgeschreven. 'Laat me u helpen.' Ik legde een arm om haar middel, tilde haar voorzichtig op en zette haar tegen het minst smerige gedeelte van de muur.

Ze glimlachte mat. 'Dank u wel. U bent erg vriendelijk.'

'Dat is wel het minste wat ik kan doen.'

Een bewaker kwam de cel binnen met een veldfles gevuld met water. 'Hebt u de kam?'

'Ja.' Ik haalde een kam ingelegd met parelmoer uit mijn haar. Hij was van Maman geweest. Ik streelde hem met mijn vingers.

'U krijgt niets tot u betaald hebt!' snauwde de bewaker. 'En ik wil die fles terug.' Ik legde de dierbare kam in zijn uitgestoken hand en greep de fles. 'Een uur. Langer niet,' gromde hij. Toen beende hij weg.

Ik schonk wat water op een punt van mijn japon en bette het gezicht van de oude vrouw. Ze slaakte een zucht en opende dorstig haar gebarsten lippen. Ik hielp haar met drinken. Daarna veegde ik de tuit af en nam zelf een paar slokken.

Kon ik mijn vrijlating ook maar kopen!

Edellieden, timmermannen, dienstmeiden en geestelijken – in de ogen van onze nieuwe overheid hadden ze geen van allen ook maar enige waarde. Ik sloot vriendschap met hen, bad met hen en voorspelde hun de toekomst. In ruil daarvoor droogden zij mijn tranen, waaraan geen eind leek te komen.

'Waarom ben ik de enige die huilt?' vroeg ik in het bruine schemerlicht aan een medegevangene. De zon slaagde er niet in door de heiigheid heen te dringen.

'U bent creoolse,' luidde haar antwoord. 'En dus warmbloediger dan wij. U bent u scherper bewust van uw verdriet.'

'Maar dat is krankzinnig! U hebt toch ook een hart?' We sloften door de gangen. Ik probeerde niet naar de vlekken op de muur te kijken – twee verbleekte handafdrukken van gedroogd bloed.

Ze schoot in de lach. 'Natuurlijk hebben we ook een hart. Maar soms denk ik dat wij Parijzenaars het dieper hebben weggestopt. Dat we er minder goed bij kunnen.'

Het leek erop dat ze gelijk had. Er ging bijna geen dag voorbij of ik huilde. De anderen deden er het zwijgen toe, ze keken meestal somber voor zich uit en lieten zich slechts af en toe meeslepen door hun woede. Ik vond het onbegrijpelijk hoe ze hun emoties in bedwang wisten te houden. Met mijn rokken opgetild ontweek ik een omgevallen emmer met uitwerpselen. Ik zou het willen uitschreeuwen! Waarom ben ik veroordeeld tot deze hel van vuil en smerigheid? Maar mijn woede vond een uitweg in een nieuwe waterval van tranen.

Tijdens mijn tweede week in Les Carmes zag ik Alexandre. Delphine, een van mijn celgenoten, die ooit beeldschoon moest zijn geweest, drong erop aan dat ik naar hem toe ging. 'Hij wil je zo graag zien. Hij heeft me al een paar keer gevraagd je naar hem toe te brengen.' In haar ogen las ik angst, vermengd met jaloezie. De arme vrouw was verliefd op hem en ze was bang dat we nog altijd van elkaar hielden. Ze moest eens weten. Ik vroeg me af of Alexandre haar gevoelens beantwoordde. Het leek me bijna onmogelijk.

Toch had ze iets naïefs waardoor ik vond dat ik haar moest geruststellen.

'Er is niets meer tussen ons, Delphine. Echt niet. We zijn alleen nog in naam getrouwd en we hebben kinderen samen. Dat is alles. Het kost ons zelfs moeite beleefd tegen elkaar te blijven.' Sterker nog, ik kon hem wel wurgen. Hij had me zo veel narigheid gebracht, me zo veel verdriet gedaan. En nu dit!

Delphine ging me voor door de gangen totdat ik de vertrouwde gestalte van Alexandre zag opdoemen.

Bij het zien van zijn ingevallen gezicht werd ik overmand door emoties.

'Alexandre!' Het verleden viel weg. Mijn woede was vergeten. De omstandigheden waren zo absurd. Hoe kon ik hem verantwoordelijk stellen voor mijn situatie? We waren allebei onschuldig en ik had grote risico's genomen met mijn verzoekschriften. Iedereen had me gewaarschuwd.

'Rose!' Hij nam me in zijn armen, zijn ogen glinsterden vochtig. 'O, Rose. Het spijt me zo. Het is allemaal mijn schuld!' Hij nam me onderzoekend op. 'Onze kinderen zijn helemaal alleen!' Hij trok me tegen zich aan. 'O god, wat heb ik gedaan?'

'Mijn kleine lievelingen.' Zoute tranen stroomden over mijn wangen. 'Wat moet er van ze worden?'

Delphine sloeg onze hereniging zwijgend gade, ten prooi aan een wanhopig verlangen.

Alexandre legde een hand onder mijn kin en keek me recht in de ogen. 'We komen hieruit. En als we weer vrij zijn gaan we met de kinderen naar Italië, naar Fanny. En daar blijven we tot deze waanzin is overgewaaid. Maar eerst moeten we een strategie bedenken om hieruit te komen.'

Ik was verbaasd over zijn kalmte. Hij klonk zo vastberaden, zo overtuigd van onze vrijlating. Ik veegde mijn neus af met de ruwe mouw van mijn jurk.

'Ik moet je iets zeggen. Iets belangrijks.' Hij zweeg even en krabde aan zijn sjofele baard.

Ik nam hem wantrouwend op. Het was zelden goed nieuws als Alexandre me iets te zeggen had.

'Ik wil je zeggen dat ik zo'n spijt heb van... van alles. In de weken dat ik hier nu zit, heb ik de tijd gehad om na te denken. Sterker nog, nadenken was het enige wat ik kon doen... Lieve Rose...' Hij trok mijn handen tegen zijn borst. 'Het spijt me dat ik je niet de zorg en de liefde heb gegeven die je verdiende. Je bent zo lieftallig, zo waardig. Er wordt hier in de gevangenis met respect en warmte over je gesproken. Ik ben er trots op dat ik je mag kennen. En dat je de moeder bent van mijn kinderen.' Hij veegde zijn tranen weg. 'Je had een betere man verdiend.'

Buiten de gevangenismuren zou ik misschien hebben geschamperd over zijn plotselinge bekering. Maar hier, in het aangezicht van de dood, was er in mijn hart, ondanks mijn wanhoop, geen plaats meer voor boosheid. Hij was echt veranderd. Eindelijk.

Ik ging op mijn tenen staan en kuste hem luchtig op de mond. 'Dank je wel. Dit betekent meer voor me dan je misschien wel denkt. Je bent een goede vader geweest voor je kinderen en een voorbeeld voor je landgenoten.'

Alexandre legde mijn hand in de kromming van zijn arm en keek naar Delphine. 'Ik begrijp dat je een cel deelt met de vrouw die mijn hart heeft gestolen.'

Ooit zouden die woorden me tot in het diepst van mijn wezen hebben gegriefd. Maar dat was in een vorig leven; een leven dat reeds lang voorbij was. En in het aangezicht van de dood deed het er allemaal niet meer toe.

Delphine keek opgelucht. Ik schonk haar een geruststellende glimlach. Net als iedereen verdiende ook Alexandre het te worden liefgehad.

'Ik ben blij dat Alexandre zijn hart heeft geschonken aan zo'n lieftallige vrouw.'

Haar glimlach toverde aanbiddelijke kuiltjes in haar wangen. 'Dank je wel, Rose.'

Het luiden van een klok maakte een eind aan ons gesprek.

Mijn maag verkrampte van angst. De klok sloeg tien keer. Het uur van de dood. Er daalde een drukkende stilte neer over de gevangenen. Ik hield mijn adem in toen de wacht zijn lijst afrolde.

'Heden roept het Comité de sûreté générale de volgende gevangenen op om te worden berecht in de Conciergerie.' Hij liet een dramatische stilte vallen en somde vervolgens zes namen op.

Niemand zei iets. De zes gevangenen klommen berustend in de beulskarren.

Hoe was het mogelijk dat ze hun doodsangst zo wisten te beheersen? *Schreeuw het uit,* jammerde ik in stilte. *Smeek om genade!* Ik keek naar de grimmige uitdrukking op Alexandres gezicht.

'Prijs je gelukkig, Rose,' zei Delphine. 'Jouw naam en die van ons zaten er niet bij.'

'Ik kan me niet gelukkig prijzen als onschuldigen hun dood tegemoet gaan.'

Er gingen drie weken voorbij. De lente maakte plaats voor de zomer. De hitte was zo drukkend dat ademhalen een worsteling werd. Het vocht in de lucht hechtte zich aan de muren en aan onze huid. Overal groeide schimmel. Zelfs op Martinique was het niet zo vochtig geweest. De gevangenen gingen aan het vuil en het ongedierte ten onder en waren vaak al bezweken voordat ze de kans kregen kennis te maken met Madame Guillotine.

Op weer een ondraaglijke middag klonk er gefluit en gelach uit een van de andere gangen. Ik tuurde de eeuwige schemering in en zag een vertrouwde pluizenbol vrolijk en luid blaffend op me af stuiven.

Fortuné? Een wilde vreugde nam bezit van me.

'Fortuné! Gekke lieve hond! Kom eens bij me, mannetje.' Ik lachte en huilde tegelijk. Hij sprong bij me op schoot en begon opgewonden en uitbundig mijn handen en mijn gezicht te likken. Ik borstelde zijn lijfje met mijn vingertoppen. 'Hoe kom jij nou hier?' Weer een lik over mijn gezicht. 'Braaf beest,' koerde ik terwijl ik zijn rug masseerde.

En toen zag ik het! Een reepje papier, verstopt onder de gesp van zijn halsband. Met bonzend hart vouwde ik het open.

De gouvernante zorgt voor alles behalve ons hart.

Het was het handschrift van Eugène. Hij had zich beperkt tot een korte mededeling, voor het geval dat een van de gevangenbewaarders het briefje zou vinden, maar ik begreep wat hij wilde zeggen. Mijn slimme zoon. Ze maakten het goed, ze misten ons en ze hadden een verzoekschrift ingediend tot vrijlating van Alexandre en mij. Ik stopte het briefje in mijn jurk terwijl andere gevangenen kwamen aanlopen om mijn rebelse hond te aaien. Fortuné kefte van geluk.

'Hoe heeft die kleine rakker langs de bewakers weten te komen?' vroeg een man zonder tanden. Hij wreef Fortuné over zijn fluweelzachte oren.

'Dat weet ik niet, maar ik ben dolgelukkig dat hij er is!' Ik lachte voor het eerst in weken.

Mijn blijdschap was echter van korte duur.

Twee bewaarders stormden mijn cel binnen en rukten Fortuné uit mijn armen. 'Hoe is dat mormel hier binnengekomen?' vroeg de een.

'Met die twee kinderen,' antwoordde de ander. 'Je weet wel. Dat stel dat voortdurend langskomt. Blijkbaar zijn ze van haar.' Hij gebaarde met zijn hoofd in mijn richting. De bewakers namen de grommende, happende Fortuné mee.

Dus Hortense en Eugène kwamen naar Les Carmes? Mijn hart verkrampte en de pijn verspreidde zich van mijn borst door mijn hele lichaam. Ik kon niet met ze praten. Ik kon hen niet in mijn armen nemen. Mijn kinderen waren alleen. Ze hadden me nodig. Ik zakte in elkaar. En ik had hen nodig.

Een maand verstreek, waarin de tijd leek te kruipen. Toen ik op een middag lag te soezen op een berg stro, ontstond er elders in de gevangenis commotie. Er werd geschreeuwd, gejammerd. Was er een opstand uitgebroken? Ik kon niet verstaan wat er werd geroepen. Wat was er in godsnaam aan de hand?

De herrie kwam dichterbij. De deur van onze gang ging van het slot. Ik voegde me bij de anderen. Toen de deur openzwaaide, werd er een nieuwe gevangene naar binnen geduwd. Een markante verschijning. Het was Lazare Hoche, de generaal.

Hij hield zijn hoofd geheven, om zijn mond speelde een honende glimlach.

'Waarde generaal!' bulderde een man en hij stak Hoche zijn hand toe.

'Hoe kan dat? Een oorlogsheld die gevangen wordt gezet!' riep een jonge vrouw geschokt.

Het geroep en geschreeuw hield aan terwijl de gevangenbewaarder de generaal door onze gang naar een volgende leidde. Generaal Hoche was de verpersoonlijking van de Revolutie geweest, alom geliefd en gerespecteerd. Ik had talloze verhalen gehoord over zijn moed en zijn nobele inborst. Met de arrestatie van Generaal Hoche had de Nationale Vergadering bewezen dat ze haar verstand had verloren.

Op de tweede dag na de aankomst van de generaal sprak hij Alexandre en mij aan terwijl we overlegden wat ons te doen stond.

'Citoyen de Beauharnais, citoyenne.' Hij boog.

'Goedendag, generaal,' antwoordden we als uit één mond.

'Lazare. Zegt u alstublieft Lazare.'

Generaal Hoche en Alexandre raakten in gesprek over hun gedeelde legerervaringen, over de politieke veranderingen die elkaar in snel tempo opvolgden en over de mogelijkheden om samen aan onze vrijlating te werken. Ondertussen bestudeerde ik het uiterlijk van de generaal. Zijn donkere krullen omlijstten een trots voorhoofd, hij had een enigszins kromme neus en een hartvormige mond met verleidelijke volle lippen. Zijn marine-uniform was verfraaid met kwasten en biezen, zijn hele verschijning straalde daadkracht en een aanstekelijk optimisme uit. Met de komst van de knappe, opgeruimde generaal leek er ineens een frisse wind door de gevangenis te waaien.

Pas dagen later zag ik hem weer, nu omringd door een schare bewonderaars.

'De ondankbaarheid van onze leiders!' verzuchtte een heer. 'Om een van hun grootste generaals gevangen te zetten! De dwazen!'

'Dank voor uw vriendelijke woorden, citoyen,' zei de generaal. 'Ondanks alles blijft mijn land me dierbaar. Waar angst loert worden fouten gemaakt. En het is de angst die ons leidt. Maar dat gaat veranderen. Het zal niet lang duren of er staat een leider op die doet wat juist is.'

'Hoe kunt u dat met zo veel stelligheid beweren?'

'Tirannie duurt niet eeuwig,' zei Hoche.

'Wij ook niet!' riep iemand.

De hartelijke lach van Generaal Hoche smolt als honing op een warme brioche.

Het verrukkelijke geluid bezorgde me knikkende knieën. Ik liep naar hem toe en legde vluchtig mijn hand op zijn arm.

'*Bonjour*, generaal.'

'Citoyenne de Beauharnais.' Hij keerde zich naar zijn bewonderaars. 'Wilt u me verontschuldigen?' Daarop bood hij me zijn arm. 'Kan een wandeling u bekoren?'

'Dat zou een welkome afleiding betekenen.'

'Vergeef me dat ik het zeg, maar uw accent is verleidelijk. Bent u creoolse?'

Van onder mijn wimpers keek ik naar hem op. 'Ik kom uit Martinique.'

'Ach, natuurlijk! Uw donkere haar, uw manier van bewegen… van praten…' Hij zuchtte tevreden.

En ik zou met deze man zelfs in de diepste krochten van de hel tevreden kunnen zijn! In mijn hart ontkiemde aarzelend, voorzichtig een pril gevoel van geluk. Ik glimlachte.

'Ik begreep van Alexandre dat u al enige tijd gescheiden bent van tafel en bed.' Er lag een vragende blik in zijn ogen.

Hij liet er geen gras over groeien. Een gevoel van lichtzinnigheid nam bezit van me. 'Al bijna tien jaar. Hij is verliefd op Delphine, een van mijn celgenoten. En ik ben blij voor hen. Bent u getrouwd, generaal?'

'Ja, sinds kort. Adelaide en ik zijn vorige maand getrouwd. Mijn vrouw is een schoonheid, maar naïef en wereldvreemd.' Hij keek me vol verwachting aan.

Dat was nu wel erg onfortuinlijk! Hadden ze hem maar een maand eerder gevangengenomen, dan was hij nog niet getrouwd geweest. Ik schrok van mezelf. Wat afschuwelijk om zoiets te denken!

'Houdt u van haar?' vroeg ik.

'Ja. Maar zal ik haar ooit weerzien?'

'Dat lijkt ons aller dilemma te zijn. Waar eindigt onze verantwoordelijkheid en begint de viering van het leven? Ik zou zeggen dat die is begonnen op het moment dat de poort achter u dichtviel.'

'Madame.' Een soldaat boog licht zijn hoofd in het voorbijgaan.

Generaal Hoche salueerde. 'Ik heb gehoord dat u erg geliefd bent.'

Er verscheen een blos op mijn wangen. 'Ik maak graag vrienden.'

'U hebt uw leven op het spel gezet om ten minste twaalf anderen hier te helpen.' Er kwam een gedreven uitdrukking in zijn ogen. 'Dat is buitengewoon eerzaam. In dat opzicht verschilt u niets van een soldaat.'

Ik schoot in de lach. 'Laat me u dan verzekeren dat ik in geen enkel opzicht op een soldaat lijk. Ik ben allesbehalve moedig. Wanneer de namen van de veroordeelden worden voorgelezen kan ik mijn tranen al niet bedwingen.'

'U kent uzelf niet, citoyenne. Noch de levens die u beroert.'

'Dank u wel voor uw vriendelijke woorden.'

De klokken begonnen te luiden. De gevangenen schuifelden terug naar de hun toegewezen gang.

'Zie ik u morgen?' vroeg hij.

'Ik dacht dat u het nooit zou vragen,' antwoordde ik met een glimlach. Toen begaf ik me door de bedompte gangen naar mijn cel.

Mijn affaire met de generaal beleefde een snelle bloei. Onze wanhopige behoefte aan verbondenheid, aan zingeving, voedde onze verlangens. Lazare hield van zijn vrouw. De enige rechtvaardiging voor zijn ontrouw was het feit dat hij uit haar armen was weggerukt om een onvermijdelijke dood onder ogen te zien. Daar liet hij geen enkel misverstand over bestaan. Toch was het gevoel dat we deelden heel bijzonder.

Hij legde zijn hand langs mijn groezelige gezicht. 'Waarom moesten wij elkaar ontmoeten in Dantes inferno?' Hij streek zachtjes met zijn duim over mijn jukbeen.

'Lazare.' Alleen al bij het noemen van zijn naam joeg er een verrukkelijke warmte door mijn lichaam. 'Het is bijna niet te bevatten, maar we hebben elkaar gevonden. Uitgerekend hier.' Ik liet mijn lippen over zijn hand glijden.

'Ik verlang naar Adelaide. Ik mis haar, maar jouw vriendschap, je *douceur...* Je bent zo lief.' Hij boog zich dichter naar me toe. 'Ik hou van het zelfvertrouwen dat je uitstraalt. Van je warme hart.'

Mijn huid begon te tintelen van begeerte.

Hij leidde me de gang door naar zijn cel, die hij met niemand hoefde te delen – een cel met een echt bed en dagelijks vers brood. Anders dan wij hoefden beroemde generaals het niet zonder dergelijke geneugten te stellen.

'Het is bijna een echte slaapkamer!' In de hoek stond een schrijftafel met stapels boeken. Door een redelijk groot raam viel zonlicht naar binnen. 'Krijg je schoon beddengoed?' Ik streek over de lakens.

'Ik prijs me erg gelukkig.'

'Voor zover een mens zich hier gelukkig kan noemen.'

Met een snelle beweging trok hij me naar zich toe en drukte zijn warme lippen op de mijne. In ons verlangen naar naaktheid rukten we aan elkaars kleren.

'O, Lazare. Red me van de duisternis. Geef me weer het gevoel dat ik leef.'

'Rose,' fluisterde hij.

Ik streelde hem tot hij begon te kreunen. Hij legde zijn handen om mijn billen en trok me boven op zich. Steeds vuriger werd ons verlangen, totdat de ontlading kwam en we het uitschreeuwden in zoete kwelling.

Terwijl ik in zijn armen lag en de hartstocht wegebde, keerde de nachtmerrie terug waarin ik leefde. Mijn kinderen. De dood die onvermijdelijk was. Mijn tranen vielen op zijn gespierde borst.

'Lieve, lieve Rose. Sst. Niet aan akelige dingen denken. Er is verandering op komst. Echt waar.'

Hoe kon hij zo optimistisch zijn? Er was nog niemand die de gevangenis door de voordeur had verlaten.

De klokken die werden geluid, maakten wreed een einde aan onze intimiteit.

Lazare glimlachte. Op de een of andere manier lukte het hem altijd, onder alle omstandigheden te blijven glimlachen.

Onze affaire was niet van lange duur. Een maand later gaf de Nationale Vergadering opdracht Lazare over te plaatsen naar een andere, minder gruwelijke gevangenis. Hij beloofde dat hij zijn best zou doen om me vrij te krijgen zodat we elkaar buiten de gevangenismuren zouden terugzien. Ten prooi aan een wurgende wanhoop werd ik ziek.

'Je hebt de gevangenishoest.' Bezorgdheid tekende een frons op Delphines gezicht; zelfs het vuil kon geen afbreuk doen aan haar volmaakte schoonheid.

'De doodshoest,' bracht ik krassend uit. Ik leunde tegen de muur, mijn vingers gleden weg op de groene laag die het pleisterwerk bedekte.

Delphine pakte mijn hand. 'Zulke dingen moet je niet zeggen.'

Er steeg een gerochel op uit mijn keel, mijn schouders schokten. 'Je…' Ik hoestte weer. 'Je weet dat ik gelijk heb.'

De dagen gleden voorbij, even eentonig als ellendig. Op een smoorhete dag lag ik op mijn matras te luisteren naar het hartstochtelijk oreren van een priester.

'Degene die ons ter dood veroordeelt, heet Saint-Just!' tierde hij. 'Drijft God op deze gruwelijke manier de spot met ons? Saint-Just is de engel des doods! Maar op een dag is het zíjn beurt! Dan zal híj worden bezocht door *la justice*. En dan zal Gods wraak op hem neerdalen voor het kwaad dat hij heeft aangericht. Ik zal vanuit de hemel naar beneden kijken en een wrekende vloek doen neerdalen.' Zijn stem werd luider, zijn passie laaide hoog op alsof hij voor het altaar stond. 'Gods uitverkorenen zijn gevoerd aan de wolven van de opstand! Ik zal ervoor zorgen dat hij zal branden, dat ze allemaal zullen branden, dat God –'

'Mijn oren branden!' schreeuwde een apathische gevangene.

'Hou toch je mond, oude man! Het kan niemand wat schelen. Over een paar dagen zijn we allemaal dood.'

Terwijl de priester zijn tirade voortzette, klonken uit de gangen de geluiden van vleselijke gemeenschap die ongeremd werd bedreven. We waren tot alles bereid om ons jammerlijke bestaan nog enige geldigheid te verlenen.

Voordat het uur van de dood zou slaan, raadpleegde ik mijn tarot. Delphine ijsbeerde door de cel terwijl ik de kaarten schudde.

'Ik voel een gruwelijke angst.' Al lopend balde ze haar vuisten. Diverse van haar vriendinnen en drie van onze celgenoten waren al terechtgesteld. 'Ik weet het niet. ik heb zo'n gevoel...'

'Jouw naam zal er niet bij zijn, kindje.'

De klokken luidden. Ik stopte mijn kaarten in hun buideltje, nog voordat ik kennis had kunnen nemen van hun boodschap.

We liepen naar Alexandre. Hij begroette me met een kus.

'Al weer een dag voorbij, dames. Het is ons gelukt al weer een dag in leven te blijven.' Delphine viel hem om de hals en kuste hem hartstochtelijk.

De gebruikelijke stilte daalde neer toen de bewaker verscheen. Hij ging op zijn houten verhoging staan en ontrolde zijn lijst.

Zes namen werden afgeroepen. Maar hij las verder.

Angst doortrilde mijn hele lichaam. De lijst werd met de dag langer.

De bewaker laste een dramatische pauze in voordat hij de volgende naam oplas. 'De Prins de Salm.'

Ik keerde me geschokt naar Alexandre. 'De prins? Dat kan toch niet waar zijn? Ik wist helemaal niet dat hij gevangen was genomen! Ik heb hem hier niet gezien. O, nee!' Ik barstte in snikken uit. 'Het is mijn schuld. Hij had kunnen ontsnappen.'

Alexandre omhelsde me. 'Het is niet jouw schuld. De ministers vinden hun vijanden overal, ook daar waar geen vijanden zíjn.'

De bewaker las verder. Nog meer namen. Ten slotte kwam hij aan het eind van de lijst.

Hij schraapte zijn keel.

'En dan de laatste voor vandaag… Alexandre de Beauharnais.'

Mijn benen veranderden in gelei.

Delphine werd spierwit en wankelde. We zakten in elkaar en tuimelden samen op de grond.

'Nee!' riep ik uit, ten prooi aan stuiptrekkingen. 'Alexandre… lieve vriend.'

Delphine wierp zich in zijn armen. Hij streelde haar gezicht, haar haren, haar lippen.

'Lieve dames, huil niet om mij,' troostte hij ons in kalme berusting. 'Voor mijn land zou ik desnoods duizend doden sterven. Delphine, mijn lief, neem mijn ring als aandenken. Vergeet me niet.' Hij schoof zijn gouden pinkring aan de vinger van de snikkende Delphine. 'Rose, zeg tegen de kinderen dat ik van ze houd.' Hij kuste me zacht op mijn hoofd.

'Bestaat er dan geen gerechtigheid meer?' jammerde ik, verstikt door tranen. 'Moordenaars!' De andere gevangenen keken naar ons in onze wanhoop.

Alexandre trok me tegen zich aan. 'God zij met je.'

'En met jou.' Ik keek in zijn droevige ogen en streek de vochtige lokken van zijn voorhoofd.

Hij drukte me een brief in de hand. 'Voor Eugène en Hortense. Die had ik al geschreven, mocht het ooit zover komen. En daar ben ik nu dankbaar voor.'

'De karren in!' klonk het commando.

'Dag, mijn liefste vrouw en vriendin. Dag, mijn lief.' Hij kuste Delphine nogmaals en richtte zich op. Met opgeheven hoofd voegde hij zich bij de anderen. De dood zou hem niet tot een lafaard maken.

Nog altijd op de grond gezeten wiegde ik de hysterisch snikkende Delphine in mijn armen, zelf ook overweldigd door verdriet. Wie moest het mijn kinderen vertellen? Wie zou hun tranen drogen?

'Ik kan het niet verdragen!' Gekweld boog ik me voorover. Mijn ademhaling was hijgend, oppervlakkig.

Een gewelddadig einde, had de oude heks met schelle stem voorspeld. Ze had gelijk gekregen.

Na de dood van Alexandre verlieten Delphine en ik onze cel niet meer. Zelfs ons laatste sprankje hoop was gedoofd. Mijn gezondheid verslechterde, koorts raasde door mijn lichaam. De dood was onvermijdelijk, in welke gedaante hij zich ook zou aandienen. En hij zou niet lang meer op zich laten wachten.

Ik had visioenen van Maman. Dan zag ik haar ogen, haar vastberaden blik, haar golvende donkere haar dat haar gezicht omlijstte. Waarom had ze ons nooit bezocht? Betekenden haar dochter en haar kleinkinderen dan zo weinig voor haar?

Ik had haar – en mijn vader – teleurgesteld. Tranen biggelden over mijn wangen, mijn ogen brandden van vermoeidheid. Wat had ik bereikt waarop ik trots kon zijn? Mijn huwelijk was stukgelopen, de schulden waren me boven het hoofd gegroeid. Ik was mislukt in de liefde. En mislukt in het leven.

Mijn botten staken door mijn huid, mijn lichaam was ernstig verzwakt en geleidelijk aan bleef er niets van me over. Ik was niemand meer, of bijna niemand.

Beelden dansten door mijn hoofd. Het geroffel van trommels dreunde in mijn borst. Hobbelige keien, de ijzerachtige geur van bloed, mijn bloed, het bloed van Papa en mijn overleden zus.

En ik keek in een vertrouwd paar donkere ogen. '*Je zult heel hoog stijgen. Je zult meer worden dan een koningin.*' Talloze malen had ik de echo van die woorden uit een ver verleden al gehoord. Ik snoof vol walging. Zoals ik hier lag te rotten in het vuil was ik zelfs niet menselijk meer. De Revolutie moest ons vrijheid brengen. Mijn verbitterde lach deed mijn apathische celgenoten opschrikken. Ik negeerde hun vragende blikken. Hoelang kon ik dit nog volhouden?

Zonder te weten hoe laat het was, werd ik wakker van de *tocsin* en van een lawaai dat afkomstig leek van een menigte.

Ik tuurde door de schemering naar de cel naast de mijne. Daar klom een man op de schouders van een ander om door het hoge raam naar buiten te kijken. Een dikke rat haastte zich over de stenen, vlak langs mijn hoofd. Ik werkte me moeizaam overeind, beducht voor zijn vacht vol vuil en klitten, voor zijn klauwende poten. Walgelijke beesten waren het. Ik zou er nooit aan wennen.

Een scheurende, onbeheerste hoest steeg op uit mijn keel alsof ik mijn ingewanden zou uitbraken. Schor hijgend liet ik me tegen de muur zakken. Mijn hand gleed over mijn onbeschermde nek. Een paar dagen eerder hadden Delphine en ik mijn haar afgesneden, met een mes dat we van een bewaker hadden geleend. Want ik weigerde me door de vijand te laten kaalscheren voor het oog van een joelende menigte.

Bij het zien van de verwarde berg krullen aan mijn voeten had ik ze weggeschopt. 'Ik heb nooit geweten dat ik zo veel haar had.'

'Het kan er beter nu af,' had Delphine gezegd. 'Dan beklimmen we het schavot althans met waardigheid.' Ze gaf me het mes. 'Nu ik.'

Waardigheid? Het schavot had niets met waardigheid te maken. Ik nam het roestige mes van haar over en sneed haar ooit zo weelderige lokken af.

Delphine begonnen te huilen toen ze de dikke plukken op de grond zag vallen. 'We gaan dood, hè?'

Dat leek onvermijdelijk.

Ik keerde me naar de man die op de schouders van een celgenoot was geklommen. Er had zich een groepje gevangenen om hen heen verzameld.

'Kun je wat zien, Gérard? Wat gebeurt er?' vroeg iemand.

'De mensen dansen. Ze juichen!' Gérard stak zijn hand door de tralies en gebaarde. 'Wat is er gebeurd?' schreeuwde hij naar citoyens die wij niet konden zien. 'Er staat een vrouw te gebaren. Ik begrijp niet helemaal… Japon… *Robe*… Ze houdt een steen omhoog…'

'*Pierre!*' riep een andere gevangene. 'Robespierre!'

'Robespierre! Robespierre!' bulderde Gérard. Hij haalde zijn vinger langs zijn keel en keek naar beneden, naar de gevangenen die om hem heen stonden. '*Il est mort!* De tiran is dood! De tiran is dood!'

In de cel barstte een gejuich los dat zich al snel door de gangen verspreidde.

Was Robespierre echt dood?

'Betekent dit dat we worden vrijgelaten?' vroeg een vrouw.

'Dat is moeilijk te zeggen,' antwoordde iemand. 'We worden nog altijd als verraders gezien.'

Ik staarde ongelovig en verdwaasd voor me uit. Mijn gezicht

gloeide van de koorts. Mijn oogleden werden zwaar van uitputting. Ik bleef roerloos liggen.

Lieve Heer, geef me mijn vrijheid terug. Of laat me sterven.

Enkele dagen later ging de zware deur aan het eind van de gang open en kwam er een bewaker naar onze cel.

'Rose de Beauharnais! Is Rose de Beauharnais hier?' klonk zijn stem in de duisternis.

Riep hij mij? Wat wilde hij van me? Verzwakt en verslagen als ik was kon ik slechts een gejammer uitbrengen. Het was zover. Het schavot, de dood wachtte. Eindelijk. Ik liet mijn hoofd op de grond zakken.

'Ja, die is hier!' riep een van mijn celgenoten.

Het gedreun van laarzen klonk als tromgeroffel. Het kwam dichterbij, tot ik de glimmend gepoetste zwarte neuzen vlak voor mijn gezicht zag stilhouden.

'Rose de Beauharnais? Overeind!'

Ik verroerde me niet. Ik was amper nog in staat om te ademen, zwarte stippen dansten voor mijn ogen. Of waren het de ratten die gaten in de grond, in de muren, in de laarzen vlak voor mijn gezicht vraten?

De feniks

La Chaumière, 1794

Toen ik weer bij bewustzijn kwam besefte ik dat ik door twee mannen werd voortgesleept, die me, zo goed en zo kwaad als het ging, tussen zich in hielden. Aan weerskanten liepen gevangenen te hoop om me langs te zien hobbelen. Van hun met vuil besmeurde gezichten viel niets af te lezen. Ik verzette me tegen de bewaarders maar slaagde er niet in me los te rukken.

'Waar gaan jullie met haar naartoe?' riep een vertrouwde stem. 'Citoyenne de Beauharnais!'

'Laat me los!' gilde ik, aan hysterie ten prooi. 'Jullie mogen me niet doodmaken!' Ik schopte wild, krijsend om me heen. 'Mijn kinderen hebben me nodig! Laat me los!' Ik trapte uit alle macht. Mijn voet raakte iets hards.

'Au! Stom –'

De wacht schonk de gevangenbewaarder een vuile blik. 'Rustig maar, citoyenne.'

Ik krijste nog altijd oorverdovend. Uiteindelijk zetten de mannen me op de grond. Een van hen duwde me met mijn rug tegen de muur. 'Hou op met krijsen, vrouw!'

Mijn borst ging hijgend op en neer, ik hapte naar adem, zweet droop langs mijn rug. Mijn japon was verzadigd en kon het vocht niet meer opnemen.

'Je wordt vrijgelaten!' zei de wacht.

Ik staarde hem verbijsterd aan, mijn mond viel open. Was ik vrij om te vertrekken?

'Je wordt vrijgelaten!' De wacht pakte me bij mijn schouders en schudde me door elkaar. 'Ga je spullen halen.'

Ik keek naar een groep gevangenen. Een van de vrouwen wapperde met haar handen, als om me weg te jagen. *Vooruit,* las ik in haar ogen. *Wegwezen en vlug!*

'Is het echt waar?' Mijn stem beefde.

'En nou gauw wat, of we laten je hier alsnog verrotten!' snauwde een van de gevangenbewaarders.

Ik schuifelde verdwaasd terug door de gangen, zwaar op mijn medegevangenen steunend. Mijn celgenoten, de priester en een groep gevangenen aan het eind van de gang juichten toen ik voorbijkwam. Ze stampten met hun voeten en klapten in hun handen, zo blij waren ze voor me.

Maar ik was met stomheid geslagen en kon hun gevoelens delen noch beantwoorden.

Voordat ik werd vrijgelaten moest ik langs de administratie. Voordat de mannen me in een stoel hielpen kreeg ik een hoestaanval die een volle minuut duurde. Toen mijn vermagerde achterwerk het harde hout raakte, kromp ik ineen. Wantrouwend, achterdochtig keek ik de mannen aan.

De wacht schoof een stapeltje papieren naar me toe en gaf me een ganzenveer. Mijn vingers trilden, de woorden dansten voor mijn ogen, mijn hoofd bonsde van pijn. Ik was doodziek, dus ook al werd ik vrijgelaten, sterven zou ik toch wel.

Ik glimlachte kwaadaardig. God hoonde me.

'Wat voor dag is het vandaag?' Ik krabbelde mijn naam op het papier.

De wacht keek me doordringend aan. 'Nonidi van Thermidor, jaar twee.'

Dus ze hanteerden nog steeds die ergerlijke republikeinse kalender. Ik telde de maanden af op mijn vingers. Augustus. De lijdensweg van mijn gevangenschap had nog geen vier maanden geduurd. Maar het voelde als een mensenleven!

'U bent vrij om te gaan.' De wacht zette hier en daar een stempel. 'Joseph, laat haar naar buiten.'

Het enige wat ik aan waardevols bezat, droeg ik onder mijn arm – mijn tarotkaarten in hun inmiddels grijs geworden buideltje.

De gevangenbewaarder trok me mee. 'We hebben uw familie op

de hoogte gesteld. Ze sturen een rijtuig. U kunt buiten wachten.'

Hij duwde me de straat op en gooide de deur achter me dicht.

Ik kneep mijn ogen tot spleetjes tegen het felle licht. Vier maanden lang had ik geen zon gezien. De Parijzenaars liepen lachend voorbij, bruisend van levenslust. Kinderen waren aan het touwtjespringen. Ik keek ernaar met grote verschrikte ogen. En al die gelukkige voorbijgangers keken terug.

Een man en mevrouw die gearmd langs kwamen lopen, wuifden naar me. 'Komt u net uit de gevangenis? Hebt u het al gehoord? De tiran is dood! We zijn vrij!'

Ik legde een hand op mijn betraande wang. Mijn kinderen! Mijn familie! Ik had zo veel gehuild. Hoe was het mogelijk dat mijn tranen nog niet uitgeput waren? Euforie overspoelde me, tilde me op. Mijn ziel, mijn hart vloog hoger dan de mussen die boven mijn hoofd langs de hemel schoten. Er ontsnapte een vreemd geluid aan mijn lippen. Lachte ik? Maar ik werd onmiddellijk gestraft met een scheurende hoestaanval.

Ik hief mijn armen naar de azuurblauwe hemel – het mooiste wat ik ooit had gezien. Zo wervelde ik uitgelaten in het rond, ik zoog mijn longen gretig vol frisse lucht en gooide mijn hoofd achterover. Het duizelde me en ik voelde me dronken dankzij het licht dat me koesterde, zomaar midden in die verrukkelijke, zonnige straat.

Ik was vrij.

Nadat het rijtuig me voor mijn huis had afgezet liep ik wankel het pad op naar de deur. De kinderen stormden naar buiten. Mijn hart stroomde over van geluk.

'Maman!' Eugène schoot toe om me te helpen, op de hielen gevolgd door Hortense.

'O, Maman! Wat zie je eruit!' Vol afschuw vertrok ze haar knappe gezichtje. 'Je haar!' Ze voelde aan een vette pluk. 'En je kleren!' Haar stem stierf weg, haar ogen vulden zich met tranen.

Samen met Eugène ondersteunde ze me, ieder aan een kant.

'Stil maar. Ik ben er weer. O, lieverds, ik heb jullie zo gemist!' Ik hijgde en hoestte onbeheerst.

'Je bent ziek.' Hortense veegde met een zakdoek over mijn gezicht.

'Het komt allemaal goed, *mon amour*. We laten een' – een hoest-aanval belemmerde me het spreken – 'een dokter komen.'

'Probeer maar niet te praten,' zei Eugène. 'Kom, dan gaan we naar binnen.'

Mimi verscheen in de deuropening. 'Yeyette.' De tranen sprongen in haar ogen. Ze omhelsde me en wreef me liefkozend over mijn rug. Heel voorzichtig, alsof ik zou breken. Was ik zo broos geworden? 'We zullen het bad voor je laten vollopen. Daarna trek je schone kleren aan en ik zet ondertussen thee.'

Ik gaf me zuchtend over aan Mimi's omhelzing. Wat klonk dat verrukkelijk! Een warm bad en een kop thee.

Ik was weer thuis.

Ik dankte God voor de kans op een nieuw begin. Maar mijn vrijheid zou voor altijd ontsierd blijven door wat ik had moeten doormaken – en niet alleen ik! Ik kon de zin niet bevatten van de massa's rottende lichamen, van de prijs die Frankrijk betaalde in levens. Dat waren de beelden die voor me opdoemden wanneer ik mijn ogen sloot en die me achtervolgden in mijn slaap.

Ik verafschuwde de machthebbers die ons land uiteenreten. Er werd gevochten bij Lyon en Toulon; er werd slag geleverd aan onze grenzen; families, broers stonden tegenover elkaar. Voor de machthebbers telde ons leven niet. Ze vochten niet voor onze vrijheid, ze vochten voor hun eigen trots. Dat was het enige wat telde.

Mijn haar viel uit, mijn maandelijkse bloedingen waren gestopt, gruwelijke pijnen deden mijn hoofd bonzen. Maar de dokter verzekerde me dat het zich allemaal zou herstellen. Fortuné volgde me wekenlang als een schaduw.

Ik hield Hortense in mijn armen alsof ik bang was dat ik haar zou verliezen.

'Ik ben bij je.' Mijn dochter streek me over mijn haar. 'Neem je laudanum. Dat helpt tegen de hoofdpijn.'

'Mijn lieve dochter.' Emotie snoerde mijn keel dicht. 'Ik was je bijna kwijt geweest –'

'Daar moet je niet meer aan denken.' Hortense stond op en trok de slaapkamergordijnen dicht. 'We zijn weer samen, dankzij Gods genade.'

Was het Gods genade geweest of een speling van het lot? Ik vroeg me af of ik zelfs nog in een van beide geloofde.

Fanny kwam langs zodra ze hoorde dat ik was vrijgelaten. Ze ging op de rand van mijn bed zitten, van top tot teen in indigoblauw, haar wangen even rood als altijd. De tijden waren veranderd als er weer zulke levendige kleuren mochten worden gedragen.

'Ik heb nog een beetje suiker weten te bemachtigen.' Ze deed een klontje in onze kopjes.

'Ach, lieve Fanny.' Ik pakte haar hand en drukte er een kus op.

'Ik heb voor je naar de Nationale Vergadering geschreven... voor jullie allebei. Citoyen Tallien heeft gezorgd dat je vrijkwam, maar toen was het voor Alexandre al te laat.' Ze keek in haar dampende kop.

Mijn hart verkrampte van pijn. 'Je had moeten zien hoe dapper hij was. En hoe lief.' Tranen vertroebelden mijn zicht. 'We waren in die laatste weken nog goede vrienden geworden.' Fanny drukte mijn knie, maar ze zei niets. Ik blies in mijn hete thee. Damp kringelde in slierten omhoog. 'Hoe is het met je dochter?'

'Ze is weer thuis en het gaat steeds beter met haar.' Haar ogen glinsterden vochtig.

'Heb je mijn verzoekschriften voor de vrijlating van Marie-Françoise en Delphine verstuurd?'

'Ja. Delphine is ook al thuis en Marie-Françoise wordt over twee dagen vrijgelaten. Dat bericht kreeg ik vanmorgen.'

'O, Fanny! *Merci au bon Dieu*. Zodra ik me weer wat beter voel, zal ik Citoyen Tallien schrijven om hem te bedanken.' Een schamel gebaar voor het redden van mijn leven en dat van mijn vriendinnen.

'Hij was medeverantwoordelijk voor de dood van Robespierre. Ze zeggen dat zijn minnares erop heeft aangedrongen. Theresia Cabarrus heeft namelijk ook in Les Carmes gevangengezeten. Er was natuurlijk weer een vrouw nodig om de boel in beweging te krijgen.'

Ik glimlachte. 'Wie ook de drijvende kracht is geweest, ik ben dankbaar voor mijn vrijheid.'

'En ik ben dankbaar dat je nog leeft.'

Na bijna drie weken thuis was het hoesten al minder geworden en de kleur teruggekeerd op mijn wangen. Ik kreeg veel bezoek, hoewel ik nog te zwak was om langdurig te ontvangen. Op een middag was ik net in een gemakkelijke stoel gaan zitten voor een *sieste* toen er weer iemand aan de deur kwam.

'Yeyette, ben je nog wakker?' Mimi klopte op de deur. 'Generaal Hoche is er.'

Mijn hart zwol. Die lieve Lazare.

'Laat hem maar binnenkomen!' Ik kneep in mijn wangen. Goddank had ik me vandaag aangekleed.

De deur piepte en daar was hij, slank en knap in een schoon uniform met een goudkleurige sjerp. Ondanks zijn glimlach zag ik de dood nog in zijn ogen. Hij was in slechts enkele maanden jaren ouder geworden.

'Lazare!' Ik wierp de dekens van me af en sprong uit mijn stoel.

'Blijf zitten. Je bent ziek.' Zijn donkere ogen stonden bezorgd.

'Ik ben weer bijna helemaal beter.' Ik wierp me in zijn armen.

Hij legde zijn hoed op mijn bureau en bedekte mijn wangen met tedere kussen.

'Ik heb zo naar het bericht van je vrijlating uitgekeken.' Hij droeg me naar het bed en ging naast me zitten. Lazare, hij was zo sterk, zo warm. En hij was getrouwd, dacht ik spijtig. Met een man als Lazare had ik een hartstochtelijke liefde kunnen beleven; een langdurige relatie, het soort dat je helemaal opslokte en waar ik naar snakte. Hij streelde mijn wang en streek mijn haar glad, dat nog altijd in korte verwilderde pieken langs mijn gezicht viel. Ik begroef mijn gezicht tegen zijn borst, zonder acht te slaan op de koude knopen en het ruwe metaal.

'Hoe is het met Adelaide?' vroeg ik. 'Ben je al bij haar geweest?'

Hij hield van haar en hij zou naar haar teruggaan, besefte ik, overweldigd door verdriet. Maar wat deed het ertoe? Voor de liefde was geen plaats. Althans, niet in mijn leven. Misschien wel nooit.

Lazare keek naar buiten, naar een mus voor het raam die speelde met de wind. 'Eerst moest ik jou zien.' Hij kuste mijn vingertoppen. 'Ik wil bij je zijn, Rose. Maar ik hou ook van haar. Ik zal nooit bij haar weggaan, maar dat verandert niets aan mijn gevoelens voor jou. Aan wat we samen hebben doorgemaakt...'

'Ik besef dat je terug moet naar je vrouw, *mon amour*.' Ik streek de frons tussen zijn ogen weg. 'Maar dat je nu hier bent maakt me erg gelukkig.'

We gingen naast elkaar op bed liggen en luisterden naar de geluiden van de straat, naar Fortuné die kefte tegen de vogels. Lazare streelde mijn armen, mijn hals en mijn gezicht. Ik werd er verrukkelijk kalm van.

Ten slotte verbrak hij de stilte. 'Ik zou je moeten laten rusten.'

'Nee! Je bent er net. Blijf alsjeblieft.' Ik streek met mijn duim en mijn wijsvinger over zijn dij en bewoog mijn hand steeds hoger.

Zijn ogen schitterden, de honger die ik erin las wekte een zinnelijk verlangen in me. Hij legde zijn hand onder mijn kin en drukte zijn mond op mijn gretige lippen,

Ik huiverde van begeerte. Met elke kus, elke streling raakten de gruwelen die ik had doorstaan verder op de achtergrond en werd mijn ziel bevrijd van het gif dat zich daarin had genesteld. Ik wilde het gevoel hebben dat ik leefde, dat ik weer gaaf en ongeschonden was. In vervoering stemden we onze bewegingen op elkaar af en beminden elkaar. Toen het voorbij was, lagen we nog een uur in elkaars armen en we spraken met geen woord over de angstaanjagende tijd in de gevangenis, noch over de toekomst.

Ik was vijf weken met Lazare samen, toen vertrok hij naar zijn standplaats Caen.

'Moet je nu al weg?' We wandelden door het park vlak bij zijn appartement. 'Je hebt nog een week voordat je je bij je garnizoen moet melden.'

'Voordat mijn garnizoen zich bij mij meldt.' Hij glimlachte. Lazare was veldmaarschalk van het Leger van het Westen, een prestigieuze titel voor een man van amper zesentwintig.

Ik sloeg hem op zijn arm. 'Je weet best wat ik bedoel.'

'Ja, *mon amour*, ik moet echt weg morgen. Mijn uniform hangt thuis.'

'Bij Adelaide.' Het verdriet drukte als een steen op mijn maag. Ik vervloekte zijn huwelijk. 'Eugène zal het verschrikkelijk vinden dat je weggaat. Ik weet gewoon niet hoe ik het hem moet vertellen. Hij adoreert je.'

We slenterden over paden omzoomd door buxushagen en paarse asters. In de lichte bries die mijn haar optilde was de kilte van de herfst al voelbaar.

'Hij mist zijn vader,' zei hij zacht.

Ik schopte naar een kiezelsteen. Eugène baarde me zorgen. Ik wist niet wat ik met hem aan moest. Hij zocht ruzie met Hortense, hij had de mond vol van bevlogen idealen en hield lange tirades over de onrust in het land. Ik vroeg me angstig af wat er van hem zou worden als hij gedwongen was thuis te blijven, ontvankelijk voor de ongeregeldheden op straat en voor de verlokkingen van de rebellie.

'Ik weet me geen raad met hem,' verzuchtte ik dan ook. 'Een opleiding aan een militaire academie kan ik me niet veroorloven. Maar hier thuis ben ik bang dat hij aansluiting zoekt bij het uitschot dat de stad onveilig maakt. Was zijn vader er nog maar. Of had hij maar een ander aan wie hij een voorbeeld kon nemen.' Ik keek Lazare smekend aan.

'Ik zou hem tot mijn *aide de camp* kunnen benoemen. Dat zou al een goede militaire leerschool zijn.'

'Hij zal het heerlijk vinden om met je mee te gaan. Dat weet ik zeker!' Ik viel hem om de hals. 'Hoe kan ik je ooit bedanken?'

'Beschouw het maar als een bewijs van mijn liefde.' Hij drukte een kus op mijn neus.

Toen ze een week daarop vertrokken beloofden ze allebei me te schrijven. Lazare drukte me een dikke envelop in de hand. Hij was gevuld met assignaten, de nieuwe republikeinse valuta.

'Voor de huur en om de opleiding van Hortense te betalen,' zei hij.

'Dank je wel, mijn lief.' Ik kreeg een brok in mijn keel. 'Pas goed op hem.'

Hij kuste me en klom in het rijtuig. Eugène wuifde toen ze wegreden.

Ik huilde de hele middag, ook al wist ik dat het zo het beste was.

Ondanks het geld van Lazare kon ik me de sterk gestegen huurprijzen in Parijs niet veroorloven. En dus vestigde ik me met Hortense en Mimi in Croissy. Citoyenne Campan, een voormalige hofdame van de koningin, nodigde ons uit om bij haar in te trekken en bood Hortense een plaats aan op haar school. Ik nam haar aanbod dankbaar aan, gevleid dat ze bereid was ons in huis te nemen, ook al wist ik natuurlijk dat ook zij bezig was een nieuw leven op te bouwen.

Ik wijdde me aan het zuiveren van Alexandres naam en het in ere herstellen van ons familiebezit. Omdat ik geen andere bronnen van inkomsten had – door de Britse blokkade kwam er geen geld uit Martinique en de eigendommen van Alexandre waren na zijn dood in beslag genomen – moest ik lenen van mijn vriendenkring om het hoofd boven water te houden. Ik zou echter op korte termijn een andere manier moeten zien te vinden om aan geld te komen, bij voorkeur een andere man die bereid was mijn wensen te vervullen. Want ik weigerde om ooit nog gebrek te lijden.

Ik verdrong mijn verdriet om Lazare, de verbittering dat ik opnieuw een man had verloren. Maar de leegte liet zich niet verdringen, net zomin als mijn behoefte aan vertroosting. Ik sliep om de pijn niet te voelen en raakte het spoor bijster van de uren, de dagen. De winter kwam vroeg, hij besprenkelde de bomen met glinsterende kristallen en beet met zijn ijzige adem in elk stukje onbeschermde huid. Toch liep ik dagelijks in de tuin rond het chateau, zoals de dokter had voorgeschreven.

'Om de druk in je borst te verlichten,' had hij gezegd.

De worsteling met de elementen maakte me sterker, ik putte kracht uit het leven om me heen en ik vertelde de slapende bomen over mijn verdriet. Er kwam een eind aan de nachtmerries – Alexandres bebloede lichaam werd ter ruste gelegd. Ik schrok niet langer wakker uit angst voor ratten of voor de roep van de gevangenbewaarder. Toch slaagde ik er niet in om een gevoel van zingeving te krijgen, om het verlies dat ik had geleden te aanvaarden en te begrijpen. Alles leek onbeduidend geworden.

Toen de winter zijn einde naderde kreeg ik voor het eerst in maanden een formele uitnodiging. Citoyen Tallien nodigde me uit voor een bal in zijn Parijse landhuis, La Chaumière – een *fête* ter ere van de amnestie van zijn geliefde Theresia, Notre Dame de Thermidor. Ik popelde van verlangen om de heldin van de Republiek te ontmoeten en Tallien te bedanken voor mijn vrijlating. Ik nam de uitnodiging dan ook onmiddellijk aan.

Een week later was ik op weg naar La Chaumière en zag ik Parijs aan me voorbijtrekken. Het sombere weer kon geen afbreuk doen aan het vertrouwen en het optimisme van de Parijzenaars. Ze verzamelden zich in de stampvolle *brasseries* en heropende restaurants met hun gastvrij verlichte ramen of ze droomden samen in de nieuwe danszalen, waar het bruiste van de muziek.

Ik slaakte een kreet van verrukking toen we langs mijn lievelingstheater kwamen. Het was weer open. Mijn hart stroomde over.

'Dank U, God,' fluisterde ik. 'Dank U dat ik nog leef.'

Het rijtuig reed via de Champs-Élysées naar de buitenrand van Parijs en hield ten slotte stil bij een grote landelijke villa die er met zijn rode muren en schilderachtige rieten dak uitzag als een boerderij, weggedoken in een bosrijk hoekje langs de Seine. Mijn hart ging van opwinding sneller kloppen. Ik was al zo lang niet meer echt uit geweest.

Een huisknecht in een zwarte livrei nam mijn jas aan, een tweede escorteerde me naar de salon. Een verrukkelijke warmte zoals ik die sinds de zomermaanden niet meer had gevoeld omhulde me. Zuilen omwikkeld met klimop, gebeeldhouwde bustes van figuren uit de oudheid en muren beschilderd met fresco's verfraaiden de salon. Een republikeins huishouden dat zijn inspiratie ontleende aan de Romeinen. Tegen de tijd dat ik genoeg geld had wilde ik dat ook.

Ik was een van de eersten. De enige andere gasten waren drie heren en een dame die ik geen van allen kende. Het grootste deel van het meubilair was verwijderd, zodat de glimmend gewreven houten vloeren in volle glorie zichtbaar waren. Er zou gedanst worden. Een frivool gevoel nam bezit van me. Dansen! Wat had ik dat gemist!

Ik liep naar een rij tafels beladen met mango's, granaatappels en ananassen. Er stond een waar feestmaal uitgestald. Mijn ogen puilden uit hun kassen. Zo veel variëteit had ik in geen jaren gezien. Ik begreep niet hoe Tallien het fruit naar zijn huis had weten te krijgen. De Seine was weer bevroren. Maar blijkbaar was voor geld alles te koop.

Een bediende kwam langs met een blad champagne. Hij boog toen ik er een flûte vanaf pakte. In het kristal zag ik de weerkaatsing van mijn gezicht. Mijn haar viel golvend langs mijn gezicht, tot net onder mijn oren; mijn ogen glansden in het kaarslicht. Het had bijna ongemakkelijk gevoeld om zo veel aandacht aan mijn uiterlijk te besteden. Het leek een frivole inspanning na alles wat ik in de gevangenis had meegemaakt en na alle doden die er waren gevallen. Maar net als de roes van de liefde was het een manier waarop de mens zijn positie verstevigde.

Een schallend gelach trok mijn aandacht. Een oude kennis wenkte me. De laatste keer dat ik hem had gezien, was vóór mijn gevangenschap.

'Citoyenne de Beauharnais! Wat een verrassing!' Gerôme LaCourte kuste me loom op mijn wang. 'U bent nog even mooi als altijd.'

De arme man had bij menige gelegenheid blijk gegeven van zijn belangstelling, maar ik vond hem niet aantrekkelijk. Hij leek op een buldog.

'Citoyen LaCourte,' zei ik. 'Wat verrukkelijk u weer te zien. *Bonsoir,* Citoyenne Degrange.' Ik had de vrouw aan zijn zijde ooit één keer ontmoet, maar ik vergat nooit een naam of een gezicht.

Ze tuitte haar lippen terwijl haar blik over mijn japon van pastelblauwe mousseline ging, royaal geplooid en omgord door een slank gevlochten koord. 'De tijden zijn wel veranderd, Citoyenne de Beauharnais.'

Onbeleefd en preuts – wat een combinatie.

'Ach, we willen niet in het verleden blijven hangen.' Mijn blik ging langs haar heen.

Ze keek naar haar eigen japon, een fluwelen creatie met een kanten *fichu*. Fraai, maar *fichu's* werden niet meer gedragen. 'Nee, want niemand wordt graag als verrader beschouwd.'

Mijn ogen vernauwden zich. Wat suggereerde ze? Ze wist niets van mijn sympathieën, van mijn inzet, van alles wat ik had gedaan en de verliezen die ik had geleden. Ik nipte van mijn glas om mijn zenuwen te kalmeren. 'Gelukkig is die betiteling op ons niet van toepassing.'

Haar mond viel open, maar ze zei niets.

Citoyen LaCourte was zichtbaar in verlegenheid gebracht. Hij bracht het gesprek op een ander onderwerp. 'Hoe kent u Citoyen Tallien?'

'Via een gemeenschappelijke vriendin. Ik heb mijn leven aan hem te danken,' antwoordde ik.

'Dat geldt voor ons allemaal. Trouwens, ook aan Theresia Cabarrus en Paul Barras. Zonder hen zou La Terreur misschien nog steeds van kracht zijn.'

'Paul Barras? Hij is toch lid van de Nationale Vergadering?'

'Inderdaad. En van het Comité de salut public. Een buitengewoon machtig man.'

'En een schurk. Laat daar geen misverstand over bestaan,' voegde Citoyenne Degrange er minachtend aan toe. 'Hij pronkt met een verzameling maîtresses die eruitzien als hoeren.'

'Verre van dat, citoyenne. Het zijn respectabele vrouwen,' zei LaCourte.

'Dat hangt ervan af hoe je "respectabel" definieert.'

Haar minachting prikkelde mijn nieuwsgierigheid. Die schurk wilde ik leren kennen. Ik keek de kamer rond terwijl de gasten begonnen binnen te druppelen.

'Neemt u me niet kwalijk, maar ik wil graag wat vrienden begroeten,' zei ik. 'Nog een heel prettige avond.'

Citoyenne DeGrange keek opgelucht.

'Met uw welnemen zie ik u later op de avond op de dansvloer.' LaCourte keek me vragend aan.

'Heel graag.' Ik glimlachte.

Toen het dansen begon, draaide ik in het rond op de cadans van de violen en stampte mee op de maat van de pianoforte. Mijn wangen bloosden, mijn hart bonsde, mijn haar plakte aan mijn nek. Uitgelaten gaf ik me over aan de muziek, althans even bevrijd van het verdriet om het verlies van mijn man, en zo veel van mijn vrienden, en mijn dierbare Lazare. Maanden van angst en spanning, van ongerustheid en ziekte werden naar de achtergrond gedrongen door de feestelijke luister van La Chaumière.

Nadat ik uren had rondgewerveld zocht ik een stoel langs de dansvloer om uit te rusten. Ik dronk gretig een glas water, klapte de waaier open die aan mijn ceintuur hing en wuifde mezelf koelte toe.

Citoyen Tallien kreeg me in de gaten en kwam naar me toe. 'Ik ben blij u te zien. Dank voor uw komst.' Hij kuste me op beide wangen.

'U hebt mijn leven gered. Ik weet gewoon niet wat ik moet zeggen. Hoe bedankt een mens zijn redder?' Ik nam zijn hand in de mijne.

'Het was niet meer dan mijn plicht en ik beschouw het als een eer. U ziet er goed uit. Ik vertrouw erop dat u helemaal bent hersteld?'

'Ik heb me tot dusverre schuilgehouden, maar inderdaad, het gaat eindelijk weer goed met me.'

Een welluidende lach klaterde boven het feestgedruis uit. Een vrouw met zwart haar en een roomblanke huid kwam aanschrijden met de etherische waardigheid van een godin. Haar rode japon kon haar boezem nauwelijks omvatten. Alle ogen volgden haar.

'Hebt u Theresia al ontmoet?' vroeg Tallien.

Ik had de verhalen gehoord over haar legendarische schoonheid, maar ik had niet verwacht dat ze zo volmaakt, zo betoverend zou zijn. Geen gebaar bleef onopgemerkt terwijl ze zich tussen de gasten bewoog. Ik wilde onmiddellijk dat ze mijn vriendin werd.

'Nee, maar ik zou me vereerd voelen om kennis te maken.'

'Theresia?' riep hij. Ik zag dat ze haar hand op de arm van de jonge man legde met wie ze stond te praten, als om zich te verontschuldigen voor de onderbreking. Toen kwam ze – zweefde ze – naar ons toe.

Talien legde een arm om haar middel. '*Chérie*, ik wil je graag aan iemand voorstellen. Iemand die net als jij herinneringen bewaart aan Les Carmes.' Hij knikte in mijn richting. '*Je te présente la veuve de Beauharnais.*'

'*Bonsoir.*' Een oogverblindende glimlach deed haar gezicht oplichten. 'De weduwe Beauharnais! Ik heb zo veel over u gehoord.' Ze kuste me op beide wangen.

Ik lachte verrast, verbijsterd. 'Ik ook over u, Notre Dame de Thermidor.'

'Zegt u alstublieft Theresia.'

'En ik heet Rose.'

'U moet me verontschuldigen, dames, de plicht roept.' Tallien gebaarde naar een heer die deel uitmaakte van de Nationale Vergadering. 'Ik hoop dat we u vaker zien, citoyenne.'

'Daar kunt u op rekenen,' antwoordde ik.

Citoyen Tallien bracht Theresia's hand in een bezitterig gebaar naar zijn lippen. 'Tot straks, lieveling.'

Theresia boog zich naar hem toe en kuste hem hartstochtelijk op de mond. Iemand floot, dwars door de muziek en het geroezemoes heen. De held en heldin van de Republiek begonnen te lachen, toen verdween Tallien tussen de gasten.

Theresia en ik deelden herinneringen aan onze tijd in Les Carmes, we spraken over onze vroegere echtgenoten, over de liefde voor mode die we gemeen hadden, net als ons plezier in dansen en het ontmoeten van nieuwe gezichten. Het duurde niet lang of ik had het gevoel dat ik haar al mijn hele leven kende. Gearmd liepen we naar de schitterende uitstalling van gebakjes en gekonfijte vruchten. Ik had in geen jaren zo veel zoetigheid gezien en vulde mijn bordje met heerlijkheden, maar ik was voorzichtig met kauwen. Desondanks kreeg ik last van mijn gevoelige tanden, dus ik legde de laatste pruim half opgegeten op het blad van een bediende.

'Pure zaligheid,' verzuchtte ik.

Theresia moest lachen om mijn verrukking. 'Je bent een echte creoolse. Een leven zonder suiker moet wel heel onnatuurlijk hebben gevoeld.'

'Ik besef nu pas hoezeer ik het heb gemist.'

We lieten ons op de bank in de aangrenzende studeerkamer vallen.

'Ik vind het heerlijk om met je te praten, Theresia. Het is alsof ik je al jaren ken.'

'Dat gevoel heb ik ook.' Ze klopte me op mijn hand.

Ik nam gulzig een slok wijn. 'Neem me niet kwalijk dat ik op zo'n plezierige avond een ernstig onderwerp aansnijd. Maar het gaat om iets wat zwaar op me drukt. En als vrouw weet ik zeker dat je het zult begrijpen.'

Er kwam een nieuwsgierige uitdrukking op haar engelengezicht.

'Ik word gekweld door de schandelijke omstandigheden waaronder mijn man is gestorven,' vervolgde ik. 'Na zijn terechtstelling heeft de overheid beslag gelegd op zijn administratie en op al zijn bezittingen. Er rust nog altijd een smet op de naam Beauharnais en mijn kinderen en ik moeten leven met die schande. Ik heb al een verzoekschrift ingediend, maar daar wordt niet op gereageerd. De enige tot wie ik me nog kan wenden, is jouw Tallien. Maar hij heeft het zo druk. Ik schroom ervoor hem lastig te vallen.'

Ze draaide een glanzend zwarte krul om haar vinger. 'Ik begrijp het. Zeg maar niets meer. Ik zal ervoor zorgen dat hij Alexandre vrijpleit. Er zijn te veel republikeinen die onschuldig zijn veroordeeld. De terechtstelling van je man was een misdaad.'

Licht aangeschoten viel ik haar om de hals en kuste haar. 'Ik weet niet hoe ik je moet bedanken.'

Ze klopte me lachend op mijn rug. 'Ik wel. Door morgenavond te komen dineren.'

Ik kreeg kriebels in mijn maag van opwinding. 'Dat lijkt me heerlijk, maar ik woon in Croissy. En ik heb niets geregeld om in Parijs te blijven.'

Theresia begreep het. Ze wist dat ik het niet breed had en dat ik bij een vriendin zou moeten overnachten. 'Dan blijf je vannacht gewoon hier. En probeer maar niet om me tegen te spreken. Ik sta erop.'

Er verscheen een brede glimlach op mijn gezicht. Vrouwe Fortuna had zich grillig getoond, maar nu leek het erop dat mijn kansen zich ten goede begonnen te keren.

Vanaf die dag waren Theresia en ik onafscheidelijk. We walsten avonden lang in de danszalen van Parijs of bezochten kunstexposities. Toen het voorjaar werd deden we buitenspellen op het land en we trokken er met vrienden te paard opuit, genietend van de *fraîcheur*, van de zon en de geur van gemaaid gras. De natuur had ons nog nooit zo goddelijk geleken – een geschenk uit de hemel – als in die eerste tijd na onze gevangenschap. Ik keek in bewondering en verwondering naar haar eeuwigdurende vernieuwing en wierp me op het vieren van het leven dat ik tot op dat moment als iets vanzelfsprekends had beschouwd.

De meeste avonden in La Chaumière brachten we loom en luierend door. Mijn cercle van invloedrijke vrienden breidde zich uit en ik leende geld van machtige bankiers die schoonheid in een vrouw wisten te waarderen. Theresia had een grote kring van bewonderaars en het duurde niet lang of dat gold ook voor mij, hoewel ik altijd in haar schaduw bleef. Ik probeerde er jeugdig te blijven uitzien door crèmes die ik zelf maakte, en met gezichtsmaskers en dure rouge, ook al was het allemaal maar uiterlijk en schone schijn. Maar schone schijn, dat was wat er van me werd verwacht.

Theresia straalde, in de bloei van haar schoonheid. Ik was tien jaar ouder – eenendertig – en met zo veel mooie vriendinnen om me heen maakte ik me zorgen over mijn positie.

Theresia lachte mijn bezorgdheid weg.

'Je bent prachtig, een elegante verschijning. De mannen zwermen om je heen. Of heb je dat niet gemerkt?' vroeg ze plagend toen we op een middag onder een eik in de tuin lagen. Tallien voerde haar druiven.

Zij had gemakkelijk praten, haar jeugd was nog lang niet voorbij. Ik streek over het zilveren lint op mijn nieuwe hoed, die perfect bij mijn paarse japon paste. Zowel de japon als de hoed had meer ge-kost dan ik me kon veroorloven, maar ik moest mezelf – opnieuw – als een aantrekkelijke partij presenteren, anders liep ik het risico met lege handen achter te blijven. Vervuld door onbehagen bij die ge-dachte ging ik verliggen in het gras.

'Lieve vriendin…' Ik stal een druif van de schaal. 'Ze zwermen om jou heen. Mij dulden ze alleen maar.'

Tallien schoot in de lach. 'Doe niet zo dwaas, Rose.' Hij stopte een druif in zijn mond.

'Ik wil je om een gunst vragen,' zei ik. 'Je bent al zo goed voor me geweest, dus ik heb lang geaarzeld. Maar mijn geweten gunt me geen rust.'

'Aarzel niet. Vraag het gewoon.'

'Ik heb vrienden die nog in Les Carmes zitten.' Met neer-geslagen ogen keek ik naar mijn handen. Schuldbesef drukte als een steen op mijn maag. Terwijl ik met mijn vrienden genoot van het leven – van mijn vrijheid – kwijnden zij nog altijd onverdiend weg in de gevangenis. Ik moest doen wat ik kon om hen daaruit te krijgen.

De verandering in mijn stemming ontging Tallien niet. 'Ik zal er-voor zorgen dat ze worden vrijgelaten. Als je me hun namen geeft kijk ik er morgenochtend meteen naar.'

Ik slaakte een zucht van verlichting. 'Ze hebben niemand ook maar iets misdaan. Ik vind het onverdraaglijk dat ze nog steeds op-gesloten zitten, zonder enige reden. Hoe kan ik je ooit bedanken?'

Hij zweeg even en dacht na. 'Misschien kun je Citoyen Belfour aangenaam bezighouden. Hij arriveert vanavond uit Bern en ik weet zeker dat hij behoefte heeft aan gezelschap.'

Ik begreep wat hij bedoelde. Het zou niet de eerste keer zijn dat ik een man aangenaam bezighield om in ruil daarvoor iemand vrij te krijgen. Het was een lage prijs en soms bleek de ruil ook voor mij amusant.

Ik knikte. 'Natuurlijk, zoals je wilt.'

Ik genoot van de verslagen over Eugènes vorderingen en Hortense bezocht ik zo vaak mogelijk. Wat miste ik mijn kinderen!

Citoyenne Campan verzekerde me dat Hortense een ijverige leer-ling was.

'Ze is heel geliefd en een wonderkind op de piano.' Citoyenne Campan raadpleegde een groot aantekeningenboek. 'Haar cijfers zijn erg hoog.' Ze liet haar vinger over de bladzijden gaan. 'En ze is een en al oplettendheid tijdens de lessen. Ik zou willen dat ik meer leer-lingen had zoals zij.' Ze klapte het boek dicht.

Ik had geen betere opleiding kunnen kiezen. Citoyenne Campan wist alles van etiquette. Of we nu in een Republiek leefden of niet, ik wilde dat mijn dochter manieren en verfijning leerde. Al was het maar opdat ze het niet zo zwaar zou krijgen als ik bij mijn entree in het sociale leven.

Hortense werd steeds meer een vrouw, besefte ik bij elk bezoek dat ik haar bracht. Haar figuur ontwikkelde zich, haar ronde gezicht werd smaller, haar glimlach zelfverzekerder. Ook al was ze pas twaalf, we lachten en praatten als vrouwen.

'Lieveling, je bent prachtig.' Ik gaf haar een kus en we gingen op de rode canapé in de zitkamer zitten. Hortense bloosde, waardoor haar violetblauwe ogen en haar blonde haren nog charmanter tot hun recht kwamen.

'Zulke dingen moet je niet zeggen, Maman.' Ze frunnikte aan een van haar kunstige vlechten.

Ik moest lachen. 'Toch is het zo. Het zal niet lang duren of een jongeman laat zijn oog op je vallen. En misschien is dat zelfs al gebeurd.'

Haar blos werd vuriger. 'Zeg dat toch niet. Je maakt me verlegen.'

'Dan is mijn werk gedaan. Ik zal er niet meer over praten,' zei ik met een knipoog. 'Ik heb goed nieuws, lieverd.' Ik legde mijn hand op de hare. 'De naam van je *papa* is gezuiverd!'

'O, wat heerlijk!' Ze sprong op en omhelsde me.

'En daarmee ook onze naam.' Ik klopte haar op de rug. 'Maar er is nog iets wat ik zal moeten afhandelen. Ze hebben ons zijn bezittingen ook teruggegeven, maar die zal ik moeten verkopen om zijn schulden – en de onze – af te betalen.'

Haar gezicht betrok. 'Dus onze erfenis is verdwenen.'

'Helaas wel, ja.' Ik nam haar handen in de mijne. 'Maar we hebben onze goede naam. En we hebben elkaar. Dat is toch het belangrijkste?'

Hortense kuste me op mijn wang. 'Natuurlijk, Maman. Je hebt gelijk.'

Ik gebaarde naar de pianoforte. 'Wil je iets voor me spelen?'

Op zondagmiddag staarde ik naar de laatst binnengekomen rekening, voor een bedrag van drieduizend *livres*. Ik beet mijn nagel af tot op het leven. De japon was schitterend, ook zonder de haarspeld bezet met edelstenen. Dus de speld ging terug naar de winkel. Maar wat moest ik met alle andere rekeningen?

Mimi zette een blad op het bureau. 'Chocolademelk en brood.'

Gefrustreerd wreef ik over mijn gezicht.

'Wat is er?'

'Ik kan niet met geld omgaan. Het is hopeloos.' Zuchtend veegde ik de papieren op mijn bureau bij elkaar.

'Je koopt veel te veel japonnen, Yeyette. Wat zou je *maman* zeggen als ze wist hoe lichtzinnig je met geld omspringt?'

Ik keek haar aan. Haar ronde neus en vlezige lippen, haar hoge jukbeenderen, het was me allemaal zo vertrouwd, zo dierbaar. 'Je hebt gelijk. Ik heb meer dan genoeg japonnen voor het seizoen. Bovendien kan ik altijd wat van Theresia lenen.'

Ik werd financieel ondersteund door mijn rijke vrienden, maar om me in hun kringen te kunnen handhaven zag ik me genoodzaakt me steeds verder in de schulden te steken. Het was een vicieuze cirkel. Ik had een man nodig, maar ik wilde niet met zomaar de eerste de beste trouwen. Ik zuchtte. En de liefde, hoe zat het daarmee? Ik had genoeg van de zoektocht, van de mislukkingen. De liefde en het huwelijk gingen nu eenmaal niet samen. Dat had Alexandre me geleerd.

Op een koele avond in Floréal reden Theresia en ik in haar violetblauwe rijtuig naar een soiree in het Palais-Égalité. Paul Barras, die op dat moment voorzitter was van de Nationale Vergadering, had ons uitgenodigd. Ik popelde van nieuwsgierigheid om hem te leren kennen, geïntrigeerd als ik was door de aanstootgevende feesten waar hij om bekendstond. Ik hoopte dat het feest van die avond geen uitzondering zou zijn. Het thema – *bal des victimes* – vereiste dat de gasten een roodfluwelen lint om hun keel droegen. Zij die een verblijf in de gevangenis hadden overleefd, bekleedden een ereplaats aan tafel en het bal zou beginnen met een dans waarbij een onthoofding werd nagespeeld.

Theresia en ik droegen identieke roodzijden japonnen, met ons lange haar in strakke krullen opgestoken. We hadden blote armen zonder handschoenen en onze zwoegende boezem werd niet bedekt door een *fichu*. Wat zouden de andere gasten geschokt zijn! En wat zouden we genieten!

Theresia haalde twee gouden tiara's uit haar tas. 'Zijn ze niet prachtig? Voor ons allebei een.'

Ik klapte van verrukking in mijn handen. 'Ja, ze zijn prachtig.'

Theresia duwde de hare in haar kapsel. 'Hoe staat het?' De glinsterende tiara weerkaatste het gedempte licht.

'Schitterend.'

'Niemand zal ons kunnen weerstaan, *mon amie*.' Ze blies me een kus toe.

'Komt Tallien later?'

'Dat weet ik niet.' Er verscheen een lichte afstandelijkheid op haar gezicht. 'Ik ben bij hem weg.'

Ik hield geschokt mijn adem in. 'Sinds wanneer?'

'Sinds drie dagen. Ik dien een verzoek in tot echtscheiding. Ik laat me niet meer slaan. Dat was de laatste keer.'

'O, lieverd!' Ik trotseerde het geschommel van het rijtuig en ging naast haar zitten. 'Ik heb nooit geweten dat hij gewelddadig was.' Ik drukte haar hand. 'Wat dapper van je om bij hem weg te gaan.'

'Ach, zo dapper is dat niet. Iedereen gaat tegenwoordig scheiden.'

'Het zijn maar zelden de vrouwen die het initiatief nemen.'

Ze snoof. 'Ik ben dan ook niet zomaar de eerste de beste vrouw.'

Ik sloeg een arm om haar schouders. 'Nee, dat ben je zeker niet! Heb je onderdak?'

Ze bette haar ogen met een zakdoek. 'Voorlopig blijf ik gewoon bij Tallien wonen. Hij heeft beloofd om mij en onze dochter te onderhouden tot de zaak is geregeld met de rechter.'

'Dat is nobel van hem.'

'Hij voelt zich schuldig.' Ze rechtte haar schouders.

'Je hebt de juiste beslissing genomen.'

Ze vouwde haar zakdoek op en stopte hem in haar tas. 'Zo, en nu hebben we het er niet meer over. Ik wil plezier maken vanavond. En misschien een leuke onbekende ontmoeten. Misschien wel twee!' Een betraande glimlach deed haar gezicht oplichten.

'Ik heb mijn zinnen gezet op Paul Barras.'

'*Dieu*, en dan noem je mij dapper!' Ze schoot in de lach.

Tijdens mijn laatste bezoek aan het Palais-Égalité had het chateau nog Palais-Royal geheten en was het de woonplaats geweest van de inmiddels geëxecuteerde Duc d'Orleans. Sindsdien had Barras zich het verlaten paleis toegeëigend en de hele inboedel geplunderd.

'Lieve hemel, kijk nu eens!' Ik wees naar een groep tafels gedekt met wit kant. In het midden van elke tafel stond een replica op schaal van *la guillotine* omringd door rode bloemen. De haartjes op mijn armen gingen overeind staan. De afschuw die de aanblik in me opriep, zou nooit slijten.

'Paul houdt van spektakel, zeggen ze.' Theresia schonk me een duivelse glimlach.

Ik wreef over mijn blote armen. 'Vanwaar die blik?'

'Zijn reputatie in de slaapkamer is legendarisch.' We liepen gearmd naar de grote balzaal.

'Ik zie ernaar uit de slechte Barras te ontmoeten. Tot dusverre heb ik hem alleen van een afstand gezien.'

Bedienden in beulskledij gingen rond met vergulde bladen vol heerlijkheden. In een van de ruimten bespeelden muzikanten de harp, in een andere zat iemand achter de pianoforte. In de salon was een toneel opgezet. Ingehuurde spelers oefenden hun tekst van het stuk dat later op de avond zou worden opgevoerd.

Theresia en ik accepteerden een glas wijn.

'*Merveilleux,*' zei ik toen we de grote balzaal betraden.

Boven de dansvloer was een soort baldakijn gemaakt van weelderig paars en scharlakenrood. De gasten droegen hun fijnste mousseline, zilverbrokaat of zwarte kant met daarbij rode sjaals, rode linten, rode hoeden en rode handschoenen. Theresia en ik waren de enigen die volledig in het karmozijnrood gehuld waren, met als gevolg dat iedereen naar ons keek – en dat was ook de bedoeling.

De avond begon met een rijk diner van acht gangen. Een stroom bedienden droeg bladen aan met koude groentesalades, soep en gebraden vlees. Maar het waren de presentaties tussen de gangen door die de gasten in verrukking brachten.

'*Regarde!*' Theresia wees naar een vis die uit een zee van blauw glazuur door hoepels van gefrituurde ui sprong. Een uit aardappels gesneden heer walste met een dame in een japon van andijviebladeren.

Ik klapte. '*Magnifique.*'

De gasten applaudisseerden na elke presentatie. Tot de laatste schalen werden binnengebracht.

Afgehakte hoofden van biscuitgebak.

Door de zaal klonk een geschokt hijgen toen het hele gezelschap de adem inhield.

Ik sloeg een hand voor mijn mond en staarde naar de gruwelijke creaties. De angstige, glazige ogen van fondant leken afschuwelijk echt, net als de linten van rode suiker onder de kin van de hoofden. Walging overspoelde me. De bedienden haalden de weerzinwekkende taarten prompt weer weg. Ik dronk gulzig mijn glas water leeg om mijn mond te spoelen en het gruwelijke beeld kwijt te raken.

De laatste gang – schotels met glinsterende gekonfijte vruchten, ijs, bonbons en puddingen – werd met gejuich ontvangen. Ik maakte een bordje met van alles wat en mengde me tussen de gasten.

Even later begonnen de muzikanten in de balzaal te spelen. Ik haastte me erheen. Elke dans opnieuw liet het gezelschap zich helemaal gaan en stampte en wervelde totdat het iedereen duizelde. Mijn hoofd bonsde van de wijn en het gekonfijte fruit. Ik liet me meedeinen op de zee van lichamen, maar toen de rug van mijn japon vochtig was van transpiratie ging ik zoek naar een open raam. Dat vond ik in een rustige kamer, waar een eenzame pianoforte voor rijen met lege stoelen stond. Tientallen kaarsvlammen flakkerden in de tocht. De koele avondbries droogde het zweet op mijn slapen. Ik ging op een stoel zitten om mijn pijnlijke voeten rust te geven.

Quelle fête! Maar ik kon niet de hele avond op de dansvloer staan. Het werd tijd om naar Paul op zoek te gaan. Misschien kon hij me helpen Lazare te vergeten. Een doffe pijn bonsde in mijn borst. Zonder het te willen vergeleek ik iedere man die ik ontmoette met hem.

Een plotselinge beweging trok mijn aandacht. In de brede deuropening was een man verschenen wiens indrukwekkende verschijning de grootse entree nietig deed lijken.

Blijkbaar had Paul Barras mij al gevonden. Want hij was het die de kamer binnenkwam.

Zijn scharlakenrode mantel spande zich om zijn gespierde schouders, een waterval van golvend zwart haar omlijstte zijn gezicht. Om zijn lippen speelde een honende glimlach. Een duivelse man, zoals hij door sommigen werd genoemd. Nu begreep ik waarom.

Ik verborg mijn gezicht achter mijn waaier en zocht zijn blik. Het was een uitnodiging. Hij aarzelde geen moment maar doorkruiste het vertrek als een aanstormende stier. In zijn hand hield hij een glas cognac. Ik stond op om hem te begroeten.

'Citoyenne de Beauharnais, wat een genoegen u opnieuw te ontmoeten.' Hij boog en streek met zijn lippen over mijn hand.

'Ik kan me onze vorige ontmoeting niet herinneren.' Ik knipperde verleidelijk met mijn wimpers. In werkelijkheid herinnerde ik me die maar al te goed, hoewel we elkaar destijds niet hadden gesproken, op het tropische *fête* in La Chaumière. Ik droeg een zwart-wit gestreepte tuniek, geïnspireerd op de zebra, met armbanden in de vorm van een slang. Theresia had me gevraagd mijn tarotkaarten mee te nemen en een legging te doen voor de aanwezigen. Barras had erom gelachen. Tenminste, volgens Theresia.

'Ik heb u van verre bewonderd. Uw schoonheid beneemt me de adem.' Er dansten lichtjes in zijn zwarte ogen. Hij hield mijn hand nog altijd in de zijne. 'Als ik niet beter wist, zou ik zeggen dat u een heks was.'

'Ik zal niet ontkennen dat ik wel eens een nietsvermoedende ziel met een bezwering heb bestookt.' Ik bewoog mijn waaier heen en weer.

Zijn lach klonk bruusk, gevaarlijk. Maar ook verrukkelijk. 'Hebt u die duivelse kaarten vanavond ook weer bij u?'

'Nee, maar ik wil u met alle plezier aftroeven met een spelletje *brelan*.'

Hij snoof genietend. 'U denkt dat u me kunt verslaan? Ik ben een meester in het kaartspel. Trouwens, het is niet gepast om een vrouw in het spel te vernederen.'

Genietend van de uitdaging trok ik mijn rug hol en duwde ik mijn borsten naar voren. 'Paul Barras die zich laat leiden door wat al dan niet "gepast" zou zijn in de omgang met vrouwen? Dat hoor ik voor het eerst.'

Zijn glimlach werd breder. 'Zal ik een spel kaarten gaan halen?'

'Ik popel om u een lesje te leren. Uw arrogantie vraagt erom.'

Hij lachte bulderend. 'U bent een brutaaltje! Maar dat vind ik wel amusant. Kan ik u interesseren in een weddenschap?'

Het was bijna teleurstellend hoe gemakkelijk ik zijn belangstelling had weten te wekken.

'Een weddenschap maakt het nog interessanter,' zei ik.

Hij legde mijn hand op zijn arm en escorteerde me naar een

kamer die eruitzag als een kantoor. In een meer dan manshoge haard brandde een laaiend vuur. Diverse heren nipten aan een glas cognac en rookten een sigaar bij een stel openslaande deuren waarachter ik een groepje kastanjebomen kon onderscheiden.

Barras haalde een spel kaarten uit een la en gaf het aan mij. 'U bent de gast. En nog even, dan staat u bij me in de schuld. Dus ik stel voor dat u schudt.'

'We zullen zien.' Een bediende serveerde ons een glas absint – een nieuwe delicatesse uit de Zwitserse kantons.

Barras tikte met zijn glas het mijne aan. 'Op een mooie vrouw.'

'Op spelen om te winnen.' Ik nipte van mijn glas.

We speelden twee potjes whist en één potje *brelan*. Van de drie spelletjes won ik er twee.

'Dat bestaat niet! Hoe is het mogelijk? U hebt al weer gewonnen!' Hij gooide zijn kaarten op tafel.

'Het is inderdaad verbazingwekkend, temeer daar u vals speelt,' zei ik plagend. Ik legde de kaarten op een stapeltje en boog naar voren om hem een inkijkje te geven in mijn decolleté. 'Volgens mij staat u bij me in het krijt.'

Hij betaalde me het driedubbele van de inzet. 'Mag ik u ten dans vragen?' Hij hield me zijn hand voor.

Glimlachend legde ik de mijne erin. 'Heel graag.'

We liepen naar de balzaal. Veel gasten waren al vertrokken, nog een enkeling wervelde over de dansvloer. Theresia zat in een hoek, half verscholen achter een draperie – ik zou haar silhouet uit duizenden herkennen. Ze was samen met een heer en ze omhelsden elkaar alsof ze zich onbespied waanden.

Barras keerde zich naar me toe. 'Een wals.'

De wals was populair vanwege zijn sensuele passen, die de man in de gelegenheid stelden een vrouw in zijn armen te nemen. Hij trok me tegen zich aan en leidde me in het rond.

Vervolgens dansten we een quadrille en toen de muziek ten slotte zweeg boog hij zich naar me toe. 'Ik zou u dolgraag de vertrekken boven laten zien, met mijn nieuwe meubels,' fluisterde hij in mijn oor. 'U hebt gevoel voor stijl. Ik ben ervan overtuigd dat u ze smaakvol zult vinden.'

Ik keek hem aan. Hij had de ogen van een roofdier. Ze glansden als onyx.

'Ik heb zeker gevoel voor stijl.' Met mijn vinger volgde ik de omtrek van zijn gezicht en zijn kaak.

Hij nam mijn hand en loodste me mee de trap op.

Pas na diverse bezoeken aan het chateau had ik aandacht voor de barokke kleerkast en kaptafel, de voetenbank en het mahoniehouten bureau. Die nacht bewonderde ik de zwartsatijnen lakens tot de zon met zijn gouden stralen de kamer binnendrong.

Creoolse schone

Palais-Égalité, 1795

Barras was zo rijk als een vorst en eigenaar van diverse woningen, waaronder het beruchte Palais-Égalité en Grosbois, zijn chateau buiten de stad. Verder overtrof hij alle mannen die ik ooit had ontmoet in garderobe en invloed en kende ik niemand van het andere geslacht die zo veel plezier kon beleven aan een soiree.

'Koning Barras', werd hij in de kranten genoemd, 'verraderlijk, onbetrouwbaar en hedonistisch'.

Daar viel inderdaad wat voor te zeggen, maar ik vond hem ook gul en vernuftig. Ik verzekerde zijn tegenstanders van zijn loyaliteit jegens de Republiek, die hij vuriger was toegewijd dan iedereen die ik kende of ooit had gekend – op mijn vermoorde echtgenoot na.

Ik genoot van zijn verhalen over zijn reizen, vooral van wat hij vertelde over India.

'Het is een exotisch land, net als het jouwe, met verbijsterend mooie vrouwen. En dan de kruiden!'

Paul vond mijn kalme zelfverzekerdheid, mijn fluwelen creoolse accent en mijn omgang met het occulte verrukkelijk. Tenminste, dat zei hij. Maar in werkelijkheid waren het vooral mijn connecties en mijn bedrevenheid in bed die me verzekerden van zijn belangstelling.

'Heb je de slaapkamer opnieuw laten inrichten?' Paul streelde de kop van een mahoniehouten olifant bij de haard.

'Ja, geïnspireerd op een Indiase harem.'

De bedstijlen waren voorzien van doorschijnende goudkleurige en aquamarijnblauwe gordijnen, het bed zelf ging schuil onder een verzameling glanzende kussens. Brandende wierook verspreidde een geur van jasmijn.

'Verrukkelijk.' Hij begon glimlachend zijn jas los te knopen.

'Dit is verrukkelijk.' Ik liet de mantel die ik droeg van mijn schouders glijden.

Daaronder droeg ik een met edelstenen geborduurd keursje dat mijn buik vrijliet. Vanuit een met goud bezette riem vielen mijn rokken soepel en vloeiend tot op mijn enkels. Splitten zorgden ervoor dat mijn naakte dijen zichtbaar waren. Ik maakte een draaiende beweging met mijn heupen en schudde met mijn schouders, waardoor de gouden belletjes om mijn enkels begonnen te rinkelen.

Paul liet zich met een blik van ontzag op de rand van het bed zakken.

Ik begon aan een sensuele dans door de kamer, glimlachend om zijn gulzige roofdierenblik. Hij was als betoverd door mijn zinnelijke charmes.

Barras overlaadde me met juwelen, hij trakteerde me op kaartjes voor de opera, op fraaie stoffen – *indiennes* bedrukt met bloemen – en de duurste lingerie die voor geld te koop was. Omdat hij er geen geheim van maakte dat kanten lingerie hem opwond, zorgde ik dat hij ook in dat opzicht aan zijn trekken kwam. Maar ondanks mijn status als zijn officiële maîtresse legde hij zichzelf geen beperkingen op en bleef hij de schurk die hij altijd was geweest.

'Pas op, lieverd,' waarschuwde Theresia me toen we op een middag door haar tuin wandelden. 'Je weet toch dat Paul andere maîtresses heeft? Hij is niet eenzaam geweest in de tijd dat jij in Croissy zat.' Ik was net terug van twee weken bij Hortense.

'Wat dat betreft maak ik me geen illusies. Hij is niet in staat zich volledig aan één vrouw te geven.' Hij hield van me. Nog wel. Maar ik wist dat hij uiteindelijk genoeg van me zou krijgen en dan was ik weer alleen, dan moest ik opnieuw op zoek naar een beschermer. Voor mijn geestesoog zag ik de lachende ogen van Lazare. De pijn in mijn hart was zo hevig dat ik even langzamer ging lopen. Vurig hoopte ik dat het verlangen naar hem ooit zou slijten.

'Je zou eens moeten horen hoe er over jullie wordt gesproken – Barras de schurk en zijn toegewijde maîtresse!'

Ik snoof. 'Vertel!'

Op het pad voor ons liepen duiven te pikken. Ze schrokken niet maar weken uiteen om ons door te laten.

'Volgens de geruchten doen we aan seksuele orgieën. Mannen met mannen, vrouwen met vrouwen… Maar jij en ik bedrijven de liefde in al haar variaties het liefst in het openbaar.'

Ik schaterde het uit. Paul en ik gedroegen ons niet altijd gepast, maar ik was te fatsoenlijk om me in het openbaar te laten betrappen.

'Ach, als je in het centrum van de aandacht staat vinden mensen het nu eenmaal heerlijk om kwaad over je te spreken. Maar we kunnen er toch niets aan doen dat de mannen naar ons kijken? Trouwens, daar willen we ook helemaal niets aan doen.'

Er kwam een verontrustende gedachte bij me op. 'Ik hoop alleen niet dat de kinderen die geruchten te horen krijgen,' zei ik fronsend.

'Welnee, dat soort dingen vertellen mensen niet aan kinderen. Bovendien weet ik zeker dat ze trots zijn op hun moeder. Je beweegt je tenslotte in de hoogste kringen van Parijs.'

Maar ik was er niet gerust op. Want ik zou het afschuwelijk vinden om mijn lievelingen teleur te stellen. Of erger nog, om hen in verlegenheid te brengen.

Hoewel hij onverzadigbaar was als het om vrouwen ging, liet Paul zich kennen als een extreem gulle minnaar. Om me te verrassen huurde hij een voorname woning aan de rue Chantereine – op een eersteklas locatie, vlak bij de theaters. Zodra hij de sleutels had gingen we er een kijkje nemen.

'Je zult een tuinman, een kok en een paar bedienden nodig hebben als je van plan bent soirees te geven.' Pauls bariton weerkaatste tegen de muren van de lege keuken in het souterrain. Van daar gingen we naar boven, naar de begane grond. Door het raam van de salon keek ik naar het koetshuis. 'En een livreiknecht voor het rijtuig,' voegde hij eraan toe.

Mijn eigen rijtuig. *Quel luxe!*

'Ik weet niet of ik me dat allemaal wel kan veroorloven.'

'Ik zal je helpen, maar je doet er goed aan een andere bron van inkomsten te creëren.'

'Natuurlijk. O, lieveling. Ik ben je zo dankbaar. Voor alles.' Ik ging op mijn tenen staan om hem te kussen. 'Ook voor Fanny's afspraak met je schilder. Ik weet gewoon niet hoe ik je moet bedanken! En Marie-Françoise kan zich heel goed redden dankzij het geld dat jij haar hebt gegeven.'

'Ach, ik kan jou nu eenmaal niets weigeren.' Hij glimlachte, zijn ogen glansden. 'Heb je wel eens overwogen om in zaken te gaan? Met jouw netwerk en je vermogen om mensen te manipuleren –'

Ik maakte me van hem los en keek hem met grote ogen van geveinsde onschuld aan. 'Noem je dat manipuleren? Ik heb gewoon een groot inlevingsvermogen.'

'Kom nou toch, Rose. Dat maak je mij niet wijs. Je weet altijd precies wat je moet zeggen om je zin te krijgen. Ik ben zelf slachtoffer van je charmes.' Hij drukte zijn lippen op de mijne en kuste me dwingend.

Ik had hem gevangen in mijn web, maar daaruit kon hij ontsnappen op elk moment dat hij dat wilde. Onbehagen knaagde aan me.

'Wat voor zaken?' vroeg ik om het gesprek een andere kant uit te sturen.

We liepen het huis door, de voordeur uit. De schaduwen op het pad werden langer door de late middagzon.

'Militaire voorraden.' Hij was rijk geworden dankzij – onder andere – de verkoop van wapens en voorraden aan de republikeinse troepen. 'Ik weet wel een paar heren die een tussenpersoon zoeken. Je zou er geknipt voor zijn.'

'Ik ben dol op onderhandelen.' En ik had inderdaad een eigen inkomen nodig. Dan kon ik niet alleen mijn rekeningen betalen, maar voor mijn nieuwe huis ook meer personeel in dienst nemen.

De lakei hield de deur van het rijtuig open. Ik knikte hem toe en stapte in.

'Ik regel een bijeenkomst. Van daar neem jij het over,' zei Paul.

'Zeg maar wanneer ik kan beginnen.'

De volgende avond was het al zover en ontmoette ik Citoyen Ouvrard en diverse andere bankiers. Zij brachten me op hun beurt in contact met de juiste mensen en tegen het eind van de week had ik mijn eerste contract afgesloten. Als een van de weinige vrouwen in dit soort kringen trok ik de aandacht en verdiende ik aan mijn eerste verkoop al meer dan de meeste anderen. Ik aarzelde niet om het geld uit te geven. Bij een nieuw huis hoorden nieuwe meubels.

De salon stoffeerde ik met een weelde aan hemelsblauwe zijde en doorschijnende mousseline. Verder kocht ik een mahoniehouten tafel en een harp, want die miste ik al sinds ik bij Désirée en de markies was weggegaan. Door mijn oog voor detail wist ik de illusie van rijkdom te creëren. Een mens moest zijn rol geloofwaardig spelen.

Toen de laatste stoffeerder zijn spullen pakte arriveerde de post. Ik herkende onmiddellijk het hoekige handschrift van Lazare, even statig en formeel als zijn houding.

Mijn hart maakte een sprongetje. Ondanks mijn verhouding met Paul was de herinnering aan de geur van zijn huid, aan zijn tederheid nog niet verbleekt. Bij elke brief wenste ik vurig dat hij me schreef om te vertellen dat hij ging scheiden.

Zorgvuldig maakte ik de envelop open.

15 Messidor III

Chère Rose,

Hoe is het met je, mon amour? Eugène maakt het goed. Hij is een uitstekend ruiter. Met zijn moed, zijn intelligentie en zijn hoffelijkheid heeft hij alom respect weten af te dwingen. Je kunt trots zijn op de opvoeding die je hem hebt gegeven.

Ik heb je gemist al deze maanden. Telkens wanneer ik Eugène zie moet ik aan jou denken. Ik kijk uit naar onze hereniging wanneer ik deze winter terugkeer naar Parijs.

Ik heb gehoord dat je nieuwe vrienden hebt gemaakt. En ik hoop dat je niet zwicht voor hun hebzucht en hun twijfelachtige principes. Het ontbreekt Paul Barras aan karakter. Ik maak me zorgen dat jij met je lieve, zoete inborst daardoor in opspraak zou kunnen komen. Niet iedereen heeft het beste met je voor.

Maar de werkelijke reden waarom ik je schrijf, is dat ik nieuws heb, liefste Rose, en ik wilde dat jij het als eerste zou horen. Ik word vader! Adelaide is in verwachting. Dus straks kan ik eindelijk de vreugde van het ouderschap met je delen.

Ik hoop dat alles goed met je is en ik zie ernaar uit om je in mijn armen te nemen.

Je t'embrasse,

Lazare

Ik had een gevoel alsof mijn hart door een bankschroef in elkaar werd gedrukt. Adelaide was zwanger! Natuurlijk, zijn vrouw en hij wilden kinderen. Dat begreep ik. Hij hield van haar. En hij zou haar nooit voor mij in de steek laten.

Ik legde mijn hoofd tegen het raam en huilde. Een plotselinge vermoeidheid sijpelde in mijn botten. Ik was zo uitgeput van het doen alsof. Het leek erop dat veiligheid, financiële onafhankelijkheid en een liefde die de gapende leegte in mijn hart zou vullen voor mij niet waren weggelegd.

Ik liet Eugène naar huis komen, want ik kon de hulp van Lazare niet langer aannemen, noch vasthouden aan een droom die toch nooit werkelijkheid zou worden. Binnen een week had ik mijn zoon ingeschreven op de Academie McDermott, een prestigieuze militaire school. Ik zette Lazare uit mijn hoofd en stortte me op alle vrolijkheid om me heen, gretig om hem te vergeten.

Op een middag in Fructidor, nog voordat de bladeren begonnen te kleuren, bezochten Theresia en ik een expositie in een van de paleizen van Barras met schilderijen van Citoyen Isabey. Ik was met de kunstenaar bevriend en hoopte dat Pauls gasten werk van hem zouden kopen.

In mijn citroengele japon liep ik langs de diverse prachtige *tableaux*, in geanimeerd gesprek met vrienden en kennissen. Paul had ik nog niet gesproken. Al vanaf het moment dat ik was gearriveerd had ik hem zien lonken naar een aantrekkelijke brunette.

Diep vanbinnen voelde ik me ellendig. De laatste twee weken waren zijn uitnodigingen steeds schaarser geworden. Hij betekende weliswaar niet meer voor me dan een dierbare vriend, maar toch stak het dat hij me zo gemakkelijk mijn congé leek te geven. Angst bekroop me. Het zou niet lang meer duren, dan was ik weer alleen en gedwongen voor de zoveelste keer opnieuw te beginnen.

Mijn blik ging naar een groepje heren bij een tafel met heerlijkheden. Ik had ze allemaal al eerder ontmoet. Een zucht ontsnapte me. De een was een opschepper, de ander altijd dronken. En de derde was vooral op zoek naar een moeder in plaats van een minnares. Ik huiverde. Mij niet gezien.

Ik ging op zoek naar Theresia en vond haar bij een raam. Beschenen door de zon zag ze eruit als een engel, haar bleekblauwe japon leek een stukje hemel dat op de aarde was gevallen. De militair met wie ze stond te praten, was zichtbaar van haar onder de indruk, getuige de nerveuze manier waarop hij aan zijn nek krabde.

Ik trok mijn neus op. Wie was dat?

Hij zag er onverzorgd uit, met vet haar en een smoezelig uniform dat hem te groot leek.

Theresia lachte om iets wat hij zei. Toen maakte ze een wuivend gebaar ter afsluiting van het gesprek, waarop hij nors weg stampte.

Ze pakte een glas champagne van een zilveren blad en schoof haar arm door de mijne. 'Eindelijk! Daar ben je!' Het klonk alsof ze de hele middag naar me op zoek was geweest.

'Wie was die man?'

'De generaal?' Ze gooide lachend haar hoofd achterover. 'Hij vroeg of ik hem naar een bal wilde vergezellen. Stel je voor! Om met die idioot te moeten dansen! Ongewild schoot ik in de lach. En ik zei dat ik wel wat beters te doen had. Tja, daar was hij duidelijk niet gelukkig mee.'

'Schaam je.' Ik nam haar mee naar een schilderij dat ik al twee keer had staan bewonderen. 'Om zijn gevoelens te sparen had je op zijn minst belangstelling kunnen veinzen.'

Ze rolde met haar ogen. 'Hij zag eruit alsof hij in geen weken een bad had genomen.'

Ik giechelde. 'Toch had je best wat aardiger kunnen zijn.'

'Misschien. Maar nu weet ik tenminste zeker dat hij me niet nog eens vraagt.'

'Nee, daar hoef je inderdaad niet op te rekenen.' We bleven staan voor een van mijn lievelingsschilderijen, een zelfportret van Isabey met zijn dochter. 'Ik heb Paul de hele avond nog niet gesproken. Volgens mij is hij helemaal verrukt van de brunette.'

'Lieverd, er is altijd wel een vrouw waar hij verrukt van is. Misschien wordt het tijd dat je je interesse verlegt.'

Ik bestudeerde de japon van het kleine meisje op het portret. 'Schitterend, hè, hoe hij de stof weet te schilderen. Kijk toch eens hoe het licht op die plooien valt. Je kunt bijna voelen hoe zacht de stof is.'

'Inderdaad, schitterend.'

'Misschien moet ik op zoek naar een man.'

'Daar meen je niks van.' Ze boog zich dichter naar het doek om de penseelstreken te bekijken. 'Je koestert je vrijheid.'

'Ik weet niet meer wat ik koester.'

Tegen Vendémiaire begon het echt herfstig en kil te worden, maar ondanks de dalende temperaturen bleven de geruchten constant en verhit. Het land was bankroet en royalisten bereidden een coup voor om de monarchie in ere te herstellen. Er braken rellen uit. In mijn vriendenkring fluisterden velen dat ze hoopten op een terugkeer van de koning.

Ik hoopte dat Barras erin slaagde de opstand te kop in te drukken.

Terwijl ik mijn kinderen zat te schrijven hoorde ik door het open raam het geluid van een naderend rijtuig. Kreeg ik bezoek? Ik sprong op en keek naar buiten. De ondergaande zon wierp zijn amberkleurige stralen over het gazon.

Het rijtuig van Paul kwam het tuinpad op. Hij had me in geen weken bezocht. Mijn opluchting maakte al snel plaats voor onzekerheid. Wat was er aan de hand?

'Mimi, zet gauw een pot thee en maak wat hapjes klaar. Barras is er.'

Mimi legde haar plumeau neer. 'Moet ik ook een bord bij dekken voor het avondeten?'

'Ik laat het je weten.'

Op dat moment klonken Pauls zware voetstappen in de hal. Ik haastte me erheen om hem te begroeten.

'Wat heerlijk om je te zien, *mon ami*.' We kusten elkaar op beide wangen. 'Heb je trek in een kop thee?'

'Ik heb liever een borrel.' Hij legde zijn pistool en zijn zwaard met veel lawaai op een tafel. 'Ik heb nachten niet geslapen.'

We hadden plaatsgenomen in de salon toen Mimi een blad met *galettes* en een quiche voor ons neerzette.

'Wat is er gebeurd?' Ik nam een *sablé* en veegde de kruimels van het boterachtige koekje van mijn schoot.

Paul beet in een stuk quiche. 'De royalisten zijn voornemens om over twee dagen de regering omver te werpen. Ze hebben het Palais des Tuileries omsingeld. Ik heb een van mijn generaals opdracht gegeven de orde te herstellen.'

'Dus de geruchten zijn juist? De rellen breiden zich uit?'

'Ik ben bang van wel. Ik kom je waarschuwen. Je moet de stad uit. Ga naar Croissy of Fontainebleau. Ik laat het je weten zodra de kust weer veilig is.' Hij stopte een hele sablé in één keer in zijn mond.

'Ik haal Eugène vanavond nog van school. Dan kunnen we morgenochtend in alle vroegte vertrekken.' Ik had voor de rest van mijn leven genoeg bloedvergieten gezien.

Eugène en ik namen onze intrek bij Désirée en de markies in Fontainebleau. Zes dagen later kwam er een brief van Barras.

Chère Rose,

De orde is hersteld. De Nationale Vergadering heeft standgehouden, de Republiek gezegevierd. Er vallen enkele honderden levens te betreuren, maar de boodschap die we hebben afgegeven is duidelijk: de Republiek zal overwinnen. Je kunt terugkomen op elk door jouw gekozen moment, maar ik zou me vereerd voelen als je me aanstaande septidi wilt vergezellen naar het Palais du Luxembourg, voor een eerbetoon aan mijn nieuwe protegé, die is aangesteld als hoofd van het Armée de l'Intérieur. 'Général Vendémiaire', zoals hij wordt genoemd.

Ik hoop op je aanwezigheid.
Je t'embrasse,
Paul

Er was een verschuiving ophanden. Het feit dat Barras een nieuwe generaal had benoemd en een huldiging voor hem organiseerde, betekende dat de militair in kwestie een belangrijk man was. Ik zou me op mijn mooist kleden, vastbesloten kennis te maken met Barras' nieuwe rechterhand en mijn invloed op alle fronten te versterken.

De nieuwe generaal zou wel eens een nuttig contact kunnen zijn.

De wonderlijke generaal

Rue Chantereine, 1795 – 1796

'Ik wil je aan iemand voorstellen,' zei Barras op de avond van het feest.

'En wie mag dat dan wel zijn?' vroeg ik onschuldig, knabbelend aan een petitfour – goddelijke, gesuikerde perfectie.

'De ster onder mijn generaals. Hij is misschien wat onooglijk en agressief, maar ook een man met daadkracht. Echt iemand die je moet leren kennen. Misschien kun jij hem wat manieren bijbrengen.'

'Manieren? O hemel, dat klinkt ernstig. Is dat soms de generaal waar iedereen het over heeft?' vroeg ik met een blik op mijn japon. Als ik hem daarmee niet het hoofd op hol wist te brengen, was hij geen echte man. De japon was in mijn opdracht gemaakt naar een schilderij van Venus, de Romeinse godin van de liefde. Lichtblauwe mousseline viel in plooien van mijn decolleté naar beneden, een split onthulde de perzikhuid van mijn rechterdij, omspannen door een ragdunne kous. Daaronder droeg ik sandaaltjes, waarvan de zilveren bandjes zich om mijn enkels en kuiten wikkelden. Een lieflijke bloemenkrans sierde mijn hoog opgestoken krullen. Theresia droeg hetzelfde ontwerp in lichtgroen. Een handvol gasten had bij onze aankomst geapplaudisseerd, waarop we ons lachend en met ruisende gewaden op de dansvloer hadden begeven.

Barras loodste me de kamer door. 'Inderdaad. Mijn kersverse aanvoerder van het Armée de l'Intérieur en van onze troepen in Italië. Ik vind hem… amusant.'

'Hoe dat zo?'

'Dat zul je wel zien.'

Toen we de generaal naderden, sloeg ik een hand voor mijn mond.

Dus híj was het? De verfomfaaide militair die door Theresia was bespot en afgewezen? Het kon toch niet waar zijn dat dit de nieuwe held was van de Republiek!

Zijn uniform slobberde om zijn magere lijf. Zijn kaalgesleten laarzen hadden elke glans verloren. Zijn bruine haar viel onverzorgd over zijn kraag en was zo te zien in geen weken gewassen. Het leek erop dat de generaal het niet zo nauw nam met de hygiëne, precies zoals Theresia had gezegd.

Ik keerde me vragend naar Barras. Hij knikte. Inwendig deinsde ik terug. De beroemde generaal mocht dan een held zijn, hij was ook een lomperik.

'*Bonsoir,* Bonaparte.' Barras schudde hem de hand.

De generaal rechtte zijn schouders. 'Goedenavond.' Hij sprak met een Italiaans accent.

'Mag ik u voorstellen aan de weduwe Rose de Beauharnais.'

'Citoyenne.' Bonaparte boog zijn hoofd en omklemde zijn cognacglas nog strakker. Zijn vingers werden eerst rood, toen wit.

Ik wuifde met mijn witzijden waaier. 'Generaal Bonaparte, wat een genoegen u te ontmoeten.'

De generaal zei niets. Zijn blauwgrijze ogen waren koud en vlak als straatkeien. Hoewel hij geen enkele warmte uitstraalde, was zijn gedrevenheid bijna tastbaar.

Ik glimlachte om de spanning te breken. 'Het is verbazingwekkend wat u hebt gepresteerd. U hebt een einde gemaakt aan de gewelddadigheden en de rebellen weer in het gareel weten te krijgen. Heel Parijs kan vannacht rustig slapen, in de wetenschap dat u waakt over onze veiligheid.'

'Het is inderdaad verbazingwekkend. Een kwestie van tactiek,' antwoordde hij afgemeten.

De glimlach bevroor op mijn gezicht. Onverzorgd en nog arrogant ook! Met die combinatie zou hij zich niet geliefd maken in het verheven gezelschap dat hij zocht. Althans, niet op de lange termijn.

Hij keek strak voor zich uit en deed er verder het zwijgen toe.

Barras sloeg hem lachend op de rug. 'Uw zelfverzekerdheid spreekt me aan.'

Er kon geen lachje af. Geen enkele reactie.

Paul nam een grote slok van zijn glas. 'Als jullie me willen verontschuldigen, ik heb iets te bespreken met Monsieur Ouvrard.' Hij maakte zich gehaast uit de voeten.

Daar was het laatste woord nog niet over gezegd! Hoe durfde hij me met deze man alleen te laten? Ik schraapte mijn keel. 'Als militair en held hebt u ongetwijfeld heel wat boeiende verhalen te vertellen.'

'Uiteraard.' Hij liet zijn blik keurend over mijn verschijning gaan.

Het luiden van een gong, ten teken dat we aan tafel konden, maakte een eind aan onze bedroevende poging tot het voeren van een gesprek.

Ik legde vluchtig een hand op zijn arm. 'Ik heb met een aantal vriendinnen afgesproken. Misschien kunnen we later nog wat babbelen?'

'Prima.' Hij staarde naar mijn geschoeide hand.

'Het was me een genoegen u te ontmoeten, generaal. Goedenavond.'

Bonaparte boog en liep weg in de richting waarin Barras was verdwenen.

Ik haastte me de tegenovergestelde kant uit, opgelucht dat ik van hem af was. Wat een wonderlijke man.

Het bleek echter niet zo gemakkelijk om aan de generaal te ontsnappen. De rest van de avond werd ik achtervolgd door zijn verontrustende blik. Toen ik het warm had gekregen nadat ik langdurig op de dansvloer had gestaan, liep ik de binnenplaats op in een verlangen naar frisse lucht. Op de bankjes langs de buitenrand zaten her en der paartjes, innig omstrengeld of diep in gesprek.

Ik streek met mijn vingers over de koele rand van de fontein. Het was verbazingwekkend hoe de kunstenaar het marmer een soepele, bijna vloeibare aanblik had verleend. Het water in het bekken weerkaatste mijn spiegelbeeld. In mijn glanzende japon zag ik eruit als een geest in het maanlicht.

Bij het geluid van voetstappen draaide ik me om.

Het was Generaal Bonaparte. Zijn diepliggende ogen hadden een harde schittering, als van diamanten. Door zijn benige gezicht leek zijn neus des te langer. Hij bestudeerde me van top tot teen alsof hij elk detail in zijn geheugen wilde prenten.

'Ik zag dat u genoot van het dansen, Citoyenne de Beauharnais.' Dus hij had toch manieren.

'Ik vind het heerlijk. Houdt u niet van dansen, generaal?'

Hij verstijfde. 'Ik verspil mijn tijd niet aan activiteiten waarbij ik eruitzie als een dwaas. Ik ben soldaat. Mijn dans speelt zich af op het slagveld.'

'Wat jammer. Vrouwen zijn dol op dansen.' Ik schonk hem een verleidelijke glimlach. Door de koele bries gingen de haartjes op mijn armen rechtop staan.

'Inderdaad.' Zijn blik ging dwars door de dunne mousseline van mijn japon.

'Wat een heerlijke avond.' Ik keek op naar de maan, die aan een onbewolkte hemel stond.

Bonaparte pakte mijn hand.

'Generaal?' zei ik geschrokken.

'Mag ik u de hand lezen?' Hij begon hem te strelen. 'Ik beheers de kunst van het voorspellen.'

'U?' Ik schoot in de lach. 'Dat zou ik nooit achter u hebben gezocht. U bent zo... terughoudend en op uw hoede.'

'Ik kom uit Corsica. Daar nemen we het handlezen heel serieus.'

'Ik ook,' zei ik grijnzend, geamuseerd door zijn vrijpostigheid. 'Wat zal de toekomst me brengen?'

Hij trok mijn hand dichter naar zich toe. Zijn hete adem kriebelde over mijn huid terwijl hij met zijn vinger de lijnen in mijn handpalm volgde. Nadat hij ze kortstondig maar aandachtig had bestudeerd, verstijfde hij. Als door een adder gebeten liet hij mijn hand los.

'Lieve hemel,' vroeg ik lachend. 'Wat hebt u gezien?'

Hij was spierwit geworden. '*Mi perdoni*... Ik moet gaan.' Hij draaide zich op zijn hakken om en vluchtte de nacht in, zonder nog één keer achterom te kijken en zonder tegen iemand iets te zeggen.

Het gedrag van de generaal fascineerde me. Wat kon hem in 's hemelsnaam zo van streek hebben gemaakt? Het was tenslotte *mijn* hand.

Toen ik hem over het voorval vertelde zei Barras dat ik wel aan Bonapartes ongewone manier van doen zou wennen. Dat ik hem misschien zelfs sympathiek zou gaan vinden.

Maar dat waagde ik te betwijfelen.

De volgende ontmoeting met de generaal vond plaats op mijn eigen initiatief. Om verder tumult na de recente coup te voorkomen had hij opdracht gegeven dat alle wapens waarvoor geen vergunning was afgegeven moesten worden ingeleverd. Er zou voor niemand een uitzondering worden gemaakt.

Eugène was woedend.

'Ik weiger Papa's zwaard af te staan. Dat is mijn erfenis, het enige wat ik nog van hem heb!' Met gebalde vuisten liep hij onze kleine salon op en neer. De houten vloer kreunde onder zijn stappen.

'Ik begrijp dat je van streek bent, lieverd. Maar je hebt geen keus.' Huiverend stelde ik me voor dat mijn zoon zich zou moeten verantwoorden voor het Comité de salut public.

In zijn ogen las ik de pijn en het verdriet om zijn vader. Het voelde als een dolksteek in mijn hart. Ik vond het verschrikkelijk om hem zo wanhopig te zien.

'Maar Maman,' pleitte hij, 'jij kent zo veel ministers, zo veel mensen die deel uitmaken van het Comité. Is daar niemand bij die nog bij je in het krijt staat?'

Wat kende hij zijn moeder toch goed. Wanneer ik anderen om een gunst vroeg, zorgde ik er altijd voor dat zij mij ook iets schuldig waren. Ik liep naar het raam aan de voorkant. Het was een sombere dag, voorbijgangers haastten zich naar hun bestemming, de regen stroomde van hun hoed.

'Ik heb het al aan Barras gevraagd, maar die had er niets over te zeggen, zei hij. De generaal –' Ik zweeg abrupt. 'Maar dat is Bonaparte!'

'Wie is Bonaparte?' Eugène streek over de rijkversierde koperen schede. Het graveerwerk was indrukwekkend.

'Dat is de generaal die de opdracht heeft uitgevaardigd. Als we de juiste toon weten te vinden kunnen we hem misschien overhalen om voor jou toch een uitzondering te maken. Trek je mooiste uniform aan en poets je laarzen. We gaan vanmiddag bij hem op bezoek.'

Bonaparte zat achter zijn bureau, over zijn schrijfwerk gebogen. Hij was al niet groot van postuur, maar door het hoge plafond en de enorme ramen leek hij nog kleiner. Ik las de verrassing in zijn ogen toen ik de deur achter ons sloot. Hij legde zijn ganzenveer neer. Tussen opengeslagen boeken en paperassen op zijn bureau lag een kaart van de Italiaanse staten.

Het was schemerig in het kantoor. 'Hoe kunt u hier in 's hemelsnaam lezen?' vroeg ik. 'Is de lampolie op?'

'Citoyenne de Beauharnais.' Hij sprong overeind, zijn oren werden net zo rood als de kraag van zijn jas. 'Wat kan ik voor u doen?'

Mijn blik gleed over zijn nieuwe uniform. *Kleren maken de man.*

'Mag ik u voorstellen aan mijn zoon, Eugène de Beauharnais. Eugène, dit is Generaal Bonaparte.'

'Aangenaam kennis te maken, generaal.' Eugène salueerde en legde zijn hand toen weer nadrukkelijk op zijn zwaard.

'Waaraan dank ik uw bezoek op deze sombere dag?' Hij liep gejaagd van de ene lamp naar de andere en stak ze haastig aan. Dankzij het heldere licht leek het kantoor op slag minder hoog en hol.

'We hebben verontrustend nieuws ontvangen —' begon ik, maar Eugène onderbrak me.

'Neem me niet kwalijk, Maman. Generaal, mag ik zo vrij zijn?'

Bonaparte knikte.

Mijn zoon rechtte zijn schouders en zette zijn borst vooruit. 'U hebt opdracht gegeven dat alle wapens moeten worden ingeleverd. Ik ben hier niet om verzet tegen die opdracht aan te tekenen, maar om mijn zaak te bepleiten. Mijn zwaard is van mijn vader geweest. Hij was een patriot en een militair, net als u. En hij is gevangengezet en geëxecuteerd voor misdaden die hij niet heeft begaan.'

Eugène ademde diep in om zijn emoties onder controle te houden. 'Het enige wat ik nog heb…' vervolgde hij schor. Hij slikte. 'Het enige wat ik nog van mijn vader heb, van het eervolle leven dat hij heeft geleid, is zijn zwaard. Het zal niet lang duren of ik ben zelf soldaat en ik zou het als een eer beschouwen om het zwaard van mijn vader te mogen dragen. Daarom vraag ik u met klem —'

Bonaparte hief een hand om hem het zwijgen op te leggen. Eugène zette zich verontwaardigd schrap voor een afwijzing. 'Jonge man, u mag het zwaard van uw vader houden.'

Eugène slaakte een zucht en boog zijn donkere hoofd. 'Dank u, generaal. Ik zal u voor eeuwig dankbaar zijn.'

Mijn hart zwol van trots bij het zien van de man die mijn zoon was geworden.

Bonapartes houding werd meer ontspannen. De blik in zijn ogen verzachtte. 'Het is u gegund.'

'*Chéri*, ga jij vast naar de gang,' zei ik tegen Eugène. 'Ik wil de generaal graag even onder vier ogen spreken.'

'Natuurlijk, Maman. Generaal.' Hij zette zijn hoed weer op en salueerde.

Toen de deur achter hem dichtviel, liep ik naar voren tot alleen de hoek van het bureau zich nog tussen Bonaparte en mij in bevond. 'U kunt zich niet voorstellen wat dat zwaard voor hem betekent. En wat het voor mij betekent dat u hem toestemming hebt gegeven het te blijven dragen. Dank u wel.'

Bonaparte schraapte zijn keel en hij verplaatste zijn gewicht naar zijn andere voet. 'Uw zoon is een hartstochtelijke jonge man. Hij gaat een glanzende carrière in het leger tegemoet.'

'Hij popelt van ongeduld. Ik kan alleen maar hopen dat hij net zo'n inspirerend militair wordt als u.'

Zijn lippen krulden zich. 'Wie weet.'

Hij had tenminste een poging gedaan om te glimlachen.

'Ik neem aan dat ik u vanavond in het theater zie?'

Op slag kwam er een uitdrukking van blijde verwachting op zijn gezicht. 'Ik zie ernaar uit.'

'Dan wens ik u nog een prettige middag, generaal.'

Zijn ogen boorden zich met een messcherpe blik in de mijne. 'Goedemiddag, madame.'

Zowel de komedie die zou worden opgevoerd als de weergaloos populaire hoofdrolspelers Julie Carreau en Joseph Talma hadden ervoor gezorgd dat het theater tot en met de laatste stoel was bezet. Ik pakte mijn toneelkijker en probeerde geen acht te slaan op de beeldschone brunette naast me. Barras had haar uitgenodigd om zich bij ons aan te sluiten. Het was voor het eerst dat ik hem vergezelde samen met een andere vrouw – Theresia niet meegerekend. Onderhuids prikte de jaloezie. Het was nog slechts een kwestie van tijd of hij zou me aan de kant zetten. Dus misschien moest ik hem vóór zijn.

Ik boog me naar voren om te ontkomen aan de doordringende seringengeur die mijn rivale omhulde. Het was niet haar schoonheid waarom ik haar benijdde, zelfs niet haar invloed op Barras. Ik was jaloers op haar onbekommerde jeugd, op het feit dat alle opties voor haar nog open waren. Maar ik had mijn eigen opties. Er waren vrijers genoeg die uitkeken naar de dag waarop ik bij Barras wegging, stelde ik mezelf gerust.

In afwachting van het moment waarop het doek opging, liet ik mijn blik door de volle zaal gaan. Ik zag veel bekende gezichten in het publiek: Citoyenne Hamelin met haar echtgenoot, diverse anderen van de ministeries en natuurlijk Citoyen Ouvrard met Theresia aan zijn zijde. Ik glimlachte. Theresia had me de vorige avond pas bekend dat ze in de knappe bankier geïnteresseerd was. Ze liet er duidelijk geen gras over groeien.

Een acteur haalde het doek op. Het werd stil in de zaal. Het enige licht was afkomstig van de lampen die op het toneel waren gericht.

Net toen het stuk begon betrad Generaal Bonaparte ons balkon en liet zich in de stoel naast Barras vallen.

Zodra hij zat boog hij zich voorover om mijn blik te zoeken. Door de lome, stralende glimlach die zich over zijn gezicht verspreidde, leek hij ineens een ander mens.

Dieu, wat was hij knap als hij lachte! Ondanks mezelf beantwoordde ik zijn glimlach.

Hij boog hoffelijk zijn hoofd en richtte zijn aandacht vervolgens op het toneel.

Tijdens de voorstelling wierp ik af en toe een steelse blik op hem. Bonaparte leek me geen toneelliefhebber, maar hij wekte de indruk dat het stuk hem in vervoering bracht. Ik kwam tot de conclusie dat de generaal in vervoering werd gebracht door alles wat hij bewonderde.

Na de voorstelling gingen we met ons gezelschap naar het Hôtel de Richelieu om te souperen en te dansen. Bij aankomst werden we enthousiast onthaald.

'*Général Vendémiaire!*' klonk het uitbundig.

Bonaparte zette zijn borst op en Barras sloeg hem op de rug. 'Iedereen ziet je nog altijd als een held.' Pauls sardonische glimlach ontging me niet. 'We hebben het een ander te bespreken samen,' zei hij tegen mij. 'Dus ik zie je straks weer.'

'Ik heb zelf ook het een en ander te bespreken. Bewaar maar een dans voor me.' Ik wuifde koket en liep in de tegenovergestelde richting. Paul was altijd aan het werk, zelfs wanneer we uitgingen, maar deze keer had ik mijn eigen programma. Ik wilde die avond diverse militaire contracten afronden.

Twee uur later begon de nieuwsgierigheid echter te knagen. Wat voerden die twee uit – Barras en Bonaparte? Ze waren de laatste dagen onafscheidelijk. Toen ik naar hen op zoek ging kwam ik een van mijn dierbaarste vriendinnen tegen. In haar groenzijden jurk en bijpassende pruik was ze dan ook onmogelijk over het hoofd te zien.

'Fanny!' riep ik boven het luide geroezemoes uit. 'Ik had geen idee dat jij er ook was.' Ik kuste haar uitbundig.

Op haar beurt viel ze me uitgelaten om de hals. 'Je bent me een bezoek schuldig.'

'Ik heb je gemist.'

'Je ziet er betoverend uit in dat roze. Ravissant!' Ze liet haar blik keurend over mijn japon met verhoogde taille gaan.

'Ik kan hetzelfde van jou zeggen!' zei ik lachend. 'Je ziet eruit als een bosfee die de komst van het voorjaar aankondigt.'

Ze giechelde. 'Ik vond dit groen onweerstaanbaar. Kom volgende week wat eerder naar mijn *salon*, voordat de anderen er zijn.'

'Wat een schitterend idee. Want ik heb zo veel roddels die ik met je moet delen.'

'Over roddels gesproken, heb jij die generaal al ontmoet waar iedereen het over heeft? Het is maar zo'n schriel klein mannetje. Ik begrijp niet dat ze daar allemaal zo'n ophef over maken.'

Ik deed een stap opzij om een groepje van drie mannen te ontwijken; twee van hen ondersteunden de derde, die amper op zijn benen kon staan, ongetwijfeld omdat hij te veel had gedronken. 'Het is inderdaad een vreemde figuur, maar volgens mij begin ik indruk op hem te maken.'

'Dat wil ik wel geloven!' Ze lachte schalks.

'Om je de waarheid te zeggen was ik net naar Barras en Bonaparte op zoek. Heb jij ze gezien?'

'Is hij dat niet?' Ze wees met haar hoofd.

Ik ontdekte Bonaparte in de aangrenzende kamer, omringd door een groep mensen. Onder hen herkende ik de knappe Kolonel Junot, maar ook een bankier en vier dames die ik bij eerdere gelegenheden had ontmoet. Tot mijn verrassing nam Bonaparte de hand van een van de heren in de zijne.

Blijkbaar ging hij hem de toekomst voorspellen. Ik schoot in de lach. Dus zo veel verschilden we niet van elkaar.

'Wat is er zo vermakelijk?' vroeg Fanny.

'Hij verrast me,' zei ik, meer tegen mezelf dan tegen haar. Het groepje om hem heen begon te lachen. Een van de dames werkte zich door het gedrang heen en legde haar hand in de zijne.

'De generaal?' Fanny's ogen begonnen te glinsteren. 'Misschien gaat hij jou wel de hand lezen.'

'Ik ben benieuwd wat hij daarin zou zien.' Ik beantwoordde haar ondeugende blik. Ze hoefde niet te weten dat hij dat al had gedaan. 'Dus we zien elkaar volgende week?'

'Ja, lieverd.' We omhelsden elkaar. 'Nog een heerlijke avond verder. *À tout à l'heure.*' Met die woorden verdween Fanny tussen de gasten.

Ik voegde me bij de kring rond Bonaparte. 'Hebt u een plezierige avond, generaal?'

Hij keek op.

Weer die glimlach, waardoor alle hardheid van hem af leek te vallen.

'Wilt u mij verontschuldigen, citoyens?' Hij liet de hand van de vrouw los. 'Ik zie er al de hele avond naar uit om nader kennis te maken met Citoyenne de Beauharnais.' Hij legde mijn hand op zijn arm. 'Zullen we dan maar?'

De manier waarop hij het initiatief nam getuigde van stoutmoedigheid.

Ik glimlachte. '*Bien sûr.*' We liepen naar de andere kant van het vertrek. 'Ik zie dat u plezier hebt in handlezen. Waarom dan niet bij mij?'

Er kwam een verbeten trek om zijn mond. 'Ik was die avond met stomheid geslagen.'

'U verliet spoorslags de binnenplaats!' zei ik lachend. 'Waarom? Had u iets vreselijks in mijn hand gezien? U hebt me nogal aan het schrikken gemaakt.'

'Ik was verbijsterd, in verwarring gebracht door wat ik in uw hand las.' Bonaparte trok een stoel voor me naar achteren zodat ik kon gaan zitten. 'Uw toekomst en de mijne zijn met elkaar verbonden. Ik weet nog niet hoe, maar de lijnen in uw hand en de mijne lijken identiek.'

Hij pakte mijn hand en volgde een van de lijnen. 'Kijk. Hier.' Hij keek me onderzoekend aan.

Ik lachte wat ongemakkelijk en wenkte een ober om me een glas wijn te brengen. Het was ondenkbaar dat mijn toekomst met die van de generaal was verbonden, anders dan via Barras.

'U drijft de spot met me?' Hij schonk me de directe, onbeschaamde blik die ik inmiddels van hem kende.

'Natuurlijk niet, generaal. Ik zou me gezegend voelen als onze wegen elkaar in de toekomst kruisen.' Ik legde mijn hand op zijn arm. 'U hebt al zo veel bereikt. En uw ideeën zijn zo inspirerend.'

Hij boog zich dichter naar me toe, zodat zijn lippen langs mijn oor streken. 'U vleit me. Waarom doet u dat? U bent de begeerlijkste vrouw van het gezelschap. In uw nabijheid stokt de adem in mijn keel.' Hij wierp een blik op mijn gezicht. 'Vindt u dat amusant?'

'U hebt te veel champagne gedronken,' zei ik loom, met mijn ogen halfgesloten. We kenden elkaar amper, maar hij was nu al smoorverliefd op me.

Hij kuste teder mijn hand, zonder zijn blik van de mijne af te wenden. Alsof hij op die manier bezit van me wilde nemen. 'Ik weet wat ik wil,' zei hij. 'Ik weet altijd precies wat ik wil.'

Ineens voelde ik me slecht op mijn gemak, dus ik trok mijn hand uit de zijne. 'Ik heb vandaag nauwelijks iets gegeten. Zullen we eens gaan kijken of we iets lekkers kunnen bemachtigen?'

'Ik beschouw het als een voorrecht wanneer ik u daarbij mag vergezellen.'

Ik koketteerde nog een uur met Generaal Bonaparte, toen begaf ik me naar de dansvloer en vergat hem volledig. Tot het eind van de avond, toen hij mijn blik onderschepte en ik de begeerte las die brandde in zijn ogen.

Ik wiebelde lonkend met mijn vingers, wendde me af en voelde dat hij me nakeek.

Barras moedigde mijn contacten met de generaal aan.

'Hij is helemaal verrukt van je.' Paul lag languit op een divan in een boek te bladeren. Het gebeurde maar zelden dat hij zich de rust gunde om te lezen. 'Hij zou je dolgraag het hof maken. Als je hem de kans gaf.'

'Je doet alsof dat van mij afhangt. Hij loopt nu al als een hondje achter me aan.' Ik belde een bediende. Bij een gesprek als dit had ik koffie nodig. Want het was maar al te duidelijk waar Paul op aanstuurde: dat onze wegen zich zouden scheiden.

'En neem het hem eens kwalijk!' Hij schonk me een ironische glimlach. 'Hij verdient goed, hij is ambitieus, dus het zal zijn vrouw aan niets ontbreken.' Hij bladerde wat in zijn boek. 'Bovendien beschikt hij over een wonderlijk inzicht in de menselijke ziel. Gewoon griezelig. Trouwens, dat geldt ook voor jou, *mon amie*.' Hij blies me een kus toe.

'Ben je soms van plan me uit te huwelijken, Paul?' Een bediende zette een blad op de tafel naast mijn stoel. Ik pakte een kopje en deed er suiker in.

'Ik wil alleen maar dat je gelukkig bent. En dat er voor je wordt gezorgd.' Hij ging rechtop zitten en zwaaide zijn benen over de rand van de divan. 'Ik ben dol op je, Rose, maar wat er tussen ons is gaat niet veel verder dan vriendschap. Dat weet je net zo goed als ik.'

Ik had het gevoel dat hij me in mijn maag had gestompt. Dus het was zover. Ik werd ingeruild. Zwijgend staarde ik naar de grond. Ik wist niet of ik het aankon – weer een relatie zonder echte liefde. Vermoeid leunde ik naar achteren en sloot mijn ogen.

De hartstocht waarmee Bonaparte me het hof maakte bracht me uit mijn evenwicht. Toch merkte ik dat ik steeds meer tijd met de generaal doorbracht, gefascineerd als ik was door zijn unieke charisma. Met zijn blikken volgde hij al mijn bewegingen, in gezelschap liep hij soms weg uit een gesprek om me gepassioneerd in mijn hals te kussen, om me te complimenteren met mijn japon of om mijn handen bezitterig in de zijne te nemen.

Ik begon hem aardig te vinden, ondanks zijn merkwaardige manier van doen en scherpe observaties, of misschien wel juist daardoor. Hij amuseerde me, ook al ging hij in zijn beweringen voortdurend over de schreef.

'Vrouwen hebben te veel macht in deze stad. In dit land!' tierde hij op een avond tijdens een diner bij Paul.

Citoyenne Hamelin verslikte zich in haar wijn. Pauls ogen puilden uit hun kassen en andere gasten rond de tafel hapten naar lucht, als vissen op het droge. Wat een provinciale manier van denken hield de Corsicaan erop na! Ik nam een slok wijn om mijn glimlach te verbergen.

'Een vrouw hoeft maar iets te willen...' hij gebaarde met zijn mes alsof het een zwaard was, 'en ze krijgt het! Ze zegt wat ze denkt, legt een frêle hand op een gespierde mannenarm, en de sukkel struikelt over zijn eigen voeten om het haar naar de zin te maken. Vrouwen wauwelen over allerlei onbeduidends en niet gehinderd door enige kennis van zaken bemoeien ze zich veel te veel met de politiek.' Hij doopte een korst brood in de roomsaus op zijn bord.

Het werd stil aan tafel. Het enige geluid was het schrapen van zilver over porselein. Bonaparte had niet in de gaten dat hij met de opvattingen die hij verkondigde alle aanwezigen voor het hoofd stootte.

'Dus u insinueert dat ik noch iemand anders van de aanwezige dames ook maar iets waardevols te zeggen heeft?' Ik kon de verleiding niet weerstaan het vuurtje op te stoken. 'Maar we leven niet meer in de middeleeuwen, generaal!'

De punten van zijn oren werden vuurrood. Ik glimlachte poeslief en stak een hap boontjes in mijn mond. Bonaparte liet – zichtbaar opgewonden – zijn wijnglas tussen zijn vingers ronddraaien.

'U moet uw meningen bewaren voor de huiselijke kring,' zei hij toen. 'Voor uw echtgenoot. Vrouwen compliceren de situatie en vertroebelen de geest van de mannen.'

'Alsof mannen worden geregeerd door hun geest!'

Iedereen begon te lachen.

Het bleke gezicht van de generaal kleurde roze – van boosheid of gêne, dat wist ik niet.

'Ik zal de invloed noch de intelligentie van de vrouw ontkennen, maar ik zie niet in waarom vrouwen zo veel macht moeten hebben. Dat is belachelijk. Het enige wat vrouwen als Madame de Staël en Theresia Cabarrus' – hij fronste zijn voorhoofd – 'bereiken is dat ze problemen veroorzaken.'

Ik lachte weer. 'Ik zal ze maar niet vertellen hoe u over hen denkt.'

Zoals ik ook maar beter niet kon zeggen hoeveel mannen ik naar mijn hand had weten te zetten en hoeveel ik bij mijn onderhandelingen al aan hen had verdiend. Bonaparte zou razend worden. Maar dat ging hem niets aan. Dat was míjn zaak. En daar had hij niets over te vertellen.

Op een avond in de winter gaf ik voor een bescheiden aantal gasten een soiree om Hortense en Eugène te verwelkomen. Ik omhelsde hen hartstochtelijk toen ze uit school thuiskwamen; Eugène in zijn fraaie uniform, Hortense een opbloeiende schoonheid in blauwe mousseline. Het hart van een moeder had het zwaar wanneer de kinderen niet meer thuis woonden.

Ik spaarde kosten noch moeite voor de feestelijke avond. Het gezelschap bestond uit mijn naaste vrienden: Theresia en Ouvrard, Marie-Françoise en haar dochter Désirée; Barras en Kolonel Junot ; Fanny en een handvol anderen. Op het laatste moment nodigde ik ook Generaal Bonaparte uit.

Terwijl de gasten binnendruppelden begon de ingehuurde pianist te spelen. Generaal Bonaparte arriveerde met armen vol geschenken: bloemen, linten voor Hortense en voor Eugène een boek over militaire strategie.

Bij het zien van de titel begon mijn zoon te stralen. 'Dank u wel, generaal.'

'Merci.' Hortense drukte het doosje met linten tegen zich aan.

'Graag gedaan.' Bonaparte boog zich naar haar toe en trok haar aan haar oorlel.

'Au!' Haar hand schoot naar haar oor. 'Neemt u me niet kwalijk, generaal! Maar dat doet pijn!'

Hij lachte scherp, ongemakkelijk, en schoof in een nerveus gebaar zijn hand tussen de knopen van zijn jasje.

Ik wierp Hortense een strenge blik toe. Mijn dochter was niet op haar mondje gevallen. Ik schoof mijn arm door die van Bonaparte. 'Wat attent om cadeautjes voor ons mee te brengen. Doe ik u een plezier met een glas cognac?'

'Heel graag.' Hij knipoogde naar mijn dochter.

'Ik wens u een bijzonder plezierige avond,' zei Hortense in een poging beleefd te zijn, maar de minachting in haar ogen was onmiskenbaar. Ze draaide zich met een ruk om en ging op zoek naar Désirée.

Even later arriveerde Barras, samen met Jolène, de brunette uit het theater. Hun aanblik bezorgde me een overweldigend gevoel van spijt. Ik verdrong het en dwong mezelf te glimlachen.

'Welkom.' Ik kuste hen op de wang, toen ging ik op zoek naar een glas wijn.

Het duizelde me. Ik had niet verwacht dat het me zo zou raken hen samen te zien. Over de rand van mijn glas heen ontmoette ik de blik van Bonaparte. Hij klopte Eugène op de rug en kwam glimlachend naar me toe.

De week daarop nodigde ik hem uit me te vergezellen naar Fanny's *salon*. In haar vriendenkring was men razend nieuwsgierig naar de nieuwe protegé van Barras, de kersverse generaal van het Armée de l'Intérieur. Fanny stond erop dat ik hem meebracht. Mijn vriendin had een eenvoudige ontvangst georganiseerd, waarbij Bonaparte in het middelpunt van de aandacht stond. Na het diner werd er muziek gemaakt, maar ten slotte werd het tijd om naar huis te gaan. Het was een koude avond dus we haastten ons naar het wachtende rijtuig.

De generaal kwam dicht naast me zitten. 'Ik heb u de hele avond niet gezien,' zei hij. 'Hebt u zich vermaakt?'

Hij wel, dat was duidelijk. In het gedempte licht kon ik zien dat zijn blauwe ogen schitterden. Om zijn mond speelde een brede glimlach. Wanneer hij vrolijk was en goed gekleed was hij een knappe verschijning.

Ik schoof niet bij hem vandaan, ook al zat hij wel erg dicht naast me. 'Fanny's soirees zijn altijd onderhoudend. En u was de ster van de avond.'

Hij streek een losgeraakte krul van mijn voorhoofd. 'Mijn ster zou nooit zo kunnen stralen als de jouwe, lieve Rose.'

Ik bracht een hand naar mijn mond om mijn glimlach te verbergen. Bonaparte was een romanticus! Wie had dat kunnen denken?

Hij nam mijn handen in de zijne en streelde ze. 'Je hebt zulke kleine handen,' zei hij. 'Ze zijn zo zacht en vrouwelijk.'

Een beetje ongemakkelijk ging ik verzitten. Hij bleef me strak aankijken en ik voelde me als verlamd, gevangen, in het besef dat ik over mijn hele lichaam begon te gloeien.

'Ik moet je iets zeggen. Het is heel erg belangrijk. Dus ik wil dat je… dat je erover nadenkt… voordat je antwoord geeft.' Hij schoof rusteloos heen en weer.

'Voelt u zich wel goed?'

'Uitstekend.' Hij glimlachte weer. 'Lieveling… Barras houdt niet van je. Voor hem ben je een van de velen. Meer niet. Het zal niet lang duren of hij zet je aan de kant. Als hij dat al niet heeft gedaan.'

Tact was niet zijn sterkste kant. Ik probeerde mijn handen terug te trekken, maar hij verstrakte zijn greep.

'Laat me alsjeblieft uitspreken.' Zijn stem werd zachter. 'Wat ik wil zeggen is dat ik je betoverend vind. Een prachtige vrouw. Intelligent, charmant. Fijnzinnig en hoogstaand. Bovendien straal je zo veel… rust uit, zo veel kalme zelfverzekerdheid.' Hij kuste mijn palm. 'Rose.' Zoals hij mijn naam zei klonk het als een streling. 'Ik ben verliefd op je. Ik ben bezeten van je! Ik eet niet meer, ik slaap niet meer. Ik droom van je lange, sierlijke hals.' Hij wreef over het stukje hals dat niet door mijn mantel werd bedekt. 'Van je lippen…' Met zijn wijsvinger volgde hij de lijn van mijn mond. 'Van de welving van je borsten.' Hij reikte ernaar, met een blik alsof hij hoopte dwars door mijn wintermantel heen te kunnen kijken.

'Bonaparte.' Ik sloeg zijn hand weg. 'Het bestaat niet dat u verliefd op me bent.' Ik probeerde me van hem los te maken om te ontkomen aan de vitaliteit die er van hem uitging. Om te ontkomen aan de verdrinkingsdood.

'Je bent niet jong meer.'

'Bedankt dat u me daaraan herinnert.' Ik keek hem woedend aan. Wat een ergerlijke man. Hoe slaagde hij erin altijd precies het verkeerde te zeggen?

Hij pakte mijn hand weer als om te voorkomen dat ik wegliep. 'Je hebt een echtgenoot nodig. Trouw met me! Je vindt nergens een man die méér van je zal houden. *Amore mio*, maak me de gelukkigste man van de wereld en word mijn vrouw.'

Mijn mond viel open. Daar had ik niet op gerekend. Bewondering, begeerte, dat had ik verwacht. Misschien zelfs een voorstel om zijn minnares te worden. Maar een huwelijksaanzoek? Ik keek hem zwijgend aan.

Het huwelijk was me niet goed bekomen. Ik had alles gegeven en wat had ik ermee bereikt? Niets. Ik was met lege handen achtergebleven. Alexandre... Bij de herinnering hield ik abrupt mijn adem in. Moge je rusten in vrede, lieve vriend. Ik wendde mijn blik af om mijn plotselinge geëmotioneerdheid te verbergen.

Bonaparte streek met een vinger langs mijn kaak. 'Je bent verdrietig.'

Ik sloeg mijn ogen neer. 'Bonaparte –'

'Ik hou zo veel van je, genoeg voor ons allebei. Mijn ster is rijzende. Ik word alom gerespecteerd en ik heb goede connecties. En het zal je kinderen ook aan niets ontbreken.' Hij kuste mijn hand weer. '*Je t'aime.*'

Ik keek hem aan, getroffen door de gedrevenheid in zijn gezicht. Hij hield echt van me.

'Je hoeft nu geen antwoord te geven.' Hij leunde naar achteren. 'Ik hoop alleen dat je erover wilt nadenken.'

Een gevoel – misschien was het intuïtie – nam bezit van me. Mijn ogen werden vochtig, de haartjes op mijn armen prikten. Ik huiverde.

'Lieveling, heb je het koud?' Hij sloeg zijn armen om me heen.

Ik kon mijn intuïtie niet negeren.

'*Een donkere onbekende, een man zonder fortuin,*' had de priesteres gezegd.

'Goed, Bonaparte. Akkoord. Ik trouw met je.'

Citoyenne Bonaparte

Parijs, 1796

Ondanks mijn reserves was Bonaparte vaak in mijn gedachten – ik was onder de indruk van zijn kracht, van zijn gevoelige kant en zijn liefde voor schoonheid, maar ook van de manier waarop hij observeerde en dwars door mensen heen leek te kijken. Het verschil met mijn eerste echtgenoot had nauwelijks groter kunnen zijn.

Toch bleef ik twijfelen, ook op die middag in mijn salon, toen ik afwezig mijn kaarten schudde.

Waarom zou ik genoegen nemen met één man? Ik had een invloedrijke vriendenkring en talloze contacten bij de ministeries. Er waren genoeg mannen die belangstelling toonden en maar al te graag bereid zouden zijn me – althans voor een periode – te onderhouden. Maar hoelang zou ik nog begeerlijk zijn? Ik was tenslotte al tweeëndertig. Een huwelijk met Bonaparte gaf zekerheid; hij zou een vaderfiguur kunnen zijn voor Hortense en voor Eugène een mentor. Zijn ster was nog altijd rijzende, zijn positie werd er alleen maar sterker op. Maar zou ik hem kunnen blijven boeien? Bij alle andere mannen was hun aandacht uiteindelijk verslapt. Een vertrouwde pijn trok door me heen.

Toen sloeg de deur.

'Waar is mijn lieftallige bruid?' dreunde de stem van Bonaparte vanuit de hal.

'In de salon.' Ik legde zuchtend mijn kaarten neer.

'Kom bij me!' bulderde hij terwijl hij de kamer binnenkwam.

Ik negeerde zijn uitgestoken hand. 'Hoe ging je bespreking met Barras?'

'Straks,' verklaarde hij op besliste toon. Hij tilde me op, zodat mijn onderrokken in een vertoon van kant en ruches over zijn arm uitwaaierden. Er gleed een gelukzalige glimlach over zijn gezicht.

'Zet me neer,' zei ik lachend. 'Straks ga je nog door je rug.'

'Mijn vrouw wordt gedragen! En aanbeden!' Hij droeg me de gedraaide trap op.

'Ik ben je vrouw niet.'

Bonaparte bleef abrupt staan en keek me doordringend aan. Ik probeerde zijn scherpe blik te ontwijken tot hij zijn mond op de mijne drukte. Mijn lippen ontspanden, zijn kus werd vuriger.

Een verrukkelijke warmte doorstroomde mijn buik.

Ten slotte maakte hij een eind aan de kus. We hijgden, allebei buiten adem.

'Je wórdt mijn vrouw!' Hij stormde verder naar boven, rechtstreeks naar de slaapkamer, waar hij me op het blad van mijn kaptafel legde.

'Bonaparte!'

Met zijn lippen maakte hij een eind aan mijn protesten. Deze keer was zijn kus teder.

Zijn blik boorde zich in de mijne toen hij me daarna aankeek. 'Ik hou van je.'

Zijn broek plofte op de grond. Ik hief mijn lippen weer naar hem op toen zijn hand onder mijn japon verdween en hij naar mijn onderkleding greep. Zijn harde mannelijkheid duwde tegen mijn zachte dij, hij zonk diep in mijn verborgen plooien en ik schreeuwde het uit, me hartstochtelijk aan hem vastklampend.

'Je bent een engel.' Hij wiegde me en met zijn handen langs mijn gezicht maakte hij me tot de zijne. 'Mijn engel. Ik zal voor je zorgen, *amore mio*. Ik zal er altijd voor je zijn.' Hij klemde me tegen zich aan, steeds sneller volgden zijn stoten elkaar op.

Ik vergat mijn angsten, mijn twijfels, en gaf me over aan het vuur waarmee hij me bereed.

Bijna gelijktijdig bereikte ons genot in een wilde ontlading zijn hoogtepunt.

Mijn aanstaande echtgenoot ontspande en liet zich op me zakken. Dat duurde maar even, toen droeg hij me naar het bed. Nog altijd willoos van de wegebbende hartstocht lag ik in zijn armen en hij koesterde me met een tederheid die me verraste.

'Wat is je volledige naam, *mon amour?*'

'Mijn volledige naam? Waarom vraag je dat?'

Hij streelde mijn wang. 'Weerzin vervult me bij de gedachte aan anderen die je hebben bemind. Ik wil dat je de mijne wordt zoals je ten diepste bent. Nog onaangeroerd. Door ons huwelijk zul je worden herboren, als Citoyenne Bonaparte.'

'Marie-Josèphe-Rose de Tascher de La Pagerie de Beauharnais. Dat is mijn volle naam.'

'Je bent geen Rose. Dat is te simpel, te bescheiden.' Hij klakte met zijn tong. 'Van nu af aan ben je Joséphine. Joséphine Bonaparte. De echtgenote van een leider.'

'Herboren…' Na alle metamorfoses die ik had ondergaan, na alle fases die ik in mijn leven had doorgemaakt, had ik daar geen enkel bezwaar tegen. Sterker nog, ik vond het een verrukkelijk idee. Ik beschouwde mijn nieuwe naam als een toevoeging aan de gelaagdheid van mijn vrouw-zijn. 'Ja… dat klinkt goed. Van nu af aan ben ik Joséphine Bonaparte. Jóúw Joséphine.'

'Mijn eigen Joséphine.'

We vertelden aan bijna niemand dat we ons hadden verloofd; de enigen die het wisten waren Theresia, Barras en Kolonel Junot, die bij Bonaparte onder commando stond. Ik vermoedde dat Bonaparte ertegen opzag om zijn familie in te lichten. Zelf had ik er geen enkele behoefte aan mijn verandering van status bekend te maken – ik koesterde mijn onafhankelijkheid – en al helemaal niet aan Hortense en Eugène. Helaas waren de kinderen minder goed afgeschermd dan ik had gehoopt.

Toen ik op een middag een brief zat te schrijven aan Claire, die nog op Guadeloupe zat, terwijl Hortense aan de piano een lied componeerde voor een uitvoering op school, stopte ze plotseling met spelen.

'Je bent toch niet van plan om met hem te trouwen, hè?' Ze draaide zich naar me om.

'Met wie, kindje? Waarom speel je niet door?' Ik doopte mijn ganzenveer in de inktpot. 'De melodie is prachtig.'

'Draai er maar niet omheen, Maman,' zei ze hatelijk. 'Je gaat met Generaal Bonaparte om. Iedereen heeft het erover.'

'Daarom hoef je nog niet zo hatelijk te doen.' Zonder haar aan te kijken wreef ik een inktvlek van mijn vingers. 'En wie is iedereen?'

'Désirée en Eugène. En Madame Campan vroeg me er ook al naar.' Haar stem verried minachting.

'En dat is iedereen?' Ik legde mijn ganzenveer neer en vouwde de brief dicht.

'Ik mag hem niet, ook al brengt hij dan cadeaus voor ons mee. Hij trok me aan mijn oor! En hij is bot en bazig.' Haar stem kreeg die schrille, jammerende klank waarop adolescenten het alleenrecht schijnen te hebben. 'Eugène zegt dat hij gaat proberen de plaats van Papa in te nemen.' Ze sloeg haar armen over elkaar. 'Nou, hij zou een afschuwelijke vader zijn.'

Mijn drift laaide op. 'Niemand neemt de plaats in van je vader. Het klopt dat de generaal me het hof maakt. Maar hij is altijd een toonbeeld van beleefdheid geweest. Jegens ons allemaal. Dus ik verwacht dat je broer en jij hem met respect bejegenen. Is dat duidelijk?' Ik kon het niet over mijn hart verkrijgen haar de waarheid te vertellen. Dat kwam later wel.

Hortense keek naar de grond. '*Je comprends,* Maman,' zei ze zacht.

Ik deed de brief in de envelop. 'En laat nu de rest eens horen van je compositie. Tot dusverre klonk het verrukkelijk.' Ik zou doen wat mij voor mijn gezin het beste leek. En daarmee uit.

Bonaparte en ik brachten onze avonden meestal door in het gezelschap van Barras en zijn cercle. Mijn aanstaande echtgenoot was tenslotte nog altijd zijn protegé. Tijdens zo'n samenzijn kwam de dreiging van een eventuele oorlog ter sprake.

'Wees geen dwaas!' Bonaparte gebaarde zo heftig dat hij rum op zijn hand morste. 'De Oostenrijkers rukken al maanden op. En ze boeken het ene succes na het andere. Inmiddels beheersen ze alle grenzen aan onze oostkant. En wat doen wij? Wachten we tot ze Frankrijk binnenvallen? Als we ons niet goed voorbereiden, zouden ze onze legers wel eens kunnen verslaan. En weer een koning op de troon zetten. Dus ik vraag je, Paul: hoeveel is je hoofd je waard?'

Barras liep rood aan. 'Generaal –'

Ik schoof mijn arm door die van Paul. 'Wat Bonaparte bedoelt te zeggen, is dat onze grenzen moeten worden versterkt. Dat is van het grootste belang. We mogen de Republiek niet in gevaar brengen. Wat kan het voor kwaad om een leger te sturen? Ter bescherming van alles waarvoor we hebben gevochten?'

Barras keek van mij naar Bonaparte. We waren samen ons eigen leger geworden.

'Als het echt je zo hoog zit, ga dan naar de grens met Italië om de toestand te peilen,' zei Paul. 'Maar je komt niet in actie zonder mijn toestemming. Is dat duidelijk?'

Bonaparte knikte, er viel een lok haar over zijn voorhoofd. 'Ik begin onmiddellijk met de voorbereidingen.'

Ik glimlachte aanminnig. 'Als jullie me dan nu willen verontschuldigen, heren, ik moet nodig bijpraten met Theresia.'

Op een winderige lentedag maakte ik me gereed om ten tweeden male in het huwelijk te treden. De eenvoudige, burgerlijke plechtigheid zou plaatsvinden in het kantoor van de burgemeester, dat sinds de Revolutie was gevestigd in het voormalige stadspaleis van een *émigré*. Om zeven uur 's avonds betrad ik samen met mijn notaris, Citoyen Calmelet, het vertrek. Mijn getuigen – Theresia, Barras en Tallien – en de burgemeester waren er al.

'*Bonsoir, mes amis.*' Ik zette mijn paraplu tegen de muur bij de deur. 'Wat een afschuwelijk weer, hè?' Eerder op de dag was het gaan motregenen en dat deed het nog steeds. Ik had de kilte niet van me af kunnen schudden.

'Ellendig.' Theresia kuste me op beide wangen.

'Bonaparte is er nog niet.' Barras keerde zich somber naar de man die ons in de echt zou verbinden. 'Citoyen, hebt u niet een goede cognac onder de kurk?'

'Maar natuurlijk.' De rijzige burgemeester haalde een koperen sleutel uit zijn zak, ontsloot een kast achter zijn bureau en haalde een karaf tevoorschijn. Even later schonk hij de roestbruine vloeistof in de glazen.

We praatten wat, in afwachting van de bruidegom, ongemakkelijk heen en weer schuivend op de harde, rechte stoelen.

Een uur verstreek. Nog altijd geen Bonaparte.

Lichte regen sijpelde langs de ruiten. De kaarsen sputterden in hun blakers. Ik speelde met mijn driekleurige sjerp terwijl de burgemeester de glazen van Tallien en Barras nog eens bijschonk. Deze keer accepteerde ik ook een glas.

Inwendig ziedde ik. Bonaparte kon maar beter met een goed excuus komen!

Toen er opnieuw een uur was verstreken, stond de burgemeester op, trok zijn mantel aan en pakte zijn hoed. 'Citoyens, ik moet ervandoor. Neemt u mij niet kwalijk' – hij nam zijn hoed af in mijn richting – 'maar het is al laat en ik heb nog niet gegeten. Ik laat mijn assistent achter als mijn plaatsvervanger.'

Een vurige blos kroop vanuit mijn hals omhoog. 'Mijn excuus dat we u zo lang hebben laten wachten.' Bonaparte zou de wind van voren krijgen! Hoe durfde hij me zo in verlegenheid te brengen? Na al zijn smeekbeden en pleidooien om toch alsjeblieft met hem te trouwen liet hij me uren wachten! Het was krankzinnig.

Toen de grote klok op de schoorsteenmantel tien keer sloeg, begon ik me ongerust te maken. Hij zou zich toch niet bedacht hebben?

Het werd kwart over tien. Tallien stond op om te vertrekken. 'Het spijt me, maar ik kan niet langer blijven. Ik vind het echt erg vervelend, Rose. Maar ik moet terug naar La Chaumière.' Ook de anderen pakten hun jas.

Daar stond ik dan. Bonaparte had me voor gek gezet. Ik kon mijn woede nauwelijks meer in toom houden. 'Het spijt me dat jullie voor niets zijn gekomen.'

Theresia sloeg een arm om mijn schouders. 'Daar kun jij niets aan doen. Hoe had je moeten weten dat hij niet zou komen? Wat een ondankbaarheid! Je bent veel te goed voor hem.'

Op dat moment klonken er voetstappen, de deur vloog open en Bonaparte kwam binnenstormen. 'Hier ben ik!' riep hij buiten adem. Hij streek met een hand door zijn vochtige haar en keek het vertrek rond.

'Bonaparte! Waar blééf je zo lang? We dachten dat je niet meer kwam,' zei ik woedend. 'De burgemeester is al naar huis.'

Hij liep met grote passen naar me toe en trok me tegen zich aan.

Het water droop uit zijn jas, de voorkant van mijn japon raakte doorweekt. 'Het spijt me, maar je weet hoe druk ik het heb met de voorbereidingen van mijn vertrek.'

Ik zette mijn handen op zijn borst en duwde hem weg. 'Je maakt me drijfnat.' Hij begon mijn schouders te kneden in een poging mijn boosheid te verjagen. Maar zo gemakkelijk ging dat niet. Ik keek hem woedend aan en sloeg mijn armen over elkaar.

'Maar liefste,' zei hij bezwerend, 'je begrijpt toch wel dat ik mijn huwelijk met jou nooit zou willen mislopen?'

'Allemachtig, man, het is al laat. Vooruit met de geit!' bulderde Barras.

'U had het ons wel even kunnen laten weten, generaal,' zei Theresia ziedend van woede. 'U mag uzelf dan het achtste wereldwonder vinden, maar daar denkt de rest van de mensheid anders over.'

De blik waarmee hij haar aankeek liet aan duidelijkheid niets te wensen over.

Tallien schraapte zijn keel. 'Zullen we dan maar?'

'Theresia heeft gelijk,' zei ik. 'Je had wel even een briefje kunnen sturen.'

'Niet boos zijn! Alsjeblieft!' Hij trok mijn armen los. 'Kunnen we met de plechtigheid beginnen?'

Op dat moment mengde de assistent van de burgemeester zich in het gesprek. 'Generaal, ik ben bang dat ik niet gemachtigd ben u in de echt te verbinden. En helaas is de bevoegde ambtenaar al naar huis.'

Bonaparte greep hem bij de kraag. 'Als hij u als zijn plaatsvervanger heeft achtergelaten, bent u gemachtigd en dus bevoegd. Ik eis dat u ons onmiddellijk in de echt verbindt!'

'Zoals u wilt.' De assistent ontweek Bonapartes moordlustige blik.

Bonaparte liet hem met een hardhandige duw los. De tengere man deinsde strompelend achteruit, fatsoeneerde zijn jas en pakte met een zucht het vereiste formulierenboek van het bureau. Op afgemeten toon begon hij de huwelijksakte voor te lezen.

Amper enkele minuten later was ik niet langer Rose de Beauharnais.

Bonaparte kuste me teder. 'Ik ben nog niet klaar, maar de rest van het werk kan ik thuis doen.'

'Wat? Moet je nu nog aan het werk?' vroeg ik ongelovig.

'Ik heb geen keus.' Hij kuste me weer, ditmaal op het voorhoofd.

'Gelukgewenst,' zei Barras stijfjes.

'Ik hoop dat we je deze week nog zien?' vroeg Tallien aan mij.

'Natuurlijk. En bedankt dat jullie zijn gebleven.'

Barras en Tallien schuifelden de deur uit.

Nadat Theresia me nogmaals had omhelsd, volgden we hen.

'Ik hoop dat je weet wat je doet,' fluisterde ze in mijn oor.

Bonaparte liep naar de mantels en zocht de mijne ertussenuit.

Ik kon geen woord uitbrengen. Was het verkeerd wat ik had gedaan? Mijn maag verkrampte in paniek terwijl ik achteromkeek naar Theresia.

'*Bonne chance, mon amie.*' Ze vertrok in een wolk van lavendelparfum.

En inderdaad, een beetje geluk kon ik waarschijnlijk wel gebruiken.

Palais du Luxembourg, 1796

De volgende morgen bood Bonaparte een gekwelde, uitgeputte aanblik. Zo had ik hem nog nooit gezien. Er lagen donkerpaarse kringen onder zijn ogen en hij liep schuifelend. Zijn uniformjas was smerig en gekreukt.

'Je bent de hele nacht niet naar bed geweest.' Ik klopte naast me op de bank.

Hij plofte vermoeid neer. 'Ik moest nog wat laatste bijzonderheden regelen.'

'Hoe lang blijf je weg?' Ik hoopte dat het een paar maanden zou zijn. Want ook al mocht ik hem graag, ik voelde me nogal overweldigd door de onstuimigheid waarmee hij me beminde. Mijn onafhankelijkheid was me nog steeds dierbaar en daar klampte ik me aan vast.

'Dat is moeilijk te zeggen. Een halfjaar tot een jaar, vermoed ik.' Hij streek over mijn hoofd, maakte mijn haar in de war en plantte een vochtige kus op mijn wang.

'Ik verwacht wel dat je me schrijft.'

'*Bien sûr.* Maar zodra dat mogelijk is laat ik je nakomen. En dat zal niet lang duren, verwacht ik. Je komt toch wel?' Zijn wenkbrauwen vormden een strenge frons.

Ik friemelde aan een kwast van het kussen achter zijn rug. 'Ik had eigenlijk gehoopt dat je niet zo lang weg zou blijven, zodat ik niet op reis hoefde.'

Hij streek over de gevoelige huid van mijn polsen. 'Ik vind zes maanden zonder mijn vrouw te lang.'

Nu was het mijn beurt om te fronsen. 'Dus je wilt me naar het front laten komen? Naar de oorlog?'

'Bij mij ben je veilig. Ik zou liever sterven dan dat ik jou iets laat overkomen.' Hij liet zijn vingers uitwaaieren over mijn borsten en kneep erin alsof hij vruchten keurde op hun rijpheid. Een gegeneerd dienstmeisje haastte zich met haar plumeau de kamer uit.

'Bonaparte! Niet waar anderen bij zijn.'

Er verscheen een ondeugende glimlach op zijn gezicht. 'Ze is al weg.' Hij boog zich naar me toe en begroef zijn gezicht in mijn decolleté.

Ik deinsde geërgerd achteruit. 'Vóór de zomer kan ik onmogelijk naar je toe komen. Ik heb de kinderen nog niet verteld dat we getrouwd zijn. Bovendien moet ik op zoek naar een huis. En het is nog winter in de Alpen. Je kunt niet van me verwachten –'

'Ik zal een contingent van mijn manschappen sturen om je te escorteren.' Hij drukte me tegen zich aan, kuste me en trok me mee naar de slaapkamer.

Bonaparte was amper een week weg toen zijn eerste brieven kwamen – een, soms twee per dag. Hij overlaadde me met aanbidding en schreef zonder enige terughoudendheid over zijn diepste gevoelens. Zijn verlangen om me te bezitten was benauwend, zelfs op afstand. Wat was ik blij dat ik in Parijs zat, door ettelijke dagreizen van hem gescheiden.

Toen Citoyen Arnault, een bevriende toneelschrijver, op een middag met Theresia en mij een tekstlezing deed, arriveerde er weer een koerier van Bonaparte.

De nadrukkelijke klop op de deur onderbrak ons. Arnault keek op van zijn tekst.

'We waren net toe aan het mooiste gedeelte,' zei Theresia pruilend.

Een enigszins ademloze soldaat kwam de salon binnen. Zijn uniformjas zat onder het opgedroogde bloed en bood een angstaanjagende aanblik. Zijn laarzen waren aangekoekt met modder, er hing een geur van paarden om hem heen en hij leek, kortom, rechtstreeks afkomstig van het slagveld.

'Vergeef me dat ik u stoor, Citoyenne Bonaparte.' Toen hij zijn hoge pet afzette, bleef er een ondiepe afdruk achter in zijn samengeklitte haren. 'De generaal stond erop dat ik deze brief met de grootste spoed bij u afleverde. En dat ik verslag uitbracht van uw reactie op de ontvangst daarvan.'

Ik pakte de brief van hem aan. 'Dank u, citoyen. U kunt tegen Bonaparte zeggen dat mijn hart opsprong van vreugde en dat ik zijn liefdevolle woorden koester.' Ik zag geen reden onaardig te reageren, ook al was dit inmiddels een dagelijks terugkerend ritueel geworden.

Theresia snoof.

'Citoyen, kan ik u iets te eten aanbieden? Of een bad?' vroeg ik.

Theresia rolde met haar ogen. Ze las me regelmatig de les dat ik te aardig was tegen hen die lager op de maatschappelijke ladder stonden. Ik keek echter op niemand neer. Bovendien konden onze status en onze positie van het ene op het andere moment radicaal veranderen.

'Merci, citoyenne, maar ik moet er direct weer vandoor. De generaal verwacht me. Hebt u nog brieven die ik voor hem kan meenemen?'

'Vandaag niet.'

De soldaat liet letterlijk zijn schouders hangen. Waarschijnlijk zou Bonaparte hem op zijn falie geven wanneer hij met lege handen terugkwam. De arme kerel. Hij deed alleen maar zijn werk.

'Wacht even.' Ik haastte me de trap op naar mijn slaapkamer, pakte een zakdoek en besprenkelde die met mijn seringenparfum. Toen liep ik weer naar beneden, waar ik de zakdoek in een vel zwaar papier rolde, dat ik dichtbond met een lint.

'Alsjeblieft. Zeg maar dat de volgende koerier twee brieven bij zich heeft.'

'Merci, Citoyenne Bonaparte.' Zijn gezicht verried hoe opgelucht hij was. 'Nog een prettige dag verder.' Hij zette zijn hoed op en vertrok met dezelfde spoed als waarmee hij was gekomen.

'En? Wat schrijft hij? Laat eens horen,' zei Arnault.

Ik vouwde glimlachend de brief open en begon te lezen.

Citoyenne Bonaparte,

Geen dag verstrijkt waarin ik niet van u houd, geen nacht waarin ik u niet in mijn armen koester. Ik kan geen kop thee drinken

zonder dat ik mijn militaire ambitie vervloek, die me gescheiden
houdt van de ziel van mijn leven. Wat ik ook doe – of ik zakelijke
kwesties afhandel, mijn troepen aanvoer of mijn legerkampen
inspecteer – mijn aanbiddelijke Joséphine beheerst mijn denken
en mijn voelen. Zij is het die de scepter voert over mijn hart.
Dat ik me als de kolkende, snelstromende Rhône van u heb laten
wegrukken, is om u zo spoedig mogelijk weer te kunnen terug-
zien. Dat ik om middernacht opsta om aan het werk te gaan,
is om de komst van mijn geliefde met enkele dagen te bespoe-
digen.

Ooit komt de dag dat u niet meer van me houdt. Vertel het me,
zodat ik althans zal weten waaraan ik mijn ongeluk te danken
heb… Het ga u goed, mijn vrouw, mijn kwelster, mijn geluk,
hoop en ziel van mijn leven die ik liefheb en vrees, bron van
gevoelens die me zacht en teder maken als de Natuur zelf, maar
ook bron van impulsen die me de vernietigende kracht geven van
een bliksemschicht.

Vergeef me, ziel van mijn leven. Mijn denken richt zich op
onmetelijk grootse plannen. Mijn hart, beheerst door u, kent
angsten die me ongelukkig maken… Ik zie reikhalzend uit naar
uw brieven.

Bonaparte

'De man is een dichter!' zei Arnault, die bij het vuur zat. 'En wat een
gedrevenheid.'

'Misschien is hij wel wat al te gedreven. Toen we trouwden vond
hij het niet erg dat zijn gevoelens niet werden beantwoord.'

'Wat vind je, "ziel van mijn leven",' zei Theresia grijnzend, 'zullen
we doorgaan met onze rollen of heb je tijd nodig om een antwoord
te schrijven? Hou je vooral niet in. Laat je passie stromen!'

Ik gooide een kussen naar haar hoofd. 'Wat moet ik in 's hemelsnaam op zo'n brief terugschrijven?'

Hoewel ik getrouwd was, bleef ik deel uitmaken van de geprivilegieer-
de kring van vrienden en volksvertegenwoordigers rond Barras. Terwijl de onrust in de stad opnieuw toenam, staken zij de koppen bij

elkaar om te komen tot een nieuw landsbestuur, het vijfkoppige Directoire. Er werd echter ook al gesproken over de verkiezingen van het komende jaar – over alles wat nodig zou zijn om te zorgen dat de Republiek standhield. Het leek mij verstandig om de leiding van het land in handen van één man te leggen en daarmee de voorstanders van de terugkeer van een koning de mond te snoeren. De volksvertegenwoordigers waren het niet met me eens.

Op een avond schoof ik het kanten gordijn opzij en keek ik naar een meute stakers voor het *palais* van Barras. 'Wat zijn het er veel! En ze staan ook bij de Tuilerieën, schat. Er moet snel iets veranderen, anders komen ze misschien opnieuw in opstand.'

Paul streek een lucifer af en stak een sigaar op. Hij trok eraan tot de oranje punt als een boos oog gloeide in het gedempte licht. 'Die verdomde *émigrés*. Door hun terugkeer verstoren ze de orde die wij hebben gevestigd.'

'Ze zijn dankbaar weer op Franse bodem te zijn. Ik geloof niet dat ze een bedreiging vormen voor de Republiek. Althans, nog niet. De Republiek zal alleen maar aan kracht winnen wanneer we hen welkom heten en opnemen in de maatschappij. We moeten ervoor zorgen dat de kloof smaller wordt.' Ik schikte de kleurige sjaal die ik *à la créole* om mijn hoofd had gebonden en ging weer zitten.

Paul tikte zijn sigaar af en nam me peinzend op. 'Morgen kiezen we onze nieuwe leiders. Ik heb de politie gewaarschuwd. Leg je oor te luisteren en laat het me weten zodra je ook maar iets hoort wat erop zou kunnen wijzen dat er een opstand broeit.'

Ik boog me naar hem toe om hem op de wang te kussen. 'Maak je geen zorgen. Ik ben altijd een en al oor, lieve vriend.'

Hij knipoogde en nam nog een trek van zijn sigaar. 'Die man van je heeft de wind mee in Italië. De Parijzenaren zijn door het dolle heen dankzij zijn triomfen.'

'Ja, daar lijkt het wel op. Heeft hij al een slag verloren?'

'Niet dat ik weet. Maar ik krijg de indruk dat hij de slag om jouw aandacht aan het verliezen is.'

Ik schoot in de lach. 'Ik mag hem graag. Als een goede vriend. Als mijn beschermer. Meer niet. Hij is nogal... dramatisch en stuur soms drie brieven per dag! Ik vraag me af of hij eigenlijk wel naar het slagveld is geweest.'

Barras lachte bulderend.

'Hoe vaak ik ook terugschrijf, hij is nooit tevreden.' Ik zuchtte geërgerd. 'Ik had verwacht dat hij net als alle militairen wel een minnares zou nemen.'

'Je moet hem de tijd geven. Uiteindelijk komt die minnares er wel. Om een einde te maken aan die wanhopige adoratie.'

'De man die de Oostenrijkse vijand in het zand doet bijten, schrijft mij poëtische epistels. Een nogal merkwaardige combinatie, vind je ook niet? Soms vraag ik me af of hij geestelijk wel helemaal in orde is.'

Ik nam geen minnaar. Totdat ik op een avond in La Chaumière Luitenant Hippolyte Charles leerde kennen.

'Wie is dat?' Half verscholen achter mijn waaier keek ik naar de soldaat in het hemelsblauwe uniform die een vermakelijke imitatie gaf van de dansende dames en heren. Hij wervelde in het rond, struikelde en viel op de grond. Tot grote hilariteit van de aanwezigen.

'Die huzaar?' vroeg Theresia. 'Dat is Luitenant Charles. Zegt die naam je niets? Hij is erg... populair, zullen we maar zeggen.' Ze gebaarde naar een groepje dames die langs de rand van de dansvloer naar hem stonden te kijken. 'En bovendien erg grappig.'

De luitenant sprong weer overeind, sloeg het stof van zijn achterwerk en mengde zich onder de gasten, waarbij hij zijn vrienden op de schouders sloeg en de dames een knipoog gaf. Alle ogen volgden hem. Ten slotte kwam hij onze kant uit en vulde zijn glas met punch.

'Goedenavond, dames.' Zijn donkere ogen twinkelden van plezier. 'U ziet er oogverblindend uit vanavond. Ik daarentegen ben helaas niet om aan te zien.' Hij schermde zijn aapachtige gezicht af met zijn hand. 'Kijkt u alstublieft de andere kant uit. Ik wil geen aanstoot geven.'

Er borrelde een giechel op in mijn keel.

Het ontging hem niet en hij glimlachte, waarbij de punten van zijn snor omhoogkrulden. 'Mag ik u ten dans vragen?'

'Op voorwaarde dat u mij niet ook op de grond doet belanden.'
Ik verbeet een glimlach.

Zijn grijns werd breder.

'Ik snak ineens naar frisse lucht.' Theresia schonk me een veelbetekenende blik en liet me met de luitenant alleen.

'Zullen we dan maar?' De luitenant bood me zijn arm.

Ik legde mijn hand erop. En wenste plotseling dat ik niet getrouwd was.

In de armen van de luitenant voelde ik me weer jong – ook al was hij negen jaar jonger dan ik – en zorgeloos en bruisend van leven. Maar ook een heel klein beetje schuldig. Bonaparte hield van me. Zou het een mokerslag voor hem betekenen om me in de armen van een ander te zien? Ik haalde mijn schouders op. Ik moest vasthouden aan mijn onafhankelijkheid, aan mijn eigen leven, los van Bonaparte. Ook zijn gevoelens zouden niet duurzaam blijken te zijn. Uiteindelijk verflauwde de liefde van een man. Zo ging het altijd. Maar inmiddels had ik mijn les geleerd.

Op een avond, kort nadat we elkaar hadden leren kennen, sprak ik met de luitenant af in het Théâtre Feydeau.

Tegen de stroom van het publiek in begaf ik me naar de vestibule. Hippolyte was laat. De voorstelling zou al over enkele ogenblikken beginnen. Ik ging op mijn tenen staan om over de zee van gevederde hoeden en brede mannenschouders heen te kijken.

Waar bleef hij nou? Misschien gaf hij toch niet echt om me. We hadden al eerder afgesproken en toen was hij ook niet komen opdagen.

'Dames en heren, wilt u uw plaatsen innemen,' riep een theaterknecht met luide stem. Teleurstelling zette een domper op mijn uitgelaten stemming.

Maar net op dat moment kreeg ik het donkere hoofd van de luitenant in de gaten. Ik wuifde met mijn waaier om zijn aandacht te trekken. Er kwam een grijns op zijn gezicht, mijn hart maakte een sprongetje.

'Ik dacht dat je niet meer kwam.' We kusten elkaar op beide wangen. 'En dat zou me erg veel verdriet hebben gedaan, luitenant.'

'O, ik twijfel er niet aan of u zou uzelf in slaap hebben gehuild als u mijn onooglijke gezicht had moeten missen.'

Ik gooide mijn hoofd achterover en schaterde het uit. 'Niemand kan me zo aan het lachen maken!'

'En niemand is zo bekoorlijk als u, Madame Bonaparte.' 'Citoyen' en 'citoyenne' raakten steeds meer uit de mode – en daar was niemand rouwig om. De aanspreekvormen riepen een diepe weerzin op, bij iedereen.

Ik schoof mijn arm door de zijne. 'Barras en Theresia zitten al.'

Een blonde dame in paarse zijde en behangen met diamanten schonk Hippolyte een uitdagende blik. Ik voelde een steek van jaloezie. Zag ze dan niet dat hij met mij was?

Hippolyte negeerde haar. Hij was het ongetwijfeld gewend door vrouwen omzwermd te worden. 'Zullen we dan maar?'

We beklommen de krakende trap naar onze plaatsen. Op het moment dat ik deze betrad, klonk er een klaterend applaus. Honderden gezichten keerden zich langzaam naar onze loge en naar... mij!

Ik bloosde. In verwarring gebracht keerde ik me naar Barras. Paul haalde zijn schouders op. Ik viste mijn toneelkijker uit mijn zacht-paarse tas bedekt met lovertjes en richtte mijn aandacht op het podium. Daar stond een soldaat. Hij droeg kaalgesleten laarzen en hield twee bebloede vaandels omhoog. De vlaggen van Milaan en Venetië.

'Generaal Bonaparte heeft de Oostenrijkers verslagen!' riep hij met bulderende stem. 'Ze zijn uit onze naburige republiek naar het zuiden gevlucht. Frankrijk vertrapt haar vijanden! Bonaparte bevrijdt de onderdrukten!'

Een uitbundig gejuich deed het theater schudden op zijn grond-vesten. 'Lang leve Bonaparte! Lang leve Notre Dame des Victoires!' verklaarde de soldaat plechtig.

Het gejuich zwol aan en werd oorverdovend.

Ik wuifde glimlachend naar het publiek en deed mijn uiterste best een ontspannen indruk te maken. Mijn man was een held! Tot mijn eigen verbazing voelde ik trots in me opwellen.

Dus mijn keuze voor hem was toch juist geweest.

Terwijl de lente verstreek werd de toon van Bonaparte steeds dwingender. Ik verzon het ene na het andere excuus om in Parijs te blijven, om mijn reis naar het front uit te stellen. Maar daarmee dreef ik hem geleidelijk aan tot wanhoop en waanzin.

Citoyenne Bonaparte,

In welke kunst hebt u zich bekwaamd dat u mijn geestelijke vermogens, mijn diepste wezen hebt weten te kluisteren? Deze liefde zal pas eindigen wanneer mijn leven ten einde is. 'Hij leefde voor Joséphine', zal er op mijn grafsteen staan. Ik smacht ernaar om bij u te zijn. Het verlangen naar u wordt me bijna fataal. Waanzin! Dat is wat me drijft. Ik kan niet bevatten dat ik steeds verder van u verwijderd raak. Zo veel gewesten scheiden ons! Zo veel landen! Hoelang zal het duren voordat u deze regels leest, deze onvolmaakte uitingen van een gekweld hart waarvan u de koningin bent! O, mijn aanbeden echtgenote, ik weet niet welk lot me wacht. Maar het zal ondraaglijk zijn, het zal uitstijgen boven al wat moed vermag als het me nog langer bij u vandaan houdt.

Alleen al de gedachte dat mijn Joséphine mogelijk onwel is, misschien zelfs ziek – en erger nog, het allerergste, de wrede mogelijkheid dat ze misschien niet meer van me houdt – verwondt mijn hart, doet mijn bloed stollen en maakt me zo verdrietig, zo wanhopig dat zelfs de moed der wanhoop en der woede me is ontnomen. Ik kan zo niet doorgaan, liefste. Mijn ziel is gedompeld in smart, mijn geest overbelast, mijn lichaam uitgeput. Mijn manschappen vervelen me. Ik zou hen kunnen haten; want zij zijn het die me gescheiden houden van mijn geliefde.

Alle liefs voor Eugène en Hortense. Vaarwel en tot weerziens. Ik ga alleen naar bed. Ik zal moeten slapen zonder u die naast me ligt. Elke nacht opnieuw voel ik u in mijn armen. Een gelukzalige droom, maar helaas, een droom. U bent er niet.

Bonaparte

Toen de zomer naderde, maakte ik plannen om mijn kinderen de waarheid te vertellen. Vroeg of laat zou het nieuws van mijn huwelijk hen bereiken en ik gaf er de voorkeur aan dat ze het van mij hoorden. Op een warm weekeinde in de maand Floréal voegden ze zich bij me in Grosbois. Barras had me het gebruik van zijn chateau buiten de stad aangeboden, zelf bleef hij in Parijs.

Op onze eerste middag samen voeren Eugène, Hortense en ik in een bootje op een van de vijvers die verspreid lagen over Pauls grondgebied. Het heldere licht van de vroege zomer kleurde het water goudachtig groen. Een eendenfamilie peddelde loom langs de andere oever. Het welluidend ruisende water wiegde ons terwijl Eugène aan de lange riemen trok en het tapijt van lelies verstoorde.

Ik ontspande in de warme zonnestralen terwijl Hortense zich beklaagde over een nieuw meisje in haar klas.

'Ze is zo weinig verfijnd en vertelt iedereen wat haar japonnen hebben gekost. Stel je voor! Over dat soort dingen praat je toch niet?' Ze liet haar roze met witte parasol in het rond draaien.

'Niet iedereen krijgt manieren en etiquette met de paplepel ingegoten, *mon amour.*'

Een vis sprong uit het water en veroorzaakte een rimpeling op het gladde oppervlak. Eugène hield op met roeien en wees. 'Zagen jullie die vis?'

'Ja,' zeiden Hortense en ik als uit één mond.

'Denk je dat hij brood eet?' vroeg Hortense.

'Misschien,' zei ik.

Hortense gaf Eugène de helft van een oud brood dat we hadden meegebracht om de eenden te voeren. Ze scheurden hun portie in stukken en gooiden ze in het water. De vis liet zich niet meer zien, maar moeder eend commandeerde haar kuikens kwakend onze kant uit.

Terwijl mijn kinderen brood strooiden, bracht ik het gevreesde onderwerp ter sprake. 'Ik moet jullie iets vertellen.'

Eugène keek op van de snaterende eenden. 'Wat dan?'

'Jullie vinden het niet leuk, maar ik heb het voor het gezin gedaan, voor ons.'

Hortense verstijfde. De blik van Eugène werd wantrouwend.

'Ik heb besloten om… Ik ben met Generaal Bonaparte getrouwd.'

'Wát heb je gedaan?' vroeg Hortense streng. 'Ben je met hem getróúwd?'

De eenden stoven uiteen.

'Hoe kon je dat nou doen? Hoe kon je nou met hem trouwen zonder het aan ons te vertellen?' Eugène richtte zich op, en de boot begon wild te schommelen.

Ik omklemde de zijkanten, zodat er een roeiriem overboord viel.

'Eugène, ga zitten!' Hortense greep de punt van zijn jas.

Hij liet zich op de bank ploffen en hees de drijvende roeiriem weer aan boord. Het water droop eraf, mijn schoen werd doornat.

'Ik weet dat jullie hem niet echt sympathiek vinden, maar geef hem een kans,' zei ik. 'Bonaparte is gul en zorgzaam. In al zijn brieven vraagt hij naar jullie.'

'In al zijn brieven? Is hij niet in Parijs?' vroeg Hortense.

'Hij is in Italië,' antwoordde Eugène met zijn hoofd gebogen. 'Op school ging het gerucht dat jullie getrouwd waren, maar ik wilde het niet geloven. Ik kon niet geloven dat je zoiets tegenover je kinderen zou verzwijgen!'

'Hoe kon je dat nou doen? Waarom heb je ons niet uitgenodigd?' vroeg Hortense pruilend.

Ik werd overweldigd door spijt. 'Het was een burgerlijke ceremonie. Het uitwisselen van geloften en het zetten van handtekeningen, meer niet. Het ging allemaal zo snel. En het was 's avonds. Heel laat op de avond.' Het ene na het andere excuus tuimelde over mijn lippen terwijl ik zag dat er tranen in Hortense' ogen glinsterden. 'Het spijt me, liever. Het spijt me echt.'

Ik pakte haar hand. 'Ik weet dat jullie het er niet mee eens zijn, maar jullie moeten me vertrouwen. Ik weet wat goed is voor ons gezin. Jullie hebben een vader nodig. Jullie allebei. Iemand die opkomt voor jullie belangen. En iemand die voor jullie moeder zorgt.' Ik deed mijn best om te glimlachen.

'Maar hij is er niet eens! Hij is in Italië,' zei Eugène. 'Hoe kan hij dan voor ons zorgen?'

'Hij blijft niet voorgoed in Italië. En ik ga naar hem toe.'

Een week later tekende Barras mijn papieren. Ik moest Bonaparte achternareizen. De brieven van mijn man hadden een dramatisch hoogtepunt bereikt en het Directoire vreesde problemen voor de

Italiaanse veldtocht als de generaal zijn manschappen in de steek liet om bij mij te kunnen zijn. Ik was er echter nog niet klaar voor om mijn dierbare huis te verlaten. Sterker nog, ik wilde helemaal niet weg. Tante Désirée en de markies gingen eindelijk trouwen, en ook Marie, Fanny's dochter, zou in het huwelijk treden. Zelfs al verloor Bonaparte zijn verstand, die bruiloften wilde ik niet missen.

Op een regenachtige middag liet ik Fanny en Marie bij de kleermaker achter en reed naar het Palais du Luxembourg. Het kantoor van Barras lag op de derde verdieping, met uitzicht op de binnenplaats met de ronde fontein.

'*Bonjour,* Rose. Ik bedoel, Joséphine.' Hij hield zijn hoofd schuin en schonk me een spottende glimlach.

'Notre Dame des Victoires voor jou,' zei ik misprijzend, met gespeelde strengheid.

'Pardon.' Hij stond op van achter zijn bureau en maakte een buiging.

Ik schoot in de lach.

'Fijn dat je er bent. We moeten het hebben over je luitenant.' Hij kwam over het weelderige oosterse tapijt naar me toe.

'Mijn luitenant?' vroeg ik zogenaamd onschuldig.

'Je weet heel goed wie ik bedoel.' Barras legde zijn handen op mijn schouders. 'Je moet voorzichtiger zijn wanneer je je met hem in het openbaar vertoont, *mon amie*. Je man wordt razend als hij ervan hoort. En hij is toch al zo snel aangebrand.'

'Dat zijn mijn zaken. Daar hoeft verder niemand iets van te weten.'

De vergulde klok aan de muur liet vier metaalachtige slagen horen.

'Iedereen weet ervan. Jij bent Notre Dame des Victoires en je man is een held. Iedereen kijkt naar je. Bovendien houdt Joseph Bonaparte je nauwlettend in de gaten. Ik twijfel er niet aan of hij fluistert zijn broer nu al allerlei onzin in het oor.'

Ik keek naar buiten, naar de onberispelijk gesnoeide hagen en de stenen potten met uitbundig bloeiende geraniums. Ondanks de onheilspellende lucht bood de tuin een verrukkelijke aanblik.

'Joseph kan me niet uitstaan. Hij zegt amper een woord tegen me.'

'Maar hij is niet achterlijk. Hij vermoedt dat je zijn broer bedriegt. En niet om het een of ander, maar Corsicaanse mannen houden er nu niet bepaald... verlichte ideeën op na. Je zou schrikken als je hoorde wat de Bonapartes over vrouwen debiteren.'

'Ik weet wat mijn man over vrouwen zegt. Maar dat doet niets af aan mijn invloed.'

'Het gaat erom dat hij overtuigd moet zijn van je liefde. Hij is in staat ontslag te riskeren, ja, zelfs om zijn manschappen in de steek te laten, om maar bij jou te kunnen zijn. Dat zou een schandaal veroorzaken. Een nationale crisis! Waarom schrijf je hem niet af en toe? Dat is toch wel het minste wat je kunt doen.'

Ik gooide mijn handen in de lucht. 'Dat doe ik! Elke week. Maar ik heb geen zin om mijn dagen te vullen met brieven schrijven. En dat is wat hij het liefst zou zien. Ik mag hem oprecht graag, maar hij –'

'Hij is heetgebakerd. Maar hij heeft Frankrijk meer overwinningen bezorgd dan alle andere generaals van de afgelopen decennia. Het volk adoreert hem. Maak hem niet tot je vijand.'

Ik keek weer naar buiten, waar mannen zich gewapend met een paraplu naar de ingang van het paleis haastten. 'Ik zou er een eind aan moeten maken.'

'Ja, dat moet je inderdaad. En het wordt tijd dat je naar het zuiden gaat. Onmiddellijk na de bruiloften ga je naar Italië.'

'Dus je stuurt me naar het front?'

Hij sloeg zijn blik ten hemel. 'Ik heb geregeld dat Kolonel Junot en je luitenant je escorteren. En ik kreeg vandaag bericht dat Joseph ook meegaat.'

'En dat heb je allemaal bekokstoofd zonder met mij te overleggen?' Ik was razend.

'Je kunt Bonaparte niet langer ontlopen. Het wordt tijd dat je je plicht doet als zijn echtgenote.'

Op de avond van vertrek had ik amper mijn vork neergelegd of Barras en Theresia begeleidden me naar het wachtende rijtuig.

'We zullen je missen, *chérie*.' Theresia kuste me op beide wangen. 'Zodra ik in de gelegenheid ben kom ik je opzoeken.'

Ik veegde de tranen uit mijn ogen. 'Ik heb helemaal geen afscheid kunnen nemen van mijn kinderen. En ik zal jou ook missen,' zei ik terwijl ik mijn armen om Theresia's slanke middel legde. 'En Parijs.'

Barras haalde een zijden zakdoek tevoorschijn en depte mijn wangen droog. 'Je kunt ze schrijven.' Hij kuste me op mijn haar. 'Voordat je het weet ben je weer thuis.' Hij hield de deur van het rijtuig open.

Fortuné, die er al in zat, begon te blaffen en sprong van de schoot van Luitenant Charles op de knieën van de verschrikte Joseph Bonaparte.

'Ga van me af, schurftig mormel.' Joseph duwde mijn hondje van zijn schoot en sloeg met een gezicht als een donderwolk het vuil van zijn broek.

'Vergeef me, Monsieur Bonaparte.' Ik nam Fortuné op de arm en ging tussen Hippolyte en Kolonel Junot zitten.

Wanhoop overviel me bij het vooruitzicht dat ik dagenlang met mijn afschuwelijke zwager in een verstikkend hete koets zou moeten zitten. En aan het eind van die verschrikkelijke reis wachtte mijn nieuwe leven, als echtgenote van Bonaparte. Mijn enige troost was het besef dat mijn man me niet onverschillig liet.

Barras sloot de deur en stak zijn hand op.

Het rijtuig zette zich in beweging. 'Vaarwel,' fluisterde ik terwijl ik Parijs uit het zicht zag verdwijnen.

Verblijf in Italië

De Italiaanse vorstendommen, 1796 – 1797

Zonder haast reisden we naar Milaan, waarbij we in de grotere steden een of twee dagen rust namen. Ik kon weinig geduld opbrengen voor de lange uren die we voorthobbelden over rotsachtig terrein en wegen vol gaten en kuilen. Ons rijtuig schommelde langs uitgestrekte wijn- en olijfgaarden. In de Alpen trokken we langs hoge toppen die als dolken naar de hemel staken. Naarmate we verder zuidelijk kwamen steeg de temperatuur.

Een groot deel van de tocht werd ik gekweld door hoofdpijn. En het onafgebroken klagen van Joseph Bonaparte maakte de reis nog onaangenamer. Hij leed aan ongemakken waardoor hij niet stil kon zitten, en waarvan hij voortdurend jammerend melding maakte. De precieze aard van zijn kwaal werd me echter niet duidelijk. Ook Hippolyte en Kolonel Junot stoorden zich aan zijn gemopper. Anders dan mijn vrienden hield ik mijn ergernis voor me, om mijn zwager niet nog meer tegen me in het harnas te jagen.

'We zijn er bijna, broer.' Ik klopte hem op de knie. 'En dan zal ik onmiddellijk thee en een warm bad voor je bestellen. Kan ik verder nog iets doen om je ongemak te verlichten?'

'Nee.' Hij trok een lelijk gezicht en deinsde terug voor mijn aanraking. 'En dat bad, daar zorg ik zelf wel voor. Ik heb je hulp niet nodig.'

Ik wenste vurig dat de andere Bonapartes beminnelijker waren.

Toen de poorten van het Palazzo Serbelloni eindelijk in zicht kwamen, slaakten we een zucht van verlichting. Het was gehuld in de blozende gloed van het verblekende zonlicht dat werd weerkaatst door glanzende zuilen van wit en roze marmer. In de lucht hing de geur van citrusbloesem en droge aarde, gebakken door de genadeloze hitte van het middaguur. Militairen en bedienden stonden in de houding voor onze aankomst.

Bonaparte kon trots zijn, maar het was geen Palais du Luxembourg.

Met alle gratie die ik na onze vermoeiende reis nog kon opbrengen, stapte ik uit het rijtuig. Hippolyte schonk me een berustende blik. Het was gedaan met onze heimelijke ontmoetingen.

Mijn man kwam met uitgestrekte armen het paleis uit stormen. 'Liefste!' Hij drukte me hartstochtelijk aan zijn borst.

Even kreeg ik geen lucht. 'Bonaparte.' Een gesmoorde lach ontsnapte aan mijn lippen.

Hij hield me een eindje van zich af. 'O, wat heb ik naar dit moment verlangd!' Met een arm om mijn middel kuste hij me vurig op de mond.

Ik bloosde. '*Chéri*, niet waar iedereen bij is!' Ik glimlachte om mijn verwijtende woorden af te zwakken en schoof mijn arm door de zijne.

Hij negeerde mijn terechtwijzing. 'Waar bleef je toch zo lang?'

'Veel wegen waren geblokkeerd door de Oostenrijkers. Je broer was ziek en ik had voortdurend last van hoofdpijn. Dus we waren genoodzaakt regelmatig stil te houden.'

Hij streelde mijn armen en volgde met de punt van zijn vinger de welving van mijn borsten.

'Bonaparte!' Ik schonk hem een woedende blik en keek of iemand het had gezien.

Hippolyte deed alsof hij vol bewondering naar het paleis stond te kijken, Joseph staarde naar de grond. Bonaparte tilde me lachend in zijn armen en wervelde me in het rond.

Bij de deur van het paleis gekomen keerde hij zich naar de anderen. 'Welkom allemaal. De bedienden zullen jullie je kamer wijzen, dan kunnen jullie je opfrissen. Ik verwacht jullie vanavond op de feestelijke ontvangst ter ere van mijn geliefde Joséphine.'

Bonaparte gunde me geen moment rust. Die hele middag wiegde hij me, streelde mijn haar of kuste me alsof hij bang was dat ik er weer vandoor zou gaan. Hij behing me met juwelen en pronkte met schilderijen, antieke Romeinse vazen en kostbare meubels. Maar al die weelde kon het gemis van mijn kinderen, van mijn vrienden en mijn huis niet goedmaken. Vurig wenste ik dat ik mijn lievelingen op reis had kunnen meenemen. Tegelijkertijd stemde het weerzien met Bonaparte me wonderlijk gelukkig.

Voor de festiviteiten van die avond koos ik een witte japon, een hoofdbedekking *à la créole* en veel armbanden. Bonaparte stond erop dat ik een van de antieke ringen droeg uit een met fluweel bekleed sieradenkistje.

'Hoe kom je hieraan?' Ik bewoog mijn vinger zodat de edelsteen het licht weerkaatste. De ronde robijn verspreidde een stralend rode schittering.

'Dat stuurde de koning van een van de vorstendommen als geschenk aan de nieuwe heerser van Milaan.' Hij bevestigde de laatste kwast aan zijn uniform. 'Aan mij dus.' Hij lachte vrolijk. Zijn macht stemde hem uitgelaten.

Ik deed bijpassende robijnen oorbellen in. 'Ze zijn schitterend.'

'Niet zo schitterend als jij.' Hij kuste me. 'Ben je er klaar voor?'

Ik knikte. Het was zover. Het begin van mijn nieuwe rol. Ik kon het niet langer voor me uit schuiven.

Mijn man loodste me door de gangen van het paleis, waar bedienden zich van en naar de keuken haastten, beladen met schalen. Bij onze nadering bleven ze staan om te buigen voor hun nieuwe meester.

Wat een ophef voor iemand die in Parijs maar gewoon generaal is. Ik grijnsde. Bonaparte zou woedend zijn als hij mijn gedachten kon raden.

Het geroezemoes van stemmen zwol aan naarmate we dichter bij de balzaal kwamen. De centrale ruimte van het paleis was schitterend, met mozaïeken van de hemel aan het gewelfde plafond. De beelden die op sokkels langs de muren stonden leken elk moment tot leven te kunnen komen. Ik bleef staan voor een naakte mannenfiguur. Zijn spieren zagen er net zo levensecht uit als de mijne, de gekwelde uitdrukking op zijn gezicht was hartverscheurend en de gebeeldhouwde lokken van zijn haar verrieden een uitgelezen oog voor detail. Ik strekte mijn hand uit om de contouren van zijn hals te volgen.

'Daar krijg je later nog alle tijd voor, lieveling. Kom.' Bonaparte trok me mee de zaal door.

De Franse militairen waren in uniform. De Italiaanse edelen droegen een pruik met daaronder een zwierige mantel, *culottes* en kousen. En de Italiaanse vrouwen waren weliswaar net zo lieftallig als de Parijse, maar ze droegen nog de formele japonnen waarvan wij al tien jaar eerder afscheid hadden genomen. Ik had met hen te doen – ingeregen, met zulke strakke korsetten dat ze amper konden ademhalen, geen stukje huid onbedekt, hun haar gepoederd. Van top tot teen achterhaald. Theresia zou er onbedaarlijk om hebben gelachen.

'Ik wil je voorstellen aan mijn commandanten,' zei Bonaparte terwijl het gezelschap voor ons uiteenweek.

Bij het zien van mijn japon trok een van de dames haar wenkbrauwen op en hield geschokt haar adem in. Een andere wuifde driftig met haar waaier, alsof ze het plotseling heel erg warm kreeg.

Wat moest ik een weinig beschaafde indruk maken met mijn blote armen, mijn luchtige mousseline en mijn lage halslijn. Maar ik hield mijn hoofd hoog geheven en glimlachte. Tenslotte was ik de echtgenote van hun heerser. Dus het was aan mij om te bepalen hoe ik me kleedde.

De avond verstreek tergend langzaam, zonder ook maar iemand die me interessant genoeg leek voor een gesprek. Ondertussen keek ik voortdurend uit naar Luitenant Charles. Maar het enige bekende gezicht in het gezelschap bleef dat van Bonaparte. Hij liep over van trots en adoratie, dolgelukkig me hier in Milaan aan zijn zijde te hebben. Op de zeldzame momenten dat hij zich zonder mij door de zaal bewoog, werd hij omzwermd door vrouwen. Hun aandacht leek hem te ergeren en hij zocht voortdurend mijn blik, om me te verzekeren van zijn toewijding. Ik vond het behalve overbodig ook aandoenlijk.

Iedereen bejegende hem eerbiedig en hij nam als een geboren leider alle loftuitingen in ontvangst. Mijn onbeholpen kleine generaal was zichtbaar gegroeid.

Toen we aan tafel gingen voor het souper, was Hippolyte nog altijd in geen velden of wegen te bekennen.

'Waar zijn de anderen?' vroeg ik terwijl ik mijn lepel in de romige soep doopte.

'Mijn broer voelde zich niet goed. Dus hij is op zijn kamer gebleven. Kolonel Junot moet hier ergens zijn.' Bonaparte maakte zich lang en keek zoekend om zich heen. 'Vind je het kwetsend dat mijn broer zich niet in staat voelde erbij te zijn?'

'Helemaal niet. Hij heeft zich de hele reis ellendig gevoeld. Ik had met hem te doen.' En ik had gewenst dat iemand een eind maakte aan zijn gejammer door hem op zijn gezicht te slaan.

'Net goed. Als hij niet zo veel Franse hoeren had bezocht, had zijn kruis nu niet in brand gestaan.' Bonaparte nam slurpend een hap.

Ik verslikte me in mijn soep. Dus dat was de oorzaak van Josephs ongemak!

'Bonaparte!' Ik smoorde een giechel. 'Zulke dingen moet je niet zeggen!'

'Het is waar. God weet wat hij bij die vrouwen heeft opgelopen.'

Ik boog me naar hem toe. 'Sst. Niet zo hard. Je wilt je eigen broer toch niet te kijk zetten?' Ik nam een hap brood. 'En waar is Luitenant Charles?'

De volgende lepel soep bleef halverwege zijn mond steken. 'Die is doorgereisd naar het hoofdkwartier in Brescia.' Bonaparte keek me wantrouwend aan. 'Had je gehoopt dat hij er vanavond ook zou zijn?'

Teleurstelling overviel me, maar ik mocht niets laten merken. 'Ach, wat jammer. Hij had zich er zo op verheugd de Milanese vrouwen te leren kennen. Blijkbaar was zijn grootmoeder een schoonheid en afkomstig uit Milaan. Dus hij had het over een familietraditie of dat soort onzin,' jokte ik.

'Zijn kans komt nog wel, hij zal nog meer dan genoeg Italiaanse vrouwen ontmoeten.' Na die woorden kuste hij me op mijn neus.

Bonaparte bleef maar twee dagen in het Palazzo Serbelloni. Toen ging hij terug naar het front. Zonder hem en zonder mijn vriendinnen werd ik verteerd door eenzaamheid. Ik schreef brieven, ik slenterde door de paleistuinen en ik bewonderde de kunst die Bonaparte tijdens zijn veldtochten had verzameld. De oorlogsbuit. Ik durfde er nauwelijks aan te denken hoe hij al die schatten had verkregen.

Op een avond terwijl ik me kleedde voor het diner, werd de rust verstoord door het geratel van kartetsschoten. Ik vloog naar het raam om te zien waar het geluid vandaan kwam. In de tuin stoven soldaten en hovelingen naar de verste hoeken of doken achter de gesnoeide struiken.

Ik deinsde achteruit toen er opnieuw schoten klonken, gevolgd door een oorverdovend geschreeuw.

Mon Dieu! Stonden de Oostenrijkers voor de stad? Ik greep mijn mantel en haastte me de gang in.

'Madame Bonaparte, we moeten hier onmiddellijk weg.' Kolonel Junot kwam de marmeren trap op stormen. 'Oostenrijkse troepen hebben de stad omsingeld.'

Oorlog! Al weer! De baleinen van mijn onderjurk sneden in mijn huid. Ik leunde tegen de muur op zoek naar houvast. Bonaparte was er niet.

Junot pakte me bij mijn schouder. 'Madame?'

'Nog meer geweld.' Mijn hart ging wild tekeer. 'Ik weet niet of ik het kan verdragen.'

'Ik zorg ervoor dat u niets overkomt. Kom, dan breng ik u ergens heen waar u veilig bent –'

'Nee!' Ik schudde heftig mijn hoofd. 'Ik kan hier pas weg als ik bericht heb van Bonaparte.'

'Madame.' Hij pakte me bij de arm. 'Ik kan niet toestaan dat u hier blijft. Er liggen doden in de straten, de burgemeester is gegijzeld… U moet hier weg.'

Ik rukte me los. 'U bent hier net zo vreemd als ik. U hebt ook geen idee waar we heen moeten. Ik ga hier pas weg als mijn man me dat opdraagt.'

'Dat lijkt me niet verstandig.' Hij streek geërgerd door zijn golvende blonde haar. 'Als de Oostenrijkers het paleis weten binnen te dringen –'

'Bonaparte laat me niet in de steek. Hij stuurt wel iemand om me te halen.'

Kolonel Junot gaf een koerier een boodschap mee, met de opdracht die zo snel mogelijk naar Bonaparte te brengen. Ik bad dat de koerier inderdaad haast zou kunnen maken. Als Bonaparte de boodschap niet kreeg... Ik ijsbeerde van het bed naar het raam en terug.

Nee, daar wilde ik niet aan denken. Hij zou bericht sturen.

Ik trok mijn reiskleren aan en liet Louise, mijn kamenierster, bij me komen om mijn koffers te pakken. Dan was ik klaar om te vluchten.

Het werd later en later, maar de koerier kwam niet terug. Uiteindelijk ging ik op bed liggen, volledig gekleed. Telkens wanneer geweervuur de stilte verscheurde, kromp ik ineen. Fortuné stond voor het raam, gegrom steeg op uit zijn keel.

Bonaparte, waar ben je?

In de vroege ochtenduren viel ik in een onrustige slaap. Maar ik schrok bijna onmiddellijk weer wakker.

'Madame Bonaparte! Madame!' Het was Louise die op de deur bonsde.

Ik deed mijn ogen open. Fortuné stormde keffend naar de deur. 'Wat is er?' Ik gooide het dons van me af.

'Bericht van de generaal, madame!' Ze hield me met bevende hand een briefje voor.

Op de verdieping beneden me hoorde ik zware voetstappen. Kolonel Junot, die met twee treden tegelijk de trap nam.

'Bonaparte wil dat we nu direct naar Castelnuovo vertrekken. Daar is hij ook.' Ik stopte de brief in de zak van mijn reismantel. 'Hij heeft zijn beste cavaleristen als escorte gestuurd.'

'De Oostenrijkers rukken op,' zei Kolonel Junot. 'Bent u zover?'

Ik nam Fortuné op de arm en haastte me naar buiten, waar de dageraad de hemel violet kleurde.

Tijdens het rijden heerste er een drukkende stilte. Niemand durfde zijn angst hardop uit te spreken. De straten lagen bezaaid met lijken: Franse dragonders, Oostenrijkers, Italianen; de vlag waaronder ze hadden gevochten deed er niet meer toe nu ze dood waren.

Ik vocht tegen een opkomende misselijkheid en keek naar Fortuné;

mijn hand rustte op zijn leren riem met zilveren belletjes. 'Ik behoor toe aan Madame Bonaparte,' stond er op het naamplaatje. Met mijn gezicht in zijn vacht zei ik een schietgebed. *O God, waak over ons. Help me veilig bij Bonaparte te komen.*

Toen we de stadspoort uit reden, ketste een regen van kogels af op de grond en op de bomen langs de weg. Ik gilde. De paarden sloegen op hol en stoven er in een uitzinnig tempo vandoor. Het rijtuig begon te hellen, waardoor we tegen de wand werden gesmeten. Hijgend van schrik omklemde ik de leren lus aan het dak. Louise greep mijn arm en begon te huilen.

'Sst, stil maar,' zei ik. 'Je moet proberen kalm te blijven, Louise. Aan tranen hebben we niets.'

'Maakt u zich geen zorgen, dames. We komen er wel doorheen.' Junots ogen glansden van opwinding.

Waarom mannen van gevaar hielden, van de dreiging van geweld en verwoesting, zou ik waarschijnlijk wel nooit begrijpen. Ik keek door het bevuilde raampje naar buiten. We reden langs een meer. Iepen, dennenbomen en berken spiegelden zich in het kristalheldere oppervlak. Uit het dichte woud kringelde rook omhoog. Witte vlekken kwamen uit de beschutting van de bomen tevoorschijn – eerst één, toen telde ik er twaalf, toen nog meer. Fortuné zette zijn voorpoten op het kozijn van het raam en gromde ernaar. Toen de witte vlekken dichterbij kwamen klonken er geweerschoten.

Soldaten! En ze schoten op ons!

'Oostenrijkers!' Junot duwde Louise en mij naar de grond. 'Bukken!'

Een hagelbui van kogels roffelde op het rijtuig. De geschrokken paarden sloegen opnieuw op hol. We slingerden vervaarlijk. Louise gilde het uit toen ze tegen de punt van de houten bank werd gesmeten. De scherpe rand haalde haar wang open.

'Louise!' Junot drukte zijn zakdoek tegen de bloedige snee.

Ik keek naar hen. Dus de geruchten over een romance klopten, besefte ik. Terwijl hij de wond dichtdrukte, streelde hij haar over het hoofd. Met de blik waarmee hij me aankeek smeekte hij me hun geheim niet te verraden. Als kolonel mocht hij geen omgang hebben met een kamenierster. Maar dat was iets waarover ik me later zou buigen.

Er klonk een doordringende, dierlijke kreet. Het rijtuig kwam los van de grond. Heel even maar, toen volgde de klap.

We lagen op en over elkaar, niet in staat ons te bewegen. Buiten heerste verwarring. Na enig geschreeuw ging de deur krakend open.

Een dragonder van ons escorte stak zijn hoofd naar binnen. 'Eruit allemaal! Een van de paarden is geraakt. Junot, je moet helpen met uitspannen. Madame Bonaparte, komt u maar met mij mee.' Hij maakte een diepe buiging en stak me zijn hand toe.

Ik legde de mijne in zijn zweterige palm en liet me uit de koets tillen. Fortuné sprong achter me aan. Junot hielp Louise. Toen we eenmaal naast het rijtuig stonden, keken we hoe enkele van onze soldaten het dode paard gejaagd opzij duwden. De rest van het escorte beantwoordde het vuur van de Oostenrijkers.

'Bonaparte...' Ik keek verwilderd om me heen. 'Wat –'

'Volg de greppel langs de weg,' schreeuwde de dragonder boven het geweervuur uit. 'Die leidt naar het zuidwesten en uiteindelijk naar Castelnuovo. Mochten we elkaar kwijtraken, gewoon de weg blijven volgen. Dan kan het niet missen.'

Mijn ogen werden groot van schrik. 'Moet ik lopend verder? Helemaal alleen?'

'In het rijtuig bent u een te gemakkelijk doelwit. We moeten in elk geval rond die bocht zien te komen.' Hij wees voor ons uit.

'Moet ik niet hier wachten terwijl u –'

Van alle kanten barstte musketvuur los. Een van onze mannen greep naar zijn borst en zakte op zijn knieën. Gedurende een gruwelijk moment richtte hij zich weer op, toen sloeg hij tegen de grond. Zijn vuurrode bloed sijpelde in de stoffige aarde.

Een andere soldaat schermde me af met zijn lichaam. 'U moet hier weg!' Hij hielp ons af te dalen in de diepe greppel.

Daar begon ik strompelend, met knikkende knieën te lopen. Fortuné stormde vooruit. Kogels floten ons om de oren, ketsten af op de bomen en deden het hout versplinteren.

Louise snikte zo hard dat ik er driftig van werd.

'Vooruit! Je moet flink zijn!' Aan de dood wilde ik niet denken. 'Vlugger!' Ik pakte haar hand en trok haar mee.

'J-j-ja, madame.'

Toen ik achteromkeek om te zien hoe ver we al waren gevorderd, zag ik dat er weer iemand van ons konvooi werd geraakt. De soldaat tuimelde van zijn paard en sloeg in een groteske houding, met zijn armen en benen gespreid, tegen de grond.

'O!' Ik struikelde en viel voorover in de greppel.

'Madame!' gilde Louise.

Opnieuw vlogen de kogels ons om het hoofd; het merendeel ketste af tegen de bomen.

Ik krabbelde overeind, schopte mijn schoenen uit en begon te rennen. De zon stond brandend aan de hemel, het zweet liep over mijn rug. Nog even, dan waren we bij de bocht en uit het zicht van de vijand.

Bonaparte, je moet me helpen! Mijn ademhaling ging schor en hijgend.

Achter ons klonk het geluid van galopperende paarden. Ik durfde niet te kijken.

'Ze komen eraan. Rennen, Louise!' riep ik.

Ze raakte verder achterop, nog altijd jammerend.

Ik rende door, de bocht om. Buiten adem. Ik kon niet meer! Het gedreun van hoeven kwam dichterbij.

Ik zou me niet gevangen laten nemen. Vlugger, vlugger, dreunde het in mijn hoofd. Mijn longen brandden.

Ik gilde van angst toen ik naast me een paard zag opdoemen.

'Madame Bonaparte!' riep een stem. 'Madame!' Het was Junot.

Ik bleef abrupt staan, hijgend en piepend.

Hij steeg af en trok eerst mij uit de greppel, toen Louise, die achter me aan was gestrompeld. 'De Oostenrijkers hebben blijkbaar besloten ons niet te achtervolgen. Ze blijven op hun post bij het meer.'

'Goddank.' Ik sloeg voorover met mijn handen in mijn zij.

Ons konvooi rondde de bocht. Daar stopte het rijtuig om ons te laten instappen en voort ging het weer door het Toscaanse land.

Bij aankomst in Castelnuovo werd mijn keel dichtgesnoerd door emoties toen ik Bonaparte zag staan. Mijn echtgenoot! De man die van me hield, die me beschermde en voor me zorgde.

De man die ik… liefhad.

Ik viel hem om de hals. 'Ik was zo bang! Maar zonder bericht van jou wilde ik niet vertrekken. Ik...'

'Sst.' Hij bette mijn gezicht en wiegde me als een kind. 'Hier ben je veilig. Je hebt er goed aan gedaan te vertrouwen op je man. Ik zal je altijd beschermen.'

'Waarom ben je me niet zelf komen halen?' Ik werd ineens boos.

'Dat kon niet, *amore mio*. Dit is ons bolwerk. Als ik mijn post in de steek had gelaten was er chaos uitgebroken. Dan had ik je veiligheid onmogelijk kunnen garanderen. Ik heb mijn beste mannen gestuurd.' Hij bedekte mijn gezicht met kussen. 'Maar ik zal ze laten boeten voor de angst die jij hebt moeten uitstaan.'

Junot, die onze hereniging zwijgend had gadegeslagen, schraapte zijn keel. 'Generaal Bonaparte, we hebben drie mannen en een paard verloren. Ik verwacht niet dat de Oostenrijkers zullen oprukken, maar ze zijn wel vlakbij.'

'Dank u voor de waarschuwing, kolonel.' Bonaparte droeg me naar binnen.

In de maanden daarop reisden we van stad naar stad terwijl de winter plaatsmaakte voor de Italiaanse lente. Mijn man zag ik weinig. Hij kwam en ging, bleef een paar dagen en voegde zich dan weer bij zijn manschappen aan het front. Het grootste deel van de tijd liet hij me alleen – omringd door Italiaanse edelen, rijke kooplieden en hovelingen, maar toch alleen. Ik vond afleiding in het sluiten van contracten voor militaire voorraden. En als echtgenote van een beroemde generaal kreeg ik onbeperkt krediet.

Daarnaast wijdde ik me aan het onderhoud van de tuinen bij mijn voortdurend wisselende onderkomens en ik wandelde over het bijbehorende grondgebied. In elke stad kocht ik cadeaus voor de kinderen en Maman, maar ook aardewerk of schilderijen voor Barras en Fanny, en fraaie stoffen voor Theresia. Er was zo veel moois, zo veel landschappelijke schoonheid, maar ik had niemand om het mee te delen.

Ik verlangde naar Parijs.

En dus vroeg ik mijn vrienden uit Frankrijk om me op te zoeken. Maar degene naar wie ik het meest verlangde kwam niet. Theresia weigerde het centrum van haar macht te verlaten. Bovendien stond het idee om in de paleizen van mijn man te verblijven haar tegen. Ze had hem nooit gemogen.

Een arrogante dwaas, noemde ze hem.

In haar brieven putte ze zich uit in verontschuldigingen. Ik probeerde haar niets kwalijk te nemen. Als ik in haar schoenen had gestaan, was ik misschien ook niet naar Italië afgereisd. Er woedde tenslotte een oorlog. Maar anderen die me minder dierbaar waren kwamen wel op bezoek. Dus ik kon niet voorkomen dat ik begon te twijfelen aan haar loyaliteit.

Bonaparte toonde zich een goede echtgenoot; hij beschermde me, hij betaalde het studiegeld voor Hortense en Eugène, hij verwende me en hij omringde me met alle denkbare luxe. Wanneer hij niet op het slagveld was, lagen we in elkaars armen. Hij vertelde me fluisterend wat zijn ambities waren en beloofde dat hij de wereld aan mijn voeten zou leggen. Ik waardeerde zijn vriendschap meer dan ik ooit had kunnen denken.

Op een ochtend ontbeten we op ons balkon met brood, gedroogde ham en koffie. De winderige lentedag stemde me opgewekt en hielp de nevelen van de vermoeidheid te verdrijven. Ik had al diverse nachten de slaap niet kunnen vatten. Geruchten over een volgende invasie, over Barras' kwijnende macht en over onrust in Parijs drukten zwaar op me.

'Je ziet er moe uit.' Bonaparte nam een hap brood. Vlokken krokante korst daalden neer op zijn *cravate*.

'Wat lief dat je dat ziet.' Ik fronste mijn wenkbrauwen. 'Dat komt omdat ik vannacht al weer niet goed geslapen heb. Want ik voel dat er iets afschuwelijks staat te gebeuren.' Het bloed trok weg uit mijn gezicht toen het voorgevoel me opnieuw overweldigde. 'Volgens mij moeten we weg uit Milaan. Vandaag nog. Ik had vannacht weer dezelfde droom. Over een Oostenrijkse invasie.'

Hij stopte met kauwen. 'Wat heb je gedroomd? Ik wil het precies weten.' Hij nam mijn voorgevoelens altijd volkomen serieus. 'Tot in de kleinste details.'

Ik vertelde hem mijn nachtmerrie en het akelige gevoel dat me maar niet met rust liet.

'Bel de bedienden. Dan zorg ik dat het escorte zich gereedmaakt.' Hij kuste me op mijn voorhoofd en schoof zijn stoel naar achteren.

Ik slaakte een zucht van verlichting en prees me gelukkig met een man die naar me luisterde. Nog geen uur later lieten we Milaan in galop achter ons.

Twee uur nadat we ons in Brescia hadden gevestigd kwam er bericht van de legerleiding.

Bonaparte las het voor. 'Milaan is omsingeld door Oostenrijkse troepen.' Zijn gezicht werd bleek. 'Mijn weergaloze Joséphine!' Hij kuste me vurig. 'Mijn volmaakte echtgenote. Je brengt me geluk!'

Het beeld van Hippolyte doemde op voor mijn geestesoog. Schuldbesef bezorgde me een drukkend, misselijkmakend gevoel in mijn maag.

De volmaakte echtgenote. Het mocht wat.

De Bonapartes

Mombello, Italië, 1797

Op de tweede dag van Messidor arriveerde de familie van mijn man. De ondergaande zon kleurde de hemel feloranje, roze, botergeel en lavendel. Het marmeren paleis glansde, in de tuinen bloeiden rozen en viooltjes. Alles geurde naar oranjebloesem, de hellingen waren bespikkeld met olijfbomen. Een aards paradijs.

Ik twijfelde er niet aan of de Bonapartes zouden er verrukt van zijn.

Toen de rijtuigen naderden over de oprijlaan haalde mijn man me van mijn kaartspel. 'Daar zijn ze!'

Ik hield mijn adem in toen de stoet rijtuigen tot stilstand kwam. De kamers die ik voor mijn nieuwe familie in gereedheid had laten brengen, hadden me heel wat hoofdbrekens gekost. Ik had erop gestaan dat de bedden met zijden lakens werden opgemaakt en had overal vazen met bloeiende verbenatakken laten neerzetten. De koks zouden dagverse *frutti di mare* bereiden, besproeid met wijn met een bouquet van zon en perziken, en als dessert zouden er anijskoekjes en amandelgebak worden geserveerd. Niets was te goed, te kostbaar voor mijn schoonfamilie. Ik hoopte dat ze mijn inspanningen zouden kunnen waarderen en vouwde mijn handen om te verbergen dat ze trilden.

'*Mamma!*' riep Bonaparte toen zijn moeder uit het rijtuig stapte. Hij haastte zich naar haar toe en kuste haar op beide wangen.

'Nabulione.' Ze sprak hem aan met zijn Italiaanse naam, kuste hem en fatsoeneerde haar zwartkanten japon. Haar houding was die van een non, maar zo te zien deinsde ze er niet voor terug iedereen die niet deed wat ze zei een draai om zijn oren te geven. Merkwaar-

dig dat een vrouw met zo'n streng gezicht tegelijkertijd zo beeldschoon kon zijn.

'Ik heet tegenwoordig Napoleon,' zei mijn man schaapachtig.

'Je bent geen Fransman en dat zal je ook nooit zijn,' antwoordde
ze kortaf. 'Dus hou op met die dwaasheid en doe niet alsof.'

Bonaparte boog zijn hoofd.

Ik sloeg het tafereeltje ongelovig gade. Zijn moeder was erin geslaagd binnen enkele momenten zijn zelfverzekerdheid te ondermijnen, door hem op zijn nummer te zetten alsof hij nog een kind was.

Bonaparte richtte zich op en bood haar zijn arm. '*Mamma*, mag
ik je voorstellen aan Joséphine, mijn lieftallige vrouw. *Mon amour.*'
Hij keerde zich naar mij. 'Dit is mijn moeder. Letizia Bonaparte.'

Ze nam me doordringend, van top tot teen op. Ik had geen enkel
risico genomen en zag er traditioneler en ingetogener uit dan ge-
bruikelijk, in een japon van roze zijde met korte mouwen en lange
handschoenen. Kalm beantwoordde ik haar blik. Tenslotte was ik in
het Palais du Luxembourg en elders al zo vaak kritisch gemonsterd.

'Madame Bonaparte' – ik kuste haar op beide wangen – 'het is me
een vreugde u te leren kennen.'

'Ik had voor het huwelijk uitgenodigd moeten worden.' Ze klonk
afkeurend, kortaangebonden. Toen gebaarde ze naar het huis. 'En
wat een gruwel! Ik kan wel zien dat je onze *Napóleon* hebt verwend.'
Haar stem droop van het sarcasme terwijl ze zijn naam nadrukkelijk
uitsprak.

Het was duidelijk van wie Bonaparte zijn bedroevend slechte
manieren had.

Ik dwong mezelf te glimlachen. 'Mijn man heeft het huis zelf uitgekozen. Hij dacht dat u het plezierig zou vinden om in de ochtenduren tussen de fruitbomen te wandelen. En om te zijn omringd met
de luxe die u verdient, madame.'

'Ik had het niet beter kunnen zeggen, lieveling.' Bonaparte schonk
me een waarderende glimlach terwijl de rest van de familie om ons
heen kwam staan.

'Dag, waarde broer.' Een van zijn zussen omhelsde hem. 'Wat een
schitterend huis!' zei ze uitbundig, haar blauwe ogen glansden. Op
haar knappe moeder na was zij de mooiste van de Bonapartes.

'Joséphine, mag ik je voorstellen, dit is Pauline.'

Ze kneep haar ogen tot spleetjes en nam me onderzoekend op. 'Ze zeggen dat ik de knapste ben. En dat ben ik nog steeds, zie ik. Mooie japon.' Ze grijnsde.

De glimlach bevroor op mijn gezicht. Wat had ik haar misdaan? Waarom was ze zo haatdragend? Zo wreed? Ik zou hen overladen met welwillendheid, nam ik me voor.

'Ja, je bent erg lieftallig. Bonaparte heeft je schoonheid geen recht gedaan.'

Ze keek me aan, met stomheid geslagen door mijn repliek.

Daarop stelde Bonaparte me voor aan Caroline, Elise en zijn broer Louis. Lucien liet verstek gaan en Jérôme, de jongste, zat bij Eugène op school. De twee jongens zouden in de loop van de week arriveren. Ik voelde me warm worden bij de gedachte mijn zoon weer in mijn armen te kunnen sluiten. De tijd kon me niet snel genoeg gaan.

De andere Bonapartes waren minder onbeleefd, hoewel Caroline me minachtend opnam. Ik liet het allemaal glimlachend over me heen komen.

'Jullie willen je natuurlijk opfrissen na de reis,' zei ik. 'De bedienden zullen jullie je kamers wijzen. Als er ook maar iets is wat ik kan doen om het jullie nog meer naar de zin te maken, aarzel niet het te vragen.'

Er kon bij geen van de Bonapartes een bedankje af.

De beledigingen werden nog erger.

'Dames horen hun huid niet te laten zien,' snibde Letizia. 'Zedigheid is een deugd voor een vrouw.'

Ik probeerde haar te negeren; ze leefde nog volgens de oude regels, onze progressieve Revolutie was aan haar voorbijgegaan.

Ondanks hun ondankbaarheid bleef ik de toegewijde schoondochter, zuster en echtgenote. Mijn gulheid werd gezien als het bewijs dat ik verwend en spilziek was. Tenminste, dat hoorde ik Caroline tegen Bonaparte zeggen.

Op een avond na het eten lieten zijn zussen er geen enkel misverstand over bestaan hoe ze over me dachten.

'Het is gewoon walgelijk hoe hij haar verwent,' zei Pauline. Ze stonden binnen gehoorsafstand. De drukke balzaal gonsde van de bedrijvigheid. Pauline liet haar blik om zich heen gaan alsof ze iemand zocht. In een hoek speelde een strijkje. De Italianen bleven onder elkaar en negeerden de Franse gasten. '*La vieille* draagt weer eens een diamanten collier. Het staat haar afschuwelijk.'

Ik verstijfde. *La vieille!* Hoe durfde ze! Ik was vierendertig, dus nog lang geen oude vrijster. Verontwaardiging snoerde me de keel dicht, maar ik bleef staan. Want ondanks mezelf wilde ik ook horen wat de rest daarop te zeggen had. Dus deed ik alsof ik een van mijn favoriete Italiaanse landschapsschilderijen bestudeerde.

Caroline giechelde. '*La vieille*. Wat een perfecte naam. Hoewel, *la puta* is nog beter. Ik hoorde dat ze elke avond een nieuwe minnaar tussen de lakens uitnodigt.'

Ik bloosde van woede. Sinds mijn huwelijk met hun broer had ik maar één minnaar gehad en die had ik al in geen maanden meer gezien.

'Nabulione had altijd al een slechte smaak als het op vrouwen aankomt. Dus ik ben niet geschokt dat hij de grootste sloerie van Parijs heeft uitgekozen.' Pauline goot de inhoud van haar wijnglas in haar keel.

Ik kreeg een rood waas voor mijn ogen. Waar haalde ze het lef vandaan! Uitgerekend Pauline, die geen man kon ontmoeten zonder hem te verleiden! Sinds hun aankomst had Bonaparte haar al minstens vier keer berispt wegens haar losbandige gedrag. Ik zette mijn glas water neer en ging op zoek naar Eugène, die twee dagen eerder was gearriveerd. Ineens begreep ik waarom Bonaparte zo wanhopig naar liefde verlangde. Hij kwam uit een familie van haatdragende, ongemanierde bloedzuigers.

Van mij mochten ze verdrinken in hun eigen vergif. Ik zou geen greintje gevoel aan hen verspillen.

Twee weken later gaf ik een verfijnd diner voor Eugène, wat vrienden uit Parijs en mijn schoonfamilie. We dineerden op het terras onder een snoer van blauwe en witte lantaarns. De kinderen joegen op de vuurvliegjes die boven het gazon dansten en stopten ze in een pot. In Frankrijk kenden we de lichtgevende insecten niet en we waren allemaal verrukt van hun knipperende lijfjes.

Na langdurig tafelen werd het citroenijs geserveerd. De militairen in het gezelschap verkeerden in een ware euforie. Het leger van Bonaparte was er eindelijk in geslaagd de Oostenrijkers te dwingen zich definitief over te geven. Er zou op korte termijn een verdrag worden getekend. De mogelijkheden voor de Republiek leken onbegrensd. We zouden als overwinnaars, als leiders naar Frankrijk terugkeren.

Ondanks het feit dat ik me verheugde op onze terugkeer naar Parijs deelde ik niet in de vreugde. Mijn vrolijke mopsje was de vorige dag doodgebeten door de hond van de kok. De volgende ochtend had ik al een nieuw hondje, maar dat kon het beeld van Fortuné's verminkte lijfje niet verdringen.

Door de harteloze woorden van Caroline werd ik alleen maar somberder.

'Ik begrijp niet waarom je zo van streek bent. Dat begrijp ik echt niet, Joséphine. Het was maar een hond. En je hebt al een nieuwe.' Onder stuitend geslurp zoog ze op het gesuikerde ijs.

'Zo veel wreedheid had Fortuné niet verdiend.' En ik ook niet.

Caroline schonk me een vernietigende blik. Ik keerde haar de rug toe en wendde me tot Eugène.

'Arme drommel,' zei hij tegen een vuurvliegje dat op zijn ijs was neergestreken. Hij tikte het weg terwijl hij lachte om iets wat Bonaparte zei.

Dit waren de mensen van wie ik hield, zei ik tegen mezelf. Zij waren de reden dat ik hier was.

Die avond in bed huilde ik om mijn doodgebeten hond, om het gemis van mijn dochter en van mijn vriendinnen en om de haat waarmee mijn schoonfamilie me bejegende. Toen Bonaparte enige tijd later boven kwam, gooide hij de deur van de slaapkamer met kracht achter zich dicht.

Verschrikt schoot ik overeind.

Bij het zien van mijn tranen verzachtte de onheilspellende uitdrukking op zijn gezicht. 'Wat is er? Wat is er gebeurd?' Hij haastte zich naar me toe en omhelsde me. 'Ik vind het verschrikkelijk om je te zien huilen.'

Snikkend begroef ik mijn gezicht tegen zijn warme hals. 'Je zussen en je moeder hebben een hekel aan me. Mijn hond is d-dood. En ik mis Hortense.' Bij het noemen van haar naam volgde er een nieuwe stortvloed aan tranen.

'*Amore mio*.' Hij wiegde me in zijn armen. 'Mijn familie heeft geen hekel aan je. Ze zijn boos op mij omdat ik ben getrouwd zonder dat zij ervan wisten. Dat reageren ze af op jou.' Hij streelde mijn gezicht. 'En dan kunnen ze wel eens onaardig doen.'

'Onaardig? Zeg maar gerust kwaadaardig.' Ik maakte me los uit zijn omhelzing, plotseling boos. 'En waarom kom jij dan niet voor me op?'

'Wat ik ook zeg, ik kan ze niet van gedachten doen veranderen.'

Ik gooide de dekens van me af en sprong uit bed. 'Je hebt het niet eens geprobeerd. Het minste wat je zou kunnen doen, is zorgen dat ze hun mond houden!' Ik liep in stijgende woede naar de andere kant van de kamer.

Zijn gezicht werd weer dreigend. 'Waag het niet je stem tegen me te verheffen. Ik ben je man!'

'Ik verhef mijn stem als ik dat wil!' Mijn bloed kookte. Ik verafschuwde zijn hele ellendige familie.

Hij dreef me in een hoek en pakte me bij mijn armen. 'Maar niet tegen mij. Dat duld ik niet. Als je ooit –'

Ik rukte me los. 'Je zegt dat je van me houdt, maar je doet niets om mijn eer te beschermen.'

'Als ik het kon zou ik de sterren voor je van de hemel plukken!' bulderde hij. Toen ademde hij diep in om rustig te worden en kwam weer naar me toe. 'Ik zou ze desnoods allemaal verstoten. Ik zou alles voor je opgeven.' Zijn stem werd zachter. 'Toe, liefste, wees niet boos. Ik ken mijn familie. Ik weet hoe ze zijn. Wees gewoon je aanbiddelijke zelf. Uiteindelijk trekken ze wel bij.'

Dat had ik eerder gehoord, uit de mond van Désirée. Toen ging het over Alexandre en had het niet goed uitgepakt.

'*Je t'aime*.' Hij kuste mijn ogen, mijn wangen.

Mijn boosheid ebde weg. Ik zou proberen hen te negeren. Voor hem zou ik proberen me niets van ze aan te trekken. Ik liet me naar het bed leiden.

Terwijl ik weer onder de dekens kroop schoot me te binnen dat hij woedend de deur achter zich had dichtgegooid. 'Wat was er eigenlijk? Waarom was je zo boos?'

'Dat kwam door Pauline.' Zijn ogen werden donker van ergernis. 'Ik heb haar betrapt in een compromitterende situatie. Met Jean LeClerc.' Er kwam een verbeten trek om zijn mond. 'Ze gedraagt zich als een *puta*. Om nog iets van haar reputatie te redden heb ik gezegd dat ze onmiddellijk met LeClerc moet trouwen.'

Ik zei maar niet dat die reputatie niet meer te redden viel. Ze nam niet eens de moeite de geruchten over haar vele minnaars te ontkennen. Toen Caroline haar daarmee confronteerde had Pauline haar uitgelachen en haar zus preutsheid verweten.

'Daar heb je goed aan gedaan,' zei ik. 'De problemen zouden niet te overzien zijn als blijkt dat ze zwanger is en ze heeft geen man.'

'Dat zal niet gebeuren. Ze trouwen volgende week. Hier in Mombello. Kun jij helpen met de voorbereidingen?'

'Natuurlijk, *chéri*.'

Hij boog zich over me heen. 'Je bent een engel. En je brengt me geluk. Wat zou ik zonder jou moeten beginnen?' Hij kuste me weer.

In plaats van alleen Paulines huwelijk regelde ik uiteindelijk ook de bruiloft van een van Bonapartes andere zussen.

Ik zorgde dat al hun wensen in vervulling gingen, maar kreeg van geen van beiden ook maar een woord van dank. Mijn geduld raakte op. Ik werd moe van het doen alsof, niet alleen tegenover de Bonapartes maar ook tegenover de Italianen aan het hof. En ik verafschuwde de onoprechte glimlach waarmee iedereen elkaar tegemoet trad, de taxerende, afkeurende blikken die ik overal om me heen zag.

Toen Letizia tegen het eind van de maand haar vertrek aankondigde, samen met Elise en Caroline, kon ik wel huilen van opluchting. Zelf zou ik ook niet lang meer blijven. Het wachten was op het ondertekenen van het vredesverdrag. Ik zou een bezoek aan Venetië brengen – bevrijd van de Bonapartes die nog in Mombello bleven – en van daar doorreizen naar Frankrijk.

Nadat ik de hele dag was gekweld door hoofdpijn, lag ik die avond in mijn verduisterde kamer op bed.

'Joséphine?' Bonaparte kwam binnen en zette zijn lamp op een nachtkastje. 'Je ligt de hele dag al in bed.' Hij schopte zijn glimmende laarzen uit.

'Ik heb verschrikkelijke hoofdpijn.' Ik sloeg het dek naast me terug.

'Dat zal je slechte geweten wel zijn.' Hij liet zich in een stoel ploffen en sloeg zijn armen over elkaar.

'Waar heb je het over?' Ik werkte me half overeind in de kussens.

'Dat weet je best! Over die verdomde luitenant van je!' Hij zette grimmig zijn tanden op elkaar. 'Die niet met zijn poten van je af kan blijven! Van míjn vrouw!' Hij schopte de voetenbank door de kamer.

Ik slikte krampachtig. De verhalen over Hippolyte waren hem ter ore gekomen.

'Welke luitenant?' Ik deed alsof ik van niets wist. 'Bonaparte, waar héb je het over? De enige die met zijn handen aan me mag komen ben jij.'

Op zijn gezicht streden wanhoop en twijfel streden om voorrang. Hij stond gejaagd op, kwam bij me op bed zitten en greep me onzacht bij mijn haar.

'Ik laat iedere man ter dood brengen die zelfs maar naar je durft te kijken! Is dat duidelijk?'

Ik verzette me tegen zijn greep. 'Hoe kom je aan die onzin, lieveling? Van wie hoor je zulke dingen?' Met mijn duim begon ik zijn nek te masseren. 'Je weet toch dat ik van je hou? Alleen van jou?'

'Joseph en Pauline.'

'Ik heb de luitenant dit hele jaar in Italië amper gezien. Terwijl jij hem regelmatig met zijn maîtresse bent tegengekomen. Dat heb je me zelf verteld. De mooie Carlotta. Je broer en je zus bestoken je met leugens om mijn goede naam te besmeuren.'

Hij liet mijn haar los. Het viel over mijn schouders op mijn zijden nachtjapon.

'Van Pauline weet ik dat ze liegt. Maar waarom zou Joseph iets verzinnen om zijn eigen broer te kwetsen?'

'Lieveling, je hebt gezien hoe je familie me behandelt.' Ik pakte zijn hand en legde die op mijn hart. 'Als ik de luitenant had ontmoet, denk je dan niet dat anderen dat ook zouden hebben gezien?'

Zijn hand sloot zich om mijn borst. Hij kuste me wanhopig, alsof hij zocht naar de waarheid.

'Joseph probeert je tegen me op te zetten,' zei ik toen we elkaar weer loslieten.

'Dat laat ik niet gebeuren, liefste. Niets of niemand kan tussen ons komen.'

Gevallen engel

Rue de la Victoire, Parijs, 1797 – 1799

Bonaparte stond erop het vredesverdrag te ondertekenen voordat
we naar Parijs terugkeerden, maar met zijn driftbuien joeg hij de
Oostenrijkse onderhandelaars tegen zich in het harnas.

Het was aan mij om de rimpelingen weer glad te strijken.

'Alstublieft, vergeeft u mijn man zijn kortaangebondenheid,' zei ik
tegen de eerste in rang onder de Oostenrijkse diplomaten. 'Hij
wacht op goedkeuring van het Directoire en wil niets liever dan tot
ondertekening overgaan. Want hij vind het afschuwelijk om uw tijd
te verspillen.'

Het interesseerde Bonaparte hoegenaamd niets wiens tijd hij verspilde. De aanleiding voor zijn driftbuien was dat hij zijn zin wilde
doordrijven. Het verdrag kwam er zoals hij dat wilde. Of het kwam
er niet.

Ik wenkte een bediende om de cognacglazen nog eens bij te
vullen.

'Ik probeer alleen maar tot een vreedzaam akkoord te komen,' zei
de Oostenrijker.

'Ik heb het volste vertrouwen in uw onderhandelingskwaliteiten.'
Ik legde mijn hand op zijn arm. 'En wat een verworvenheid zal het
zijn om een einde te maken aan de vijandschap tussen onze landen!
Om bondgenoten en vrienden te worden, monsieur.' Hij bloosde en
schikte zijn *cravate*.

'En wat verrukkelijk om eindelijk weer eens een gepast geknoopte
cravate te zien,' vervolgde ik. 'Het lijkt erop dat de Italianen weinig
besef hebben van de huidige mode.'

Zijn blos werd vuriger. 'U vleit me, madame, maar inderdaad, u hebt gelijk. De Italiaanse samenleving is nogal archaïsch, ook al is het eten werkelijk hemels.' Hij prikte een stuk gesmoorde vis aan zijn vork. 'En u hebt wonderen tot stand gebracht met de tuinen. Ik heb begrepen dat u een kundig hovenier bent.' Hij gebaarde naar de vazen met verbena en fresia's.

'Ik vind het zo bevredigend om planten te koesteren en ze te zien uitgroeien tot iets moois.' Ik bette mijn mond met mijn servet. 'Het is net als met vriendschappen. Vindt u ook niet?'

We spraken enige tijd, terwijl Bonaparte ondertussen luidkeels zijn ongenoegen kenbaar maakte tegenover de rest van de delegatie. Als ik niet met deze en gene Oostenrijker had gedanst of zijn interesse voor bloemen had gedeeld, zou de hoop van de Republiek op een wapenstilstand de bodem zijn ingeslagen.

Maar hoezeer ik ook mijn best had gedaan en hoe nuttig mijn bijdrage ook was geweest, Bonaparte had die avond bij het naar bed gaan weer wat te mopperen. 'Vrouwen hebben niets te zoeken in de politiek. Je hebt gezien wat er gebeurde. Door jouw toedoen bleef er van die man niets over. Of liever gezegd, hij veranderde in een stotterende idioot.'

'Lieveling, je kunt toch soms zó onnozel zijn.' Ik fronste. 'Dat is precies de reden waarom ik daar álles te zoeken had. Want nu heb je je verdrag.' Ik kroop onder de dekens.

Hij liet zich naast me op het bed vallen. 'Je hebt hem gemanipuleerd.'

'Ach, ik heb zo mijn eigen benadering.' Ik kuste hem luchtig op het voorhoofd.

Hij zat enige tijd zwijgend voor zich uit te staren, in gedachten verzonken. 'Misschien zou ik je inderdaad vaker mee moeten nemen naar officiële diners,' zei hij toen ik de lamp naast het bed doofde. 'Ik sluit niet uit dat je aanwezigheid wel eens nuttig zou kunnen zijn.'

'Dat denk ik ook.'

Hij nam me in zijn armen.

Tegen de tijd dat het Directoire het verdrag goedkeurde, was het al enige weken herfst. Bonaparte veroorloofde zich nogal wat vrijheden waar het om de gestelde eisen ging, en zodra de handtekeningen waren gezet vertrok hij naar Parijs. Mij liet hij achter om het officiële programma verder af te werken. Ik slaakte een zucht van verlichting toen ik eenmaal weer veilig op Franse bodem was teruggekeerd.

Maar ik was niet voorbereid op het onthaal dat ik kreeg.

In stomme verbazing keek ik uit het raampje van het rijtuig naar de honderden mensen die zich in elk dorp hadden verzameld om de echtgenote van hun held toe te juichen. Onze doorgang werd begeleid door fakkels, onze kleine stoet aangekondigd met bulderende kanonschoten.

Ik lachte hardop. Bonapartes populariteit had zich door het hele land verspreid. Hoe had dat zo kunnen gebeuren?

'*Vive* Bonaparte!' riepen de burgers. '*Vive* Notre Dame des Victoires!'

Ze wuifden naar me en ik wuifde terug. 'Hebt u zoiets ooit gezien, Junot?'

'Niet meer sinds de intocht van Koningin Marie Antoinette.' De kolonel keek met open mond naar de stedelingen die nog tot 's avonds laat langs de weg stonden.

Er bekroop me een ongemakkelijk gevoel. 'Ik ben geen koningin.'

Bij het horen van de gespannen klank in mijn stem keek hij op. 'Madame Bonaparte, maakt u zich geen zorgen. U bent inderdaad geen koningin.'

Onze tocht naar Parijs duurde twee weken langer dan verwacht. Toen we de oprijlaan van mijn heerlijke huis insloegen, werd ik overmand door emotie. Eindelijk weer thuis! Haastig stapte ik uit het rijtuig en liep ik naar de voordeur, waar ik ontdekte dat die werd bewaakt. Sinds wanneer hadden we schildwachten nodig?

'Yeyette!' Mimi kwam aanlopen.

Ik omhelsde haar uitbundig. 'Hoe kan het toch dat je altijd naar zonneschijn ruikt, Mimi?'

'Je kunt maar beter voortmaken. Generaal Bonaparte wacht met smart op je in het Palais du Luxembourg. Hij is erg ongeduldig.'

'Het is zijn eigen schuld dat de reis zo lang heeft geduurd. Vanwege zijn aanhang was ik gedwongen in elke stad waar we door kwamen halt te houden. De Nationale Garde heeft ons de hele weg naar Parijs begeleid.' Ik legde mijn mantel af. 'Ik heb je gemist! Het was heerlijk in Italië, maar ik ben ook erg eenzaam geweest. En ik heb de kinderen ook zo gemist!'

Mimi trok me mee naar de trap. 'Hortense komt morgen. Zo, tijd om te gaan. Anders wordt die man van je verschrikkelijk boos.'

'Ik laat me niet bang maken door zijn boosheid.' Nonchalant wuifde ik haar bezorgdheid weg. 'Even een snelle ronde door het huis. Ik ben zo benieuwd hoe het allemaal is geworden.'

Ze sloeg haar blik ten hemel. 'Ik ben blij dat ik straks niet mee hoef. Hij wordt –'

'Rustig maar, Mimi.' Ik haastte me naar de salon. De strenge, klassieke stijl had plaatsgemaakt voor mahoniehouten meubels, goudkleurige gordijnen, een tegelvloer van mozaïeken. Ik liep de trap op naar mijn slaapkamer.

Mijn mond viel open. 'Het is prachtig!'

Banen blauw-wit gestreepte stof waren vanaf een centraal punt aan het plafond rond het bed gedrapeerd, in een imitatie van een legertent. Rond het bed waren voetenbanken in de vorm van een trommel geschikt. Een kaptafel en kleerkast stonden tegen de muren aan weerskanten.

Een kamenierster haastte zich naar binnen met drie japonnen. 'U moet voortmaken, madame. Welke japon zal het zijn?'

Ik nam een bad, kleedde me in vliegende haast in een witte japon met een goudkleurige hoed en haastte me naar de soiree.

'Waar bleef je zo lang?' was het eerste wat Bonaparte zei. Hij keek me streng aan. 'Talleyrand heeft een fortuin uitgegeven om je thuiskomst te vieren. Bovendien heeft hij de soiree twee keer moeten uitstellen!' Er klopte een ader in zijn nek.

Ik streek met mijn vinger langs zijn kin en schoof mijn arm door de zijne. 'Pas op met wat je zegt, *mon amour*. Iedereen kijkt naar ons. En je weet net zo goed als ik dat deze avond in werkelijkheid ter ere van jou is georganiseerd.' Ik glimlachte om de indruk te wekken dat we lieve woordjes uitwisselden. 'Ik ben gekomen zo snel als ik kon. Maar je bewonderaars hebben ervoor gezorgd dat de reis veel langer heeft geduurd dan nodig. De Fransen adoreren je.'

De storm in zijn ogen ging liggen. 'Ik ben blij dat je weer thuis bent,' verzuchtte hij en hij kuste de binnenkant van mijn handen. 'Hoe vind je het? Is het niet ongelooflijk?' Hij gebaarde met zijn hoofd naar de indrukwekkende balzaal en de drommen gasten.

Talleyrand had slingers besteld van dennentakken, klokken, rood lint en uitgelezen ijssculpturen die bosdieren voorstelden. In de aangrenzende ruimte waren lange tafels gedekt met kanten kleden voor een formeel diner. 'Het is verrukkelijk,' zei ik. 'Zodra ik hem zie zal ik hem ermee complimenteren.'

Bonaparte begeleidde me naar een tafel met drankjes en reikte me een kristallen glas aan met roze punch.

'Je beseft toch dat hij dit allemaal voor jou heeft georganiseerd?' vroeg ik. 'Om indruk op je te maken? Hij wil dat je zitting neemt in het Directoire.'

'Wie heeft je dat verteld? Barras?' Bonaparte nam me onderzoekend op.

'Nee, maar toen we in Italië zaten heeft hij je elke week geschreven.'

'Er ontgaat je weinig.'

'Zeg maar gerust: niets.' Ik nipte van de zoete punch. 'De boeren willen een man die de simpele republikeinse waarden vertegenwoordigt. De mensen worden onrustig. Ze snakken naar verandering.'

Bonaparte liet zijn blik in het rond gaan, alert op luistervinken. Toen boog hij zich dichter naar me toe. 'En die zullen ze krijgen. Dit is voorlopig ons laatste banket. We doen er verstandig aan de boodschap af te geven dat we niet heulen met corrupte volksvertegenwoordigers. Dat we niet begerig zijn naar macht.'

'Zoals je wilt, Bonaparte.' Ik glimlachte.

Mijn man bleek ambitieuzer te zijn dan ik had verwacht.

Hoewel ik Theresia en Barras bleef ontvangen aan de rue de la Victoire en ook nog altijd bij hen op bezoek ging, betrachtte ik daarbij de grootst mogelijke discretie. Ondertussen maakte ik me steeds meer zorgen over Bonapartes neurotische trekjes, die erger werden naarmate zijn populariteit groeide.

'Het Directoire wil me vermoorden. Ze zijn bang voor me omdat ik te veel macht heb,' zei hij op een avond.

'Barras heeft zich altijd een goede vriend getoond. Dat hij je naar

Engeland stuurt, zou ik geen doodvonnis willen noemen.' Ik masseerde zijn schouders terwijl hij gebogen over zijn bureau zat. Hij zou over een week vertrekken om de Engelse havens te inspecteren met het oog op een mogelijke invasie. Dat alles met de bedoeling de Republiek te beschermen.

'Maar daardoor ben ik wel weg uit Parijs, weg van mijn aanhang.' Hij gebaarde naar het raam. Elke ochtend verzamelde zich een menigte op straat om zijn naam te scanderen of om te roepen om mij, zijn 'geluksvrouwe'.

Diep in mijn hart zag ik uit naar zijn vertrek. Door zijn afwezigheid zou ik misschien wat rust krijgen. En hij zou niet lang wegblijven. Niet lang genoeg om hem te gaan missen.

'De adoratie van het volk is niet onopgemerkt gebleven,' zei Bonaparte. 'De ministers liggen elke nacht te woelen in hun bed.'

Ik knikte. De bewondering van de Parijzenaars, die grensde aan aanbidding, vormde een bedreiging voor onze weinig stabiele regering. Onwillekeurig maakte ik me ook zorgen – althans, een beetje – over het welzijn van mijn man.

'Dan is het misschien juist goed om een tijdje van het toneel te verdwijnen,' zei ik. 'Dat geeft het Directoire de kans zijn zelfvertrouwen terug te vinden. En ondertussen behaal jij de ene na de andere overwinning. Dan zal het volk alleen maar nog meer van je houden.'

Hij wendde zich af van zijn papieren en trok me op schoot. *Je t'aime.'*

Voordat Bonaparte vertrok stond ik erop dat we buiten de stad naar huizen keken. De massale aanhankelijkheidsbetuigingen, elke dag weer, benauwden me. Een huis op het platteland leek me het ideale toevluchtsoord.

En dat zei ik ook. 'Daar zijn we weg van alles en iedereen. We kunnen er doen wat we willen, we kunnen de kinderen ernaartoe laten komen, we kunnen er vrienden uitnodigen.'

'Ik ga met je mee, maar een grote uitgave kan ik me op dit moment niet veroorloven.'

We hadden al diverse woningen bekeken, maar ik herkende mijn droomhuis zodra ik het zag: het lieflijke Malmaison. Het grondgebied besloeg enkele hectares van glooiend heuvelland met beekjes en riviertjes, verschillende tuinen en een goed onderhouden wijngaard. De boeren die er woonden, bewerkten het land en leefden van hun eigen vlees, zuivel en gewassen. Het chateau zelf had achterstallig onderhoud; het dak moest worden hersteld, het glas in de ramen was dringend aan vernieuwing toe en vanbinnen was het huis bevuild door de talloze duiven die tussen de dakspanten nestelden.

'Er moet wel wat aan gebeuren, maar het is volmaakt,' zei ik. 'O, Bonaparte, dit is het huis dat ik wil!'

'Het kost driehonderdduizend franc!' Hij gooide zijn armen in de lucht, waardoor de duiven luid protesterend opvlogen in een warreling van veren.

Ik bukte me om er een te ontwijken.

'En ik moet die honderdduizend franc voor je herinrichting ook nog betalen,' vervolgde hij. 'Dus misschien later, maar op dit moment kan er geen sprake van zijn.'

Ik stak mijn onderlip naar voren. 'O.'

Tijdens de terugrit naar Parijs zocht ik naar een oplossing, niet bereid het erbij te laten zitten. Ik kon het geld gebruiken dat ik aan mijn contracten verdiende en ik kon een bedrag van Barras lenen. Want ik had behoefte aan mijn eigen grond, aan een echt thuis. Ik moest en zou Malmaison hebben.

Terwijl Bonaparte op reis was volgde ik mijn eigen agenda. Ik ging op bezoek bij Hortense en Eugène, ik sprak af met Fanny en Désirée. Dankzij de oorlogen die mijn man voerde, sloot ik het ene militaire contract af na het andere, ook al wist hij niets van mijn activiteiten. Met het beeld van Malmaison nog vers in het geheugen slaagde ik erin het grootste deel van mijn verdiensten opzij te zetten.

Ook Barras en Theresia bezocht ik nog altijd regelmatig. Na een diner met gebraden eend in zijn buitenhuis besloten Paul en ik een spelletje te kaarten, terwijl Theresia achter de pianoforte ging zitten.

'Is er nog nieuws over de Britten?' vroeg ik.

'Nog niet.' Paul gooide zijn kaarten op tafel. 'Bonaparte is ervan overtuigd dat we de Britten in Egypte moeten aanpakken. Dat we de route naar India moeten blokkeren. Maar de Russen zitten ook in Egypte en ik wil geen oorlog met ze riskeren door hun doorgangs-routes af te snijden. Volgens mij moeten we die vervloekte Britten gewoon op eigen bodem aanvallen. Maar het besluit is al genomen.'

'Welk besluit?' Ik trok zijn kaarten naar me toe, schudde het spel en verdeelde het in twee stapeltjes.

'Dat we naar Egypte gaan.' Hij pakte zijn kaarten. 'Zodra Bona-parte uit Engeland terug is beginnen ze met de voorbereidingen. Hij wil in de lente vertrekken, met Eugène als zijn *aide de camp*. En zijn broer Lucien gaat ook mee.'

Ik verstijfde.

'Eugène? Maar hij is pas zeventien! Dat is nog veel te jong voor de oorlog!' Bij het vooruitzicht dat iemand een geweer op hem zou richten, stond mijn hart stil. Toen kwam er een andere gedachte bij me op en ik kreunde. 'Lucien gaat Bonaparte natuurlijk tegen me opzetten.'

Hij klopte me op de hand. 'Maman, het wordt tijd om je zoon de kans te geven een man te zijn. Ik weet zeker dat Bonaparte goed op hem past. En Lucien is een valsaard, maar hij zal de gevoelens van je man niet kunnen beïnvloeden. Napoleon houdt van je, met een lief-de die elke redelijkheid te boven gaat. Sterker nog, die de waanzin nadert, zou ik bijna zeggen.'

Mijn man en mijn zoon gingen allebei naar het front. Angst be-kroop me en liet me niet meer los. Er waren veranderingen op til.

Na zijn thuiskomst zat Bonaparte weer net als altijd over zijn kaarten en geschiedenisboeken gebogen, maar in plaats van de Engelse kust-lijn was het nu de Egyptische woestijn waarin hij zich verdiepte. Hij was elke avond nog laat aan het werk, totdat ik hem met al mijn verleidingskunsten de studeerkamer uit lokte.

In een kanten nachtgewaad ging ik op de rand van zijn bureau zitten.

'Wanneer vertrek je naar Egypte? Ik moet tenslotte ook mijn voorbereidingen treffen.' Als er zo veel op het spel stond kon ik niet achterblijven.

'Je gaat niet mee.' Hij keek op van een blauwdruk. 'Tenminste, niet meteen. Daarvoor is de situatie te gevaarlijk.'

Ik veranderde van tactiek. 'Maar wat moet er zonder jou van me worden?'

'Vrouwen gaan niet mee naar de oorlog, mijn lief.' Hij streelde mijn dij. 'Ik mag je leven niet in gevaar brengen.'

'En dat van mijn zoon wel?' Ter wille van het dramatische effect liet ik mijn onderlip trillen. 'En toen je in Italië zat heb je me ook naar je toe laten komen.'

'In dit geval ligt het anders. Het wordt een zware reis naar Egypte. Over zee en over land. Met nauwelijks enig comfort. Misschien wel helemaal geen. Op zo'n veldtocht is er voor vrouwen geen plaats.' Hij trok me op schoot. 'En natuurlijk zal ik Eugène beschermen. Bovendien is hij goed opgeleid.'

'Hij popelt van verlangen om te gaan.' Ik streek een lok uit zijn ogen. 'Maar je talisman heb je niet nodig?'

'Ik neem je portret mee. Daar zal ik het voorlopig mee moeten doen. Zodra het kan laat ik je achter me aan komen. Wanneer de situatie veilig genoeg is.' Hij streek de frons van mijn voorhoofd. 'Het komt allemaal goed, *amore mio*. Echt waar. Maak je geen zorgen.'

Maar je bent straks wel in de greep van je afschuwelijke broers, dacht ik. Angst snoerde mijn keel dicht. Ik zou het niet kunnen verdragen mijn man of mijn zoon te verliezen.

Nog geen maand later reisden we naar het zuiden, naar Toulon. Op de ochtend van vertrek stond ik met Bonaparte en Eugène op de kade. De kobaltblauwe golven glinsterden in de zon. In de straten had zich een menigte verzameld, nieuwsgierig naar de fregatten die deinend voor anker lagen in de baai. De vloot reikte tot aan de horizon.

Hoeveel van die schepen zouden terugkeren met gerafelde zeilen, vroeg ik me af. En voor hoeveel zou dit hun laatste reis worden? Om mijn zenuwen de baas te blijven ademde ik diep de zilte zeelucht in.

Er klonk een hoornsignaal. De soldaten haastten zich naar hun schepen.

'Het is zover.' Eugène kuste me op beide wangen. 'Je moet me nu echt laten gaan.' Hij lachte zijn jongenslach. Ik had hem de hele ochtend stijf bij de arm gehouden. 'Voor je het weet ben ik weer thuis. Maak je geen zorgen.'

'*Je t'aime.*' Ik glimlachte dapper om niet te laten merken hoe wanhopig ik was. Hij rende de loopplank op. Nog een laatste zwaai, toen verdween het donkere hoofd van mijn zoon tussen de rest van de soldaten. 'Dag, zoon,' fluisterde ik en ik begroef mijn gezicht in de hals van Bonaparte.

'Ik zal goed voor hem zorgen.' Hij streek me over mijn rug. Ik hief mijn hoofd op om hem aan te kijken. Zijn bleke huid had een blozende gloed, zijn gezicht stond vastberaden. Ik schikte een knoop op zijn grijze jas.

'Joséphine, mijn zoetelief.' Hij nam mijn handen in de zijne. 'Ik verlang nu al naar de dag waarop ik je armen weer om me heen zal voelen. Ik hou van je. Ik zou het wel duizend keer willen zeggen. Ik hou van je!' Hij kuste me hartstochtelijk voor het oog van iedereen. Er werd gejuicht en geapplaudisseerd. Bonaparte wuifde glimlachend naar de menigte.

'Ik moet de eer van Frankrijk verdedigen,' riep hij met stemverheffing.

Zijn woorden werden beantwoord met een nieuwe uitbarsting van gejuich.

Bij de gedachte aan de gevaren die hij tegemoet ging werd ik opnieuw overmand door wanhoop. 'Wees alsjeblieft voorzichtig! Ik zou het niet kunnen verdragen als… als…' Ik streelde zijn lippen met mijn vingertoppen.

'Maak je geen zorgen. En schrijf me.' Hij kuste me nogmaals.

Toen maakte mijn onbevreesde echtgenoot zich los uit mijn armen en ging aan boord.

Ik bleef nog een paar dagen in Toulon om te genieten van de zeelucht en om de afschuwelijke terugreis uit te stellen. Maar ondanks dat respijt werd ik beheerst door rusteloosheid en zegde ik het ene schietgebed na het andere. Ik slaagde er niet in de angst van me af te zetten.

Heer, waak over Bonaparte, maar mijn zoon… O, Heer, zorg dat mijn zoon niets overkomt.

Tegen het einde van de week was ik in noordelijke richting naar Plombières-les-Bains gereisd, een plaatsje in de Vogezen dat beroemd was om zijn geneeskrachtige bronnen.

'Het bronwater bevordert de vruchtbaarheid,' had Bonaparte gezegd.

Hij maakte er geen geheim van dat hij kinderen wilde. Telkens wanneer we vrijden, streelde hij mijn buik, als om af te dwingen dat daarin een kind zou groeien. En een kind zou de twijfels van zijn strenge moeder ontkrachten en een erfgenaam betekenen, mocht Bonaparte die ooit nodig hebben.

Dokter Martinet, een beroemde arts, schreef een behandeling voor met zouten en kruidenelixers, in combinatie met regelmatige baden en oefeningen om mijn maandstonden te stimuleren. Ik hield me strikt aan zijn orders, met een bijna religieuze devotie.

'Mijn cyclus is sinds mijn tijd in de gevangenis altijd onregelmatig geweest,' klaagde ik tegen Madame de Krény. 'Met tussenpozen van soms wel zes maanden.'

Ze was een medepatiënte uit Parijs die verlichting zocht voor de pijn in haar enkels, en ze zat met haar voeten in een bassin verzengend heet water dat borrelde en siste wanneer ze bewoog.

'Ik had gehoopt dat ik al zwanger zou zijn,' zei ik.

'Probeer niet te wanhopen. U bent nog in de vruchtbare leeftijd.'

Ik sloeg de opstijgende stoom weg van mijn gezicht. 'Ach, tobben heeft geen zin. Zeker niet zolang mijn man weg is.'

Bonaparte schreef me regelmatig, zoals hij had beloofd. Zijn beschrijvingen van het eeuwenoude land voldeden aan het beeld dat ik me daarvan had gevormd: laaiende hitte die de horizon deed glanzen als koper, eeuwenoude bouwwerken verweerd door de tijd, genadeloze zandmuggen en strijdende mannen die in plaats van een uniform een lang gewaad droegen en hun hoofd hadden bedekt met wapperende lappen. De dorst was een kwelling. Hij deed gedetailleerd verslag van de indrukwekkende manier waarop Eugène zich weerde op het slagveld en in de contacten met zijn manschappen. Ik kon trots zijn op de jongeman die ik had grootgebracht.

Na verscheidene overwinningen vroeg Bonaparte me om naar

hem toe te komen. Opgelucht en gehaast begon ik met de voorbereidingen van mijn reis. Op de middag voor mijn vertrek dronk ik een kopje thee met Madame de Krény en Madame Garer, een vriendin die ik in het badhuis had leren kennen.

'Waarom gaan we niet buiten zitten?' Ik nam de gebakjes met roze en groen glazuur mee naar het balkon. 'Het is zulk heerlijk weer.'

De anderen volgden me naar buiten. Een briesje vanuit de bergen verdreef de verstikkende zomerhitte. We hadden ons net geïnstalleerd toen op de straat beneden ons een hond woest begon te blaffen.

'Wat is er in godsnaam aan de hand…' Ik liep naar de ijzeren balustrade en keek naar beneden. Daar stond een roodharige poedel, klaar om een jong hondje aan te vallen; een spaniël. De baasjes van de honden trokken aan de riem in een poging de ruziemakers uit elkaar te houden.

'Lieve hemel! Wat een lawaai.' Madame de Krény kwam ook aan de balustrade staan.

Plotseling klonk het geluid van versplinterend hout. In verwarring gebracht keken we elkaar aan.

'Wat heeft dat te betekenen?' vroeg Madame de Krény.

Ik draaide me om en op hetzelfde moment gleden de bordjes van tafel en vielen in gruzelementen. Toen ook de laatste vork en lepel rinkelend op de grond vielen, was het alsof de aarde zich onder me opende.

Onze schrille kreten sneden door de lucht. Mijn maag schoot naar mijn keel en ik besefte dat ik viel.

Een bons, een gruwelijk gekraak, toen werd alles zwart voor mijn ogen.

Een lichtstraal verblindde me.

Kreunend sloot ik mijn ogen. Even later deed ik voorzichtig het ene weer open, toen het andere, en ik probeerde te focussen. Vaag kon ik aan de andere kant van de kamer een bruin vierkant onderscheiden. Een kleerkast? Waar was ik?

Het duizelde me. Ik draaide mijn hoofd opzij. Mijn tong kleefde als een vel perkament aan mijn gehemelte. Ik slikte en tilde mijn hoofd op. Iemand had me onder een dikke laag dekens gelegd.

Herinneringen overspoelden als een stortbad mijn benevelde brein. Ik was van tweehoog naar beneden gevallen. Ons balkon had het begeven!

Een voor een bewoog ik mijn armen. Ik kreunde van pijn, maar blijkbaar had ik niets gebroken. Toen ik probeerde te gaan zitten, lukte het me niet mijn bovenlichaam overeind te krijgen. Mijn tenen tintelden. Het kietelde en ik wilde mijn benen optillen.

Maar ik voelde ze niet.

Ik probeerde het nog eens. Weer niets.

'Ik heb geen gevoel in mijn benen!' riep ik schor, bijna rochelend, alsof ik in geen dagen had gesproken. 'Ik kan mijn benen niet bewegen! Help!'

Dokter Martinet kwam haastig de kamer binnen. 'Rustig maar, madame!'

'Ik heb geen gevoel in mijn benen!' gilde ik weer, volslagen in paniek. 'Wat is er met me?'

Hij zette zijn ronde bril op het puntje van zijn neus recht. 'U hebt een behoorlijke smak gemaakt. Daarbij hebt u uw bekken gebroken en het lijkt erop dat u lijdt aan tijdelijke verlammingsverschijnselen.'

Schrik bonsde als een hamer tegen mijn slapen. 'Verlammingsverschijnselen? Mijn bekken gebroken? Nee.' Ik schudde mijn hoofd. 'Dat kan niet. Ik moet op reis. Naar Bonaparte! Mijn man! Anders denkt hij dat ik hem in de steek heb gelaten. Zijn kwaadaardige broer zal hem leugens influisteren over mij.'

Ik probeerde op mijn zij te rollen. Hijgend hapte ik naar adem. Een doffe pijn trok door mijn bovenlichaam. Zweet parelde op mijn voorhoofd en mijn bovenlip. Ik gaf het op. Wanhopig begroef ik mijn gezicht in het kussen.

'Probeert u zich zo min mogelijk te bewegen. Anders belemmert u de genezing. Ik heb uw man al bericht gestuurd.' Ik knipperde met mijn ogen. 'Door het uitgebreide behandelplan dat ik heb opgesteld verwacht ik dat u volledig zult genezen. Maar de eerste zes weken kunt u niet reizen. Ik heb uw dochter en uw kamenierster gevraagd hierheen te komen. Ze zijn al onderweg.'

'Hortense en Mimi?' vroeg ik verbijsterd.

'Ja.'

'En mijn vriendinnen! Hoe is het –'

'Ze hebben een paar schrammen en blauwe plekken opgelopen, maar voor het overige maken ze het goed. U bent de enige die iets gebroken heeft.'

Het herstel verliep langzaam. De laudanum en de versterkende middelen die de dokter had voorgeschreven maakten me in de war en veroorzaakten nachtmerries, waardoor ik nog onrustiger sliep dan anders. In mijn dromen zag ik dat Eugène gevangen werd genomen en mijn man terechtgesteld in de korrelige duinen van de woestijn. Daarop werd ik door de Bonapartes uit mijn huis gezet. Nacht op nacht werd ik wakker van mijn eigen geroep.

Bonaparte verbood me naar hem toe te komen toen ik eindelijk weer kon lopen.

'Dat zou in jouw toestand te gevaarlijk zijn,' schreef hij. 'Zorg maar liever dat je bij mijn terugkeer weer helemaal hersteld bent, *mon amour*.'

De nadagen van de zomer waren aangebroken. De herfst kwam met gezwollen wolkenmassa's en de voortdurende dreiging van regen. Windvlagen grepen met koude vingers naar onze hoed en onze rokken en rukten aan de bladeren die zich nog vastklampten aan hun takken. Ik had niet de behoefte de winter in de bergen door te brengen. Ik verlangde naar Parijs. En ten slotte kreeg ik van de dokter toestemming om naar huis te gaan.

In Parijs wachtte me verontrustend nieuws. De hele familie Bonaparte had zich in de stad gevestigd om namens Napoleon een beroep te doen op de leden van de Nationale Vergadering. Tenminste, dat beweerden ze. Hun schaamteloze hebzucht vervulde iedereen met weerzin.

'Wat een afschuwelijke mensen! Die idioot sloeg een toon aan alsof hij mijlenver boven me verheven was.' Theresia had het over Joseph. 'Alsof ik een soort voetenbankje was! Wat een verfoeilijke vrouwenhater.'

Ik leunde naar voren in mijn stoel. 'Sst. Anders hoort hij je.'

Joseph zat drie stoelen bij onze tafel vandaan.

'Heb je gehoord wat Pauline Bonaparte tegen onze kleermaker heeft gezegd?' vroeg Julie Récamier van achter haar waaier beschilderd met piramides.

'Nee, vertel!' Theresia was net zo verzot op roddels als ik.

'Tijdens het passen van een japon zei ze dat zij altijd, in elk gezelschap de mooiste was, maar...' Julie boog zich naar voren en dempte haar stem. 'Ze wilde Joséphine en haar vriendinnen "eruit laten zien als de hoeren die ze zijn". Stel je voor! En om zoiets hardop te zeggen! Tegen ónze kleermaker! Het loeder. Natuurlijk heeft hij het onmiddellijk aan mij doorverteld.'

Ik hield geschokt mijn adem in. Besefte Pauline dan niet hoe machtig de vijanden waren die ze hierdoor maakte? Domme, dwaze gans!

'De Bonapartes hebben het vooral op mij gemunt. Ze moeten niets van me hebben,' zei ik. 'Ik hoop dat mijn man ze een positie geeft in Italië. Dan zijn wij van ze verlost.'

Joseph en Louis Bonaparte heulden met iedereen die mijn naam wenste te bekladden. Maar van mijn kant bleef ik altijd vriendelijk. Ik nodigde hen zelfs bij me thuis uit. De enige die daarop inging was Letizia, omdat ze vond dat ze de schijn moest ophouden. De rest van mijn schoonfamilie negeerde mijn uitnodigingen.

Vooral Joseph was wreed en genoot ervan om de beperkte macht die hij over me had te misbruiken.

Toen ik op een middag bij hem langskwam op kantoor, om de toelage op te halen die mijn man had vastgesteld, maakte Joseph een gespannen indruk, alsof hij elk moment kon opspringen van achter zijn bureau om me aan te vliegen.

'Goedemiddag, lieve broer.' Ik weigerde me te laten intimideren, dus deed ik alsof ik zijn vijandige houding niet opmerkte.

Hij sloeg grommend zijn boek dicht. 'Wat kan ik voor je doen? Ik heb het erg druk zoals je ziet.'

'Ik moet je spreken over mijn kosten van levensonderhoud.'

Hij haalde een zakdoek uit zijn borstzak en snoot luidruchtig zijn neus. 'Ik geef je eens per maand het toegewezen bedrag. Meer niet.'

Ik liet mijn ergernis niet blijken. 'Bonaparte heeft gezegd dat het me aan niets zal ontbreken en dat ik mag vragen wat ik nodig heb. Dus ik twijfel er niet aan of je houdt je aan de opdracht van je broer.'

'Je springt lichtzinnig met je geld om, madame. Denk maar niet dat ik je een voorschot geef voor extravagante feesten en buitensporige kledingwensen. Voor dat soort onbeduidendheden is simpelweg geen geld.'

Mijn gezicht begon te gloeien tot mijn haarwortels prikten. Joseph wist maar al te goed dat Bonaparte voor mij zelfs de sterren van de hemel zou plukken. Bovendien had de ellendeling zelf amper twee weken daarvoor een reusachtig landgoed gekocht. Zo reusachtig dat mijn hele huis met gemak in een van de slaapkamers zou passen.

'Het gaat ook niet om extra bedragen, Joseph. En sta me toe te zeggen dat ik me gelukkig prijs met een zwager in wie mijn man zo veel vertrouwen heeft.' Een vurige blos kroop vanuit zijn hals omhoog. 'Dus zeg maar tegen hem dat ik tevreden ben met wat hij me heeft toegewezen.'

'Mooi zo. Dan begrijpen we elkaar. Je kunt gaan.' Hij stuurde me weg alsof ik een bediende was.

'Veel geluk met je nieuwe landgoed. Ik heb begrepen dat het buitengewoon imposant en schitterend is,' zei ik poeslief.

Hij pakte zijn pen en schonk me een kille, harde blik. *Laten we elkaar vooral niets wijsmaken, hebzuchtige dief.* 'Dag, Joseph.'

Door de Bonapartes verlangde ik ernaar uit Parijs te kunnen ontsnappen. Het beeld van Malmaison stond me nog helder voor de geest, stralend als een net geslagen munt. Nog een keer gaan kijken was niet nodig. Ik wist wat ik wilde.

Om mijn plan te verwezenlijken maakte ik een afspraak met Barras.

'Ik heb honderdvijftigduizend franc weten te sparen,' vertelde ik.

Hij keek me verbijsterd aan. Toen begon hij te lachen. Uitbundig, vrolijk. 'En hoe is mijn koopzieke vriendin daarin geslaagd?'

Ik zette mijn lege wijnglas op het blad van een bediende. 'Door wat juwelen en vazen uit Italië te verkopen. Bovendien heb ik de winst van mijn onderhandelingen maandenlang opzijgezet. En Monsieur Récamier heeft me een bedrag geleend.'

'Goed gedaan, *ma chère*!' Hij klopte me op de schouder. 'Zeg maar hoeveel je nodig hebt.'

Ik werd de trotse eigenaar van Malmaison – het chateau, de menagerie, de vruchtbomen en de wijngaarden. Op het moment dat ik de sleutels in handen hield vertrok ik uit de stad, gretig om met de renovatie te beginnen. De eerste ochtend ging ik op het grind van de oprijlaan staan en keek ik langs de charmante façade omhoog. Er zou nog heel veel aan moeten gebeuren, maar dit werd mijn huis. Uitgelaten ging ik naar binnen.

Ik liet de kamers schilderen, de ramen vervangen en het leien dak repareren. Mijn tuinman plantte al meteen in de eerste week drie dozijn bloemenrassen en ik overlegde druk met mijn ontwerper. Tegen het eind van de maand was mijn slaapkamer klaar en de studeerkamer voorzien van kasten voor de reusachtige bibliotheek van Bonaparte. Ik popelde van ongeduld om het hem te laten zien. Hij zou euforisch zijn als hij zag dat zijn leren banden waren afgestoft en in alfabetische volgorde gezet. Na amper enkele weken nodigde ik vrienden en leden van de volksvertegenwoordiging uit om te genieten van de frisse lucht op het platteland, van de zwanen, de paarden en de wijn uit eigen wijngaard.

Op een ochtend in de zomer hoorde ik bij het ontwaken een eenzame duif somber koeren. Ik streek over de lege plaats naast me in bed. Was Bonaparte maar hier! Hij had niet gereageerd op mijn laatste brieven, net zomin als Eugène. Een vertrouwde angst bekroop me. Mijn zoon. Ik slikte krampachtig. En zonder Bonaparte zou ik een onzekere toekomst tegemoet gaan. Niet voor het eerst.

'O, mijn lievelingen! Waar zijn jullie?' fluisterde ik tegen de lege kamer.

Zelfs Barras had niets gehoord. Ik haalde diep adem om mijn zenuwen onder controle te houden. Misschien was het konvooi uit koers geraakt. Het alternatief durfde ik niet... wilde ik niet overwegen. Nog niet. Ik kneep mijn ogen dicht tegen de tranen die plotseling opwelden en stapte uit bed. Ik moest zorgen dat ik bezig bleef.

Na op het terras te hebben ontbeten trok ik een nieuw paar tuinhandschoenen aan en slenterde met mijn snoeitang langs de hagen.

Toen ik mijn bemodderde hak aftikte tegen een steen, kwam er onverwacht bezoek. Een heer – een militair – in een azuurblauwe jas. Soepel in het zadel gezeten kwam hij over de oprijlaan naar het huis toe gereden.

Die ondeugende grijns zou ik uit duizenden herkennen.

'Hippolyte!' Ik rende het gazon over. Hij steeg af en kwam me haastig tegemoet. 'Mijn lieve Hippolyte. Hoe is het met je?' Ik viel hem om de hals, me bewust van de krachtige geur van zijn reukwater. De herinnering aan onze laatste ontmoeting bestormde mijn zinnen. Zijn gladde handen. Zijn lippen. Ik verdrong het beeld en het akelig stekende schuldgevoel.

'Ik heb je gemist!' Hij legde zijn handen langs mijn gezicht. 'Ik hoorde dat je ernstig gewond was geraakt. Ben je weer helemaal beter?' Zijn elegante *cravate* maakte zoals altijd indruk, er dansten pretlichtjes in zijn ogen. Ik had hem gemist.

'Bijna, alleen mijn heupen doen nog pijn wanneer er regen komt. Maar laten we het niet over zoiets sombers hebben. Hoe gaat het met jou? En wat brengt je naar Malmaison?'

De eikenbladeren filterden het zonlicht dat op een verdwaalde bruine lok viel die aan zijn huzarenpet was ontsnapt.

'Wat me naar Malmaison brengt? Jij natuurlijk!' Hij pakte lachend mijn hand. 'Wil je me je nieuwe huis laten zien?'

'Ik dacht dat je het nooit zou vragen.'

Hippolyte kwam vaak op bezoek en vermaakte me met zijn bruisende conversatie en de roddels uit de stad, maar onze gesprekken waren toch vooral zakelijk. Hij had als soldaat wat militaire contacten gelegd en die wilde hij uitbreiden. Net als ik ging hij werken met de Compagnie Bodin, mijn meest winstgevende contractant. Ik vermeed intieme ontmoetingen met de luitenant. Telkens wanneer ik overwoog Bonaparte te bedriegen, werd ik overweldigd door schaamte. Totdat we op een zachte zomeravond in de tuin wandelden.

De vollemaan hulde de hagen in een gloed van parelmoer en bescheen ons pad. De geur van rozen en vochtig gras omhulde ons, de krekels tjirpten hun lied. Ik voelde me aangenaam rozig van de wijn en het heerlijke maal. Er speelde een glimlach om mijn mond. Een bedwelmende avond en een bedwelmende man.

Onder een latwerk begroeid met theerozen nam Hippolyte me in zijn armen. 'O liefste, ik heb nog altijd gevoelens voor je. Er zijn andere vrouwen geweest, maar –'

'Sst.' Ik legde een vinger op zijn lippen en keek naar zijn overschaduwde gezicht terwijl hij met zijn vinger de lijn van mijn neus en mijn wenkbrauwen volgde. Opwinding en begeerte veroorzaakten een rusteloos gevoel in mijn buik. Niemand hoefde van ons geheime rendez-vous te weten. Bonaparte kwam misschien wel helemaal niet terug uit de oorlog, en hoe moest het dan verder met me? Dan was ik opnieuw alleen, opnieuw berooid. Wanhoop overmande me bij die gedachte. Maar Hippolyte was bij me – warm, verleidelijk, een volleerd minnaar. Mijn wangen begonnen te gloeien.

'Waar denk je aan?' Hij liet zijn vingertoppen strelend over mijn blote hals gaan. Ik hijgde onder zijn aanraking en hij grinnikte.

'Aan de toekomst,' zei ik zacht.

'Ach, een toekomst is er altijd.' Er gleed een schalkse glimlach over zijn gezicht.

Ik lachte, toen drukte hij zijn lippen op de mijne.

Dromen over Bonaparte achtervolgden me terwijl Hippolyte naast me lag te slapen. Ik keek naar het rijzen en dalen van zijn borst. Er was iets veranderd. Al heel jong – ik was nog een klein meisje – had ik beseft dat getrouwd zijn niet betekende dat de echtelieden elkaar trouw waren. Een herinnering aan Papa die een jonge slavin op haar achterwerk sloeg kwam bij me op. Toch had ik ervan gedroomd dat Alexandre me trouw zou zijn. Daar had ik naar gesnakt. Ik was echter gaan inzien dat mijn dromen voortkwamen uit mijn fantasie, dat ze nooit werkelijkheid zouden worden en dat het huwelijk me niet zou brengen waarop ik had gehoopt.

Maar toch werd ik nu verteerd door schuldgevoel. En bij de gedachte aan Bonaparte met een andere vrouw kon ik wel huilen.

Ik ging rechtop zitten. Er hipte een roodborstje over het balkon, hij had zijn roestbruine borstje trots opgezet. Het beeld van mijn echtgenoot verscheen voor mijn geestesoog; hoe hij me op de kade

van Toulon bezitterig had gekust, terwijl de menigte haar held toe-
juichte, die openlijk blijk gaf van zijn liefde voor zijn echtgenote.

Een plotselinge misselijkheid deed mijn maag in opstand komen. Ik hield van Bonaparte. Ik had hem innig lief. Hoe had ik zo
blind kunnen zijn? De wijn, de vertrouwdheid van Hippolyte,
mijn man die al zo lang weg was... Ik sloeg mijn handen voor mijn
gezicht. Het zou een vernietigende slag voor hem betekenen. Als
hij achter de waarheid kwam, zou ik hem misschien wel voorgoed
kwijtraken.

Hippolyte keerde zich naar me toe. Bij het zien van de gekwelde
uitdrukking op mijn gezicht verdween zijn glimlach. 'Wat is er?'

'Ik walg van mezelf. Ik kan niet... Ik ben niet in staat... We moeten ermee stoppen. Meteen. Het spijt me echt heel erg.' Ik sloeg
mijn armen om mijn middel. 'Ik ben er gewoon ziek van.'

Hij duwde een kastanjebruine lok achter mijn oor. 'Ik wist het. Ik
wist dat je je schuldig zou gaan voelen. Dat zie ik in je ogen. Je houdt
echt van hem, hè?'

Wanhoop overviel me. Ik had niet beseft hoeveel ik van hem
hield.

'Ja, ik hou van hem. *Dieu*, ik hou van hem. Meer dan ik ooit had
kunnen denken. Wat heb ik gedaan? Als ik had beseft... Ik ben zo
dom geweest.' De tranen stroomden over mijn wangen.

Hij omhelsde me teder. 'Hij hoeft het niet te weten. We hebben
het er nooit meer over.'

'En je mag ook niet meer naar Malmaison komen.' Ik veegde met
de rug van mijn hand over mijn ogen. 'Ik... We kunnen zakendoen
per brief of per koerier.'

Zijn ogen stonden verdrietig. 'Ik begrijp het.' Hij sprong uit bed
en kleedde zich haastig aan.

'Dag, lieve Joséphine.' Met die woorden verliet hij voor het laatst
mijn huis.

Twee weken later kwam Theresia langs om me te waarschuwen. We
liepen over het pad naar de stallen achter het huis. De aardse geuren
van dieren en hooi bezwangerden de lucht.

'Wat ben je mager. Voel je je wel goed?' vroeg ze.

Ik at nauwelijks. De weerzin van mezelf benam me de eetlust. En de nachtrust. Vurig wenste ik dat ik mijn verachtelijke overspel ongedaan kon maken.

Ik ademde diep in. 'Goed genoeg.'

'Ik mis het dat ik niet meer rijd,' zei ze.

De stalknecht hielp ons in het zadel en even later draafden we de velden in.

'Ik heb deze week elke dag gereden,' vertelde ik.

'Je maakt me jaloers.' Ze klakte met haar tong naar haar paard. 'En over jaloers gesproken, heb je het al gehoord van Madame Delait?'

'Nee. Wat is er gebeurd?'

'Haar man wil scheiden.'

'Nee!' Ik was geschokt.

'Het schijnt dat hij Jeanette met haar minnaar heeft betrapt. Die arme man. Dat moet wel een erg ongemakkelijk tafereel zijn geweest.'

'Monsieur Delait liep altijd als een hondje achter haar aan. Bijna slaafs...' Ik zweeg midden in de zin.

Er kwam een knoop in mijn maag. Monsieur Delait had zijn vrouw aanbeden, net zoals Bonaparte mij aanbad. Maar haar overspel was zo'n vernietigende slag voor hem geweest dat hij wilde scheiden.

Theresia merkte niet dat ik abrupt zweeg. 'Inderdaad. Bijna slaafs. Ik ken geen man die zo verliefd was op zijn vrouw. Maar nu is hij razend.'

Ik had het gevoel alsof iemand me in mijn buik had gestompt en ik zakte voorover in het zadel.

'Wil je afstijgen?' Theresia hield de teugels in.

'Nee, nee, het gaat wel.' Ik knipperde mijn tranen weg. Wat er ook gebeurde, ik zou Bonaparte trouw zijn. Ongeacht de prijs die ik daarvoor zou moeten betalen, ongeacht mijn angst – ongeacht of hij me uiteindelijk aan de kant zette. *Dieu*, ik hield van hem.

We reden zwijgend de heuvel op.

'Kloppen de geruchten dat er weer iets is tussen jou en Luitenant Charles?' vroeg Theresia ten slotte.

'O, Theresia.' Ik schonk haar een gekwelde blik. 'Ik vergeef het mezelf nooit. En ik voel me zo ellendig.'

'Waarom in 's hemelsnaam? Je houdt niet van Bonaparte en hij is al maanden van huis. Ik weet zeker dat hij inmiddels ook troost heeft gezocht bij een ander.'

Ik ging er niet op in.

Ze nam me onderzoekend op. 'Nee! Je houdt van hem!'

'Meer dan ik ooit had kunnen denken.' Ik wendde mijn blik af naar de rand van het woud.

'Iedereen heeft het erover dat de luitenant je bezoekt in Malmaison. Ook Joseph. Ik hoorde het hem gisteren tegen Madame Hamelin zeggen.'

Joseph wist ervan? Mijn maag verkrampte van angst. 'Hippolyte kwam hier om zaken te doen. Tot veertien dagen geleden.' Ik liet de teugels knallen, mijn merrie begon sneller te draven. 'En Joseph heeft geen enkel bewijs.'

Onder haar breedgerande hoed glansde Theresia's huid als boter. 'De Bonapartes hebben geen bewijs nodig. Je weet hoe ze zijn. Ze vinden het heerlijk om jou het leven zuur te maken. Ik hoop dat je je contacten met de luitenant hebt beëindigd.' Ze keek me bezorgd aan. 'En ik ben bang dat ik nog meer slecht nieuws heb. De Compagnie Bodin… dat is toch een van je leveranciers?'

Mijn vingers klemden zich strakker om de teugels. 'Mijn meest winstgevende.'

'Daar was ik al bang voor. De gebroeders Bodin zijn gearresteerd omdat ze het leger paarden hebben verkocht die niet alleen tweederangs waren, maar bovendien gestolen.'

'*Merde!* Weet je dat zeker?'

'Honderd procent zeker.'

De stralend blauwe hemel en de sappige klavervelden vervaagden. Ik zou mijn contracten met Bodin onmiddellijk van de hand moeten doen.

De waarschuwing van Theresia kwam een dag te laat. Het schandaal was de volgende morgen een feit. Alle Parijse kranten schreven erover en tot mijn afschuw stond mijn naam in dikke zwarte letters in de lijst van investeerders. Ik verfrommelde de krant en smeet hem door de kamer. Bonaparte zou razend zijn. Ik kon voor de rechter worden gedaagd en veroordeeld.

Het klamme zweet brak me uit bij de gedachte aan de gevangenis, aan een scheiding. Mijn man zou me nooit vergeven dat ik zijn dierbare troepen van inferieur, gestolen materiaal had voorzien. Maar hoe had ik dat moeten weten?

Ik vroeg raad aan een bevriende advocaat en die stelde me gerust omtrent mijn positie. Toen duidelijk werd dat ik geen gevangenisstraf, zelfs geen boete hoefde te vrezen huilde ik van opluchting. Maar mijn opluchting was van korte duur.

Barras nodigde me uit om voor het diner in het Palais du Luxembourg. Hij had me iets dringends te vertellen, schreef hij.

Nerveus en gespannen vertrok ik uit Malmaison.

Tot mijn ergernis bleek dat ook Joseph Bonaparte met zijn vrouw en Caroline met haar man, Joachim Murat, bij het privédiner aanwezig waren. Ik deed mijn best hen zo veel mogelijk te ontwijken. Blijkbaar maakten Eugène en Bonaparte het goed. Als er nieuws was geweest, zou Barras dat hebben gemeld. Toch besloot ik hem na de ontvangst in de balzaal even apart te nemen.

'Wat is er aan de hand? Je kunt me niet langer in spanning laten.'

'Toch zul je nog even geduld moeten hebben. Totdat de Bonapartes zijn vertrokken. Ik kan niets zeggen zolang zij meeluisteren. Want dan staat het morgenochtend op de voorpagina van alle kranten. Bovendien kunnen we aan tafel.'

Eten was wel het laatste waar ik aan dacht, maar ik nam mijn plaats aan tafel in. Helaas kwam ik naast Caroline te zitten. Gedurende de eerste twee gangen wist ik een gesprek uit de weg te gaan, maar toen het varkensvlees werd geserveerd keerde ze zich naar me toe.

'Heb je het al gehoord?' Haar donkere krullen dansten om haar gezicht terwijl ze haar filet sneed.

Ik trok beleefd een wenkbrauw op om belangstelling te veinzen. In werkelijkheid interesseerde het me hoegenaamd niet wat ze had gehoord. Haar kennende wist ik dat ze de feiten wel weer danig zou verdraaien.

'De Engelsen hebben diverse Egyptische havens ingenomen en

een vrachtschip onderschept dat met post naar Frankrijk onderweg was. Ze blokkeren Bonapartes aanvoerroute. Je zult wel niet gemerkt hebben dat je geen post kreeg. Want je had het veel te druk met je minnaar…' Ze laste een pauze in om het effect verhogen. 'En met het bestelen van het leger.'

Mijn vork viel kletterend op mijn bord, zodat de hele tafel naar me keek. Ik wist me geen raad. Het liefst zou ik Caroline een klap in haar gezicht hebben gegeven. Tegelijkertijd stond het huilen me nader dan het lachen. Tot op dat moment had ik geprobeerd niet na te denken over de meest waarschijnlijke oorzaak van het uitblijven van post – namelijk dat mijn mannen in groot gevaar verkeerden.

'Neem me niet kwalijk,' zei ik, me verontschuldigend voor het lawaai. Toen keerde ik me met een ijzige blik naar Caroline. 'Ik heb geen minnaar, Caroline. Degenen die langskomen in Malmaison, zijn vrienden en ministers.' Niet dat het haar ook maar iets aanging. 'En natuurlijk heb ik gemerkt dat ik geen post meer kreeg. Niet van Bonaparte en ook niet van mijn zoon. Maar ik durfde me niet af te vragen…' Ik sloeg mijn ogen neer om mijn emoties onder controle te houden. 'Ik durfde me niet af te vragen wat er aan de hand kon zijn.'

Ze lachte honend. 'Ze zijn niet dood of gevangen. Maar –'

'Zo is het wel genoeg, Caroline,' viel Barras haar in de rede.

Ik greep de rand van mijn stoel. Een doffe pijn bonsde in mijn hoofd.

'Ze heeft er recht op het te weten. De Engelsen –'

'Caroline!' zei Barras.

'De Engelse kranten hebben de brieven van Napoleon en Eugène afgedrukt,' vertelde ze haastig, voordat haar opnieuw het zwijgen werd opgelegd. 'Bonaparte weet dat je een verhouding hebt. Hij is razend! Hij heeft bij wijze van wraak zelfs een minnares genomen. Ik wed dat hij zich van je laat scheiden.'

Pijn sneed als een gloeiend mes door mijn hart. Hij strafte me omdat ik hem had bezeerd. En ik verdiende niet beter. Ik had alles in gevaar gebracht – want híj betekende alles voor me. Toch kon ik het niet geloven. Ik zat roerloos op mijn stoel, vervuld van walging jegens mezelf, terwijl ik uit alle macht probeerde geen emotie te tonen.

De anderen gingen door met eten om niet te laten merken hoezeer ze zich in verlegenheid gebracht voelden. Dergelijke privé-informatie hoorde niet thuis aan een diner. Caroline gedroeg zich als een klein kind.

'Heb je geen trek meer?' Haar ogen glansden triomfantelijk.

'Wilt u me verontschuldigen, messieurs, mesdames.' Ik schoof mijn stoel naar achteren. De gasten mompelden een groet toen ik de kamer verliet.

Barras kwam achter me aan. 'Ik zal met hem praten. We vinden wel een oplossing, *doucette*.' Hij kuste mijn handen. 'Ga naar huis. En probeer je niet ongerust te maken. Ik kom over een paar dagen bij je langs. Het komt allemaal weer goed. Daar gaan we voor zorgen.'

Ik kuste hem met gevoelloze lippen op de wang en stapte in mijn rijtuig.

Wat had ik gedaan? Verstikt door spijt sloeg ik mijn armen om mijn middel. Een leven zonder Bonaparte kon ik me niet voorstellen. Zijn verhouding was vergeten en vergeven als hij mij maar wilde vergeven. Ik hield van hem. God, wat hield ik van hem.

Tijdens de rit naar huis keek ik naar de bomen die voorbijschoten. Ik moest zien dat ik Bonaparte als eerste te spreken kreeg, vóór zijn broers, om hem mijn liefde te verklaren en hem te smeken om vergiffenis. En dat betekende dat ik er moest zijn om hem te verwelkomen zodra hij weer voet zette op Franse bodem.

Een maand later kwam het nieuws. Bonaparte en Eugène waren aan land gegaan. Binnen een week zouden ze thuis zijn. Ik verontschuldigde me tijdens een bijeenkomst in La Chaumière en reed naar huis. Daar voegde Hortense zich bij me. We pakten onze koffers en vertrokken in allerijl om het konvooi tegemoet te reizen.

Zo snel als we konden reden we naar het zuiden, door de heuvels van Bourgondië naar Lyon. Telkens wanneer onze koetsier de paarden langzamer moest laten lopen werden mijn zenuwen zwaar op de proef gesteld.

'Zijn broers hebben natuurlijk gehoord dat hij weer op vaderlandse bodem is. Denk je dat ze ook onderweg zijn?'

Ik keek naar de dreigende hemel. Wolken botsten op elkaar, voortgejaagd door de wind; er was storm op komst.

'Maak je geen zorgen. Hij houdt van je,' probeerde Hortense me gerust te stellen. 'Hij zal de leugens van zijn broers niet geloven. Dat weet ik zeker.'

Ik kromp beschaamd ineen, maar ik kon me er niet toe brengen haar te vertellen dat het geen leugens waren; dat ik de liefde had gebruikt om te krijgen wat ik wilde, maar dat ik inmiddels niet meer zo zeker wist wát ik precies wilde, alleen dat het leven zonder Bonaparte geen zin meer had. Dat was het enige wat ik zeker wist.

Toen de eerste huizen van Lyon in zicht kwamen, slaakte ik een zucht van verlichting. De volgende keer dat we van paarden wisselden zou bij het legerkamp zijn.

Maar het lot was me niet gunstig gezind.

Bonaparte was eerder die ochtend via een andere route naar het noorden verder gereisd.

Moedeloos liet ik me tegen de kussens zakken toen ons rijtuig keerde om terug te rijden naar Parijs – inmiddels met grote achterstand ten opzichte van mijn vijanden.

'Ze hebben elkaar al getroffen. Ik weet het zeker!' jammerde ik.

'Maman, je bezorgt jezelf alleen maar hoofdpijn. Er is geen enkele reden om je zo ongerust te maken.'

Ik schonk haar een matte glimlach. 'Die bazige kleine man heeft mijn hart gestolen.'

Hortense glimlachte goedkeurend. 'Dat werd tijd. Het is een goede man. Voor ons allemaal.'

Twee dagen later sloegen we om middernacht onze Parijse oprijlaan in. Ondanks het late uur brandde er achter diverse ramen nog licht. Ik haastte me naar de deur, op de hielen gevolgd door Hortense.

'Goedenavond, Madame Bonaparte,' groette de soldaat die daar op wacht stond. 'Het spijt me, maar ik mag u niet binnenlaten. Orders van de generaal.'

Hij wilde me niet zien. Mijn maag maakte een duikvlucht naar de stenen, waarvan de kou door de zolen van mijn schoenen drong. Ik dwong mezelf kalm te blijven. 'Dit is mijn huis. Dus ik eis dat u me onmiddellijk binnenlaat.'

Hortense kwam zwijgend naast me staan. Ze huiverde.

'Het spijt me, madame. Maar dat zal niet gaan.'

'Hij is boos. Dat begrijp ik. Maar ik moet met hem praten. Dan komt het allemaal weer goed. U laat ons toch niet in de kou staan? Twee vrouwen, in het holst van de nacht?'

De wacht keek van mij naar Hortense, die op haar handen blies om ze warm te houden. Hij boog zijn hoofd. 'Nee, madame,' zei hij ten slotte. 'Maar ik moet u wel waarschuwen. Hij is erg overstuur.'

Toen deed hij de deur open. Hortense en ik haastten ons naar binnen.

Mimi kwam me tegemoet. Ze omhelsde me en wees naar boven. 'Hij heeft twee stoelen vernield. En boeken tegen de muur gesmeten. Toen hij je niet thuis trof is hij als een razende tekeergegaan.'

Ik liep met knikkende knieën de trap op.

'Maman!' Eugène kwam zijn kamer uit en spreidde zijn armen.

'Lieverd!' Ik klampte me vast aan mijn grote, sterke zoon. 'Wat ben ik blij dat je weer veilig thuis bent!' Ik kuste hem hartstochtelijk op beide wangen. 'En Bonaparte...'

Er kwam een bezorgde uitdrukking in zijn blauwe ogen. 'Hij is erg van streek. Je hebt geen idee hoe hij eraan toe is. Sinds hij te horen kreeg dat je een minnaar had, heeft hij tegen niemand meer een woord gezet. Hij is van plan om je het huis uit te zetten. En om het van je schuldeisers te kopen. En –'

'Het komt weer goed. Daar ga ik voor zorgen.' Mijn lippen trilden.

'Ga maar naar hem toe,' zei Eugène en hij strekte zijn armen uit naar Hortense.

Ik liep verder de trap op. Voor de deur van de studeerkamer bleef ik staan en ik legde mijn oor te luisteren. Toen klopte ik zacht.

Geen antwoord. Ik voelde aan de knop. De deur zat op slot.

'Bonaparte? Ik ben het, liefste. Ik ben zo blij dat je weer thuis bent. We hebben elkaar veel te lang moeten missen. Doe open, alsjeblieft.'

Geen antwoord.

Misschien was hij in slaap gevallen.

Ik klopte nogmaals, nu luider.

'Bonaparte! Doe open. Ik heb je gemist.'

In de kamer klonk een harde dreun, maar dat was het enige geluid.

'Ik ben net thuis.' Mijn ademhaling ging sneller. 'Ik ben je door Bourgondië tegemoet gereisd. Want ik verlangde er zo naar om je te zien. Doe alsjeblieft open!'

Zijn zwijgen was oorverdovend.

'Je broers zijn tot alles bereid om een wig tussen ons te drijven. Dat weet je. Ze zijn jaloers op onze liefde. En op jouw macht. Op je kracht. Ik heb geen minnaar! Het was verkeerd wat ik heb gedaan, maar het is voorbij!' De tranen stroomden over mijn wangen. 'Ik hou zo veel van je. Alleen van jou. Geloof me toch, alsjeblieft.'

Geen antwoord.

Krachteloos van wanhoop liet ik me voor de deur op de grond zakken.

Vanuit de studeerkamer klonk nog meer gebonk. Toen een gebrul. 'Hoe kon je me dat aandoen? *Tu as brisé mon cœur!*' Weer een dreun, gevolgd door het geluid van brekend glas. 'Je hebt mijn hart gebroken!' jammerde hij gekweld.

'Het spijt me zo. Ik zou er alles voor overhebben als ik het ongedaan kon maken.' Ik leunde tegen de deur. 'Ik ben dwaas geweest… dwaas en zwak… Ik besefte niet hoe innig veel ik van je hou, hoeveel je voor me betekent… *Mon amour*, doe alsjeblieft de deur open.'

Maar de deur bleef dicht.

Ik huilde urenlang. Toen de klok in de hal vier keer sloeg, werkte ik me vermoeid en wanhopig overeind. Ik had mijn enige kans op geluk verspeeld. Somber en met lood in mijn schoenen slofte ik de trap af.

Hortense en Eugène zaten beneden te wachten, ook in hun ogen las ik wanhoop. Ze waren van hun stiefvader gaan houden. Bonaparte had hun alles gegeven.

Weer voelde ik een steek in mijn hart. Door mijn zelfzuchtigheid, mijn nonchalance en mijn gebrek aan respect had ik ook mijn kinderen benadeeld. Ik zou alles geven om de klok te kunnen terugzetten.

'Dus er is geen hoop meer?' Terwijl Eugène het vroeg klonk het knarsen van een deur die openging.

Bonaparte kwam zijn kamer uit.

Ingénue

Rue de la Victoire, 1799 – 1800

Hortense en Eugène schoten overeind. Ik draaide me met een ruk om, mijn hart bonsde in mijn oren. Bonaparte was magerder geworden, zijn wangen waren ingevallen, zijn ogen gezwollen, de bovenste knopen van zijn grijze burgerjas stonden open.

Hij stormde de trap af en stoof langs me heen. 'Mijn lieve zoon en dochter!' Hij spreidde zijn armen. 'Ik zal jullie niet in de steek laten. Jullie zijn me dierbaar als mijn eigen kinderen.' Hij omhelsde eerst Eugène, toen Hortense, die haar gezicht snotterend tegen zijn schouder begroef. 'Stil maar. Rustig maar. Ik kan het niet aanzien als mijn kinderen verdrietig zijn.' Hij veegde ruw de tranen van haar wangen. 'Je moeder en ik vinden wel een manier om dit achter ons te laten.'

Mijn knieën werden slap van opluchting. Ik greep de trapleuning om staande te blijven. *Merci au bon Dieu.*

'Zo, en nu naar bed,' commandeerde Bonaparte. 'Ik moet onder vier ogen met jullie moeder praten.'

Zonder nog een woord te zeggen verdwenen ze naar hun kamer.

Bonaparte keek me zwijgend aan. Toen nam hij me in zijn armen en droeg me naar onze slaapkamer.

Daar gaven we schreeuwend lucht aan onze frustraties, we pleitten, we huilden en we bedreven de liefde, totdat we ten slotte uitgeput in slaap vielen. Toen we tegen het middaguur wakker werden bleven we in bed liggen, nog niet bereid elkaar los te laten.

'Ik hou van je,' zei ik met mijn handen langs zijn gezicht. 'Ik wil nooit meer een dag zonder je. Dan sterf ik nog liever.'

Hij streelde mijn naakte schouder. 'Er is in jouw leven geen plaats

meer voor andere mannen. Nooit meer. Is dat duidelijk? Ik ben voornemens promotie te maken in deze erbarmelijk krachteloze regering.
En dan kan ik het niet gebruiken dat het volk zich vergaapt aan mijn
huiselijke twisten.'

Ik sloeg mijn armen om zijn hals. 'Geen enkele man zou zelfs
maar in je schaduw kunnen staan, mijn liefste.'

'En je moet ophouden met handelen in legervoorraden. Dat had
ons bijna onze goede naam gekost.'

'Maar ik moet inkomsten hebben om mijn schulden te betalen.
Ik –'

'Die schulden betaal ik voor je. Ik heb aan al mijn overwinningen
meer dan genoeg verdiend.' Het bleef even stil terwijl hij me over
mijn haar streek. 'En die vrouw,' vervolgde hij toen. Hij sloot zijn
ogen, terugdenkend aan zijn eigen misstap. 'Dat was tijdverspilling.
Een onbeduidende vrouw die geen moment mijn hart, mijn ziel
heeft weten te raken.' Hij kuste me hartstochtelijk. 'Het spijt mij
ook.'

'We praten er niet meer over.'

Hij streelde mijn gezicht, zijn ogen stonden nog altijd bezeerd.
'En wat de luitenant betreft –'

'Ik zal het mezelf nooit vergeven. En er komt ook nooit meer een
andere man in mijn leven.'

Bonaparte vergaf me, maar diep vanbinnen was er iets in hem
gebroken. Zijn liefdevolle blik werd vluchtiger, zijn adoratie minder
onvoorwaardelijk. Ik deed wat ik kon om het hem naar de zin te
maken, om zijn liefde te verdienen. En daarbij liet ik zijn noden en
verlangens zelfs vóór de mijne gaan.

'De komende week bezoeken we geen *salons* of wat er verder ook
wordt georganiseerd. We gaan nergens heen,' zei hij. 'Ik heb je hulp
nodig om de mannen te… overtuigen, zullen we maar zeggen.'

Mijn ambitieuze echtgenoot had zich voorgenomen de regering
omver te werpen. Het vijfkoppige Directoire bezweek aan onder-
linge geschillen en genoot niet langer de steun van de Nationale
Vergadering. Als de coup succesvol verliep, zou Bonaparte worden
benoemd tot een van drie consuls die aan het hoofd van het land

kwamen te staan. En voorlopig stond hij nog aan het hoofd van het leger.

'*Bien sûr.*' Mannen naar mijn hand zetten, dat kon ik als de beste.

Ik gaf intieme diners voor de samenzweerders, ik stuurde hun luimen en sympathieën bij en ik praatte op hen in om de kant van mijn echtgenoot te kiezen. Naarmate de dagen verstreken en de regering wanhopig probeerde de orde te handhaven, raakte Bonaparte hoe langer hoe meer gespannen. Ten slotte was het zover en verzamelden de hoofdrolspelers zich op de afgesproken ochtend in de maand Brumaire op onze binnenplaats.

Een dun laagje rijp bedekte de bruine bloemstengels. Paarden dribbelden met ongedurig hoefgeklepper terwijl hun berijders opgewonden overlegden. Gouden epauletten weerkaatsten het waterige zonnetje.

Ik was rusteloos. De dreiging van ongeregeldheden die mijn man het hoofd zou moeten bieden vervulde me met angst. Dus ik trok me in huis terug, waar ik een gezelschap nerveuze soldaten thee met verse brioche serveerde.

Terwijl de wijzers van de klok traag verder kropen, werden de mannen steeds nerveuzer. Eindelijk, op het middaguur, bonsde er een koerier op de voordeur.

Haastig las Bonaparte het bericht, toen gooide hij het in het vuur. 'Het is zover!'

Er klonk een strijdlustig gebrul, oorverdovend op de stampvolle binnenplaats. Zwaarden werden omgegespt, hoeden opgezet, en de cavalerie klom haastig in het zadel.

Het bloed suisde door mijn oren terwijl Bonaparte opsteeg.

Ik wreef zijn arabier over de neus, in een poging niet alleen het paard maar ook mezelf te kalmeren. 'Wees voorzichtig, *mon amour.*'

Hij keek op me neer, zijn gezicht een en al vastberadenheid. 'Zodra ik in de gelegenheid ben stuur ik je bericht. Heren!' Hij gebaarde naar mij. 'Mijn geluksster! Notre Dame des Victoires!' Opnieuw barstte er een bulderend gejuich los. Vuisten werden geheven en ook Bonaparte stak zijn vuist omhoog toen hij zijn manschappen voorging, de poort uit.

Mijn hart verkrampte terwijl ik hem nakeek en uit het zicht zag verdwijnen. 'Veel geluk,' fluisterde ik.

Hij zou het nodig hebben om een complex en ingrijpend complot als dit tot een goed einde te brengen.

Na hun vertrek inspecteerde ik de inhoud van mijn kleerkast, ik ordende mijn sieraden en werkte mijn correspondentie bij. Al schrijvend kauwde ik op mijn onderlip, ik tikte nerveus met mijn voeten tegen mijn stoel en keek voortdurend naar de klok, waarvan de wijzers leken te kruipen. Het uur voor het avondeten brak aan en ging voorbij. Nog altijd geen nieuws.

Tegen de avond werd ik gekweld door een doffe pijn in mijn nek en de onderkant van mijn schedel. Regen kletterde tegen de ramen. Ik lag op de bank, vurig wensend dat het bonzen in mijn slapen zou ophouden. De spanning was bijna niet meer te dragen.

Toen klonk het geluid van paardenhoeven op de oprijlaan.

Ik stoof naar de hal, waar Letizia, Pauline en Caroline de deur binnenstormden.

'Joséphine!' Er glinsterden tranen op Letizia's gezicht.

'Kom.' Ik sloeg een arm om haar middel en loodste haar naar de salon. 'Rustig maar, madame. Ga lekker bij het vuur zitten.'

De zussen volgden zonder een woord te zeggen. Paulines rode ogen verrieden dat ze had gehuild, maar Caroline keek verveeld.

Ik haalde diep adem en verzette me tegen de paniek die in me opkwam. 'Wat is er gebeurd?'

'We waren in het theater,' begon Letizia terwijl ze de tranen uit haar ogen veegde. 'En toen werd de voorstelling onderbroken. Er kwam een man het toneel op en die zei dat Nabulione dood is!' Haar schouders schokten van het snikken.

'Nee!' Ik schudde mijn hoofd. 'Nee! Dat geloof ik niet,' bracht ik gesmoord uit. 'Dat zou ik hebben gehoord...'

Letizia jammerde steeds hartverscheurender, haar dochters zaten er zwijgend bij, roerloos als zoutpilaren.

Ik probeerde uit alle macht kalm te blijven. 'Het is een gerucht. Meer niet. U weet hoe dramatisch toneelspelers kunnen zijn. Ik zou bericht hebben gekregen als hij... als hij...'

Dieu! O God, laat hij niet dood zijn!

Er werd op de deur gebonkt. Enkele ogenblikken later kwam Monsieur Fouché, de minister van Politie, gehaast de salon binnen. Regen droop uit zijn hoed en zijn mantel. 'Madame Bonaparte, vergeef me dat ik u stoor, maar ik heb een brief voor u, van de generaal.'

Ik liet de lucht uit mijn longen ontsnappen. 'Dus hij is niet…' Ik legde een hand op mijn hart.

'Hij is ongedeerd, madame. En hij maakt het uitstekend.'

Ik slaakte opnieuw een zucht. 'Goddank!'

Letizia sloeg een kruis.

'We hadden een afschuwelijk gerucht gehoord. Dus u had op geen beter moment kunnen komen.' Ik pakte de brief van hem aan. 'Kan ik u iets te drinken aanbieden?'

'Ach, waarom ook niet? Bonaparte heeft me instructies gegeven om hier op hem te wachten.'

'Gaat u bij het vuur zitten.' Ik wenkte een bediende om zijn mantel aan te nemen, toen verbrak ik het zegel en ik las voor wat er in de brief stond.

De Republiek is gered! Maak je niet ongerust, mijn lief. Alles is in orde. Ik kom vanavond naar huis.
B

De rest van de avond verstreek in een roes. In de vroege uren van de dageraad schrok ik wakker van een metaalachtige bons.

Angstig schoot ik overeind in bed. 'Wat –'

'Ik ben het.' Bonaparte had zijn geladen pistolen op het nacht-kastje gelegd. Hij kroop tussen de zijden lakens en nam me in zijn armen.

Bonaparte was in zijn opzet geslaagd. Het Directoire was afgeschaft en mijn man werd een van de drie consuls die leiding zouden geven aan het land. De Parijzenaars waren uitzinnig van opwinding, dol van vreugde over zijn nieuwe machtspositie.

Alleen Barras deelde niet in de vreugde.

Zijn protegé had hem aan de kant gezet; Bonaparte dwong hem ontslag te nemen, gaf hem huisarrest op zijn landgoed en onthield hem de beloofde positie als consul. Het verraad vervulde me met afschuw. En het was het enige aspect van de coup waarvan ik niets had geweten en waarvan ik uiteindelijk door Theresia op de hoogte werd gebracht.

Na mijn bezoek aan haar kwam ik woedend thuis. Ik stormde de deur binnen, met een ijzige windvlaag in mijn kielzog.

'Hoe kon je je goede vriend zoiets aandoen? En hoe kon je dit tegenover mij verzwijgen?' Ik werkte me uit mijn wollen mantel en gooide die over een stoel.

'Hij heeft ons allemaal voorgelogen!' Bonaparte smeet zijn boek neer, stond op van achter zijn bureau en kwam met grote stappen naar me toe. 'Hij heeft geld verduisterd en inlichtingen verkocht aan de royalisten! Als hij aan de macht was gebleven, zouden de Fransen geen enkel vertrouwen hebben gehad in het Consulaat. Je hebt de geruchten gehoord. En dat zou hebben geleid tot nog meer opstand, nog meer oorlog! Had je dat dan gewild? Barras heeft iedereen bedrogen!'

'Behalve jou,' zei ik ijzig. 'Hij heeft je alles gegeven. En hij heeft mij alles gegeven.' Ik voelde me wanhopig wanneer ik me voorstelde hoe Paul leed onder ons verraad. Mijn lieve vriend had me gered van de armoede en van een leven in de obscuriteit. Hij had Bonaparte zijn vertrouwen geschonken en hem daardoor de kans gegeven carrière te maken. En nu was hij verbannen, als een misdadiger. Het was niet te bevatten en ik kon de gedachte niet verdragen dat ik hem nooit meer zou zien.

'Ik heb de juiste weg gekozen. Zijn hebzucht zou tot opstand hebben geleid en uiteindelijk tot weer een koning op de troon.'

Ik keerde hem de rug toe. Met het gevoel dat hij een vreemde voor me was – deze man die zijn vrienden zo gemakkelijk opzijzette – stormde ik de trap op. Eenmaal boven gooide ik de slaapkamerdeur achter me dicht.

Bonaparte genoot van zijn macht. Hij werd elke ochtend neuriënd wakker, vervuld van vreugde en trots dankzij zijn nieuwe positie.

Commanderen was een tweede natuur voor hem. Ook ik betrapte me op het verlangen hem te gehoorzamen. Zélfs ik, die verder niemand gehoorzaamde.

De 'Zoon van de Republiek' kon geen kwaad doen en binnen een maand werd hij door de Nationale Vergadering tot enige consul gekozen. We werden Premier Consul en Consulesse Bonaparte. De kinderen waren vol ontzag voor onze nieuwe status.

'Leiders van Frankrijk!' verklaarde Eugène enthousiast. 'De enige positie die nog eerzamer is dan die van soldaat.'

'Ik zal de beste muzikanten en de knapste mannen ontmoeten! En natuurlijk zal ik jullie bijstaan in jullie verplichtingen,' voegde Hortense er haastig aan toe.

Hun enthousiasme was aanstekelijk. Nadat ik wekenlang had geworsteld met mijn schaamte – weken waarin ik het gemis van Barras bovendien pijnlijk had gevoeld – begon ik eindelijk uit te zien naar de tijd die voor me lag. Ik had echter niet beseft hoe zwaar de veranderingen me zouden vallen die mijn nieuwe titel met zich meebracht.

'In oorlogstijd blijft Eugène mijn *aide de camp*, maar nu wil ik dat hij zich verdiept in het landsbestuur,' zei Bonaparte. 'En Hortense dient zich te gedragen als de dochter van een leider. Ze krijgt in het vervolg privéles aan huis. In elk geval tot we een geschikte huwelijkskandidaat voor haar hebben gevonden.' Hij tikte met een lepel tegen zijn gekookte ei tot hij een reeks van deuken in de schaal had gemaakt.

Ik verbleekte bij het vooruitzicht dat mijn kleine meisje zou gaan trouwen. Maar ze was al zestien, bijna net zo oud als ik bij mijn eerste huwelijk.

'Ik heb Bourrienne opdracht gegeven om de schulden af te betalen die je nog hebt openstaan,' vervolgde hij.

'Je hebt geen idee wat een opluchting dat voor me betekent.' Ik knabbelde op mijn *crudités*.

'Als consulesse heb je een voorbeeldfunctie.' Hij keek nadrukkelijk naar mijn decolleté. 'Dus geen schulden meer en geen onzedelijke kleding. En ook geen vriendinnen die zich opzichtig kleden. Vrouwen die zich gedragen als hoeren en die te pas maar vooral te onpas hun mening verkondigen. Je weet wie ik bedoel. Theresia en al die andere lachwekkende types. Ik tolereer geen ondeugend gedrag meer.'

'Je kunt toch niet van me verwachten dat ik mijn vriendinnen laat vallen!' zei ik ongelovig. 'Want dat weiger ik! Theresia is als een zus voor me.'

'Ik begrijp dat je overstuur bent. En dat spijt me.' Hij wreef met zijn duim over mijn wang. 'Maar Theresia wordt geassocieerd met het Directoire – met de hebzucht, de corruptie ervan. Dit is een offer dat we moeten brengen.'

Ik deinsde achteruit voor zijn aanraking. 'Maar het lijkt wel alsof alle offers door míj gebracht moeten worden! Ben je van plan me te isoleren? Dankzij mijn vrienden ben ik geworden wie ik ben. Ik kan hun niet de rug toekeren. Bonaparte –'

'Wil je mijn leiderschap onmogelijk maken? Nog voor het goed en wel is begonnen? Je denkt alleen aan jezelf, vrouw!'

Mijn mond viel open. 'Hoe kun je dat nou zeggen? Ik wil alleen maar dat je gelukkig bent, dat het goed gaat met ons.'

'Wie zo hoog is gestegen als wij, moet nu eenmaal offers brengen.' Zijn toon werd zachter. 'Het spijt me dat ik je dit verlies niet kan besparen. Maar je bent al zo geliefd en met jouw charmes zal het je geen moeite kosten nieuwe vrienden te maken. Heus, je zult het zien.'

Na het diner schreef ik Theresia in het diepste geheim een brief. Toen ik de volgende dag, noch de dag daarna antwoord kreeg, schreef ik haar nogmaals. En toen nog eens. Naarmate de dagen verstreken groeide mijn angst. Mijn beste vriendin reageerde op geen van mijn brieven.

Verachtte ze me nu al? Ik sloeg mijn handen voor mijn gezicht. Het verraad van Barras, van al degenen die ons het meest na hadden gestaan, was de doodsteek geweest voor onze vriendschap. Ter wille van de macht en om de liefde van mijn man niet te verspelen, had ik mijn dierbaarste vrienden opgeofferd.

De nieuwe positie van Bonaparte betekende dat we moesten verhuizen naar een onderkomen dat gepast was voor de leider van het land.

'De dag van onze installatie wordt een feestdag.' Hij liet zich naast me op de divan vallen. 'Met een parade. Het volk snakt naar pracht en praal. Wat vind je?'

'Een parade! Dat klinkt verrukkelijk, maar –'

'Militaire muziekkorpsen die door de straten marcheren, compleet met geschutsstukken. De garnizoenen in gala-uniform. Mijn belangrijkste ministers voegen zich bij ons. Samen met de familie natuurlijk.' Hij kuste me op mijn neus. 'Koop een nieuwe japon, mijn lief, en organiseer een soiree.'

Er werd geklopt. Een bediende kwam binnen met een blad gedroogde ham en worst en een fles wijn.

'Merci.' Ik pakte het blad aan. 'Het klinkt allemaal heerlijk, maar waar moeten we die parade afnemen? Je hebt me nog niet verteld waar we gaan wonen.'

'In het Palais des Tuileries.'

Van schrik liet ik bijna het zware blad vallen. De wijnfles wiebelde vervaarlijk, maar Bonaparte wist hem te redden en zette hem op tafel.

'In de vroegere koninklijke residentie? Ik woon liever niet in de vertrekken waar Koningin Marie Antoinette –'

Zijn ongelovige blik legde me het zwijgen op.

'Zwijg over die bespottelijke vrouw! Je roept nog een vloek over ons af.' Hij griste een plak ham van het blad. 'En wat de inrichting betreft geef ik je de vrije hand.'

Maar muurschilderingen en zijden gordijnen zouden de geschiedenis niet uitwissen, noch de geesten verjagen die door de gangen en de vertrekken zwierven. Ik had er nog nooit een voet over de drempel gezet, maar ik kon de verstikkende atmosfeer van het onzalige paleis al voelen.

'Moeten we echt dáár gaan wonen, Bonaparte? Er zijn zo veel andere mooie paleizen en chateaus.'

'Het volk houdt van een zekere mate van traditie en alle leiders van Frankrijk hebben in de Tuilerieën gewoond. Vat moed, lieve. Met ons komt de verandering. We zullen zorgen voor nieuw leven binnen de paleismuren.' Hij schonk wijn in onze glazen. 'Je hebt twee weken de tijd om het bewoonbaar te maken.'

Samen met Hortense en een architect liet ik me rondleiden door de voornaamste vertrekken. Meer hoefde ik niet te zien.

Inwendig kreunde ik. Het zou een enorme inspanning vereisen om het paleis in zijn oude glorie te herstellen. Het was volledig geplunderd. Dieven hadden alles van waarde meegenomen – schilderijen, meubels, serviezen en de inhoud van de keukens. De muren waren beklad met grove tekeningen en godslasterlijke taal in felle kleuren. Het pleisterwerk was pokdalig door de inslag van kanonskogels; de vloer was bedekt met een stekelig tapijt van stenen en glasscherven.

'Er zal met man en macht gewerkt moeten worden.' Ik voelde aan de stoffige overblijfselen van een gordijn dat aan repen gescheurd op de grond lag. 'En we moeten bidden om een wonder.'

Dat wonder kregen we.

Op een koude, heldere dag in Pluviose werd er verhuisd. Ik bewonderde mijn japon in de spiegel. De witte mousseline *à la grecque* was perfect. Terwijl ik mijn handschoenen aantrok klonk het geluid van hoeven op de oprijlaan.

'Ons rijtuig is er,' riep ik door de gang. Met mijn mantel van konijnenbont over mijn schouders haastte ik me de trap af.

De kinderen haastten zich achter me aan. Eugène zag er schitterend uit in zijn elegante blauwe mantel, Hortense straalde met haar blonde lokken en dauwfrisse teint. Ik kon nauwelijks geloven dat ze al achttien en zestien waren.

'Vlug!' Ik gebaarde glimlachend dat ze moesten voortmaken. 'Het rijtuig in! Jullie zien er prachtig uit,' zei ik toen we eenmaal zaten. 'En jullie hebben je nieuwe rol waardig en dankbaar aanvaard. Ik ben heel erg trots op jullie.' Ik drukte hun de hand.

'En wij zijn trots op jou.' Hortense boog zich naar me toe om me op beide wangen te kussen. Haar ogen glinsterden vochtig.

'Geen tranen. Het is een feestdag,' mopperde Eugène.

Er klonken kanonschoten en de stoet rijtuigen kwam in beweging. In een trage optocht reden we van het Palais du Luxembourg via de indrukwekkende boulevards naar de Tuilerieën. Overal stonden de Parijzenaars rijendik achter de erewacht langs de route. Boven alles uit klonk het geroffel van marcherende laarzen op de keien.

Mijn hart zwol van trots. Mijn man was eerste consul, leider van Frankrijk! Wat een verbijsterende loop had mijn leven genomen! Ik wuifde naar de vrouwen die ondanks de ijzige wind vanaf hun balkons met veelkleurige halsdoeken zwaaiden. Halsdoeken zoals ik ze als kind op mijn tropische eiland had gedragen. Ik lachte om de absurditeit van mijn nieuwe leven. Wat was ik ver gekomen!

Een zweem van twijfel wierp een schaduw over mijn euforie. Zouden we erin slagen ons van onze verplichtingen te kwijten? Zouden we bestand zijn tegen de druk?

Napoleon reed aan het eind van de stoet. Wat ging er door hem heen? Wat moest hij trots zijn! En wat zag hij er knap uit in zijn nieuwe uniform.

Toen ik die ochtend wakker werd, trok hij zijn roodfluwelen jas al aan, afgebiesd met goudgalon. Na een afscheidskus was hij als een dief het huis uit geslopen, de dageraad tegemoet, onder een stralend blauwe hemel. Het was de laatste nacht in ons charmante kleine appartement.

Het rijtuig stopte voor het paleis. Er klonk trompetgeschal, gevolgd door een oorverdovend gejuich van de menigte. Ik wuifde naar de massa's. *Dieu*, je kon over de hoofden lopen! Met hoeveel duizenden waren de Parijzenaars uitgelopen om ons te verwelkomen? Ik wuifde nogmaals, toen liepen we naar binnen.

'Deze kant uit, Madame Bonaparte.' Een bediende bracht me naar een raam vanwaar ik Bonaparte kon zien aankomen.

Toen zijn witte arabier in zicht kwam, werd ik overweldigd door blijdschap. Mijn dierbare echtgenoot zag er zo koninklijk uit. Hoe was het mogelijk dat deze man van me hield? Zo veel geluk verdiende ik niet. Ik probeerde uit alle macht mijn emoties in bedwang te houden, want ik wilde niet huilen.

Hortense pakte mijn hand. 'Wat ziet hij er prachtig uit, Maman.' Ik knikte slechts; mijn stem vertrouwde ik niet.

Hij zat kaarsrecht in het zadel, met zijn hoofd hoog geheven. Zo kwam hij in handgalop naar de Tuilerieën gereden. Bij het bordes gekomen steeg hij af. Het gejuich verstomde.

Een voor een presenteerden de aanvoerders van de bataljons hun revolutionaire vlag. Besmeurd, geschroeid, gehavend door kogelgaten herinnerden de vlaggen ons aan allen die we hadden verloren; aan alles waarvoor we hadden gevochten.

Bonaparte nam zijn hoed af en groette onze geliefde kleuren.

Mijn blik raakte vertroebeld. Ik bette mijn ogen en keek naar de staatsmannen die zich om me heen hadden verzameld. Ze hadden allemaal tranen in hun ogen. Het volk had zijn hoop gevestigd op mijn echtgenoot. Net als ik. Ook ik had hooggespannen verwachtingen, van hem en van onze liefde.

Enkele ogenblikken later voegde Bonaparte zich bij ons. Hij wenkte me met een stralende glimlach naast hem te komen staan.

'Dames en heren!' Een van de ministers verhief zijn stem om zich te verzekeren van de aandacht van de gasten. 'Mag ik u voorstellen, de Eerste Consul en Consulesse Bonaparte.'

Er werd luid geapplaudisseerd toen we naar voren kwamen.

Monsieur Bourrienne, die nooit om complimenten verlegen was, boog zijn hoofd. 'U draagt uw positie als een zijden gewaad, madame. Met souplesse, elegantie en schoonheid. Of beter nog, als een koningin. De Fransen zijn uitzinnig van vreugde u als hoogste vrouwe van het land te mogen begroeten.'

Ik verstijfde bij zijn vleiende woorden. Waarom vergeleek hij me met een koningin? In gedachten zag ik de ogen van de priesteres en ik struikelde bijna. Koningin, het mocht wat!

De avond verstreek in een roes van gelukwensen, eerbewijzen en culinaire heerlijkheden. Tegen de tijd dat de laatste gasten vertrokken begon de feestelijke gloed in de balzaal te verflauwen. De kaarsen waren tot stompjes afgebrand. Vanuit de hoeken rukten de schaduwen op, waardoor een groot deel van de ruimte in duisternis werd gedompeld. Mijn nieuwe zijden draperieën zweefden als geestverschijningen in het schemerige licht en de vloerplanken kreunden alsof ze leefden. Mijn hart begon wild te kloppen. Onze eerste nacht in het paleis. Waar was Bonaparte? Wat de conventie ook voorschreef, ik wilde niet alleen slapen. Haastig liep ik de gangen door naar zijn vertrekken.

'Slaap je in je eigen kamer?' vroeg ik.

Hij nam me onderzoekend op. 'Er staan tientallen wachten op hun post. Er kan je niets overkomen.'

'Toch wil ik liever dat we bij elkaar slapen.' Ik begroef mijn gezicht tegen zijn borst. Wat me bang maakte, kon niet worden verjaagd met zwaarden of geweren. Mimi had mijn angstige gevoelens eerder op de avond bevestigd.

'Er loert iets,' had ze even na het diner gezegd.

Ik huiverde bij de herinnering aan de sombere uitdrukking op haar gezicht.

'Goed, *amore mio*. Zoals je wilt.' Met zijn ruwe handen masseerde hij mijn rug.

We liepen naar mijn vertrekken op de begane grond, ooit het domein van onze dode koningin. Een onheilspellend voorgevoel bekroop me terwijl we ons uitkleedden en in bed stapten. Enkele minuten later werden de lantaarns gedoofd en klonk in het duister het onregelmatige gesnurk van Bonaparte. Na talloze nachten op het slagveld was hij niet bang dat de doden zouden opstaan, maar ik lag als verlamd onder de dekens, met mijn oren gespitst op het kleinste geluid.

Wat was dat? Het ruisen van een japon over marmer? En hoorde ik daar het geweeklaag van de slachtoffers van La Terreur?

Ik ging rechtop zitten en stak een lantaarn aan. Nadat ik een mantel om mijn schouders had gegooid, stopte ik een spel kaarten in een van de diepe zakken. Misschien had iemand van de bedienden zin in een spelletje. Of Hortense als ze nog wakker was. Of een bewaker als ik niemand anders kon vinden.

Gewapend met de lantaarn deed ik de deur van de slaapkamer open.

De deuropening werd gevuld door een hoog oprijzende muur van spieren. Donkere ogen glinsterden in het gedempte licht.

Mijn hart stond stil en ik hield geschokt mijn adem in. 'Roustam, je laat me schrikken!'

De Egyptenaar die Bonapartes persoonlijke lijfwacht was week nooit van de zijde van zijn meester. In de donkere gang bood hij een imposante aanblik; aan zijn riem hingen enorme kromzwaarden. Eén snelle haal over de keel van een indringer, en hij was er geweest.

'Madame Bonaparte, is alles goed met u?'

'Ik heb behoefte aan een beetje aanspraak,' zei ik terwijl ik de deur achter me dichttrok. 'Want ik kan niet slapen. Het spookt hier.'

'Velen zijn onder dit dak gestorven.' Hij ontkende de aanwezigheid van geesten niet.

Alsof ze me dan niet konden horen dempte ik mijn stem tot een fluistering. 'En ze zijn rusteloos.'

Hij grijnsde zijn tanden bloot. 'Maakt u zich geen zorgen, madame. Ik draag het boze oog om mijn nek. Dat zal over me waken en op mijn beurt waak ik over u. Maar als u aanspraak zoekt, de familie is al naar bed.'

'Misschien moet ik dan maar gewoon een eindje gaan lopen.' Het glas van mijn lantaarn maakte een tinkelend geluid tegen de metalen houder.

Hij keek naar mijn trillende hand. 'Durft u het aan om dat alleen te doen? Ik moet op mijn post blijven bij Generaal Bonaparte.'

'Zolang de gangen verlicht zijn, ben ik niet bang.' Mijn stem verried hoe onzeker ik me voelde.

'Alleen al op deze verdieping staan twintig man op wacht. U hoeft maar te roepen.'

'Dank je wel, Roustam.' Ik raapte al mijn moed bij elkaar. Terug naar bed was geen optie. Daar hield ik het niet meer uit. 'Dan ga ik maar. Ik blijf niet lang weg.'

Roustam schonk me opnieuw een grijns. 'Ik zie u wel weer verschijnen.'

Mijn voetstappen weergalmden in de verlaten gang. Ik trok mijn mantel dicht om me heen. Hoewel het dichtstbijzijnde raam zich aan de andere kant van de gang bevond, voelde ik merkwaardig genoeg koude lucht langs me heen strijken. Ik huiverde. Over de bron van die kille tochtvlagen dacht ik maar liever niet na.

Af en toe bleef ik staan om een Egyptische vaas te bewonderen, of de schilderijen en beelden uit Italië, het vergulde edelsmeedwerk en de uitgelezen wandtapijten. Voorwerpen van schoonheid in de duisternis. Bewakers knikten me eerbiedig toe terwijl ik van de ene naar de andere kamer zwierf. Door hun aanwezigheid werd mijn angst geleidelijk aan minder en begon mijn gevoel van onbehagen weg te ebben.

Bijna overmoedig geworden beklom ik de treden naar een kamer die nog niet gerenoveerd was. Een geur van stof en schimmel drong in mijn neus en kleefde aan mijn tong. Er was hier in geen jaren iemand geweest. Ik hield mijn lantaarn omhoog om de schade te taxeren. De vloer lag bezaaid met kapotte meubels. De muren waren bevuild en beklad. Ik liep er dichter naartoe en liet het licht van de lantaarn op de letters schijnen.

Geschokt sloeg ik een hand voor mijn mond.

DE KONING IS EEN VERRADER, stond er. LANG LEVE DE REPUBLIEK. VRIJHEID, GELIJKHEID, BROEDERSCHAP.

Iemand had de naam van de koning besmeurd. In zijn eigen huis! Ik kon mijn ogen niet geloven. Zelfs nu niet, jaren na zijn vernedering en terechtstelling. Ik schudde mijn hoofd en voelde me opnieuw omhuld door kille tocht. Geschrokken draaide ik me om.

Het dichtstbijzijnde raam zat dicht.

Ik kreeg kippenvel op mijn armen.

'Hoe hoog is de prijs?' fluisterde een zwakke stem in mijn oor.

Ik draaide me met een ruk om. 'Wie is daar?' Op mijn vraag volgde een echo. Toen die was weggestorven werd het weer stil in de holle ruimte.

De maansikkel knipoogde door de besmeurde ruit.

'Elk bewind komt ooit ten val.' Weer die fluisterstem.

'Wie is daar?' Mijn hart bonsde luid en onregelmatig.

In de verte kraste een kraai.

Ik tilde mijn nachthemd op en rende naar de trap. Toen ik bijna beneden was, besefte ik dat ik me vergist had. Dit was niet de trap waarlangs ik was gekomen. Of wel? Het duizelde me. Mijn ademhaling werd snel en oppervlakkig. Wat – of wie – had ik gehoord?

Met mijn hand tegen de muur hapte ik naar lucht. Ik mocht niet flauwvallen. Niet hier! Er waren zo veel trappen en zo veel lege kamers die allemaal nog opgeknapt moesten worden. Het zou uren kunnen duren voordat ze me vonden.

Ik had al een paar keer diep ingeademd toen ik de modderig bruine vlek zag onder mijn vingertoppen. Onmiddellijk trok ik mijn hand terug. Wat was dat? Ik boog me dichter naar de muur en tuurde naar de grillige bruinachtige klodders. Ze zaten overal. Er was iets tegen de muren gespat.

'Bloed,' zei de knarsende stem.

Een kreet welde op in mijn keel. Ik gilde het uit en stormde de trap weer op, alsof de dood me op de hielen zat. Waar was die andere trap? Ik struikelde over de laatste trede en probeerde uit alle macht mijn evenwicht te hervinden.

'Verraders,' zei de stem.

Het bloed bonsde in mijn oren terwijl ik door het spookachtige vertrek rende. Mijn voet bleef haken. Met een gil sloeg ik tegen de grond.

Mijn handen schuurden over versplinterd hout. Het glas van mijn lantaarn brak. Alles werd donker om me heen.

Verblind krabbelde ik overeind en strompelde naar de dichtstbijzijnde deur. 'Is daar iemand!' riep ik gesmoord.

Door de gang kwam een schimmige gedaante naar me toe.

Ik slaakte weer een gil en rende de andere kant uit.

'Consulesse!' klonk een barse stem. 'Wat doet u hier? Ik hoorde u roepen.'

Ik bleef met een ruk staan en sloeg dubbel, met mijn armen om mijn middel. 'Ik... ik...'

'Is hier iemand?' Hij doorzocht de kamer; ondertussen kwamen er nog meer bewakers aanlopen. 'U liet ons schrikken.'

'Ik...' Ik hapte naar adem. 'Ik ging een eindje lopen en toen ben ik verdwaald. Deze kamer... Er is...'

'Kom, dan help ik u naar beneden. Bonaparte zou razend zijn als hij wist dat u zonder escorte door het paleis dwaalde.'

'Dank u wel.' Ik viel tegen hem aan.

De verraste soldaat hielp me overeind en loodste me door een doolhof van gangen. Ik was verbijsterd door de afstand die ik had afgelegd. Alle kamers leken op elkaar.

Toen we terug waren bij mijn vertrekken, trok ik haastig de deur achter me dicht. Ik waste de schrammen op mijn handen en kroop weer in bed. Bonaparte verroerde zich niet toen ik tegen zijn warme lichaam aan kroop.

Ik begroef me diep onder de dekens. Wij levenden werden omringd door zo veel dode zielen. Met het dek tot boven mijn neus opgetrokken staarde ik naar de griezelige duisternis. Niet voor het eerst vroeg ik me af hoe ik hier – op deze plek, op dit punt in mijn leven – was terechtgekomen.

Na misschien een uur, misschien langer, viel ik in een onrustige slaap waarin ik door een diepe duisternis dwaalde, achtervolgd door de geesten van vermoorde burgers en van lang gestorven koningen en koninginnen.

Madame la consulesse

De Gele Salon, 1800 – 1802

Ik raakte aan het paleis gewend, of liever gezegd, ik leerde het te accepteren. Bonaparte lag trouw elke avond naast me en na het uitputtende programma dat we dagelijks afwerkten, liet ik me doodmoe in zijn armen vallen. Ik werd geacht aanwezig te zijn bij een eindeloze reeks diners en me van talloze andere diplomatieke verplichtingen te kwijten, terwijl Bonaparte onafgebroken in vergadering was en besprekingen voerde. Tussen de afspraken door haastte mijn man zich naar mijn salon om me, al was het maar even, mee te tronen naar de afzondering van mijn boudoir.

'Ik snak naar een rustig moment met mijn kleine creooltje.' Hij trok de deur achter zich dicht. Ik kneep hem in zijn achterwerk en hij kreunde van genot.

'Hoe gaat het?' vroeg ik.

'Ik heb nieuws.' Hij trok me op schoot. Ik streek met mijn vingers door zijn haar. 'Die vervloekte Oostenrijkers lappen het vredesverdrag aan hun laars. Dus ik zal opnieuw naar Italië moeten.'

'Nee toch! Ga je weg?' Ik keek hem ongelovig aan.

'Het is maar voor een paar weken. En ik vertrek midden in de nacht. Morgen al. Niemand mag het weten tot ik goed en wel op weg ben. Ik heb het leger opdracht gegeven zich te verzamelen in Toulon, maar dat ik zelf meega is nog geheim. Helaas, ik heb geen keus.'

'Waarom kun je niet een andere generaal sturen? Er moet toch iemand zijn op wie je kunt vertrouwen. Het landsbestuur leunt zwaar op jou. Zodra jij vertrekt –'

'Zodra ik mijn hielen licht, schieten de samenzweringen om me ten val te brengen als paddenstoelen uit de grond.' Hij zette me van zijn schoot en sprong van de bank. 'Daarom moet jij hier blijven. Dat weten ze nog niet, maar Talleyrand, Bourrienne en Fouché zullen met jou moeten samenwerken. Dat ga je ze over twee dagen vertellen.' Hij begon als een gekooide tijger de kamer op en neer te lopen.

Ik vertrok mijn gezicht. De confrontatie met zijn politieke vijanden zou niet meevallen; om nog maar te zwijgen over zijn broers en zussen.

'Neem me alsjeblieft mee.' Ik stond ook op en sloeg mijn armen om zijn middel.

'Vrouwen hebben op het slagveld niets te zoeken. En dat geldt zeker voor *madame la consulesse*.' Hij legde zijn hand om een van mijn borsten en kuste me teder. 'Ik blijf niet lang weg. Zodra ik merk dat er in Parijs problemen dreigen, benoem ik een vervanger en kom ik naar huis.'

Ik bleef achter om zijn politieke agenda uit te voeren en binnen enkele maanden had Bonaparte de Oostenrijkers teruggedreven. We vierden zijn thuiskomst in kleine kring met een diner in de tuin van Malmaison.

'Gelukgewenst met uw overwinning, eerste consul.' Monsieur Bourrienne hief zijn glas.

'Op de Republiek!' Bonaparte nam gretig een slok.

De anderen volgen zijn voorbeeld. 'Op de Republiek!'

We dineerden met kreeft en taart met verse aardbeien. Na het feestmaal gingen de mannen naar binnen en trokken zich terug in de studeerkamer. De paar aanwezige dames bleven in de schemering op de patio, nippend aan hun champagne.

'Ik heb een delicate kwestie met u te bespreken, *madame la consulesse*,' zei Madame de Krény. 'Dames, wilt u ons even verontschuldigen?' Ze escorteerde me naar een bank onder een wilg.

'Bent u in problemen geraakt?' vroeg ik.

'Nee.' Ze zette haar glas op de bank. 'Het gaat om Bonaparte, vrees ik.' Er kwam een medelijdende blik in haar ogen.

Mijn maag verkrampte. 'Ga door.'

'Giuseppina Grassini is met het konvooi van je echtgenoot meegereisd. Ze komt in Parijs wonen.'

Ik herinnerde me de beroemde operazangeres uit mijn tijd in Venetië. Er moest een onschuldige verklaring zijn waarom ze naar Parijs kwam. Ik verdrong de opkomende paniek.

'Bonaparte is een liefhebber van muziek en van het theater. Dus het verbaast me niet dat hij een talent zoals Grassini heeft uitgenodigd om in onze eigen opera te komen optreden.'

'Ik… ik weet niet hoe ik het moet zeggen…' Madame de Krény sloeg haar ogen neer. 'Ze is zijn maîtresse.'

'Weet u… weet u dat zeker?' vroeg ik fluisterend. Mijn japon leek ineens te strak, zodat ik geen lucht kreeg.

'O, lieverd.' Madame de Krény sloeg een arm om mijn schouders. 'Ik wilde niet dat je het per ongeluk van een ander zou horen. Het spijt me zo. Ik weet hoeveel je van hem houdt.'

Had ik hem teleurgesteld? Was zijn liefde tanende? Na alles wat we hadden doorgemaakt… Zijn poëtische brieven, zijn betuigingen van liefde… Blijkbaar betekende het allemaal niets. 'Ik… ik geloof dat ik moet gaan liggen. Wilt u me alstublieft verontschuldigen?'

Ik wenste de andere dames nog een prettige avond en strompelde naar mijn slaapkamer.

Het was Bonaparte niet ontgaan hoe bleek ik zag. Zodra zijn gasten in de studeerkamer van een drankje en een sigaar waren voorzien, kwam hij naar me toe. 'Voel je je niet goed?'

Ik negeerde hem, trok de spelden uit mijn haar en legde ze een voor een op mijn kaptafel.

'Ik heb je gemist,' zei hij. 'Kom eens bij me op schoot zitten, lieveling.'

Ik draaide me om op mijn kruk. 'Dat vraag je maar aan je maîtresse. Nu ze toch in de stad is, lijkt het me een kleine moeite om haar hierheen te laten komen.'

Hij boog zijn hoofd. 'Ze betekent niets voor me.'

'Je hebt een appartement voor haar gehuurd! Dus blijkbaar betekent ze een heleboel voor je!' Ik veegde alle kammen, borstels en flessen van mijn kaptafel. Ze vielen kletterend op de grond en rolden alle kanten uit.

'Wel vervloekt, waarom zou ik eenzaam moeten zijn als ik jou niet bij me heb? Ze zorgt voor afleiding. Het is puur lichamelijk. Meer niet.'

'Misschien moet ik dan maar een minnaar nemen als jij van huis bent!' Ik stikte bijna van woede.

Hij trok me overeind, zijn vingers drongen in mijn schouders. 'Heb je een andere man in mijn bed gehaald?'

'Wat kan jou dat schelen?'

Zijn gezicht raakte verwrongen tot een masker van razernij. Ik was te ver gegaan.

'Je bent de eerste vrouwe van Frankrijk! Niet de eerste de beste hoer! En ik tolereer niet dat mijn vrouw me tot een risee maakt!' Hij schudde me door elkaar. 'Als je vrij wilt zijn, vrij van mij, vrij van je positie, dan kun je vertrekken!'

Ik duwde hem uit alle macht weg. 'Dus zo doe je dat? Zo gemakkelijk zet je me opzij? Net als al die anderen in je leven?'

Hij pakte mijn armen, trok me naar zich toe en drukte zijn mond op de mijne. Boos en met strakke lippen beantwoordde ik zijn dwingende kus.

Toen we elkaar eindelijk loslieten liet ik me in een stoel vallen. Mijn boosheid maakte plaats voor wanhoop. 'Ik dacht dat we dit achter ons hadden gelaten,' bracht ik snikkend uit. 'Hoe kon je dat nou doen? Hoe kon je haar nou naar Parijs halen?'

'Ik hou niet van haar.' De uitdrukking op zijn gezicht werd zachter, hij liet zich naast me op zijn knieën zakken. 'Echt niet. Dat zweer ik. Mijn hart zal nooit aan een ander toebehoren.' Hij legde zijn handen langs mijn gezicht. 'Nooit! Ik hou van jou! Met hart en ziel!'

De tranen stroomden over mijn wangen. Het was mijn eigen schuld. Ik was ermee begonnen en nu was er geen weg meer terug. Onze liefde was niet genoeg. Wat ik was, wat ik hem gaf... het zou allemaal nooit genoeg zijn. Opnieuw werd ik overspoeld door een golf van wanhoop.

Hij nam me in zijn armen en droeg me naar het bed. 'Mijn lieve Joséphine.' Hij streek het haar uit mijn gezicht. '*Je t'aime, mon amour. Je t'aime.*'

Bonaparte bleef me vurig beminnen, net zo vurig als altijd. En tot mijn opluchting raakte hij al snel uitgekeken op de bruisende opera-zangeres. Het scheen dat ze genoot van al haar mannelijke bewon-deraars en tegen het eind van de maand had Bonaparte haar alweer aan de kant gezet. Maar mijn gevoel van onbehagen bleef. Tenzij ik zwanger werd, zouden er andere maîtresses komen. Daar was ik van overtuigd. Bonaparte hoopte elke maand op een vreugdevolle tijding, maar die kwam niet. Ik raadpleegde de beste doktoren, ik slikte de drankjes die vroedvrouwen me voorschreven en ik bad elke avond dat mijn schoot vrucht zou dragen.

Kerstmis naderde. Ik vulde onze kalender met vieringen rond de feestdagen en verwelkomde de afleiding van mijn obsessie met mijn onvruchtbaarheid. Bonaparte had de revolutionaire wet die het vie-ren van religieuze feestdagen verbood afgeschaft en was voornemens het katholicisme in ere te herstellen.

'Om de boeren en viswijven tevreden te stellen. Laat ze hun geloof belijden. Dat hebben ze nodig,' zei hij.

Op kerstavond stak ik mijn hoofd om de deur van zijn studeer-kamer om hem te herinneren aan de tijd. Over nog geen uur moes-ten we de deur uit, naar de opera. Ik wilde niet te laat komen voor *Die Schöpfung*, het langverwachte oratorium van Haydn.

'Excuseer me, heren. Het is acht uur.'

Tot mijn ontsteltenis stond het gezicht van mijn echtgenoot geër-gerd, terwijl hij tot op dat moment in een opperbeste stemming had verkeerd. Fouché, de minister van Politie, stond midden in de kamer. Hij keek streng. Bonaparte gebaarde me ongeduldig binnen te komen.

'Goedenavond, madame.' Fouché nam zijn hoed af en legde zijn hand op de glimmende knop van zijn zwaard. 'Ik heb verontrustend nieuws. Mijn mannen hebben een grote hoeveelheid kruit ontdekt in een pakhuis buiten de stad. We geloven dat dit bedoeld was voor het plegen van een moordaanslag. En we vermoeden dat de samen-zwering het werk is van de royalisten.'

'Die vervloekte jakobijnen!' Bonaparte ijsbeerde langs een onzicht-bare lijn op de vloer. 'Ik wil dat die schoften achter slot en grendel worden gezet! Vanavond nog! Neem alle maatregelen die nodig zijn. En desnoods huur ik nog meer politie in.'

Het bloed trok weg uit mijn gezicht. 'Een moordaanslag? Zijn we dan wel veilig in het paleis?'

'Híér bent u volmaakt veilig, madame. De eerste consul staat erop om vanavond gewoon naar de opera te gaan. Ik heb het hem ontraden. Het lijkt me verstandiger niet in het openbaar te verschijnen tot we althans een aantal verdachten hebben gearresteerd. Maar uw man blijft bij zijn standpunt.'

'Bonaparte –'

Hij stormde naar de deur. 'Ik weiger me door zo'n stel ellendelingen te laten gijzelen! Het gerucht over de vondst gaat al van mond tot mond. Het volk moet zien dat ik niet bang ben. Dat alles in orde is. We gaan! En daarmee uit!' Hij pakte mijn hand. 'Je ziet er prachtig uit. Zijn de anderen ook zover?'

'Bijna.'

'Goed, dan gaan we.' Hij knikte naar Fouché. 'Ik zie u na de voorstelling.'

De minister van politie knikte. Zijn magere gezicht stond verbeten. 'Zoals u wilt.'

Bonaparte knapte zich wat op en reikte me een kasjmier sjaal aan voor bij mijn fluwelen japon. 'Dat zwart past goed bij je handschoenen.'

Er werd geklopt. 'Ben je klaar, Maman?' De stem van Hortense klonk door de dichte deur.

'Kom maar binnen, lieverd.'

'Met die japon betover je alle mannen in de zaal.' Bonaparte trok haar aan haar oor.

'Dank je wel.' Ze bloosde en streek de glanzende band van haar rok glad. Mijn engel in witte zijde.

'Ik moet voor de voorstelling nog iemand spreken.' Bonaparte trok zijn riem recht. 'Dus ik zie jullie daar. Mijn rijtuig wacht.'

'We komen direct achter je aan. Je zus kan elk moment klaar zijn.' Ik was er bepaald niet gelukkig mee geweest toen Caroline me vroeg – of liever gezegd, commandeerde – voor haar ook een kaart te bestellen. Maar ik had mijn ergernis ingeslikt en hartelijk gereageerd, zoals het een zus betaamde. 'Ik ga wel even kijken of ze zover is.'

Zodra Caroline klaar was, stapten we in ons rijtuig en vertrokken naar de opera. Tijdens de rit was ik nerveus, gespannen. Het lukte me niet het gevoel van me af te zetten. Ik liet mijn blik over de drommen mensen gaan, op zoek naar een boosaardig gezicht in de schaduwen. Hoe kon Bonaparte zo luchthartig doen over een aanslag op zijn leven? Daarmee bracht hij ons allemaal in gevaar.

'Caroline, hoe voel je je?' De vraag van Hortense deed me opschrikken uit mijn gedachten.

'Als een olifant.' Haar saffierblauwe japon spande om haar zwangere buik. 'Ongemakkelijk, opgezet, mijn maag rommelt en ik doe 's nachts geen oog dicht. Dus ik hoop dat het kind snel komt!'

Ik klopte haar op de hand. 'Nog even, dan is het voorbij en dan heb je een aanbiddelijk kleintje in je armen.'

Caroline trok haar hand weg. 'Dat aanbiddelijke kleintje is me tot nu toe alleen maar tot last geweest.'

Hortense schonk me een veelbetekenende blik. We hadden samen al vaak over Caroline gesproken. Ik had medelijden met het arme kind dat Bonapartes zus als moeder kreeg.

Op dat moment kwam het rijtuig met een ruk tot stilstand.

'Wat moet dat –'

De paarden steigerden, ik werd tegen Caroline aan gegooid. Ze duwde me van zich af. 'Pas op! Je –'

Er klonk een oorverdovende explosie.

Ik werd uit de koets geslingerd, toen hield de wereld op te bestaan.

De bijtende geur van vlugzout drong in mijn neus. Ik deed mijn ogen open en keek recht in het ongeruste gezicht van Hortense. Achter haar zag ik onze livreiknecht en een stel wachten.

'Maman?' Ze schoof haar hand onder mijn hoofd.

Ik ging langzaam, kreunend rechtop zitten. De straat lag bezaaid met glasscherven en versplinterd hout. Ons rijtuig – of wat daarvan over was – lag op zijn kant in een modderplas.

Door de explosie waren in de wijde omtrek alle ramen gesprongen. In sommige huizen was brand uitgebroken.

'Wat is er gebeurd?' Ik wreef over mijn nek. Hortense kwam zwijgend, bevend naast me zitten. Er sijpelde bloed van haar arm op haar witte japon. 'Je bloedt!'

'Ik heb een snee in mijn pols.' Haar stem trilde. 'Er moet verband omheen.' Een wacht haalde een zakdoek tevoorschijn, wikkelde die om haar arm en bond hem vast met een stukje touw.

'Hoe is het met – O god, Caroline!' Ik keek uitzinnig om me heen. 'En het kind! Caroline!'

'Hier is ze, madame,' stelde de livreiknecht me gerust. 'En zo te zien is ze ongedeerd.'

De wacht deed een stap opzij, zodat ik een groepje politiemannen en wat verdwaasde omstanders kon zien staan, met in hun midden Caroline, die verbijsterd over haar buik wreef.

'De kleine schopt. Hij kon het niet waarderen dat hij tegen de grond werd gegooid.'

'Is alles goed met je? Is de –'

'Prima,' snauwde ze.

'Madame Bonaparte, er heeft zich een explosie voorgedaan,' zei een van de politiemannen. 'Er wordt een ander rijtuig voor u in gereedheid gebracht. We vermoeden dat de bom voor de eerste consul bedoeld was.'

Ik dacht dat mijn hart stilstond. 'Is hij –'

'Hij was op het moment van de explosie al voorbij.'

Met knikkende knieën van opluchting zocht ik steun bij de wacht. *Merci à Dieu.*

'Zal ik u naar het paleis terugbrengen?'

'Nee, we gaan naar de opera. Mijn man verwacht ons.'

Bonaparte zat al – bleek en nerveus – in onze loge.

'Goddank.' Hij pakte mijn hand in een vermorzelende greep. 'Ze zeiden al dat je ongedeerd was gebleven, maar ik durfde het nog niet te geloven. Je hebt er goed aan gedaan toch te komen. We moeten laten zien dat wij het heft in handen hebben, en niet de ellendelingen die hiervoor verantwoordelijk zijn. De doodstraf kunnen ze krijgen!'

Na de aanvankelijke opluchting over het weerzien kreeg mijn woede de overhand. Zijn koppigheid had ons allemaal het leven kunnen kosten. Ik sloeg beverig een arm om de schouders van Hortense. Ze schonk me een matte glimlach en keerde zich toen weer naar het toneel.

Er moest tegen de royalisten worden opgetreden. Er moest een manier zijn om te zorgen dat ze geen invloed meer hadden. Als Bonaparte weigerde hun betrokkenheid te erkennen, dan zou ík die aan de orde stellen. Ik stopte mijn toneelkijker weer in mijn tas. Mijn handen trilden zo dat ik hem toch niet kon gebruiken.

De politie bevestigde dat de explosie het werk was geweest van de royalisten. Bonaparte negeerde de bewijzen en gaf opdracht tot arrestatie en verbanning van tientallen jakobijnen. Door het hele land kraaide het oproer.

'Geef ze een stem.' Monsieur Talleyrand streek over zijn zwarte jas en ging op de punt van een stoel zitten. 'Wie geen stem heeft, zakt weg in apathie maar die onverschilligheid maakt uiteindelijk plaats voor woede. Moet ik u herinneren aan La Terreur?'

Bonaparte wreef over zijn kin. 'Wat stelt u voor?'

Ik keek op van de brief die ik zat te schrijven. 'Ik zal hen uitnodigen voor mijn Gele Salon. En ik zal naar hen luisteren en hun zaak bepleiten bij het ministerie. Als de *émigrés* naar huis, naar hun gezin kunnen terugkeren, zullen ze zich waarschijnlijk minder radicaal tegen de nieuwe regering verzetten.'

Talleyrand en Bonaparte keken me verbijsterd aan, allebei met stomheid geslagen.

Ik doopte mijn ganzenveer in de inkt. Mannen waren soms ziende blind. 'Door hen met hun gezin te herenigen, dwing je hun dankbaarheid af en komen ze bij je in de schuld te staan.'

Bonaparte omhelsde mijn aanpak en stond me toe gratieverzoeken in te dienen voor zo veel royalistische *émigrés* als ik wilde. Elke dag weer stelde ik mijn salon open en ontving ik bezoekers die mijn hulp zochten. Ik bekommerde me niet om hun titel of positie en wees niemand de deur. Wie was ik om mijn lijdende medemens de rug toe te keren? Mensen die hun vader of hun dochter tijdens de Revolutie hadden verloren, of die hun huis waren kwijtgeraakt omdat het in beslag was genomen, of wier erfgoed ten prooi was gevallen aan vernielingen?

Druppelsgewijs keerden de ballingen terug en binnen enkele

maanden klopten de voormalige leden van de aristocratie in drommen bij me aan om hulp.

'Ik krijg er genoeg van. Het zijn telkens dezelfde verhalen,' klaagde Hortense op een ochtend. Ze geeuwde en rekte zich uit. Ik stond erop dat ze de ontvangsten bijwoonde om besef te krijgen van de verantwoordelijkheden die haar positie met zich meebracht – om te leren gul te zijn en genade te tonen. Bovendien kon je niet weten of je misschien zelf ooit een beroep zou moeten doen op de welwillendheid van anderen.

'Iedereen komt met een treurig verhaal,' zei ik. 'Dat is zo. Maar stel je eens voor dat wij niet naar huis terug zouden kunnen. Zonder de gulheid van anderen zouden wij tijdens de Revolutie misschien van honger zijn omgekomen. Of erger.'

Ik keek door het raam naar buiten. In de tuin vulden jonge zaailingen de lege plekken van de eeuwenoude bomen die tijdens de rellen waren vernield of uit de grond gerukt. Een familie roodborstjes hipte over de doorweekte aarde en pikte naar voedsel. Was ik maar in Malmaison, in mijn eigen tuin. Mijn werkdagen waren slopend.

Hortense boog beschaamd haar hoofd. 'Ik ben dankbaar voor wat ik heb, Maman. En ik voel me bevoorrecht dat ik iets voor anderen kan doen.'

'Wanneer je in de positie bent om te geven, dan doe je dat. Zo hoort het. We moeten anderen helpen die in nood verkeren.' Onwillekeurig glimlachte ik. Misschien had ik toch iets geleerd van Alexandres geliefde Rousseau. Alle mensen waren gelijk, ongeacht rang of stand.

Hortense kwam naast me staan bij het raam. 'Waarom riskeer je de woede van Bonaparte?' Ze huiverde bij de gedachte. 'Hij zal razend zijn als hij het hoort van die tienduizend franc. Je had het weeshuis toch gewoon de tweeduizend kunnen geven waar ze om vroegen?'

'Tweeduizend is te weinig. Daar kunnen ze nauwelijks de haarden van laten branden. Die arme kinderen.'

'Ze noemen je "Onze Lieve Vrouwe van de Vrijgevigheid". Had je dat al gehoord?'

Ik lachte. 'Al weer een bijnaam voor de vrouw van Napoleon Bonaparte.'

'Je bent meer dan de vrouw van Bonaparte.'

Ik keerde me naar mijn dochter. Misschien was ze wijzer dan ik dacht. Ik streek een blonde krul achter haar oor. 'Ja. Ja, dat is zo.'

Mijn liefdadigheidswerk strekte zich verder uit dan hulp aan weeshuizen, *émigrés* en ziekenhuizen. Mijn hele familie deed een beroep op me, hetzij om een gunst, hetzij om financiële steun. Ik bestookte Bonaparte met pleidooien voor het verlenen van titels en het betalen van schulden. Tante Désirée en Fanny, Alexandres broer François en alle andere Beauharnais ontbrak het aan niets. Oom Tascher kwam uit Martinique naar Frankrijk, samen met vijf andere leden van de familie.

Ik smeekte Maman om zich bij hen te voegen. Toen haar laatste pakket brieven kwam, trok ik me terug in mijn boudoir, ongeduldig om haar antwoord te lezen. Nu zou ze toch vast en zeker wel naar Parijs komen.

Met de brieven ging ik aan mijn kaptafel zitten. Ik las ze een voor een. Thuis leek alles in orde. Ze miste ons, schreef ze. En in de laatste brief sloeg ze opnieuw mijn uitnodiging af om ons te komen bezoeken.

Ik smeet hem op de stapel. Waarom wilde ze niet naar Frankrijk komen? Ik begreep het niet. Ze woonde alleen. Maar zelfs haar kleinkinderen, haar dochter – sinds kort consulesse – en een leven in weelde konden haar er niet toe verleiden om de reis te aanvaarden.

Ik wierp me op het bed en bewerkte gefrustreerd het kussen met mijn vuisten.

Mijn reputatie van gulheid verspreidde zich. Het duurde niet lang of iedereen die ik ooit had gekend klopte bij me aan. Op een warme zomerdag diende zich een bezoeker aan die mijn naastenliefde zwaarder op de proef stelde dan alle anderen die ik had geholpen bij elkaar.

'*Pardon*, madame.' Een bediende kwam me storen terwijl ik brieven zat te schrijven. 'Er is een dame die u wil spreken.'

Ik legde mijn ganzenveer neer. 'Wie is het?'

'Madame Laure de Longpré.'

Ik was met stomheid geslagen. Wel een minuut lang.

Laure de Longpré! Ze had Alexandres hart gestolen, ze had hem een kind geschonken en leugens over me verspreid tegen mijn eigen familie. Het loeder! Waar haalde ze het lef vandaan om zich hier te vertonen? Ik kon haar wegsturen, haar op straat laten zetten. Daar zou Bonaparte onmiddellijk voor zorgen als ik dat vroeg.

'Madame?' De bediende keek me afwachtend aan. 'Kan ik haar binnenlaten?'

Ik trommelde met mijn vingers op het bureaublad van glanzend mahoniehout. Wat zou ze me in 's hemelsnaam willen vragen? Ik kon haar verzoek in elk geval aanhoren. En het vervolgens weigeren. Maar zou ik me weten te beheersen? Er waren maar weinig mensen die ik zo verachtte als Laure de Longpré. Ik staarde nog even naar de deur.

De verleiding was te groot.

Ik liep naar een gebloemde divan en streek mijn rokken glad, dankbaar dat ik die dag had gekozen voor de japon van witte mousseline met blauwe linten. Laure zou diep onder de indruk zijn.

'Laat haar maar binnen.'

Ze betrad met opgeheven hoofd mijn salon en ik begreep onmiddellijk waarom Alexandre voor haar was gevallen. Laure had een aristocratische uitstraling en met haar blozende schoonheid was ze het type vrouw waartoe Alexandre zich aangetrokken had gevoeld. Het ontging me niet – en het schonk me bevrediging – dat ze erg ouderwets gekleed ging. Haar japon, een aantrekkelijke *indienne* met roze bloemen, leek versleten, haar hoed was allang uit de mode.

Ze maakte een reverence. *'Bonjour, madame consulesse.'*

'Gaat u zitten.' Ik gebaarde naar de gebloemde chaise longue tegenover me. 'Kan ik u een kop koffie aanbieden. Of *galettes?*' Ik pakte een zilveren bel van de tafel.

Er verscheen onmiddellijk een bediende. 'Madame?'

'Koffie, *s'il vous plaît.*' De bediende knikte en haastte zich de kamer uit.

Ik schonk Laure een ijzige blik, genietend van het feit dat ze zich zichtbaar slecht op haar gemak voelde.

'Dit is een buitengewoon ongemakkelijke situatie.' Ze frunnikte nerveus aan het kant langs haar waaier. 'Ik bied u mijn oprechte excuses aan. Dat is wel het minste wat ik u verschuldigd ben. Het was dwaas wat ik heb gedaan.' Ze sloeg haar ogen neer. 'Mijn eigen moeder zou me de deur hebben gewezen.' Ze begon zichzelf gejaagd koelte toe te waaieren.

Dus ze was toch niet zo harteloos als ik had gedacht.

Ik bleef geruime tijd zwijgen. Toen wuifde ik onverschillig. 'Ach, het is allemaal al zo lang geleden.'

Weer een stilte.

Ik verschoof in mijn stoel.

Laure liet haar blik door de kamer gaan, ten slotte sloeg ze haar ogen neer en keek naar het oosterse tapijt met zijn slingerende ranken en uitbottende rozenknoppen.

'Kan ik iets voor u doen, Madame de Longpré?'

'*Oui, consulesse.*' Ze stopte met waaieren. 'Mijn man is gestorven en inmiddels is me gebleken dat hij altijd heeft gelogen over zijn financiële situatie. Mijn ouders zijn hun plantage kwijtgeraakt tijdens de slavenopstanden. Ik ben volledig berooid. Mijn zoon – de zoon van Alexandre – heeft geen echte opleiding genoten. En ik weet me geen raad.'

'U hebt geld nodig?'

De frons tussen haar wenkbrauwen werd dieper. 'Ik heb niemand anders die ik om hulp kan vragen. En ik hoorde over uw grootmoedigheid...'

Het schonk me vreugde mensen te helpen die dat verdienden. Maar dat gold niet voor iemand die me in alle opzichten onrecht had aangedaan. Ik keek haar zwijgend aan. Wat zou het heerlijk zijn om te zeggen dat ze maar hulp moest zoeken in een klooster, net zoals ik dat had gedaan.

Haar onderlip trilde. Ze keek neer op haar handen. 'Ik besef dat ik uw goedheid niet verdien.'

Ik zette mijn kopje op tafel. Haar wanhoop was meer dan ik kon verdragen. Alexandre had net zo veel schuld als zij aan wat er was gebeurd. En met mijn overleden echtgenoot had ik al lang geleden vrede gesloten.

Ik legde mijn hand op haar arm. 'Ik zal mijn rekenmeester bericht sturen en zeggen dat hij voor volgende week een afspraak moet regelen. Dan kunnen we een gepast bedrag vaststellen. En misschien slaag ik erin een militaire positie te vinden voor uw zoon.'

Ze slaakte een zucht, haar schouders ontspanden en er kwamen tranen in haar ogen. 'Ik weet gewoon niet hoe ik u moet bedanken.'

'Een zuster in nood kan ik mijn hulp niet weigeren. Als u me nu wilt verontschuldigen, mijn volgende afspraak wacht.'

Ze schonk me een dankbare blik, toen wendde ze zich af en haastte zich de kamer uit.

Ik glimlachte. Haar schuldgevoel voldeed als genoegdoening.

Mijn dagen volgden een vaste routine die werd gedicteerd door Bonaparte.

'Je kunt tot vier uur bezoek ontvangen, daarna heb je tijd voor jezelf en kleed je je voor het diner. We zien elkaar om negen uur in je boudoir, tenzij we officiële verplichtingen hebben natuurlijk. Na het diner kun je je onderhouden met je gezelschapsdames en je vriendinnen. En ik verwacht dat je er te allen tijde schitterend, om niet te zeggen oogverblindend uitziet.'

'Ik zal iedereen "verblinden", maar dan moet je niet klagen over de rekeningen.'

'Monsieur LeRoy brengt me nog eens aan de bedelstaf,' mopperde hij.

'Maar hij is een briljante kleermaker. Dat zeg je bij elke japon die ik van hem draag.'

Hij gaf me een tik op mijn achterwerk. 'Maar die japonnen zouden een ander niet half zo betoverend staan.'

Ik hield me zonder klagen aan zijn schema, ook al werden de dagen wel steeds voller en drukker. Door ons uitputtende programma in de stad verlangden we des te meer naar de rust in Malmaison. Op menige vrijdag haastten we ons, zodra de laatste bespreking was afgerond, met de kinderen naar ons toevluchtsoord. En zo werden we tijdens een van die gelukzalige verblijven op zaterdagmorgen wakker met het gekraai van de haan op het erf van de boerderij. Door de open ramen stroomde de geur van bladeren en hooi naar binnen.

Het was nog fris, dus ik trok huiverend de donsdeken op tot aan mijn kin. 'Ik heb vandaag een afspraak met de botanist. We gaan op zoek naar een plek voor een verwarmde orangerie en een kas. Bovendien overweeg ik de bouw van een volière.' Net buiten het lawaaiige Parijs zou ik een stukje Martinique creëren, met bloemen en exotische vogels. Mijn eigen land, mijn thuis. 'Wat vind je?'

'Ik vind het prima als dat is wat je wilt.' Hij lag op zijn rug en staarde naar de stralende ochtendhemel. 'Ik heb wat documenten die ik moet bestuderen, maar laten we de middag doorbrengen met het gezin.'

In de middaguren gingen we rijden in het bos en we speelden triktrak. Bonaparte en Eugène lazen om beurten een gedicht, Hortense en ik bespeelden de harp en de piano. Na een diner van gestoofde fazant en pastinaak, met meringue als dessert – allemaal afkomstig van de boerderij op het landgoed – slaakte ik een zucht van volmaakt geluk.

Toen de kinderen zich verontschuldigden gingen Bonaparte en ik op de bank in zijn studeerkamer zitten. Ik kroop dicht tegen hem aan onder een deken, met mijn benen tussen de zijne. De wind blies fluitend langs de overhangende dakranden.

'Het weer slaat om,' peinsde ik hardop. Sneeuwvlokken wervelden langs de ramen, voortgejaagd door de wind, totdat ze uiteindelijk neerdwarrelden op het gras en de vensterbanken.

'De winter staat voor de deur.'

Ik maakte vlechtjes in de franje van de wollen deken terwijl ik droomde van een kindje. Hoewel ik wist dat het hem net zozeer bezighield, durfde ik het onderwerp niet ter sprake te brengen. Er waren maanden verstreken sinds mijn laatste bloeding.

Ten slotte verbrak hij de stilte. 'Eugène is een knappe jongeman.'

'Ja. De vrouwen dwepen met hem.'

'En terecht. Hij is een kundig soldaat. Intelligent, welgemanierd, hoffelijk. De stiefzoon van een heerser.'

Ik trok aan de deken om mijn armen te bedekken. 'Ik ben er trots op hoe hij zich heeft ontwikkeld.'

'En Hortense is al bijna negentien,' vervolgde hij. 'Het wordt tijd, *amore mio*.'

Ik zuchtte. Natuurlijk had ik geweten dat deze dag zou komen. 'Ze heeft geen gebrek aan vrijers. De mannen vinden haar verrukkelijke stem en blonde krullen onweerstaanbaar.'

'Ze is engelachtig. Een begaafd zangeres, en ze dwingt zelfs mij mijn taal te kuisen.'

Ik lachte. 'Er gaat iets deugdzaams van haar uit en dat werkt aanstekelijk.'

'Welke man zou je voor haar kiezen?'

'Ik wil alleen maar dat ze gelukkig is.'

'Ik zou graag zien dat althans één lid van onze familie een gepast huwelijk sluit. Tot dusverre hebben mijn broers en zussen geen goede keuzes gemaakt.' Met zijn boosheid steeg ook de hoogte van zijn stem. 'Het is beschamend. Als ze naar mij hadden geluisterd –'

'Natuurlijk, lieveling. Je hebt gelijk.' Ik streelde sussend zijn wang. 'We willen niet dat het Hortense net zo vergaat.'

We bespraken een stuk of wat mannen, hun familie, de vraag of ze in de onze zouden passen en wat Hortense van hen zou vinden.

'En mijn broer Louis?' vroeg Bonaparte. 'Wat vind je daarvan?'

Ik mocht hem niet, ook al was hij van alle Bonapartes de minst afschuwelijke. Toch kon ik me niet voorstellen dat ik mijn enige dochter met hem zou laten trouwen.

'Ik heb een erfgenaam nodig,' zei hij zacht.

Ik bloosde. Het kind dat ik hem nog steeds niet had kunnen geven.

'Louis en Hortense zullen kinderen krijgen,' zei ik ten slotte. Er laaide een sprankje hoop in me op. Als ik niet zwanger werd, kon de zoon van mijn dochter als erfgenaam worden aangewezen. Daarmee zou mijn huwelijk zijn veiliggesteld.

Hij pakte mijn handen, zijn ogen keken vastberaden in de mijne. 'Precies.'

Ik worstelde met mijn emoties. Hortense zou wanhopig zijn als ze met Louis moest trouwen. Mijn enige dochter. Ik vond het afschuwelijk haar teleur te stellen. Maar toen ik tegenover Bonaparte mijn twijfels uitte, bleek hij zijn besluit al te hebben genomen.

'Het is de perfecte oplossing.'

Ik had ertegenin kunnen gaan, maar dat deed ik niet.

De volgende avond, terwijl we zaten te borduren bij het vuur, vertelde ik Hortense over haar verloving.

'Hoe kun je het zelfs maar voorstellen?' Ze gooide het kussen waaraan ze werkte op de grond. 'Louis is een melancholieke hypochonder! Je kunt me toch niet uithuwelijken aan een man die voortdurend klaagt over pijn op de borst! Terwijl hem niets mankeert!'

Ik ging naast haar zitten. 'Hij is een beetje excentriek, maar niet onaantrekkelijk om te zien. Ik weet zeker dat hij de goede man voor je is. En ik ben bang dat Bonapartes besluit al vaststaat, lieverd. Louis is de beste keuze, voor jou en voor de familie.'

Haar viooltjesblauwe ogen werden donker van boosheid. 'Maar ik hou niet van hem!'

'De liefde komt vanzelf. Ik had ook mijn twijfels toen ik met Bonaparte trouwde en nu zou ik me geen andere man meer wensen!'

Ze barstte in snikken uit, in het besef dat ze de strijd al bij voorbaat had verloren.

Het huwelijk werd gesloten op een bitterkoude dag in de winter. De plechtigheid vond plaats in ons voormalige huis aan de rue de la Victoire. Mimi legde de schitterende japon klaar, een uitgelezen ontwerp dat Monsieur LeRoy speciaal voor Hortense had gemaakt. Ik streek over het kant waarmee de japon was afgewerkt, over de parels op het witsatijnen lijfje.

Het kwam allemaal goed. Hortense zou Louis leren waarderen en respecteren.

Maar toen het grote moment was aangebroken, kwam Hortense in een simpele witte japon de trap af, als symbool van het offer dat ze bracht. Haar ogen waren gezwollen van het huilen.

Ik voelde een steek van pijn in mijn hart. 'O, Hortense.' Mijn keel brandde door de tranen die ik terugdrong.

Ze boog haar hoofd. 'Ik ben zover.'

Voor mij bracht ze het ultieme offer, om mijn positie te beschermen, om mijn huwelijk en ons levensonderhoud veilig te stellen. Dat zei ze niet – niet op dat moment en ook later niet – maar ik las het in haar ogen.

Later die avond huilde ik bittere tranen in mijn kussen; tranen om haar verloren onschuld, maar ook om mijn eigen zelfzuchtigheid en die van Bonaparte. Mijn enige dochter. Wat had ik gedaan?

Bonaparte werd hoe langer hoe geliefder doordat hij scholen en musea bouwde, maar vooral omdat hij werkgelegenheid schiep. Dankzij de wetten die hij invoerde, werd de franc sterker en beleefde de industrie een explosieve groei. Toen er werd gespeculeerd dat hij misschien tot eerste consul voor het leven zou worden benoemd, begon ik me erg ongemakkelijk te voelen en werd ik gekweld door nachtmerries. Hoezeer ik ook genoot van mijn positie, ik zag uit naar het moment waarop we ons definitief konden terugtrekken in Malmaison; het moment waarop het afgelopen zou zijn met de eindeloze verplichtingen en de voortdurende dreiging van een coup of een aanslag. Erger nog, mijn grootste angst stak weer de kop op: aan een consul voor het leven zouden dezelfde eisen worden gesteld als aan een koning. Bonaparte zou een erfgenaam nodig hebben en die zou ik hem niet kunnen geven.

'Je hebt nog geen hap genomen,' zei Bonaparte op een avond toen ik tijdens het diner over mijn bonzende slapen wreef. Hij prikte een geroosterde aardappel aan zijn vork.

'Ik voel me gewoon niet op mijn gemak,' zei ik, waarop hij vragend een wenkbrauw optrok. 'Volgens mij bega je een ernstige vergissing door een dergelijke positie te accepteren. Een consul voor het leven verschilt in niets van een koning. Ik ben bang dat je benoeming bij zowel republikeinen als royalisten tot grote onvrede zal leiden. Dus keer op je schreden terug. Alsjeblieft!' Ik pakte zijn hand en drukte die tegen mijn hart. 'Ik ben je geluksster. En mijn intuïtie heeft het nog nooit mis gehad.'

Hij kuste mijn hand en prikte nog een aardappel aan zijn vork. 'Ik heb er geen invloed meer op. De Nationale Vergadering neemt morgen een besluit. Ik zal het volk geven waar het om vraagt. Wie ben ik om de burgers iets te weigeren?'

Zoals voorspeld benoemde de Nationale Vergadering mijn man tot eerste consul voor het leven. En ik werd zo gekweld door zorgen over het uitblijven van een zwangerschap dat ik geen hap meer door mijn keel kon krijgen en met de dag magerder werd. Ik raadpleegde de beste dokters van Europa, maar ze zeiden allemaal hetzelfde.

'Uw gezondheid is tijdens de Revolutie zwaar op de proef gesteld. Bovendien bent u inmiddels achtendertig...'

Mimi mopperde toen ik op een middag uitgeput en van streek in bed kroop. 'Meisje toch, ik zou bijna denken dat je bent vergeten waar je vandaan komt! Die mannen in hun deftige kleren weten niets van de ziel en het lichaam van een vrouw.'

Ze plofte naast me op de fluwelen sprei en begon mijn rug te masseren. 'Famian is boos dat je haar niet om hulp vraagt. Bij de volgende nieuwe maan brengen we een offer.'

Het was niet bij me opgekomen contact te zoeken met Mimi's geestenwereld. Dat bewees hoe ver ik verwijderd was geraakt van mijn thuis, van de troost en de rituelen van de Afrikaanse magie. En van Maman. Een plotseling verlangen dreigde me te overweldigen. Wat zou ik er niet voor geven om te kunnen vluchten onder de baldakijn van het oerwoud, bevrijd van alle eisen die er aan me werden gesteld.

'Wat moet ik doen? Zeg het maar.'

Bij de eerstvolgende nieuwe maan wachtten we tot het hele paleis in diepe rust was. Toen glipten Mimi en ik door een deur aan de achterkant, bij de keukens naar buiten.

Een wacht hield ons staande.

'We gaan even de tuin in. Tot de rand van het woud. Verder gaan we niet,' zei ik. 'En we willen niet gestoord worden.'

'U moet zorgen dat u uiterlijk over een uur terug bent. Bonaparte zou geen genade kennen als hij wist dat ik u onbewaakt de tuin in laat gaan.'

Ik volgde Mimi over het grasveld, waar de dauw mijn brokaten schoenen doorweekte. Mijn flakkerende kaars wist met zijn schamele licht de duisternis nauwelijks terug te dringen. Ik wierp een blik achterom. Wat zag het paleis er in het donker onheilspellend uit. De gevel verhief zich als een reusachtig ineengedoken monster boven het gazon, met ogen die het schaarse licht weerkaatsten. Huiverend versnelde ik mijn pas.

Mimi hield een zak tegen zich aan geklemd. Toen ze achter een kastanjeboom verdween volgde ik haar en struikelde over een wortel die boven de grond uitstak.

'Voorzichtig.' Ze liep naar een donkere hoek in de tuin. Daar bukte ze zich om een rommelig opgebouwde houtstapel aan te steken. Al snel laaiden de vlammen hoog op naar de donkere hemel. De vuurtongen veranderden van zilverkleurig in oranje en wierpen een griezelige gloed op Mimi's kaneelbruine gezicht.

Toen begon ze aan een zangerige bezwering in het Ibo.

Een verrukkelijke warmte verspreidde zich door mijn lichaam. Ondanks het ongemakkelijke gevoel dat de duisternis me bezorgde, werd ik me bewust van een troostend soort welbehagen. Wat voelde ik me thuis onder de blote hemel! Samen met *ma noire* en haar goden!

Mimi wees op de zak. 'Jij neemt de ene, ik de andere.'

Ik haalde er twee takken uit en een verzameling gedroogde kruiden.

'En nu moet je hem aansteken.'

We hielden onze gewijde takken in de vlammen en toen ze eenmaal brandden, dansten we ermee rond het vuur. Mimi gooide een buideltje gedroogde kruiden in de vlammen. Er steeg een zoete geur op van dood gras.

'En nu moet je dit vasthouden en hetzelfde doen als ik.' Ze gaf me een buideltje van jute gevuld met vestapoeder.

Ik streek met mijn duim over de ruwe stof en staarde in het vuur. *O God, laat het werken.*

Ik zong Mimi's gebed en sprenkelde het poeder over de vlammen. Het laatste beetje gooide ik in het midden van de vuurkuil. Even laaiden de vlammen hoog op. Toen dansten we nog een keer rond het vuur en ten slotte gooiden we zand op de vlammen.

'Bij vollemaan doen we het weer.'

Ik knikte. Toen volgde ik haar terug naar het paleis.

Het ritueel miste zijn uitwerking niet. Gedurende een halfjaar kwamen mijn bloedingen weer regelmatig. Maar ik werd niet zwanger.

'Dan mag het niet zo zijn,' zei Mimi toen ik klaagde over mijn onvruchtbaarheid.

'Maar het moet!'

In mijn wanhoop besloot ik Madame Lenormand, de waarzegster, te raadplegen.

Opnieuw sloop ik 's avonds laat, toen Bonaparte al in bed lag, het paleis uit. Madame Rémusat, op Mimi na mijn meest vertrouwde kamenierster, vergezelde me.

'Wanneer Bonaparte erachter komt dat u zonder cavalerie-escorte het paleis hebt verlaten, wordt hij razend,' zei ze.

'Hij komt er niet achter en we hebben een wacht bij ons. Bovendien zal niemand dit oude rijtuig herkennen.' Ik stopte mijn ijskoude handen in mijn mof.

'Maar bent u niet bang dat er wordt geroddeld?' Ze keek me aan. Er lag een grimmige trek om mijn mond. 'Van mij zal niemand iets te horen krijgen. Dat weet u.'

Ik glimlachte gekweld. 'Dan bent u de enige, waarde vriendin.'

Toen we bij het Palais-Égalité kwamen bleef Madame Rémusat in het rijtuig zitten. Ondanks het late uur heerste er op de markt nog een en al bedrijvigheid. De prostituées in de deurkozijnen lieten hun onderkleding zien en riepen naar voorbijgangers. Uit de taveernes klonk bulderend gelach, uit het speelhol waar schurken met een dikke sigaar in hun mond zaten te gokken stroomde vaal licht naar buiten. Ik trok mijn kap over mijn hoofd en haastte me naar het haveloze winkeltje in de hoek van de markt. Uit het huis ernaast kwam de geur van warme wafels.

Ik bleef staan om een blik over mijn schouder te werpen. Zo te zien was er niemand die ook maar enige aandacht aan me besteedde.

Een wolk van rook en wierook sloeg me tegemoet toen ik naar binnen ging. De ramen waren afgedekt met zwarte en paarse zijde, van het plafond bengelden sterren en kunstvogels.

'*Bonsoir.*' Een assistent kwam tevoorschijn en loodste me naar de achterkamer.

Madame Lenormand zat aan een kleine tafel. Ze rookte een sigaar. Boven haar hoofd hing een krans van rookkringen. 'Aha. Daar bent u, madame.'

'Mijn verontschuldigingen voor het late uur. Maar het was het enige moment waarop ik onopgemerkt kon wegglippen.'

Ze haalde haar schouders op. 'Ik ben wakker tot in de vroege ochtenduren. Het meeste werk doe ik 's nachts. Zo, laten we eerst even afrekenen.' Ze stak haar mollige hand uit met een veelvoud van dof geworden ringen. Ik legde er een buideltje met geldstukken in en ging voorzichtig op de kaal gesleten stoel zitten.

Madame Lenormand legde haar sigaar op een asbak. 'Laat maar eens zien.' Ik legde mijn handen neer. Ze hield de hare erboven en draaide ze in het rond, toen greep ze met een snelle beweging de mijne en sloot haar ogen. Ik keek gespannen naar haar vlezige gezicht. Ten slotte trok ze haar varkensneus op en schraapte haar keel.

'Ik zie een verloren kind.'

Ik hield geschokt mijn adem in. Zou ik zwanger worden maar het kind verliezen? Ik moest vechten tegen de opkomende paniek.

Ze liet mijn handen los maar haar ogen hield ze gesloten. 'Een zware kroon. En vijanden die klaarstaan om toe te slaan. Wees op uw hoede.'

Het duizelde me. Vijanden? Van Frankrijk? Of... of waren het de Bonapartes? Ze waren tot alles bereid om zich van me te ontdoen.

Er steeg een gruwelijk rochelend geluid op uit haar keel. Ze hoestte en spuugde in een kop met daarin een dikke, vunzige vloeistof. 'Ach, ja... en er wacht ook een nieuw begin.'

Het keizerrijk

Palais des Tuileries, 1802 – 1807

In de herfst van dat jaar gebeurde er iets waardoor mijn neerslachtigheid werd verdreven. Hortense schonk het leven aan Napoleon Louis Charles Bonaparte. Dankzij de kleine Napoleon heerste er vreugde in de Tuilerieën. Ook Hortense leek gelukkiger. De onvoorwaardelijke liefde voor haar zoon leidde haar af van de strenge eisen van haar kritische echtgenoot.

Bonaparte kon er geen genoeg van krijgen om zijn kleinzoon op de arm te houden. Zodra hij de kans kreeg kietelde hij het buikje van de kleine en rook hij aan zijn frisse huidje. Wanneer ik zag hoe hij het kind van mijn dochter overstelpte met liefde kostte het me moeite mijn emoties in bedwang te houden.

Ik werd verteerd door het verlangen hem een kind van ons samen te kunnen geven.

Nadat ze de kleine Napoleon in bed had gestopt, kwam Hortense op een avond bij mij en mijn hofdames zitten. Er werd gekaart en er stond allerlei lekkers op tafel. Bonaparte was allang naar bed.

'Wat ben ik een nachtuil geworden.' Ik legde een schoppen zeven op tafel.

'Het valt ook vast en zeker niet mee om helemaal alleen in zo'n grote kamer te slapen. Ik zou er niet aan moeten denken.' Mademoiselle Fornet legde haar ruiten negen op mijn kaart. 'Negen slaat zeven.' Ze legde de kaarten op haar stapeltje en pakte een stukje gekonfijte sinaasappelschil.

'De kamer is wat somber, maar ik slaap er niet alleen,' zei ik. 'Bonaparte is er altijd.'

'O ja? Maar ik heb gezien dat... Ik bedoel, ik heb gehoord... Laat maar. Het spijt me dat ik erover ben begonnen.' Madame Tricque werd vuurrood. 'Ik bazel maar wat, madame.'

Hortense keek me aan. Bij het zien van het onbegrip op mijn gezicht schonk ze me een waarschuwende blik. Niet op reageren, leek ze te willen zeggen.

'O? Vertel eens,' zei ik. 'U kunt zoiets niet zeggen en er dan verder het zwijgen toe doen.'

Iedereen keek naar de grond, behalve Madame Rémusat. Ik keek haar vragend aan. 'Dus u weet inderdaad van niets?' Ze legde met een zucht haar kaarten op tafel. 'Ik vind het afschuwelijk dat u het van mij moet horen.'

Ik zette me schrap, want ik wist al wat ze ging zeggen.

'De eerste consul heeft de laatste maanden diverse maîtresses gehad.' Ze zei het gejaagd, alsof ze het zo snel mogelijk achter de rug wilde hebben.

Ik zat als verstijfd.

'Het spijt me, madame.' Ze schonk me een blik vol medelijden. 'Ik weet hoeveel u van hem houdt. En misschien troost het u als ik u vertel dat hij hen slecht behandelt en weinig om hen schijnt te geven.'

Diverse maîtresses? Dus hij verried me keer op keer. Mijn keel werd dichtgesnoerd. Hoe kon hij me zo vernederen, tegenover iedereen in het paleis, tegenover het hele land?

Ik zocht steun bij de tafel. Hoe was het mogelijk dat ik niets in de gaten had gehad? Blijkbaar had hij er alles aan gedaan om zijn affaires geheim te houden. Ik had het gevoel dat de kamer om me heen begon te draaien. Hoe was het mogelijk dat het me wéér gebeurde? Dat ik, verblind door liefde, opnieuw mijn ziel had verkocht aan de man van mijn hart?

Iemand legde een hand onder mijn elleboog. 'Madame?'

Hortense sloeg een arm om me heen. 'Dames, we wensen u welterusten. Wilt u ons alstublieft verontschuldigen?'

'Natuurlijk.' Ze stonden op en verlieten de kamer met een koor van *bonsoirs*.

Toen de deur achter hen in het slot viel, barstte ik in tranen uit. Hortense zei niets maar omhelsde me en hield me vast tot het snikken ophield.

Ten slotte stond ik op en kuste mijn dochter op haar wang. 'Dank je wel dat je bij me bent gebleven, lieverd. Ik ga ook maar naar bed. We hebben het er niet meer over.'

Hortense drukte mijn hand. 'Zoals je wilt, Maman. Het is niet echt een schok, hè?'

'Nee, niet echt,' zei ik kortaf. 'Maar dat maakt het niet minder pijnlijk.'

Toen ze weg was liep ik langzaam naar mijn slaapkamer. Tot mijn verrassing was Bonaparte nog wakker. Had hij soms net een geheim afspraakje gehad, zo laat op de avond?

Bij zijn aanblik begon mijn bloed te koken.

Hij klapte zijn boek dicht. 'Je hebt gehuild, *amore mio*. Kom eens bij me.'

'Je verbiedt prostitutie, maar je gaat zelf naar de hoeren! En nog wel in ons eigen huis!' Ik trok een schoen uit en smeet hem tegen de muur. 'Zijn vrouwen voor jou niets anders dan een middel om je mannelijkheid te bewijzen? Heb je aan mij alleen niet genoeg?' Ook de andere schoen vloog tegen de muur.

Hij smeet de roodsatijnen lakens van zich af en sprong uit bed. 'Ik tel voor vijf mannen! Ik daag iedereen uit die denkt dat hij meer waard is!'

Ik rolde met mijn ogen. 'Je wordt omringd door soldaten! Jouw woord is wet! Je denkt toch niet dat iemand jou zou durven uitdagen?'

Hij pakte me bij mijn armen. 'Maar jij waagt het mijn woede te trotseren! Terwijl je maar een vrouw bent!' Hij schudde me door elkaar. 'Je weet dat die anderen niets voor me betekenen!'

Ik rukte me los. 'Iedereen weet het! Van al je maîtresses! Ik voel me vernederd!'

'Dit gesprek hebben we al eens gehad, Joséphine. Ik weiger het opnieuw te voeren.'

Ik gooide mijn handen in de lucht. 'Dat zou ook niet nodig zijn als jij de knopen van je broek dichthield! Je bent geen schooljongen meer!'

Zijn gezicht liep verontrustend paars aan.

'Als ik je ooit in mijn eigen huis betrap met een lichtekooi –'

'Waag het niet me te commanderen!' Hij boog zich woedend naar me toe.

Ik keek hem strak aan.

Ten slotte schoot hij een kamerjas aan over zijn nachthemd. 'Niemand verwacht van een man in mijn positie dat hij trouw is. En ik bén trouw, aan mijn eigen hart en aan het jouwe!' Met die woorden stormde hij de kamer uit.

De volgende middag reed ik met Madame Rémusat naar Malmaison, weg van de verstikkende paleismuren en de medelijdende blikken van mijn hofdames.

Na aankomst wandelden we gearmd door mijn orangerie.

'Hier kan ik weer ademhalen.' Ik verlustigde me in de zonnestralen die door het dikke glas drongen en voor een verrukkelijke warmte zorgden. Bloemen bloeiden met weelderige trossen welriekende witte sterren; condens die van het dak druppelde bevochtigde de bomen. Ik boog een tak naar me toe en ademde diep in. Kon ik me maar tussen de bomen verbergen! Kon ik me maar, als een vogel, onzichtbaar maken tussen de rozen en de trompetranken. Ik slaakte een diepe zucht.

Madame Rémusat klopte me op de schouder. 'Dit gaat ook weer voorbij. Uiteindelijk krijgt hij genoeg van al die vrouwen. Maar u moet geen ruzie maken met de eerste consul. Met uw jaloezie maakt u hem boos en dan keert hij zich van u af. Het is aan u om te zorgen dat er niemand tussen u beiden kan komen.'

Haar woorden troffen me als een gifpijl. Hoe kon ik er het zwijgen toe doen wanneer hij keer op keer mijn hart brak? Bij alles wat ik deed, was ik gehoorzaam aan hem. Ik had mijn leven volledig in dienst van het zijne gesteld.

Ik liep over de bloemblaadjes waarmee het pad bezaaid lag; ooit waren ze wit en zijdezacht geweest, nu waren ze bruin verkleurd en krulden ze om bij de rand. Uiteindelijk zou Bonaparte me verlaten en ik zou met niets achterblijven. Eenzaam, op drift op een verlaten zee. Mijn handen begonnen te trillen.

'En als hij nou eens verliefd wordt? Of als hij een van zijn maîtresses zwanger maakt? Ik heb hem teleurgesteld.'

'U hebt hem niet teleurgesteld. U bent zijn vriendin, zijn minnares, zijn talisman. Bovendien heeft hij talloze vrouwen gehad maar geen van hen is ooit zwanger geworden.'

Ik duwde een laaghangende tak weg. 'Hij hoeft alleen maar te bewijzen dat hij vruchtbaar is en –'

'Wees zijn oase, de enige die niet wedijvert om zijn macht of zijn aandacht. Als hij keizer wordt, zal er van alle kanten aan hem worden getrokken.'

Hij sprak er al weken over dat hij keizer wilde worden, maar ik had gehoopt dat het idee een stille dood zou sterven.

Plotseling ervoer ik de welriekende bloemengeuren als verstikkend en was het alsof de zonnestralen zich door mijn schedel boorden. Als hij keizer werd zou Bonaparte voortdurend op reis moeten. Hoeveel mooie vrouwen zouden zijn pad kruisen in Pruisen, in Italië, in Spanje?

'Waarom kan de kleine Napoleon niet als zijn erfgenaam worden aangewezen? En Hortense is weer zwanger,' zei Madame Rémusat. 'Haar kinderen vertegenwoordigen de bloedlijn.'

'Dat was wat we voor ogen hadden, maar Louis wil er niet van horen. Hij weigert zich te laten passeren in de lijn van opvolging, zelfs als het zou gaan om zijn eigen zoon.' Ik deed de deur van de kas open, een vlaag koelte sloeg ons tegemoet. 'Ik vind het onbegrijpelijk dat iemand zo'n eervolle benoeming voor zijn zoon afwijst. Hortense heeft hem gesmeekt zijn beslissing te herzien. En als Bonaparte keizer wordt...'

'Hij zou nooit van u –' Ze zweeg abrupt.

Ik knikte. 'Scheiden. Zegt u het maar gewoon.'

'Hij zou nooit scheiden van zijn keizerin.'

Mijn ogen werden groot en voor het eerst sinds dagen verscheen er een glimlach om mijn mond. 'Nee, inderdaad. Van zijn keizerin zou hij nooit scheiden.'

In mei riep Bonaparte het Franse Keizerrijk uit, maar hij aarzelde of aan mij de titel van keizerin moest worden verleend.

'Wat moet een vrouw met zo'n titel? En die heb je ook helemaal niet nodig,' zei hij. 'De titel zou niets aan je positie veranderen.'

'Maar wel aan jouw reputatie,' zei ik. 'In positieve zin. De vrouw aan je zijde zou geschiedenis schrijven.'

'Je bent inderdaad geliefd bij het volk,' peinsde hij hardop. 'We zullen zien.'

Nadat het keizerrijk was uitgeroepen zagen we ons genoodzaakt aan talloze officiële diners aan te zitten en van stad naar stad te reizen, ver weg – te ver weg – van mijn kleine Napoleon, de kinderen en Malmaison. Ik viel opnieuw ten prooi aan neerslachtigheid en die werd nog verergerd door mijn afschuwelijke schoonfamilie.

'Buig voor je keizer!' bulderde Bonaparte tijdens een familiediner.

Elise diende hem van repliek. 'Je bent nog geen keizer.' Ze hapte in haar broodje. 'Wanneer is de kroning?'

'Elise! Niet met volle mond praten,' wees Letizia haar terecht.

Elise wierp haar een woedende blik toe.

'De voorbereidingen zullen maanden in beslag nemen. Ik streef naar december.' Bonaparte veegde een klodder *sauce hollandaise* van zijn jasje.

'En wat wordt mijn nieuwe titel?' vroeg Elise gebiedend.

'Ik ben niet van plan iedereen een nieuwe titel te geven,' zei Bonaparte. 'Joseph, Louis en Eugène worden benoemd tot prins vanwege de bloedlijn. Hun echtgenotes worden prinses. De rest behoudt zijn huidige titel.'

De moed zonk me in de schoenen. Zijn besluit stond vast. En ik kon worden vervangen. Om mijn emoties de baas te blijven keek ik strak naar het patroon van het kanten tafelkleed.

'Hoe kun je ons dat aandoen? Hoe kun je ons veroordelen tot een bestaan in de obscuriteit?' vroeg Elise ongelovig. 'Je eigen vlees en bloed! Ik heb er ook recht op om prinses te worden!'

'Maar zíj wordt geen keizerin. Dat is tenminste iets,' zei Caroline hatelijk, met een minachtende blik op mij. 'Tenslotte ze is niet in staat gebleken haar plicht als echtgenote te vervullen, om nog maar te zwijgen van haar plicht jegens het keizerrijk.'

Mijn mond viel open. Ze had het over me alsof ik er niet bij was! Voordat ik kon reageren sloeg Bonaparte met zijn vuist op tafel.

'Zo is het genoeg! Jullie gedragen je als een stelletje hebzuchtige zwijnen! Na alles wat ik jullie heb gegeven, zijn jullie nog niet tevreden!' Zijn gezicht liep rood aan. 'Mijn vrouw heeft niets gedaan waarmee ze jullie minachting heeft verdiend! Ze heeft jullie altijd hoffelijk en welwillend behandeld. Jullie versmaden haar zusterlijke genegenheid zonder dat ze het daar ook maar enigszins naar heeft gemaakt.'

'Nabulione,' begon zijn moeder, 'je moet het probleem van een erfgenaam in aanmerking nemen –'

'Ze wordt wel degelijk keizerin!'

Mijn hart stroomde over van opluchting en dankbaarheid. En van liefde. Ik schonk mijn dierbare echtgenoot een glimlach.

De oren van Caroline werden vuurrood. Louis keek nadrukkelijk van Joseph naar zijn moeder.

Hun oogcontact ontging Bonaparte niet. 'Madame Mère, volgens mij zit u op de plek van mijn vrouw. Hare Keizerlijke Hoogheid Keizerin Joséphine hoort aan het hoofd van de tafel te zitten.'

'Hoe durf je zo tegen je moeder te spreken?' schreeuwde Caroline.

'Zoon, de macht is je naar het hoofd gestegen,' zei Letizia ijzig. 'Ik ga op een andere stoel zitten als ik dat wil. Je bent niet mijn echtgenoot, noch mijn meester.'

'Ik ben je heerser!' Hij smeet zijn vork op zijn bord en schoot overeind.

Ik kromp ineen, geschrokken door het gerinkel van metaal op porselein.

'Ondankbare ezel!' zei Elise.

'Wie is hier ondankbaar?' bulderde Bonaparte. 'Verdwijn van mijn tafel! Onmiddellijk!' Hij maaide zijn glas op de grond. Het brak in scherven.

'Graag! Het is wel duidelijk dat ik hier niet word geaccepteerd! Tiran!' Elise schoof haar stoel met zo'n kracht naar achteren dat haar glas vervaarlijk begon te wiebelen.

'Dit is nog niets! Wacht maar tot je me als tiran in actie ziet!' De aderen in zijn hals waren tot dikke koorden opgezwollen.

'Ik ben niet bang voor je! Jij en je keizerín kunnen naar de hel lopen!' Ze stormde de kamer uit.

Caroline sprong ook overeind en rende achter haar aan. Toen ze weg waren, richtten Madame Mère, Joseph en Louis hun blik op mij. Want het was allemaal mijn schuld. Alle ruzies binnen de familie, alle misstappen van Napoleon waren een gevolg van zijn huwelijk met mij, las ik in hun ogen.

Met kalme vastberadenheid ontmoette ik hun blikken. Ik zou me niet langer door hen laten koeioneren. Ik liet me niet negeren, vernederen en aan de kant schuiven. Ik zou me kwijten van mijn plichten tegenover mijn man en mijn land.

Ik werd keizerin.

De zomer maakte plaats voor de herfst terwijl we voorbereidingen troffen voor de kroning. Bonaparte oefende druk uit op de paus om aanwezig te zijn en het leek erop dat de kerkvader zou komen. Ik werkte met een groep bedienden aan de kleding, de muzikanten en het feestmaal. Alles moest perfect zijn voor zo'n historische dag. Na een lange dag van voorbereidingen boog het keizerlijke gezelschap zich in de avonduren over een model van de stoet, bestaande uit poppetjes van papier. Niemand mocht een stap verkeerd zetten of zijn positie verlaten, want dan zou de hele ceremonie in het honderd lopen.

De nacht voor de kroning zorgde sneeuwval voor een laag dons op de tuinen. Ik vond het gepast, een witte deken bij een nieuw begin. Maar tegen de ochtend was het verblindend witte tapijt door de striemende regen veranderd in modder. Toen het moment was aangebroken om naar de Notre Dame te vertrekken haastte ik me met de kinderen het rijtuig in om niet nat te worden.

Langs de boulevards was het volk samengestroomd. Ondanks de regen die de dunne paraplu's geselde werden er bloemen gegooid. Menigeen was van ver gekomen om mijn man, de keizer, eer te bewijzen.

In weerwil van de spanning voelde ik me opgetild.

Ik zou keizerin worden. Keizerin Joséphine.

Ik glimlachte naar de burgers langs de route, maar ook naar mezelf. Mijn positie was veiliggesteld en daarmee alles wat ik voor mijn familie en voor mezelf had weten te bereiken. Bonaparte had zijn familie eindelijk het nakijken gegeven. Ze zouden ons niet uit elkaar kunnen drijven.

Toen we bij de Notre Dame waren aangekomen loodste mijn kapper me naar de vertrekken van de priester, helemaal achter in de kerk. Hij had mijn grijze haren de avond tevoren al kastanjebruin geverfd. Nu vlocht hij diamanten door mijn lokken en zette hij het gouden diadeem vast.

'*Voilà.*' Monsieur Justin hield een zilveren handspiegel omhoog.

Mijn haar flonkerde als een glinsterend aureool. Er lag een blos op mijn wangen, zacht en teder als de blaadjes van een bloem, en mijn ogen straalden van verwachting. Ik zag eruit als een keizerin!

'Het is tijd voor de japon.'

Mijn maag maakte een buiteling. Mijn hofdames kwamen om me heen staan en hielpen me in een werveling van handen en wit satijn in de slanke rechte japon – een ontwerp van Monsieur Isabey, met een hoge taille en bestikt met zilver- en gouddraad en diamanten sierknopjes. Een zware kanten kraag stond vanaf mijn schouders omhoog en vormde de omlijsting voor mijn hals.

Bonaparte, ook in wit satijn, kwam de kamer binnen, gevolgd door een stoet bedienden en Monsieur LeRoy, die nerveus van de een naar de ander liep.

'De familie heeft haar plaatsen ingenomen,' zei Bonaparte. Hij streek met zijn lippen langs mijn wang.

Ik drukte zijn hand terwijl de genodigden de kerk binnenkwamen en de banken vulden.

'We kunnen niet langer wachten, Uwe Keizerlijke Hoogheid.' Monsieur LeRoy klapte in zijn handen, waarop de bedienden het laatste onderdeel van onze uitmonstering brachten: mantels van scharlakenrood fluweel, gevoerd met hermelijn en geborduurd met gouden bijen.

Ik ging voor de spiegel staan. Mijn tengere gestalte was behangen met robijnen en diamanten, omhuld door de prachtigste stoffen.

'*Amore mio*, je bent een droom!' Bonapartes ogen straalden van geluk. 'Vandaag schrijven we geschiedenis.'

Mijn hart sloeg een slag over. Keizerin van Frankrijk, van heel Europa.

'Met de keizer van mijn hart.' Ik blies hem een kus toe.

Marsmuziek schalde, het signaal voor onze binnenkomst. Mijn

maag zoemde alsof de gouden bijen van mijn mantel daarin rond-zwermden.

We betraden de ijskoude kerk en begonnen aan de trage processie die we hadden geoefend. De gezusters Bonaparte sloten achter me aan om me te helpen met mijn lange, zware sleep. De mensen die ik passeerde huiverden van ontzag. Er speelde een orkest in volledige bezetting. Licht viel door de hoge glas-in-loodramen en overal brandden kaarsen.

Ik dwong mezelf te glimlachen. Ondertussen telde ik mijn stap-pen en zette ik welbewust de ene voet voor de andere.

Toen iedereen zijn plaats had ingenomen, begon de paus met zijn kardinalen aan de langdurige mis. Mijn blik ging naar de vertrouw-de gezichten om me heen. Ministers en aanhangers, familie en vrienden, allemaal keken ze zwijgend en eerbiedig toe. Toen Paus Pius ten slotte aan Napoleon vroeg om naar voren te komen, richt-ten alle ogen zich op mijn dierbare echtgenoot.

De paus hief zijn handen boven het hoofd van Bonaparte en zalfde hem met olie. 'Moge de geest van onze Heer en Verlosser, Jezus Christus, u leiden en behoeden. Hierbij zalf ik u, Napoleon Bona-parte, keizer van Frankrijk en van al haar gebiedsdelen.' De paus nam de kroon van het fluwelen kussen.

In een vloeiende beweging richtte Bonaparte zich op en griste het vorstelijke diadeem uit de handen van de Heilige Vader.

Een geschokt hijgen echode door de stille kerk.

'Keizer Bonaparte, hierbij ben ik gekroond...' mijn man plaatste de zware kroon op zijn hoofd, '... tot keizer van Frankrijk en keizer van Europa.' Zijn stem schalde bulderend door de enorme kerk.

Ik keek naar de verschrikte gezichten van de genodigden. Bona-parte wilde door niemand gezegend worden. De kerkdienst was slechts bedoeld als uiterlijk vertoon. Zelf was ik niet geschokt door zijn handelwijze. Maar ik kende hem dan ook zoals niemand hem kende.

Daarop boog mijn man zijn hoofd in mijn richting.

Ik begon de treden naar het altaar te beklimmen. Mijn hart bons-de zo dat ik me afvroeg of anderen het konden horen.

Heel langzaam en gestaag zette ik de ene voet voor de andere. Bij de laatste stap werd ik plotseling door een enorm gewicht naar achteren getrokken. Mijn schoonzusters hadden mijn mantel losgelaten. Het was boze opzet. Ze wilden dat ik zou vallen.

Ik probeerde wanhopig mijn evenwicht te hervinden.

Bonaparte wierp zijn zusters zo'n woedende blik toe dat ze zich haastten mijn sleep weer op te nemen.

Ik ademde diep en regelmatig in en weigerde op deze historische dag ook nog maar één gedachte aan hen te verspillen.

Ik knielde voor God, de gemeente, de paus en mijn man.

Bonaparte hief mijn diadeem. 'Ik kroon u, Keizerlijke Hoogheid Joséphine Bonaparte, tot keizerin van Frankrijk, keizerin van Europa.' Toen zette hij de kroon op mijn hoofd.

Mijn hart jubelde.

Vervuld van een kalme waardigheid boog ik me over mijn gevouwen handen. Keizerin van Frankrijk, keizerin van het hart van Bonaparte.

Mijn verplichtingen bleven dezelfde, hoewel de uitbreiding van het hof iedereen belastte, zelfs mijn man, die er de aanstichter van was.

'De pracht en praal zijn de uiterlijke manifestatie van mijn macht,' verklaarde hij met grote stelligheid.

Tijdens de vele langdurige introducties en diplomatieke bijeenkomsten kon Bonaparte geen moment stilzitten op zijn troon. Ik vond drie reverences en het kussen van zijn ring nogal extreem, maar verplichtte ook mijn hofdames zich aan zijn voorschriften te houden. Hij genoot van hun eerbiedige bejegening.

'U bent beeldschoon, Mademoiselle Larouche.' Hij hield haar hand net iets te lang vast en keek haar diep in de ogen.

Ik deed alsof ik het niet zag, ook al had ik haar het liefst van het hof verbannen. Of hem een trap tegen zijn schenen gegeven.

Mijn geanimeerde *salon* en Bonapartes aaneenschakeling van vergaderingen vulden onze dagen. En naarmate hij vaker op stap moest, gebeurde het steeds minder dat we een avond voor ons samen hadden.

Op een middag, tijdens een spelletje whist, beklaagde ik me hierover tegenover Hortense. 'Voor mijn gevoel is hij er nooit. En als hij er wel is, dan zit hij met zijn gedachten ergens anders.'

'De verantwoordelijkheden van een keizer zijn ongetwijfeld eindeloos. En uitputtend voor een keizerin.' Hortense schikte haar kaarten in de juiste volgorde. 'Ik maak me zorgen, Maman. Over je gezondheid. Je hebt zo veel te doen. Je staat onder zo'n zware druk. En waarvoor? Om bewondering af te dwingen bij hovelingen die alleen maar oog hebben voor rang en status? Je zou er eens een tijdje tussenuit moeten. Ga met me mee naar de bronnen. Je kleinkinderen vinden het heerlijk als je meegaat. En een bezoek aan het kuuroord zal je goeddoen.'

De deur vloog open.

Een cherubijn met een rond gezichtje kwam de kamer binnenstormen, op de hielen gezeten door een kindermeisje.

'Napoleon, *mon petit chou*, ik dacht dat je een dutje deed.' Hortense nam haar zoon fronsend op.

Hij sloeg geen acht op haar en sprong naast me op de divan. '*Grand-mère*, mag ik ook meedoen?' Met zijn mollige handjes greep hij naar mijn kaarten.

Ik schoot in de lach. 'Natuurlijk, *mon amour*.' Ik drukte een kus op zijn bolle wangetje en streek met mijn vingers door zijn fijne blonde haar. 'Kijk, dan zal ik je laten zien hoe het moet.'

Hij plofte onbekommerd bij me op schoot en schoof net zo lang heen en weer tot hij gemakkelijk zat. 'Ik vind het leuk om te spelen.'

'Napoleon, dit is een spel voor grote mensen.' Hortense keerde zich naar het kindermeisje. 'Hij moet een dutje doen.'

'*Oui,* madame. Maar hij wilde niet blijven liggen. Het spijt me. Hij sprong uit bed en stormde de gang op. Dus ik moest wel achter hem aan.' Ze maakte een reverence. 'Neemt u me niet kwalijk dat we u hebben gestoord.'

'Mijn engeltje is altijd welkom.' Ik gaf hem een kus op zijn kruin. Mijn driejarige kleinzoon knuffelen, daar kreeg ik nooit genoeg van.

Met zijn roze tong tussen zijn lippen maakte hij mijn kaarten in de war.

Ik schoot weer in de lach. 'Voor zo'n klein manneke kan hij zich al goed concentreren.'

'Eén spelletje en dan naar bed,' zei Hortense.

Zijn blauwe ogen keken verdrietig. 'Maar één spelletje, Maman?'

'Maar één spelletje.'

'Hoe kun je streng blijven als hij je zo aankijkt?' Ik knuffelde hem weer. 'En een tijdje ertussenuit lijkt me verrukkelijk.'

Hortense en ik waren amper een maand weg toen Monsieur Talleyrand, Bonapartes minister van Buitenlandse Zaken, verontrustend nieuws ontving van het Oostenrijkse front. Ik keerde onmiddellijk terug naar Parijs.

Oostenrijk had zich aangesloten bij Rusland om het keizerrijk de oorlog te verklaren. Bonaparte en Eugène bereidden zich voor om tegen de gecombineerde troepenmacht op te trekken. Ik was wanhopig bij de gedachte dat mijn zoon en mijn man opnieuw het gevaar tegemoet gingen.

'Jullie gaan toch niet zelf?' vroeg ik.

'Het is goed voor het moreel wanneer de burgers zien dat hun vorst de vijand verslaat,' antwoordde Bonaparte. 'We vertrekken over twee dagen naar Pruisen. Snelheid en het verrassingselement zijn belangrijker dan voorraden en aantallen. Ik vorm een alliantie met de Pruisen om de Russische strijdmacht van twee kanten aan te vallen. En deze keer, mijn creooltje, ga jij ook mee.'

We vertrokken onmiddellijk uit Parijs. De koning van Pruisen stemde in met Bonapartes voorstel, waarop onze legers onverwijld aan hun opmars begonnen. Ik bleef als vertegenwoordiger van mijn echtgenoot in Beieren, waar ik namens hem buitenlandse ministers ontving en huldeblijken in ontvangst nam. Bovendien verliet ik mijn ouderwetse onderkomen zo vaak als ik kon om gewonden te bezoeken in de ziekenhuizen.

Tijdens een van die bezoeken boog ik me over een Franse kapitein die roerloos op zijn veldbed lag. Zijn gezicht zag asgrauw, zijn lippen waren blauw, het verband om zijn hoofd zou dringend verschoond moeten worden. Het had ook Eugène kunnen zijn die daar lag. Bij die gruwelijke gedachte proefde ik gal in mijn keel. Ik pakte de doek die een verpleegster me aanreikte, doopte hem in een bekken met water en bette de onbedekte huid van de wangen en de hals van de soldaat.

Hij deed het oog open dat niet onder verband schuilging. 'Keizerin Joséphine? God zegene u,' wist hij moeizaam fluisterend uit te brengen. 'Hebben we ze verslagen?'

'Spaar uw krachten, kapitein. U moet zorgen dat u weer beter wordt. En ja, de overwinning is nabij.' Zo God het wilde.

Zijn hoofd viel naar opzij. '*Grâce à Dieu*. Lang leve de keizer.'

Bonaparte behaalde een snelle overwinning. De avond voordat het verdrag zou worden getekend, drukte Talleyrand hem op het hart om niet overhaast maar met beleid te werk te gaan.

'U hebt nu de kans de vijand tot bondgenoot te maken,' aldus de minister. 'Met de steun van Rusland, Oostenrijk en Pruisen zijn we mogelijkerwijs in staat de Britten te verslaan. Zonder die steun zijn we misschien verloren.'

'Met mijn familie door het hele rijk op de troon hebben we geen bondgenoten nodig.' Bonaparte keek naar mij, in de verwachting dat ik hem gelijk zou geven.

'Onze familie is geen vervanging voor de gepaste, lokale bestuurders,' zei ik. 'Dus ik ben het met Monsieur Talleyrand eens.'

Maar Bonaparte negeerde het advies van zijn minister en vormde de Rijnbond. Alsof het ging om een kaartspel, verdeelde hij de gebieden die hij op de Oostenrijkers had veroverd onder de Bonapartes en mijn kinderen.

Toen we op een avond in bed lagen, bespraken we de toekomst van de familie.

'Ik zou Eugène en Hortense graag willen adopteren,' zei Bonaparte. 'En hen officieel tot mijn opvolgers aanwijzen.'

Ik schoot overeind. 'O, dat zou zo veel voor ze betekenen! En voor mij!' Ik nam zijn gezicht tussen mijn handen en bedekte het met kussen.

Hij lachte om mijn enthousiasme. 'Het zijn goede kinderen. Een man kan zich geen betere wensen.' Hij wendde zijn blik af, zich bewust van de implicatie van wat hij had gezegd.

Ik dwong hem me aan te kijken. 'Wat is er?'

'Je weet dat Eugène de troon niet kan aanvaarden?' vroeg hij.

Ik knikte.

'Maar ik zal hem tot onderkoning van Italië benoemen. En Louise en Hortense worden koning en koningin van Holland.'

Mijn geluk spatte als een zeepbel uiteen. Dan gingen ze wel erg ver weg van Parijs. En niet alleen zij, ook mijn kleinkinderen. Ik keek neer op mijn handen.

Hij legde een hand onder mijn kin. 'Je zult ze regelmatig blijven zien.'

Ik keek langs hem heen. Hoe vaak zou ik met mijn drukke leven de kans krijgen om naar Italië of Holland te reizen?

'En ik heb nog meer nieuws. De keurvorst van Beieren heeft ingestemd met een huwelijk tussen Eugène en Prinses Augusta.'

Mijn mond viel open. Eugène ging trouwen! 'Wanneer? En hebben ze elkaar al ontmoet?'

'Nee, maar maak je niet ongerust, lieveling. Augusta is een schoonheid en bovendien een lief meisje. Ik weet zeker dat Eugène verrukt van haar zal zijn. Hij komt morgen hierheen. En ze trouwen de dag daarna.'

Zodra ik Eugène met Prinses Augusta samen zag, wist ik dat hij voor de blonde schoonheid was gevallen. En zij leek zijn gevoelens te beantwoorden. Ze vormden een perfect paar.

'Ik ben verliefd,' zei Eugène toen hij amper drie weken getrouwd was. 'Augusta is verrukkelijk. Ik had me geen betere vrouw kunnen wensen.' Er dansten lichtjes in zijn ogen, zijn haar was verward, er lag een blos op zijn wangen. Ja, mijn zoon was verliefd.

Ik omhelsde hem. 'Ik ben zo blij voor je.'

Hij grijnsde aanstekelijk. 'Ik heb gewoon kramp in mijn kaken omdat ik de hele dag alleen maar kan glimlachen. Ik loop met mijn hoofd in de wolken!' Hij lachte. 'En ik kan geen dag meer zonder haar.'

'Dat hoeft ook niet.' Ik keek hem stralend aan, dankbaar dat althans één van mijn kinderen de volmaakte levensgezel had gevonden.

Bonaparte en ik keerden voor één seizoen terug naar Parijs, maar toen rukten de Russische troepen op naar de grenzen van de Rijnbond. Precies zoals Talleyrand had voorspeld. Mijn man vertrok onmiddellijk naar Polen. Ik bleef aan het hof in Parijs om het moreel in de hoofdstad hoog te houden, ook al werd ik verteerd door angst, om meer dan één reden.

Ik had gehoord dat de Poolse vrouwen erg mooi waren.

Maanden verstreken. Mijn dagen bleven gevuld met afspraken en verplichtingen. Bonaparte kwam niet naar huis, zijn brieven werden korter en zakelijker. Uitgeput en van streek zocht ik mijn toevlucht in Malmaison, omringd door mijn tuinen en wouden, weg van de nieuwsgierige blikken en de bemoeizucht van de hovelingen.

Toen ik op een middag liep te wandelen onder de paarse magnolia's hoorde ik het gedreun van hoeven op de oprijlaan. Het was iemand van het hof. Hij liet zich buiten adem uit het zadel glijden en haalde een stapeltje brieven uit zijn tas.

Bij het zien van de gejaagdheid waarmee hij dat deed, bekroop me een ijzige kilte.

'Wat is er, monsieur? Hebt u bericht over de keizer?'

'Ik heb post van Zijne Keizerlijke Hoogheid en van Koning Louis van Holland.'

Ik griste de brieven uit zijn hand en liep verder de tuin in, naar een bank in de schaduw van een kersenboom. Louis, de man van Hortense, had me geschreven. Met bevende handen scheurde ik de envelop open. Mijn blik vloog over het krullerige handschrift. De kleine Napoleon, mijn sprankelende, aanbiddelijke kleinzoon, was ziek. Hij had koorts en uitslag. Louis schreef dat hij er niet in slaagde Hortense te kalmeren.

Angst snoerde mijn keel dicht. Ik moest er onmiddellijk naartoe. Mijn dochter had haar moeder nodig.

Terwijl ik me naar binnen haastte, scheurde ik de brief van Bonaparte open.

Tot mijn verbazing bleek hij op de hoogte te zijn van de situatie in Holland. Hoe lang was de kleine Napoleon dan al ziek? Bonaparte eiste dat ik desondanks in Parijs bleef.

Ik stormde het paleis binnen. Wat dacht hij wel? Ik piekerde er niet over mijn dochter in deze moeilijke tijd aan haar lot over te laten. Mijn plicht gold in de eerste plaats mijn kinderen. Niet het belachelijke hof van mijn man!

'Breng het rijtuig in gereedheid! Ik wil binnen een uur vertrekken!' riep ik. Een bediende haastte zich weg om de koetsiers te waarschuwen.

Niets ziend keek ik uit het raampje van het rijtuig terwijl het landschap aan me voorbijvloog.

Heer, laat mijn kleinzoon beter worden, bad ik. *Alstublieft! Spaar zijn leven!*

Geruchten

Palais des Tuileries, 1807 – 1809

Ik kwam te laat.

De kleine Napoleon stierf in de vroege ochtenduren in de armen van Hortense. Bij mijn aankomst trof ik mijn dochter in een hoek van zijn kamer. Daar zat ze ineengedoken te wiegen, met een van zijn speeltjes in haar armen. Haar haar was losgeraakt en omlijstte haar gezicht als een aureool van krullen. Haar japon was smoezelig en gekreukt.

Verdriet trof me als een mokerslag. 'Hortense!'

Met lege ogen keek ze me aan, toen wendde ze haar blik af.

Ik omhelsde haar en streelde haar bleke gezicht. 'O, lieverd.' Ik wiegde mijn gebroken dochter in mijn armen. 'Lieve, lieve Hortense.'

Ze zei niets. Het enige geluid was mijn eigen snikken.

Dagenlang schokte haar lichaam van de huiveringen of ze lag krachteloos op bed, maar ze huilde niet, ze sprak niet, geen woord, geen snik ontsnapte aan haar lippen.

Ik liet een dokter komen.

'De psychische schok maakt normaal lichamelijk functioneren onmogelijk.' Hij sloot zijn tas en dempte zijn stem opdat Hortense niet zou horen wat hij zei. 'Een kind verliezen valt niet mee, hoogheid. Ze zou er goed aan doen –'

'Valt niet mee?' onderbrak ze hem schril. 'Een kind verliezen valt niet mee?' Hortense sprong van het bed. Haar kanten nachtmuts dwarrelde naar de grond. Er lag een koortsachtige schittering in haar ogen. Door de paarse kringen daaromheen zag ze eruit alsof ze was geslagen.

'Hortense!' Ik haastte me naar haar toe.

'Napoleon!' gilde ze. 'Mijn kleine jongen!' Ze rende de kamer uit. 'God heeft hem laten sterven! Hij heeft me mijn kleine lieveling afgenomen!' Met wapperende nachtjapon rende ze naar de salon.

Met een gevoel alsof er een mes in mijn hart was gestoken strompelde ik achter haar aan. De tranen stroomden over mijn wangen.

'U moet zich niet zo van streek maken. Dat is niet goed voor u,' zei de dokter.

Hortense keerde zich grauwend naar hem om, maar struikelde over het bordeauxrode tapijt. Ze sloeg tegen de grond, hapte naar lucht en begon te krijsen. Het geluid had niets menselijks. Het waren gruwelijke kreten die ze slaakte, alsof ze werd gemarteld.

Ik trok haar op schoot en sloeg mijn armen om haar schokkende schouders. Ze verzette zich niet. Nadat ze het minutenlang had uitgeschreeuwd ging het krijsen over in snikken.

'Ik wil niet meer leven! Het is te zwaar. Ik kan het niet... Maman, je moet me helpen. Zorg dat het ophoudt. Ik kan het niet... Het doet zo veel pijn... Mijn kleine jongen.'

Ik trok haar tegen mijn borst. Urenlang wiegde ik haar en al die tijd kwam ze niet tot bedaren.

Hoe kon God hem tot Zich nemen? Hoe moest ze zonder hem verder? Het verlies van een kind was iets waar een moeder nooit overheen kwam.

Hortense was ontroostbaar. Ze weigerde te eten en werd zo mager dat haar huid slap om haar heen hing. Haar ogen lagen als grote knikkers in hun holle kassen en ik vreesde voor haar leven. Dus ik pleitte, ik smeekte en ik bad God om haar herstel.

Ze kon dit te boven komen. En dat zou ze ook. Dat moest! Ze had nog een zoon die haar nodig had.

Tot mijn verrassing week Louis niet van haar zijde. Hij was liefhebbend, geduldig en begripvol. Elke ochtend droeg hij haar naar de tuin, hij las haar voor en wiegde haar in zijn armen. Ik schreef vanuit Holland naar Bonaparte. Hij was gebroken door de dood van de kleine Napoleon, schreef hij. Maar hij kwam niet. Ik voelde me hoe langer hoe ongelukkiger, wanhopig als ik was door het verlies van mijn kleinzoon en door het intense verdriet van mijn dochter.

Mijn woede jegens mijn afwezige echtgenoot steeg. Bonaparte had ons allemaal in de steek gelaten in ons verdriet – zijn broer en zijn dochter, en zijn vrouw. Hij werd een vreemde voor me; niet langer de man met wie ik was getrouwd. De man die alles had gekregen, alles had bereikt, liet degenen die van hem hielden aan hun lot over.

'Ik ben ten einde raad, Louis. Wat moeten we doen?' vroeg ik op een middag toen Hortense sliep.

'Misschien helpt het om op reis te gaan. Weg van huis,' opperde hij.

'Ja. Misschien zouden jullie naar je buitenhuis bij Brussel kunnen gaan. Ik zal Eugène uitnodigen voor de zomer. Hortense is dol op haar broer.'

Eugène vertrok onmiddellijk uit Italië om zijn dierbare zus te troosten. Bij zijn aankomst wierp Hortense zich in zijn armen.

'Hij is er niet meer, Eugène.' De tranen stroomden over haar ingevallen wangen.

'O, Hortense.' Hij streek haar over de rug. 'Lieve zus. Ik vind het zo erg.'

De dagen verstreken, een voor een.

Hortense reageerde goed op de aanwezigheid van haar broer.

'Je moet eten, zus,' zei hij. 'Al is het maar één stukje brood met marmelade.'

Aanvankelijk kauwde ze met lange tanden op één stukje, maar ten slotte at ze de hele snee.

Hij gaf haar een handkus en glimlachte. 'Zo mag ik het zien. Je moet zorgen dat je weer op krachten komt.

Eugène las haar voor, hij wandelde met haar in de tuinen en hij zat naast haar aan de piano. Ze lachte nooit, er verscheen zelfs geen glimlach om haar mond, maar geleidelijk aan verdween de sluier van de dood die over haar gezicht had gelegen. Ze legde al haar verdriet in de gevoelige melodieën die ze componeerde en die dag en nacht door het paleis klonken.

En met elke noot die ze speelde kwam ze een stapje dichter bij haar genezing.

Tegen het eind van de zomer was ik weer thuis, met de belofte van Hortense dat ze met de feestdagen in Parijs zou zijn. Twee dagen na mijn terugkeer kwam er een brief uit Martinique.

Maman was in haar slaap overleden.

Het verdriet hing als een loden mantel om mijn schouders. Mijn moeder was zonder mij gestorven. Ik was niet bij haar geweest om haar ter ruste te leggen, om afscheid van haar te nemen. Wanhopig als ik was raakte ik in een diepe depressie en keek ik met nieuwe ogen naar mijn eigen leven. Ik had geen familie meer en ik zag me geconfronteerd met mijn eigen sterfelijkheid. Mijn huid zou gaan rimpelen, mijn geest verzwakken. Wat betekende het leven nog voor me, welke inhoud gaf ik eraan?

Geluk leek een illusie. Ik kweet me van mijn verplichtingen, ik deed mijn politieke werk ook al vond ik het zinloos. Ik wachtte, zonder te weten waarop. Wachtte ik op de terugkeer van mijn man?

Op het moment waarop het licht de duisternis weer zou verdrijven? Op begrip?

Bonaparte was niet over me te spreken. 'Je brieven zijn bevlekt door tranen. Je wentelt je in je verdriet. Je moet sterk zijn. Het keizerrijk heeft jou en je sturende hand hard nodig.'

Ik was zo verontwaardigd over zijn gebrek aan begrip, aan medeleven, dat ik stopte met schrijven.

De komst van Hortense haalde me uit mijn emotionele malaise. Ze was voornemens een aantal maanden in Parijs te blijven. Louis stond niet langer op haar aanwezigheid in zijn paleis in Amsterdam, waar ze was afgesneden van haar familie en haar vrienden.

Die eerste avond trokken we ons na het diner terug in mijn privévertrekken.

Hortense maakte het zich gemakkelijk in een stoel. 'Ik heb nieuws.' Haar ogen straalden. Het was voor het eerst in maanden dat ik een glimlach op haar gezicht zag. 'Ik ben zwanger!' Ze streek over haar buik.

'O, Hortense!' Ik viel haar om de hals. 'Wat heerlijk!'

De flonkering was teruggekeerd in haar ogen. 'We konden wel

wat goed nieuws gebruiken, jij en ik.' Ze kuste mijn handen. 'Vertel eens, Maman, hoe gaat het met je?'

Ik fronste. 'Goed. Of misschien moet ik zeggen, goed genoeg. Dus maak je over mij geen zorgen.'

'Ik heb de geruchten gehoord,' zei ze zacht. 'Dat de Bonapartes de ene na de andere maîtresse naar Zijne Hoogheid sturen.'

'Ja, dat hoor ik van mijn vriendinnen.' Ik probeerde uit alle macht mijn zelfbeheersing te bewaren. 'De Bonapartes willen op die manier aantonen dat het niet aan hem ligt dat ons huwelijk nog altijd kinderloos is.'

Hortense was met stomheid geslagen, ook al wist ze dat mijn schoonfamilie er alles aan deed om mijn positie te ondermijnen.

'Hij komt morgen weer thuis.'

Er klonk een luid geroffel op de deur.

'*Entrez.*'

Een bediende kwam binnen en maakte een reverence. 'Keizerin Joséphine, het hoofd van de politie wil u onder vier ogen spreken.'

'O! Dat was ik helemaal vergeten. Het gaat om de veiligheidsmaatregelen bij Bonapartes terugkeer. Hortense, kindje, zou je ons alleen willen laten?'

'Natuurlijk.' Ze stond op terwijl Fouché mijn salon binnenkwam, zoals altijd onberispelijk in zijn zwarte uniform, waarvan de revers waren gebosseleerd met gouddraad. Met zijn amandelvormige ogen, zijn hoge jukbeenderen en spitse neus had hij wel iets van een vos.

'Hoogheid.' Hij boog en schikte zijn rode sjerp. 'Ik heb een delicate kwestie met u te bespreken.' In een nerveus gebaar vouwde hij zijn handen op zijn rug.

'Volgen we met het wapenarsenaal weer de standaardprocedure?' Ik pakte een gekonfijte kers van de schaal.

'Inderdaad.' Hij keek naar de grond.

Ik hield op met kauwen. 'Wat is er aan de hand?'

'Dit is een buitengewoon ongemakkelijke kwestie, dus ik zal maar meteen ter zake komen.' Hij schraapte zijn keel. 'De keizer heeft een bastaardkind.'

Ik verslikte me, spuugde de kers in een servet en keek hem ongelovig aan.

'Hoogheid?'

'Wat wilt u daarmee zeggen, monsieur?' vroeg ik ijzig.

'Het is bekend hoeveel de keizer van u houdt, maar hij heeft een erfgenaam nodig.'

'Waarom vertelt u me dit? Vanwaar die wreedheid?'

'Keizerin... Hoogheid... Ik weet niet goed hoe ik het moet formuleren...' Hij zweeg even. 'Maar het is uw plicht – als liefhebbende echtgenote, als moeder van het vaderland – om een verzoek tot echtscheiding in te dienen. U bent alom geliefd, maar uw land wacht op een erfgenaam. Spaar Bonaparte, dwing hem niet tot emotionele taferelen. Doe uit uzelf een stap terug en laat u van hem scheiden. Als u van hem houdt, kies dan voor de juiste weg, voor wat het land van u mag verwachten.'

'Hoe durft u het zelfs maar voor te stellen!' Gal brandde in mijn keel. 'Dit gaat u hoegenaamd niets aan. Ik eis dat u onmiddellijk mijn huis verlaat!'

Door mijn stemverheffing had ik de aandacht van de wacht getrokken. De dubbele deuren van mijn salon vlogen open. Een soldaat kwam met getrokken pistool binnenstormen. 'Keizerin Bonaparte?'

'Monsieur Fouché wilde net gaan.' Ik wees naar de deuren. 'Ik hoop dat u de keizer tot andere gedachten weet te brengen. Er zijn diverse Bonapartes die als zijn opvolger kunnen worden aangewezen.'

Hij boog en maakte rechtsomkeert. 'Ik wens u veel geluk, hoogheid.'

Een wacht sloot de deuren achter hem.

Toen kwamen de tranen. Ik huilde urenlang, totdat ik het binnen niet meer uithield. Een kind! Het was mijn schuld dat Bonaparte nog geen erfgenaam had. Zijn familie was er eindelijk in geslaagd dat te bewijzen.

Ondanks het late uur en ondanks de sneeuw liet ik een rijtuig in gereedheid brengen. Terwijl de wielen door de modder ploegden, keek ik uit het raampje de gure nacht in. Hier en daar haastte een burger zich voort, met een brood of een pakket van de slager onder zijn arm, of met een bundel takken op zijn schouders. Uit de ramen van taveernes en bakkerijen viel licht naar buiten. Alle andere winkels boden een donkere, verlaten aanblik.

Bij de Jardin du Luxembourg aangekomen vroeg ik mijn koetsier stil te houden, in de hoop dat een wandeling helderheid zou scheppen in mijn hoofd.

'Gezien de sneeuw moet ik u ontraden het park in te gaan, hoogheid,' zei mijn wacht.

'Ik heb u niet naar uw mening gevraagd. U kunt me volgen. Op een afstand.' Smeltende sneeuw viel in brokken uit de kruin van sluimerende peren- en kastanjebomen. Mijn laarzen raakten doorweekt van de plassen die zich op de paden hadden gevormd, net als mijn rokken, die achter me aan sleepten.

Dus Bonaparte had een kind verwekt bij een andere vrouw. Was hij voornemens met haar te trouwen? Ik weigerde me terug te trekken. Mijn woede steeg. Hoe durfde hij Fouché te vragen me die boodschap over te brengen? Had hij niet de moed om me zelf onder ogen te komen?

Smeltende sneeuw werd vermorzeld onder mijn laarzen. Toen ik drie gestalten zag naderen, trok ik mijn kap over mijn hoofd om herkenning te voorkomen. Maar het was al te laat.

'Keizerin Joséphine?' Een van de mannen viel op zijn knieën. De andere twee volgden zijn voorbeeld.

'U hebt het leven gered van onze zieke dochter. We zijn u eeuwig dankbaar, hoogheid.'

'Lang leve Keizerin Bonaparte!' zei een van de anderen en hij boog zijn hoofd.

'God zegene u, heren.' Ik wuifde naar hen, toen draaide ik me om naar mijn wachten.

Hoe kon ik mijn volk in de steek laten?

Bonaparte keerde naar huis terug zonder maîtresse. Ik viel bijna flauw van opluchting, hoewel ik heimelijk geld opzij begon te leggen. Nog geen drie maanden later bereidde Bonaparte zich opnieuw voor op zijn vertrek, dit keer om op te treden tegen de ongeregeldheden in Spanje. Hij stond erop dat ik met hem meeging.

'Om de diplomaten te charmeren zoals alleen jij dat kunt. Onder mijn broer is de situatie uitgelopen op een chaos en die vormt een bedreiging voor onze alliantie. De Spanjaarden hebben een hekel aan Lucien.'

Ik ging maar al te graag mee; mijn rol was van onschatbare waarde.

Bonaparte koesterde voor de Spanjaarden een zo mogelijk nog diepere minachting dan voor de Oostenrijkers en hij gedroeg zich tijden de besprekingen als een verwend, driftig kind. Ik streek de aldus ontstane plooien zo goed mogelijk glad en leverde mijn bijdrage aan het behoud van de alliantie.

Ik opperde om tijdens onze laatste week in Spanje vrijaf te nemen van onze verplichtingen.

'We hebben behoefte aan een paar dagen rust. Om te ontspannen en te vrijen en om van de zee te genieten voordat we teruggaan naar ons drukke leven in Parijs.'

'Dat is een uitstekend idee, *amore mio*. We blijven nog een paar dagen.' Hij ging met zijn hand door mijn haar terwijl ik aan mijn kaptafel zat en crème op mijn gezicht smeerde. 'Ga jij vast een frisse neus halen aan het strand. Zodra de bijeenkomst achter de rug is kom ik ook.'

'Wacht niet te lang.' Ik blies hem een kus toe.

Op weg naar het strand werd mijn verlangen naar de zee steeds sterker. Wat had ik het gemist – de geur van de zee, de golven, het warme zand tussen mijn tenen, de wind die speelde met mijn haar. *Thuis.* Ik voelde een steek van pijn in mijn hart. En wat miste ik mijn thuis. *Maman.* In gedachten zag ik haar gezicht en ik kreeg tranen in mijn ogen. Niet elk verdriet sleet met het verstrijken van de tijd.

Toen het rijtuig stilhield sprong ik eruit en rende langs de branding, met mijn parasol in de hand. De leiblauwe golven glinsterden in de zon. Een geur van zeewier bezwangerde de lucht en het strand – goudgeel als rijpe tarwe – strekte zich uit tot waar de bergen de zee ontmoetten. Een eenzame hengelaar stond in het water en trok aan zijn lijn om de vis te lokken.

Ik benijdde hem om zijn simpele ambitie.

Met mijn strohoed vastgebonden onder mijn kin liet ik me op het zand vallen. Ik liet me meevoeren door mijn gedachten en daardoor merkte ik niet dat Bonaparte blootsvoets kwam aanslenteren. Ineens plofte hij naast me, het zand stoof alle kanten uit. We lieten ons lachend achterovervallen, in een wirwar van armen en benen en mousseline. Mijn roze parasol vloog uit mijn hand en werd de golven in geblazen.

'Mijn parasol!'

'We kopen wel een nieuwe.' Hij ging boven op me liggen en volgde met zijn vingers de lijn van mijn wenkbrauwen, mijn jukbeenderen, mijn kaak. Zijn ogen stonden vragend, alsof hij zocht naar antwoorden.

Ik wilde alleen de liefde zien die ik daar ook in las. Op deze volmaakte dag was er geen plaats voor verdriet, voor angst, voor jaloezie.

Hij begroef zijn gezicht in mijn zachte hals. 'O lieveling, ik heb je zo gemist. Ik heb je nodig. Ik wil dat je altijd bij me blijft.'

Ik bood hem mijn lippen en kuste hem alsof het einde der tijden nabij was.

Er volgden zes verrukkelijke maanden. Bonaparte was teder en zorgzaam. Net als vroeger sliep hij weer elke nacht in mijn armen. We waren gelukkig, totdat hij weer van huis werd geroepen voor een veldtocht. Ik deed een beroep op Madame Rémusat om me alle geruchten door te geven die haar ter ore kwamen, ook al werden ze steeds kwaadaardiger.

'Ze zeggen van alles. Zowel dat hij wil scheiden als dat hij een huwelijk overweegt,' vertelde ze. 'Hij zou met de hulp van zijn broers en van tsaar Alexander een nieuwe bruid hebben gekozen.'

Verstrikt in een slopend patroon van twijfel, wanhoop en weerzin herkende ik mezelf niet meer. Ik leek te zijn vergeten wie ik was, wie ik had willen worden. Tussen de honderden vreemdelingen aan het hof, die elkaar het licht in de ogen niet gunden, maar ook 's avonds, alleen in mijn privévertrekken, zocht ik vergeefs naar mezelf. Stuurloos en op drift geraakt bewoog ik me door de sombere dagen. De prijs die ik betaalde om Keizerin Joséphine te zijn, echtgenote van de grote Bonaparte, was te hoog. Dit kon zo niet doorgaan. Er moest iets gebeuren.

Toen Bonaparte uit het buitenland terugkeerde, herkende ik ook hem niet meer. Het leek alsof de duivel bezit van hem had genomen.

Hij kwam woedend mijn salon binnenstormen. 'Wat moet dit voorstellen? Ik had gezegd dat je om twee uur bij me moest zijn. Het is nu kwart over.' Hij beende de kamer door. 'U kunt vertrekken, madame. En wel onmiddellijk!' Hij trok de directrice van de Société de charité maternelle uit haar stoel.

Ze verbleekte en zette haar hoed recht. 'Neemt u me niet kwalijk, hoogheid. Ik had geen idee –'

'Verdwijn!' bulderde hij, waarop ze zich de salon uit haastte.

'Bonaparte,' begon ik, 'wat is er in godsnaam –'

'Als ik iets zeg, dan doe je dat! Ik ben je heer en meester! Je hebt me te gehoorzamen!' Hij stampte de kamer door, smeet mijn ver- zameling glazen beeldjes kapot en schopte vloekend en tierend tegen de meubels. Ik verschanste me achter de divan tot de storm weer ging liggen. Uiteindelijk bleef hij staan, hij liet zijn blik door de kamer gaan en keerde zich ten slotte naar mij. De woede ebde weg, hij vertrok smartelijk zijn gezicht en liet zich op een stoel vallen.

'Wat heb ik gedaan?' Hij sloeg zijn handen voor zijn ogen. 'Het spijt me. Het spijt me echt heel erg.'

Ik ging achter hem staan en legde mijn handen op zijn schouders. 'Wat het ook is, *mon amour*, we vinden wel een oplossing. We zullen het samen onder ogen zien. Je bent moe, je staat onder hoge druk. Ga even liggen. Ik zal een blad naar boven laten brengen met thee en een glas cognac.'

Hij trok me op schoot en kuste me dwingend, wanhopig. 'Ik zal altijd van je blijven houden.'

De schuldbewuste blik in zijn ogen ontging me niet.

'En ik van jou.'

Twee weken lang werd ik door Bonaparte bespot en gekleineerd, waarna hij vervolgens wanhopig, ten einde raad om vergiffenis smeek- te. Ik verdroeg zijn driftbuien, zijn wreedheid, maar mijn angst groei- de met de dag.

Ook toen we op een avond met de familie aan tafel zaten, probeer- de ik kalm te blijven ondanks de agressie waarmee hij me bejegende.

'Joséphine, je hoort daar niet te zitten. Aan het hoofd van de tafel.' Hij pakte zijn glas en nam een grote slok rode wijn.

Zijn broers en zussen sloegen de confrontatie vol leedvermaak gade. Ze genoten ervan om te zien hoe hun broer zijn woede op mij afreageerde.

'Ik zit hier altijd.'

'Ga ergens anders zitten. Nu!' Hij smeet een stuk brood op tafel.

Waarom moest hij een scène maken waar zijn familie bij was? Het liefst had ik die zelfingenomen grijns van hun gezicht geslagen.

'Zoals je wilt.' Ik legde mijn vork neer en ging op een andere stoel zitten. Een bediende zette een schoon bord voor me neer. Maar ik had ineens geen trek meer. Gretig nam ik een slok wijn.

'Wat bezielt je om die afschuwelijke japon te dragen tijdens het diner?' vroeg Bonaparte streng. 'Had je niets beters om aan te trekken?'

'Ik heb deze japon speciaal voor u laten maken, hoogheid. Het is Franse zijde. En blauw is uw lievelingskleur. Dus ik dacht dat hij bij u in de smaak zou vallen.'

'Ik vind hem afschuwelijk. Hij flatteert je niet.'

Er kwam een knoop in mijn maag, maar ik handhaafde krampachtig mijn glimlach. 'Dan zal ik hem aan de armen geven.'

'Je hebt al genoeg weggegeven. Je doet niet anders! Het geld vliegt je zakken uit. Mijn geld! Als je zo doorgaat, vrees ik voor het bankroet van het rijk!'

Caroline grinnikte.

Ik bloosde van woede en keek hem strak aan. 'Elk rijk is eindig. Dus dan kan het uwe maar beter de geschiedenis in gaan als gul en heilzaam voor zijn burgers.' Ik nam nog een slok wijn.

Joseph schoffelde grijnzend een stuk vlees in zijn mond. Het beviel me helemaal niet hoe hij van de situatie genoot.

'Waarom zoek je niet een andere man om kaal te plukken?' vroeg Bonaparte.

Al het bloed trok weg uit mijn gezicht. Daar was het dan eindelijk. Het dreigement waar hij al weken mee rondliep. Al sinds de dag van zijn terugkeer.

Ik vouwde mijn servet op en smeet hem op mijn bord. 'Ik ben uitgegeten. Nog een prettige avond allemaal.'

Haastig vluchtte ik naar mijn kamer, in de hoop mijn tranen voor te zijn. Maar de deur was amper achter me dichtgevallen of hij vloog weer open en Bonaparte kwam de kamer binnen.

Toen kon ik mijn woede niet langer beheersen. 'Wat bezielt je? Hoe durf je zo'n toon tegen me aan te slaan? Hoe durf je me zo te vernederen, terwijl ik je nooit ongehoorzaam ben geweest? Integendeel! Ik heb altijd alles gedaan wat je wilde!' Mijn ademhaling ging hijgend, de tranen stroomden over mijn wangen.

Beschaamd boog hij zijn hoofd. Toen hij weer opkeek, waren ook zijn wangen nat van de tranen. 'Ik moet je iets zeggen.' Hij liet zich op de bank vallen en streek met zijn handen door zijn haar.

'Ik luister.' Ik ging naast hem zitten.

'Ik heb hier lang over nagedacht.' Zijn stem brak. 'Het moet... in het belang van het land, van het rijk... Het is niet wat ik wil, maar ik heb geen keus.'

Elk woord leek loodzwaar tussen ons in te vallen, vertraagd als in een droom.

'Het spijt me zo, *amore mio*. Ik heb je afschuwelijk behandeld deze laatste weken, in een poging mijn schuldgevoel het zwijgen op te leggen. Maar alles wat ik heb gezegd... alles wat ik je heb aangedaan... dat heb je allemaal niet verdiend.' Hij pakte mijn hand en drukte er een kus op.

Wanhoop dreigde me te vermorzelen. 'Napoleon –'

'Ik krijg het niet over mijn lippen... Hoe moet ik het je vertellen?' Hij legde kreunend zijn hoofd in mijn schoot.

Er leek een eeuwigheid te verstrijken. Ik zat als verlamd, te verstijfd om te spreken, om me te verroeren.

Ten slotte ging hij rechtop zitten. 'Lieveling...' Hij streelde mijn gezicht. 'We moeten scheiden. Het spijt me zo.' Hij streek me over mijn haar, mijn rug. 'Ik wil het niet! Ik hou van je!'

Opnieuw laaide mijn woede op. 'Je wilt het niet?' Ik schoot overeind. 'Waarom doe je het dan?'

'Je blijft altijd mijn dierbare Joséphine.' Hij strekte zijn armen naar me uit.

'Raak me niet aan!' Ik klampte me vast aan mijn verdriet. Het was het enige wat ik nog had.

'Kunnen we er alsjeblieft over praten? Ik hou van je. Ik zal altijd –'

'Laat me alleen.'

'Joséphine –'

'Ga weg!'

Hij liep naar de deur. Daar bleef hij staan. 'Ik moet een erfgenaam hebben. Een keizer heeft geen keus.'

Ik zag hem door een waas van tranen. 'Iedereen heeft een keus. En een keizer meer dan wie ook!'

Hij boog zijn hoofd en trok de deur achter zich dicht.

Toen was mijn woede niet meer te stuiten.

Ik rukte de lakens van het bed, trok de laden uit de kaptafel en smeet de inhoud op de grond. Ik schopte de kussens door de kamer, gooide mijn schrijfleien in het vuur en keek toe terwijl ze vlam vatten en vergingen tot as, tot niets.

Hoe kon hij me verlaten? Ik had alles gedaan wat hij wilde, ik had hem alles gegeven! Ik had afstand genomen van mijn vrienden, ik had mijn dochter verkocht aan zijn afschuwelijke broer! Ik had mijn zoon naar zijn oorlogen gestuurd!

Ik had hem behoed voor zichzelf.

Mijn kussen raakte doorweekt van mijn tranen. Ik huilde om onze tijd samen en om de tijd waarin we gescheiden waren geweest, om zijn fouten en de mijne, om het verlies van mijn kroon, mijn volk.

En voor het eerst in mijn leven huilde ik om het verlies van mezelf.

Je leest een heel dik boek,
Je bent erdoor geboeid.
En liever daarmee dan met mij,
Is 't dat je je bemoeit.

Jan Hanlo

Zie hier, lezers! de Romance,
die de eereprijs verdiend heeft.

ROMANCE.

Niet verr' van Amftelveen
Daar woonde de Ridder vol trouwe;
Die 'k in dit liedje aanfchouwe
Gelijk een' Sarazeen.
Hij had er geen hartje van fteen.

Johannes Kinker
Dokter, advocaat, schrijver, dichter
1764 - 1845

Hoogstins

Een nieuw begin

Palais des Tuileries, 1809

De scheiding werd vier weken later uitgesproken, tijdens een openbare plechtigheid in de Troonzaal van het Palais des Tuileries. Het hele hof was aanwezig, behangen met diamanten, gehuld in japonnen van zilver- en goudlamé en fraaie mantels. Honderden kaarsen verspreidden een warme gloed. Er zat een orkest klaar alsof er iets gevierd werd. En dat werd er ook. De plechtigheid was de viering van mijn einde.

Het was stampvol in de zaal, maar de genodigden hielden zich muisstil.

Op de Bonapartes na, die zich verkneukelden en elkaar op de schouders sloegen. Ze hadden gewonnen. Nog even, dan waren ze verlost van 'die Beauharnais'. Alleen Louis bleef hartelijk. We hadden de donkerste uren van Hortense gedeeld en dat was hij niet vergeten. Maar toen onze blikken elkaar kruisten, wendde hij zich snel af.

Ondanks de triomfantelijke gezichten van de andere Bonapartes en ondanks de wanhoop die dreigde me te overweldigen, hield ik mijn hoofd hoog geheven. Ik weigerde te huilen, aangestaard door het hof en door mijn afschuwelijke schoonfamilie. Eugène stond kaarsrecht en roerloos aan mijn linkerhand, Hortense hield mijn rechterhand vast.

Was het maar vast voorbij!

De rechter gaf het teken. 'Laten we beginnen.'

Hij las de bepalingen van de scheiding voor. Bonaparte zou mijn schulden betalen en verleende me een royale jaarlijkse toelage. Ik zou mijn titel mogen behouden, maar ook – en dat was nog veel

belangrijker – Malmaison. Ik zou echter niet meer
wonen, om te voorkomen dat mijn bewonderaars
rin niet accepteerden. Die gedachte monterde me o
blijken dat mijn volk niet gelukkig was met de n
Bonaparte.

'Hortense en Eugène Bonaparte zullen zowel hun
zittingen behouden,' besloot de rechter. 'En dan n
verklaringen.'

Bonaparte las de zijne als eerste voor. 'Ze is een
echtgenote en liefhebbende moeder geweest, ee
weerga. Ik voel niets dan dankbaarheid jegens mi
genote, met wie ik dertien jaar van mijn leven he
vriendin, ik zal je nooit vergeten.'

Het voelde onwerkelijk. Ondanks onze liefde
einde aan ons huwelijk.

De rechter knikte in mijn richting. 'Keizerin.'

Ik vouwde het klamme briefje open dat ik in
'Met toestemming van mijn beminde echtgenoot
grootste bewijs van mijn liefde en toewijding...' Ik
Mijn stem trilde.

Eugène legde een arm om mijn middel, Horte
hand.

Caroline grinnikte.

De wolven zouden me niet zien huilen. Die bevr
ze niet. Dus ik ademde diep in en gaf mijn toespra
die hem zonder haperen en emotieloos voorlas.

Bonaparte stond op. 'Dan verklaar ik hierbij on
feit.' Zijn stem beefde en hij veegde over zijn ogen. I
te zien hoe zwaar hij het had.

Elk gevoel was uit mijn lichaam geweken. Het was
gescheiden, onttroond, afgedankt. Maar ik was ook w
Terwijl mijn kinderen en ik aanstalten maakten o
laten werd het mijn zoon te veel. Hij viel flauw. Eu
held die menigmaal getuige was geweest van de laa
van een medestrijder en die het bloed uit de wond
had zien spuiten.

Een nieuw begin

Palais des Tuileries, 1809

De scheiding werd vier weken later uitgesproken, tijdens een openbare plechtigheid in de Troonzaal van het Palais des Tuileries. Het hele hof was aanwezig, behangen met diamanten, gehuld in japonnen van zilver- en goudlamé en fraaie mantels. Honderden kaarsen verspreidden een warme gloed. Er zat een orkest klaar alsof er iets gevierd werd. En dat werd er ook. De plechtigheid was de viering van mijn einde.

Het was stampvol in de zaal, maar de genodigden hielden zich muisstil.

Op de Bonapartes na, die zich verkneukelden en elkaar op de schouders sloegen. Ze hadden gewonnen. Nog even, dan waren ze verlost van 'die Beauharnais'. Alleen Louis bleef hartelijk. We hadden de donkerste uren van Hortense gedeeld en dat was hij niet vergeten. Maar toen onze blikken elkaar kruisten, wendde hij zich snel af.

Ondanks de triomfantelijke gezichten van de andere Bonapartes en ondanks de wanhoop die dreigde me te overweldigen, hield ik mijn hoofd hoog geheven. Ik weigerde te huilen, aangestaard door het hof en door mijn afschuwelijke schoonfamilie. Eugène stond kaarsrecht en roerloos aan mijn linkerhand, Hortense hield mijn rechterhand vast.

Was het maar vast voorbij!

De rechter gaf het teken. 'Laten we beginnen.'

Hij las de bepalingen van de scheiding voor. Bonaparte zou mijn schulden betalen en verleende me een royale jaarlijkse toelage. Ik zou mijn titel mogen behouden, maar ook – en dat was nog veel belangrijker – Malmaison. Ik zou echter niet meer in Parijs mogen wonen, om te voorkomen dat mijn bewonderaars de nieuwe keizerin niet accepteerden. Die gedachte monterde me op. Misschien zou blijken dat mijn volk niet gelukkig was met de nieuwe keuze van Bonaparte.

'Hortense en Eugène Bonaparte zullen zowel hun titel als hun bezittingen behouden,' besloot de rechter. 'En dan nu de scheidingsverklaringen.'

Bonaparte las de zijne als eerste voor. 'Ze is een plichtsgetrouwe echtgenote en liefhebbende moeder geweest, een patriot zonder weerga. Ik voel niets dan dankbaarheid jegens mijn geliefde echtgenote, met wie ik dertien jaar van mijn leven heb gedeeld. Lieve vriendin, ik zal je nooit vergeten.'

Het voelde onwerkelijk. Ondanks onze liefde maakten we een einde aan ons huwelijk.

De rechter knikte in mijn richting. 'Keizerin.'

Ik vouwde het klamme briefje open dat ik in mijn hand hield. 'Met toestemming van mijn beminde echtgenoot geef ik hem het grootste bewijs van mijn liefde en toewijding...' Ik haperde. 'Ik...' Mijn stem trilde.

Eugène legde een arm om mijn middel, Hortense drukte mijn hand.

Caroline grinnikte.

De wolven zouden me niet zien huilen. Die bevrediging gunde ik ze niet. Dus ik ademde diep in en gaf mijn toespraak aan een klerk, die hem zonder haperen en emotieloos voorlas.

Bonaparte stond op. 'Dan verklaar ik hierbij onze scheiding een feit.' Zijn stem beefde en hij veegde over zijn ogen. Het was hem aan te zien hoe zwaar hij het had.

Elk gevoel was uit mijn lichaam geweken. Het was gebeurd. Ik was gescheiden, onttroond, afgedankt. Maar ik was ook weer een vrij mens.

Terwijl mijn kinderen en ik aanstalten maakten om de zaal te verlaten werd het mijn zoon te veel. Hij viel flauw. Eugène, de oorlogsheld die menigmaal getuige was geweest van de laatste ogenblikken van een medestrijder en die het bloed uit de wonden van de vijand had zien spuiten.

Er ging een gemompel door de aanwezigen.

'Eugène!' Ik schoof mijn arm onder zijn hoofd.

'Wat een paljas,' kweelde Caroline. 'Ze moeten ook altijd een scène maken.'

Alle boosheid, al het verdriet en alle weerzin die ik jaren had weten te onderdrukken, lieten zich niet langer beteugelen en vonden een uitweg in een blik die zo vervuld was van haat dat Caroline niets meer durfde te zeggen en zich afwendde.

'Hou je mond!' commandeerde Bonaparte. 'Jullie allemaal!' Hij haastte zich naar Eugène en knielde bij hem neer.

Niemand durfde iets te zeggen. Iedereen hield de adem in.

Een bediende kwam aansnellen met vlugzout.

Bonaparte hield het onder de neus van Eugène en tikte hem op de wang. 'Lieve jongen.'

Heel langzaam deed Eugène zijn ogen open. Ze vulden zich met verdriet, gevolgd door schaamte toen hij besefte wat er was gebeurd.

'Laten we een eindje gaan lopen,' zei Bonaparte terwijl hij Eugène overeind hielp.

Eugène wreef over zijn hoofd. 'Dat zal niet gaan, Uwe Keizerlijke Hoogheid. Ik moet me verontschuldigen.' Zijn stem klonk schor. 'Maman?' Hij zocht mijn blik. 'Ik kom morgenochtend terug om u naar huis te brengen.'

Bonaparte kromp ineen. De pijn die hij voelde was van zijn gezicht af te lezen.

Parijs was niet langer mijn thuis. Of eigenlijk was het dat nooit geweest. *Malmaison*. Een snik bleef steken in mijn keel toen ik als verdoofd naar de deur liep.

Daar bleef ik staan en ik wierp nog een laatste blik achterom, als om het gezicht van Bonaparte voorgoed in mijn geheugen te prenten. De liefde van mijn leven, maar niets in mijn leven had me zo veel pijn, zo veel verdriet bezorgd. Er glinsterden tranen op zijn wangen. Ik keerde me om en liet hem achter in het hart van zijn weelderige hof, door allen omringd en tegelijkertijd eenzaam en alleen.

Op mijn laatste avond in het Palais des Tuileries liepen de bedienden af en aan om me te helpen met pakken, om bladen met eten te brengen en om te vragen of ze verder nog iets voor me konden doen. Ik huilde en liep gejaagd, wanhopig de kamer op en neer, tot ik het niet langer kon verdragen. Dus ik gooide een mantel om mijn schouders en zwierf voor het laatst door gangen – tussen de schimmen uit het verleden – en de tuinen.

Ten slotte keek ik omhoog naar de maan. Eindelijk had ik mijn lot in eigen handen, eindelijk was Malmaison van mij, alleen van mij, mijn domein waarop ik altijd kon bouwen. Ik had het landgoed gered van de ondergang en er mijn thuis van gemaakt. Ik had Bonaparte alles gegeven, ik had gedaan wat ik kon, maar dat was voorbij; ik zou me niet meer opofferen. Nooit meer. Ik had te lang op anderen gesteund om de leegte diep binnen in me te vullen.

De kou beet in mijn handen en mijn blote armen, maar ik huiverde niet. Ik voelde een merkwaardige levenskracht. Terwijl ik de zuiverende nachtlucht diep inademde staarde ik naar de eeuwige sterren die flonkerden in de oneindige duisternis.

In gedachten hoorde ik opnieuw de woorden van de oude tovenares. *'Meer dan een koningin.'*

En ze had gelijk gekregen. Ik was dochter, moeder en leidsvrouwe van Frankrijk. Ik had er altijd naar gestreefd te doen wat goed en juist was. Ik had me ingespannen om mijn steentje bij te dragen. In de diverse levens die ik had geleid, had ik vreugde en pijn gekend, slagen en falen, en ik had mijn stempel gezet op het leven van anderen.

Van nu af aan zou ik mijn eigen bestemming kiezen; ik zou mijn leven, mijn geluk zelf inhoud geven, zonder angst, zonder verwachtingen.

Ik sloeg mijn armen om mijn middel en maakte vastberaden rechtsomkeert naar het paleis. Toen ik terugkwam in mijn vertrekken zag ik dat er een briefje onder de deur door was geschoven. Met ingehouden adem maakte ik het open. Een klein stukje papier met een vertrouwd handschrift.

Ik ben er niet wanneer je morgenochtend vertrekt.
Adieu, lieve Joséphine
Bonaparte

Dus hij was zelfs niet van plan gepast afscheid van me te nemen. Ik smeet het briefje op de grond en wierp me op het bed voor mijn laatste uren in het huis van koningen, het huis van smarten.

Toen de dageraad de kamer in haar zilveren gloed hulde stond ik op en spetterde water in mijn gezicht. Langzaam kleedde ik me aan, zonder mijn hofdames, zonder hulp van wie ook. Ik liep naar het raam. Het stortregende. Op het gazon vormden zich al plassen. Zonder zich door de wolkbreuk te laten ontmoedigen laadden bedienden mijn bezittingen in een konvooi van rijtuigen. Ik slaakte een diepe zucht, toen opende ik voor het laatst de deur van mijn boudoir.

Op weg naar de grote hal werd ik door een wacht staande gehouden. 'Keizerin, vergeeft u mij mijn vrijpostigheid, maar hij is een dwaas. Hij keert zijn talisman de rug toe, de enige die van hem houdt. Ik hoor het niet te zeggen, maar het is de waarheid.' Ik keek in zijn vriendelijke ogen. 'Het ga u goed, madame.'

'Dank u wel, monsieur,' zei ik zacht.

Hortense, Eugène en Mimi stonden al in de hal op me te wachten. Mijn familie.

'Ben je zover, Maman?' vroeg Eugène.

Ik knikte. Op dat moment kwam er een bediende aansnellen. 'Hoogheid!' riep ze gejaagd. 'Er moeten nog tien kasten met japonnen worden ingepakt. Zal ik ze later op de dag nasturen?'

'Geef ze maar aan Penthémont en de andere kloosters. De dames daar zullen er blij mee zijn.'

'Maar Hoogheid, ze zijn van onschatbare waarde –'

'Ik heb meer dan genoeg japonnen.'

Haar ogen werden groot van schrik. 'Zoals u wilt.' Na een reverence maakte ze zich, nog altijd gejaagd, uit de voeten.

We haastten ons door de stromende regen naar het gereedstaande rijtuig.

Ik hield mijn adem in toen we wegreden van het indrukwekkende grijze paleis dat bijna tien jaar lang mijn huis en mijn gevangenis was geweest. Ik had de tochtige vertrekken en de bedompte ambiance, de rivaliteit onder de hovelingen en de lange, uitputtende werkdagen altijd verafschuwd. Het had mijn liefde verstikt en ook ik was er bijna door verstikt geraakt.

Hortense legde haar hoofd op mijn schouder. Eugène pakte mijn hand. Toen we uit de paleispoort kwamen werden we gegroet door Parijzenaars die met sombere gezichten in de regen stonden.

'Lang leve Keizerin Joséphine!' klonk het.

'We houden van u, Notre Dame de la Générosité!'

En voort ging het over de boulevards. Ik wuifde, de tranen stroomden over mijn wangen, maar uiteindelijk droogden ze. Verdriet maakte plaats voor hoop. Voor het eerst in mijn leven werden me door niemand beperkingen opgelegd, hoefde ik aan niemands verwachtingen te voldoen, hoefde ik tegenover niemand mijn bestaansrecht te bewijzen. Mijn leven was van mij en ik bepaalde zelf de waarde daarvan. Bonaparte had gezorgd voor financiële zekerheid, voor al het andere zou ik zelf gaan zorgen. Ik kreeg eindelijk rust.

Toen we bij de oprijlaan kwamen van Malmaison – mijn dierbare domein, mijn troost – keek ik door het raampje van het rijtuig naar mijn tuinen, die nog braak lagen onder de sombere hemel. Met de komst van de lentezon zouden ze opnieuw in bloei staan.

Door een waas van tranen keek ik naar mijn kinderen en naar mijn dierbare kamenierster. Mijn hart stroomde over van dankbaarheid. Ik had alles wat ik me maar kon wensen.

Noot van de schrijver

Joséphine leidde een rijk en bruisend leven. Sommigen zouden het misschien zelfs een melodrama noemen. Haar jeugd, haar ervaringen met de Revolutie en vooral haar tijd met Napoleon zijn uitvoerig en tot in de kleinste details gedocumenteerd. Mij ging het erom Joséphine zelf te leren kennen – haar diepste verlangens, haar angst en haar wanhoop, haar gevoelens van spijt of opwinding wanneer ze aan een nieuwe fase van haar leven begon. Ik raakte geboeid door haar vermogen zich aan te passen, door haar charme en haar ruimhartigheid en door het vurige temperament dat schuilging achter die onberispelijke façade. Ze was een overlever, maar ook een hartstochtelijke minnares. En ze was een moeder, voor haar kinderen, voor haar mannen en voor haar land. Ik hoop dat ik dat in *Joséphine* heb weten over te brengen.

Hoewel het boek grotendeels is gebaseerd op feiten, blijft het een roman. En dus fictie. Ik heb me als auteur vrijheden veroorloofd om de vaart in het verhaal te houden of om bepaalde details extra aandacht te geven, in het belang van de vertelling. Bovendien heb ik, omdat dit boek dertig jaar omspant, bepaalde periodes van Joséphines leven als het ware ingedikt om de innerlijke groei die ze doormaakt beter uit de verf te laten komen.

Ook alle brieven zijn fictie, maar gebaseerd op authentieke documenten. Dit geldt niet voor de brieven van Napoleon Bonaparte, waarvoor ik passages heb gebruikt uit de originelen, die zijn uitgegeven als *Napoléon's Letters*, onder redactie van J.M. Thompson. Een uitzondering is Napoleons afscheidsbriefje aan Joséphine, helemaal aan het eind van het boek.

Meer anekdotes over Joséphine en de Bonapartes, maar ook mijn persoonlijke gedachten over hun geschiedenis en de tijd waarin ze leefden, vindt u op HeatherWebb.net.

Dankwoord

Toen ik aan dit boek begon, had ik geen idee hoeveel grote geesten een aandeel zouden krijgen in de totstandkoming ervan! Om te beginnen wil ik Michelle Brower bedanken, mijn agente, wier grote hart, gevoel voor de markt en redigerende kwaliteiten ongeëvenaard zijn, om nog maar te zwijgen over haar bakrecepten. Denise Roy en het hele team van Plume, bedankt voor jullie wijsheid en voor alle tijd die jullie in mijn grote avontuur hebben gestoken. Ik voel me gezegend met de steun van zo'n getalenteerde club mensen.

Voor mijn familie, de Webbs en de DiVittorio's, schieten woorden tekort om hen te bedanken voor hun steun. En dan denk ik in het bijzonder aan mijn ouders, Jeff en Linda Webb, en aan Chris en Charlene. Jullie zorgen dat ik op het rechte pad blijf. Ik hou van jullie!

Een speciaal woord van dank voor mijn beste vriendin, tevens mijn zus, Jennifer Webb, die 't helemaal snapt. De weg is lang en zwaar voor wie zijn dromen volgt.

Dank je wel, zeg ik ook tegen mijn schoonouders, Pam en Richard Schreiber, omdat ze me altijd zijn blijven steunen en aanmoedigen, en tegen Levi en Asa Petersen en alle andere Petersens en Johnsons. Ik prijs me gelukkig te zijn opgenomen in jullie familieschoot.

Verder bedank ik Joy Steed, voor haar warmte en haar steun.

En ik spreek mijn dank uit jegens de kring van vrouwen die om me heen hebben gestaan 'in the best of times and the worst of times', met name Angie Parkinson, Heather Tracy DeFosses, Christine Taylor, Kelly Loveday, Angela Burns en Christina McCrory. Dank ook aan Rebecca Alexander Haeger – het zou van geen mens gevraagd mogen worden zo veel gesprekken over de uitgeverswereld te moeten aanhoren. Hoe dan ook, jullie zijn allemaal schatten en ik weet niet wat ik zonder jullie had moeten beginnen.

Zonder mijn dierbare groep critici, de SWFG, zou mijn roman niet zijn geworden wat hij is. Jullie bijdrage was cruciaal. Bovendien voel ik me dagelijks opgetild dankzij jullie inzicht en talent. Daarom hef ik het glas op jullie: Susan Spann, Amanda Orr, Marci Jefferson, Julianne Douglas, Janet B. Taylor, DeAnn Smith, Candie Campbell, Lisa Janice Cohen en Arabella Stokes.

Ook een speciaal woord van dank aan hen die het boek al in een vroeg stadium hebben gelezen en aan de kring van vrienden die altijd voor me klaar hebben gestaan, onder wie Jeffrey en Mary Withey, Christine Troup, Joe Anastasio, mijn boekenclub, en alle geweldige mensen bij de Bacon Academy en het Mansfield Community Center.

En dank aan mijn clan! Van de vrienden en vriendinnen uit mijn jeugd en mijn studietijd tot en met mijn collega's in het onderwijs, mijn studenten en die hele grote kring daaromheen; de geweldige groep van Writer Unboxed, van de Historical Novel Society, van de Backspace-community en natuurlijk al mijn hilarische, gevatte contacten op Twitter en Facebook. Jullie weten zelf wel wie ik bedoel. Dankzij jullie positieve inbreng, jullie betrokkenheid en begrip – elke dag weer – wordt het nooit saai en valt er altijd weer iets te beleven.

Maar het meest dankbaar ben ik mijn kids, Kaia en Nicolas. Niemand op de hele wereld houdt meer van jullie dan ik. En mijn man, Chris. Mijn lief, je bent het helemaal! Als poëzie niet had bestaan, hadden ze die voor jou moeten uitvinden. Ik hou van je.